胜算 3

何常在 ◎ 著

形势瞬息万变，实力此消彼长，
能够承受惨败，才配得上成功和荣耀。

二十一世纪出版社集团
21st Century Publishing Group

图书在版编目（CIP）数据

胜算．3 / 何常在著．-- 南昌：二十一世纪出版社集团，2015.11

ISBN 978-7-5568-1286-8

Ⅰ．①胜… Ⅱ．①何… Ⅲ．①长篇小说－中国－当代 Ⅳ．①I247.5

中国版本图书馆 CIP 数据核字（2015）第 229026 号

胜算．3 何常在 著

责任编辑 张秋林

出版发行 二十一世纪出版社集团

（江西省南昌市子安路 75 号 330009）

www.21cccc.com cc21@163.net

出 版 人 张秋林

经　　销 新华书店

印　　刷 北京天宇万达印刷有限公司

版　　次 2015 年 11 月第 1 版 2015 年 11 月第 1 次印刷

开　　本 710mm × 1000mm 1/16

印　　张 19

字　　数 260 千

书　　号 ISBN 978-7-5568-1286-8

定　　价 39.00 元

赣版权登字—04—2015—753

如发现印装质量问题，请寄本社图书发行公司调换 0791-86524997

目录

01 人间自古各悲欢 / 001

关得心中喟叹一声，碧悠是在弄险，她一是不甘心，对早年被遗弃的命运耿耿于怀，二是不满足，见本该属于自己的庞大家产却不能落到自己手中一分，心生怨恨。虽说有人喜欢富贵险中求的赌博，关得却还是喜欢平稳推进的人生，况且碧悠没有见识过多少人心险恶，她和父母过招，最终赌输了怎么办？

02 一得一失，天壤之别 / 038

有一类人就是广交天下朋友，而且从来不与人交恶，虽说失之于圆滑，却也是左右逢源的一种人生态度。关得心里有数了，相信即使赵苏波和赵乘风的关系不是那么密切，至少也是可以坐下一起谈谈的友好。

03 改变局面的一块板砖 / 076

月国梁觉得一阵天旋地转，身子晃了一晃，险些没摔倒在地，他才知道，原来关得对他的重要性以及他对关得的感情，比他想象中还要多很多。不知从何时起，关得这个名不见经传的年轻人，已经在他的心中生根发芽，成为他生活和事业上的双重参谋。

04 鬼门关里走一遭 / 113

与此同时，关得眼前如电影一般将他二十多年的人生岁月一一全部闪现。不管是小时候偷了一个苹果的小事，还是做生意失败时痛不欲生的大事，一桩桩，一件件，一幕幕，清晰无比又真实无比，事无巨细，全无遗漏，丝毫不差地将他的人生如倒带一样重播了一遍。

05 不撞南墙不回头 / 151

其实当时在树上倒挂的时候，关得也不是没有想到祸福相依的道理，也想到了否极泰来、苦尽甘来，或是塞翁失马焉知非福等逆境转好的可能。人生就如起伏的波涛和转动的车轮，有时在波峰，有时在谷底，有时在轮子的上方，有时在轮子的下方，不会永远一帆风顺，也不会永远逆风。

06 不为良相，则为良商 / 181

怪事，咄咄怪事，以他现在对周围环境敏锐的察觉能力，一般人近身到他的周围三米之内，他就能有所感觉。而现在，一个年约六旬的老者不动如山地坐在他对面一米开外的椅子上，他不但丝毫没有察觉，而且连对方什么时候走近什么时候坐下都全然不知。

07 好心未必会办好事 / 225

父母的下落，一直是关得心中的痛，也是他的心结。虽然他不如碧悠一样对父母耿耿于怀，恨大于牵挂，但身为人子，还是想见到父母，更想当面问问父母，当年为何离他而去？继母到底是不是他们离去的罪魁祸首？

08 琢磨人和琢磨事 / 262

估计斯文禽兽也没有想到花流年出手这么快下手这么狠，他一愣神的工夫，花流年纤纤素指上的指甲就已经划到了脸上。他本能地向后一仰，想要躲开，不料花流年也是下了狠心，使出全力，还向前猛然一扑，结果他没有完全躲开，被花流年的两根指甲划在了脸上。

01 人间自古各悲欢

关得心中喟叹一声，碧悠是在弄险，她一是不甘心，对早年被遗弃的命运耿耿于怀，二是不满足，见本该属于自己的庞大家产却不能落到自己手中一分，心生怨恨。虽说有人喜欢富贵险中求的赌博，关得却还是喜欢平稳推进的人生，况且碧悠没有见识过多少人心险恶，她和父母过招，最终赌输了怎么办？

做人的底线

本来木锦年从玉器生意转行到旅游生意，已经是背水一战了，好在旅游生意开展得还算不错，明里暗里赚了不少钱。但木锦年并不知足，和房地产行业相比，他的旅游生意只是小打小闹。不过旅游生意可以培植人脉，而且他的客人全是有头有面的人物，正好他接手一笔生意时，客人对他的服务很满意，为他介绍了风华伦认识。

风华伦作为风华集团的太子，一心想做出一番事业好让爸爸风正茂以及风华集团的一帮老人高看他一眼。他看中了单城溢阳区旧城改造，只是一直没有找到合适的合作伙伴。虽然之前和沈伟强有过接触，但他对沈伟强的为人不太看好，木锦年的意外出现，让他眼前一亮，直觉告诉他，他的机会来了。

木锦年是何许人也？见风华伦有意和他合作插手单城的溢阳区旧城改

造项目，正有意进军房地产产业的他大喜过望。风华伦是什么人？是堂堂的风华集团的太子，是省内最有影响力最有实力的风华集团的未来接班人，如果他和风华伦得以联手，他的事业以后肯定可以直上云天。

难道说，他人生的重大转折就此来临了？应该是了，关得可以从一个欠债百万的落魄小子迅速成长为一名成功人士，不正是在何爷的帮助下改命成功吗？他木锦年在毕爷的帮助下，同样可以和关得一样迅速崛起，在短短时间内成为风云人物。

正是基于不能落后于关得的想法，木锦年对风华伦伸出的友好合作之手，忙不迭投桃报李，对风华伦表现出了恰到好处的热情。风华伦见他的想法得到了木锦年的积极回应，也很高兴，就安排了一次和木锦年的会面。

会面，二人相谈甚欢，达成了初步共识，由木锦年在单城疏通关系打通人脉，从而拿下地皮。然后风华伦提供资金和开发方案，最终利润四六分成，木锦年四，风华伦六。

虽说房地产开发的根基在地皮，没有地皮，一切免谈，所以四六分成，多少有欺负木锦年的意思。但木锦年没有太在意是四六还是五五，他拿出了足够的诚意，没有和风华伦讨价还价。他要的不是一时得失，而是看重长远，希望通过第一次和风华伦合作，让风华伦对他建立起一个良好的可以长期合作的好印象，如此，他以后就算攀上风华伦的高枝了。

不过，木锦年的相术还不算精通，否则在和风华伦见面时，适当地云山雾罩几句，会更让风华伦看重他的能力。当然，木锦年在和风华伦会面时，也没忘用他刚入门的相术为风华伦相上一面，得出的结论是，风华伦此人面相大富大贵，一生成就不可限量，可交。

木锦年下定了决心，要和风华伦合作，联手打响他进军房地产的第一仗，以滏阳区旧城改造项目为跳板，成就他打开事业大门的高起点。虽然他在单城市委的关系不是很广，但除了沈新和沈伟强父子之外，他可以借助的力量还有赵苏波的父亲赵海洋。赵海洋毕竟是市委副书记，也是位高权重的市委领导。除了赵海洋之外，他还有一个关系非常不错的人脉，一直不为外界所知——市委秘书长节茂。

木锦年也知道，他和节茂关系密切的事实，也有不少人清楚，但许多人只知其一不知其二，他和节茂还是同学。尽管是十分久远的初中同学，但从初中到现在，二十多年的友谊一直保持不断，足见他和节茂的友谊之深。而且他和节茂之间还有一个不为人所知的秘密，让节茂一直对他心怀感恩，没齿难忘。

小时候，节茂家里穷，上不起学，上初一时，家里实在供不起，他面临辍学。家里条件还算不错的木锦年说服父母资助了节茂，才让节茂得以完成了学业。

然后从高中再到大学，虽然节茂和木锦年分开了，但木锦年一直没有忘记他对节茂的承诺。他曾经答应节茂，只要他有学上，就一定让节茂有学上，始终资助节茂的学业，直到节茂大学毕业。期间，木锦年家庭也出现了变故，他的生活变得十分艰难，但他省吃俭用，从来没有少过节茂一分钱。

正是木锦年对节茂的情谊，让节茂一直视木锦年为恩同再造的恩人。说木锦年对节茂恩同再造一点也不夸张，他除了资助节茂的学业之外，在一年暑假，节茂游泳时差点淹死，木锦年不顾水流湍急，挺身而出救了他一命。

由于木锦年和节茂的关系太好，木锦年既不向外界透露他和节茂的往事，也很少有事求到节茂门上。不过话又说回来，一旦木锦年真的开口了，节茂会不惜一切代价要帮木锦年如愿。对他来说，没有木锦年，就没有他的今天。做人，必须知恩图报。

木锦年的聪明之处在于，他虽然有大恩于节茂，却从来不在节茂面前邀功，更不主动提起往事。因为他清楚，到了节茂的级别，不管心胸多广阔，都不愿意提起过去的窘迫。而且如果他主动提及，显得他很肤浅很迫不及待想要节茂的回报一样。做人，不能太目光短浅了，他看得明白，以节茂目前的年龄和级别来看，节茂就算最终当不上省委的一二把手，但担任一两届省委有分量的重量级领导，应该不成问题。

正是因此，本着放长线钓大鱼、人情不能一次用尽的长远想法，木锦年轻易不向节茂开口，有什么事情能找别人解决，他宁肯绕远费事也不愿意麻烦节茂。在他看来，节茂是他多年的伙伴，是他人生之中的最后一道屏障，等什么时候真的山穷水尽了，再让节茂出手帮他化险为夷就足够了。

有些人情，一生只用一次就足矣。一次，或许就可以救命。

在和风华伦合作联手开发滏阳区旧城改造的事情上，一开始木锦年也没打算动用节茂的影响力。节茂虽是市委秘书长，而且还是市委常委，但他并不负责具体事务，对政府方面的经济事务，影响力更是极其有限。滏阳区旧城改造项目，牵涉到方方面面的利益，成为了卢杰俊和沈新较量的支点，在局势如此复杂的情况下，节茂还是置身事外比较好。

正是基于为节茂着想的出发点，木锦年一开始才想通过赵海洋的路子拿到滏阳区旧城改造的地皮。

尽管已经知道滏阳区旧城改造初步定下了两家房地产公司——滨盛和华达，滨盛主要负责民用住宅，而华达主要负责商住楼，但木锦年也清楚，滏阳区旧城改造几乎涉及整个滏阳区，会分三个阶段至少五六年的时间，一家滨盛外加一家华达，吃不下这么大一块蛋糕，他和风华伦还有足够多的机会分一杯羹。

然而，让木锦年没有料到的是，当他委婉地向赵苏波提出，他也想介入滏阳区旧城改造，并且想借助赵海洋的力量分一块蛋糕时，平常很好说话的赵苏波却一口回绝了他，他大失所望之余，不由大为恼火。

但随后赵苏波给出了合理的解释，原来不是赵苏波不肯帮忙，而是沈伟强发话了，如果赵苏波再继续插手滏阳区旧城改造项目，那么就别怪他不客气了。下一步，他要全盘吞下整个滏阳区旧城改造，谁也别想再染指一平方米的地皮！

同时，沈伟强还特意强调了一点，希望赵苏波不要和木锦年合作，木锦年是一个狼子野心不可深交之人……听了赵苏波的话，木锦年差点没气得七窍生烟。他自认一向对沈伟强还算不错，一直端着沈伟强，还一直从中说和，不希望沈伟强和关得斗得死去活来。没想到，沈伟强丝毫不念他的好也就罢了，还在背后黑他，并且堵他的路，他哪里得罪沈伟强半点儿了？做人，可不能太没有底线太无耻了！

但更让木锦年没有想到的是，沈伟强不但在赵苏波面前堵了他的路，还特意和风华伦见了一面。在得知风华伦要和木锦年合作后，他当即表现出迫不及待地截胡的吃相，提出风华伦和木锦年合作，是选错了对象。木锦年在单城一没实力二没势力三没关系，和木锦年合作就跟和一个普通的路人合作没有区别，不如和他合作，他保证拿到地皮。

等于是说，沈伟强处处围堵木锦年，要置木锦年于死地。

风华伦有没有答应沈伟强，木锦年还不得而知，但他在知道沈伟强的所作所为之后，气得暴跳如雷。他一没得罪沈伟强，二没在背后坏过沈伟强的事情，沈伟强怎么跟疯狗一样乱咬人？简直是不可理喻！

无限可能的未来

盛怒之下，木锦年正好听说毕爷回到了单城，他急忙要向毕爷当面请教一番，想让毕爷为他指点迷津，到底该怎么和沈伟强周旋。

有心不理沈伟强也不行，沈新在单城毕竟是二号人物，木锦年只要在单城一天，就难逃沈新和沈伟强父子的阴影。难道说，他只能败走单城，北上石门才能有更大的发展？

可是，木锦年又不甘心，滏阳区旧城改造是多大的一块蛋糕，现在蛋糕就在眼前，却吃不到嘴里，确实难受。

既然毕爷和何爷联合了，木锦年也没隐瞒，将他的遭遇简单一说，征求关得的意见：“关老弟，你说沈伟强是不是得了失心疯？他到处乱咬人，是不是在发泄最后的疯狂？”

从门外到楼上，一共一层的楼梯，关得和木锦年走得很慢，就是为了多说一会儿话，前面的元元和花流年早已不见了身影，应该是已经到了房间里。

木锦年话里有话，关得知道木锦年是想探探他的口风，想知道沈新父子还有多久的运势。他并没有正面回答木锦年的问题，反而问起了花流年：

“花流年找毕爷，又有什么事情？”

木锦年见关得并不回答他的问题，也不继续追问，反正马上要见到毕爷，让毕爷为他解疑答惑更好，就说：“还不是为了生意上的事情？最近花流年真应了一句话，流年不利。生意接连失利，先是赌石赔了一大笔，然后又进了几块极品翡翠，结果回来后才发现有裂纹，又赔了。再赔下去，她怕是连老底都要赔进去了。”

原来如此，关得明白了花流年的恼火，跟了毕爷后，不但没有顺水顺风，反而一直霉运当头，她肯定对毕问天一千个一万个不满意。

关得见已经到了房间，就说：“今天何爷和毕爷在为我们上课，锦年兄你的事情，就先放一放。等何爷和毕爷上课完毕之后，你再单独向毕爷请教更好。”

“我明白。”木锦年点了点头，随关得迈进了房间。

房间内，又重新划分了两桌，多了花流年和木锦年，一张八仙桌就坐不下了。花流年被安排到另外一桌，有元元和纪度作陪。木锦年进来后，见除了元元之外，又多了一个纪度，心中明白了几分，就不再多说什么，只向毕问天恭敬地问了好，然后主动坐到了花流年那桌。

见木锦年进来，月清影眼皮抬也没抬，直接无视了木锦年的存在。曾经动心的所谓爱情，在恢复理智之后才发现，原来世间真的没有过不去的坎儿，没有渡不过的河，再刻骨铭心的情，再伤及肺腑的伤，在时间面前也会慢慢磨平。时间是最好的武器，可以消灭世上所有的悲欢离合。

“人都到齐了？好，下面继续论道。”毕问天并不理会花流年掩饰不住的不满和木锦年满腹的疑问，他端起碧悠新换的白毫银针，品了一口，又看了木锦年一眼，“锦年，流年，十三条人生定律，刚才已经讲了两条，你们没有听到的部分，回头我再告诉你们，现在说第三条人生定律——深信定律。”

“深信定律其实是建立强大自信心的定律，当然，说是天地法则也可以。就是说，如果一个人深信一件事情一定会发生，那么这件事情早晚会发生在这个人的身上。比如一个人深信他会失败，那么他很可能会失败；

深信他会成功，那么他很可能就会成功。同理，深信他会死去，要不了多久，就可能精神颓废而痛苦地死去。所以，想要成功，想要改命，一个人必须保持积极向上的信念，必须剔除不好的信念。好的信念是积福，是命运改造的基本功。”毕问天讲完了第三条人生定律，朝何子天微一点头。

曾经有人做过一个试验，告诉死刑犯，他会被割开动脉最后全身鲜血流尽而死。然后死刑犯被蒙上了眼睛，手腕上被割了一刀，接着就传来了滴答滴答的滴血声，很快，死刑犯就一命呜呼了。但实际上，他的手腕并没有被割破，滴答的声音只是滴水声。

死刑犯其实是死于他必死的念头。

何子天随即接过话题：“如果你们觉得话题有点枯燥，可以先吃饭，然后下午再继续说。”

“不枯燥，一点儿也不枯燥，我想听，我喜欢听。现在才几点就吃饭？估计都还不饿。何爷，快讲，快讲呀。”秋曲忙不迭跳了出来，发表了她强烈的意见。

“我也想听，我不要吃饭。”元元在另外一桌也附和秋曲的话，“我和秋姐姐一样，听得入了迷。”

秋曲开心地朝元元挥了挥手：“好样的，元又元，你是好妹妹。”

在别人面前，元元可以挥洒自如，包括久经江湖的花流年也被她哄得团团转，但在秋曲面前，她却丝毫无法施展她的心理战术，她委屈地说道：“秋姐姐，我叫元元，不叫元又元，拜托你不要再叫我元又元，好不好？”

秋曲只是嘻嘻一笑，不理元元的抗议。

关得也点了点头：“还有一个小时才到饭点，何爷，再讲几条吧。”

木锦年和花流年都不说话，二人心思各异。木锦年心中大为震撼，没想到毕爷和何爷联手传授人生定律，要传给关得等人，甚至连秋曲和月清影也不避讳，却并没有叫上他和花流年。难道说在毕爷眼中，他的分量连秋曲和月清影也不如？这么一想，木锦年心中无比郁闷。

花流年却没想那么多，不过人生定律的说法还是吸引了她，她想继续听下去，毕竟她现在正处在人生低谷，想从中学习有用的改命之法，从而达到扭转局面的目的。人生都想掌握主动，谁也不想被动，人生一被动，心情就沉重。

何爷见众人都有一颗好学之心，心中大安，笑道："好，现在就说人生定律的第四条——放松定律。什么是放松定律呢？很简单，就是不管想达成什么目标完成什么事业，都要以放松的心态去做事。为什么呢？人只有在放松在无欲无求的状态下，做事情才会达到最佳效果。不管目标多远大，成功多耀眼，一定不要急躁，不要总想目标什么时候才能实现，成功什么时候才能到来。只管将目标瞄准在你想要的理想人格、理想境界、理想人际关系和理想生活等东西上，然后放松心态，精进努力，做你该做的事情，那么你追求的理想，会在你不经意的时刻，悄然出现在你的面前。相反，如果你总是急躁总是冒进，那么你的成功和理想生活，也许永远不会到来。"

对于这一点，关得深有体会，他人生中最惨痛的失败，就失败于操之过急，失败于急躁和冒进。现在他听了何爷的放松定律，才恍然大悟，感慨地说道："如果用佛经的话说，就是应无所住而生其心。在改命奇书《了凡四训》上，袁了凡也是达到了无念无想的地步，才得以改命成功。无念无想看似高深，不过用现在的话来说，不就是放松吗？"

"关得说得对。"何爷连连点头，对关得的领悟能力大为赞赏，"以无求之心做有求之事，才能达到无为而无所不为的境界。"

"嗯，道理很高深，不过要做起来却很难。"秋曲也连连点头，似乎她也听懂了一样，"既要认准目标，又要不去想着目标，只管埋头去努力，仔细一想的话，就和吃饭差不多，不要去追求饱，将心思用在品味吃饭的过程上，不知不觉就饱了，不知道我形容得对不对？"

果然是无底相之人，领悟力也是高人一等，何子天连连点头，赞道："秋曲形容得非常好，不错，很有悟性嘛。"

毕问天也是心中微微一惊，如果说先天大成之相的元元一生命运顺水顺风，不管做什么事情都可以马到成功的话，那么无底相的秋曲则是一个只要对什么行业感兴趣，都可以一门深入并且可以精通的绝顶聪明之人。

从某种意义上说，秋曲或许没有元元事事顺心如意的好命，但秋曲以后的可塑性却有无比广阔的空间，甚至可以毫不夸张地说，秋曲会比元元更有无法预测的未来。

一个人的命运再好，如果可以预测，等于是可以被人一眼看到结局，但一个命运并不完美的人，却有无限可能的未来，想想看，哪一个更激动人心，哪一个更有挑战性？毕问天心中蓦然迸发出无比强烈的念头，他一定要利用这一次和何子天的联手，将关得和秋曲拉入到他的阵营之中。如此，他有了关得和秋曲之助，成为国内隐形掌门人中的第一人，不在话下。

“秋曲，你真的很了不起。”毕问天也忍不住赞叹说道，“你是不是从小就发现自己很有触类旁通的本事，不管对别人来说多难多深奥的问题，你只要感兴趣，就能学会，甚至还能精通？”

人生成功学的金科玉律

秋曲眨眨眼睛，又歪头想了想，然后点了点头：“好像还真是这么回事儿。您说这说明了什么，毕爷，是不是说明我是天命神童？或者说我身上有外星人的基因？哇，如果我真是外星人的后代就太厉害了，说不定什么时候我的基因苏醒，我就成超人了。嗯，还是女超人，漂亮女超人……”

关得实在忍不住了，乐了：“自恋是一种病，得治。”

秋曲白了关得一眼：“忌妒更是病，得马上治。”

毕问天呵呵一笑，打断了关得和秋曲的斗嘴：“好了，好了，下面说第五条定律——当下定律。过去的事情已经过去，不可追回，未来的事情还没有到来，不用无谓地担心，一个人所能控制的只有当下的一念和语言、行为。所以把握好当下的一刻，关注当下正在发生的事情，努力做好手中正在进行的事情，不要为过去的失误和失败而耿耿于怀，也不要担心还没有到来的明天会有什么好或不好的事情，改造命运，就在当下的一刻。”

“嗯，没错，改造命运听上去很高深，其实真正落到实处，也不神秘。只要把握当下的一刻，从现在开始树立正确的心态，调整好当下的思想、语言和行为，那么不知不觉中命运就会开始向好的方面发展。当下的思想、语言和行为就好比手中的方向盘，每一次细微的修正，都会让人生的汽车行驶在正确的道路上。”关得没让秋曲再抢话，而是抢先发表了看法。

“关得理解得很深刻呀，我自叹不如。”木锦年坐在另外一张桌子上，由于撤掉了屏风的缘故，离得也很近，不过几米开外，可以直接对话。

木锦年虽然没有听到前几条定律，但刚刚听到的几条，就已经让他受益匪浅了。他才知道，何爷和毕爷果然都是博大精深的高人，不但有高超的识人之明，而且还有渊博的知识，绝非街头摆地摊卖艺的江湖骗子所能相比。不，应该是有天渊之别。别的不说，只说刚才二人所讲的人生定律，就绝对是人生成功学的金科玉律，更是改命的宝典。

“理儿是这么个理儿，可是谁又能做到呢？纸上谈兵容易，实战就难了。”花流年不以为然地撇了撇嘴，语气颇有几分不屑，“毕爷说起大道理来头头是道，可是在实战上，总是一输再输。好吧，大的方面我就不说了，只说我的生意，自从跟了毕爷之后，我的生意是王小二过年，一年不如一年。相比之下，关得跟了何爷后，立刻风生水起，蒸蒸日上了。毕爷，您先放下您的大道理，麻烦给我讲讲这到底是为什么？”

好嘛，花流年当场要让毕问天下不来台。

木锦年脸色大变，他虽然知道花流年不靠谱，却怎么也没想到，花流年会傻到当众向毕爷叫板的地步。他暗中叫苦不迭，别让毕爷误会是他怂恿花流年的才好。

毕问天不动声色，只是端起一杯茶，若无其事地喝了一口，看也未看花流年一眼。

元元就及时圆场了：“花姐姐，话不能这么说，所谓师傅领进门，修行在个人。同样的一个老师，教出来的学生参差不齐，有人考上了北大，有人却连末流的大学也考不上，你说，是老师教得不好，还是学生学得不好？每个人的领悟力不一样，能力也不一样，学好学坏，怎么可能怪老师呢？远的不说，就说现在上课，毕爷和何爷讲的道理，有人听懂了，不但懂了，还知道怎么融会贯通，然后具体运用到日常生活中去。但有的人别说可以具体运用了，连听都没有听懂，然后再怪毕爷和何爷的道理空泛晦涩，你说，是不是无理取闹了？遇到事情，要先从自身上找原因，而不是先去责怪别人，这才是改造命运的正确出发点。”

元元的一番高谈阔论，别说，还真有几分道理。尤其是从她那张娃娃脸的表情中说出一番人生大道理，很有几分滑稽的意味，仿佛是一个小女孩给一个成年人上课一样。

别人的话，花流年也许不会听，然而元元的话对她而言似乎有什么魔力一样，她虽然还不服气，却只是哼了一声，不再多说什么了。

“第六条定律是八十和二十定律……”何爷继续向下讲，今天这堂课至关重要，关系到在座几人以后的人生道路能否走得顺畅，所以就算人生定律枯燥或是一时难以理解，也必须一次讲完，否则下次就可能没有汇聚一堂的机会了，“一个人在达到目标前的百分之八十的时间和努力付出，通常情况下，只会收获百分之二十的成果，而剩下的百分之八十的成果，却会在后面百分之二十的时间里和努力中获得。这个定律之所以重要，是因为许多人往往没足够的耐心等后面百分之二十的时间和努力带来的收获。往往在前面的百分之八十的时间和付出后，见收获不大，就放弃了。所以，命运改造是一项系统而长久的工程，不要轻言失败和放弃，要有足够的耐心。”

第六条定律似乎又为花流年上了一课，元元接过何爷的话说道：“量变才能到达质变，为什么成功的人总是少数，因为能坚持到底的总是少数人！花姐姐，不要灰心哟，一时的失败或许是为了更好的起飞，你要相信毕爷，更要相信自己的能力。”

花流年似有所悟，或者是元元的话打动了她，她点了点头：“我最近确实有几分急躁，总想一步登天，也许是该好好反思一下了。”

“第七条定律——应得定律。”毕问天见时间不早了，加快了进度，“一个人会得到应得的一切，而不是会得到想得的一切，富贵者应富贵，饿死者应饿死，一般人七命三运之中，确实有定数。但定数真的不可改变吗？当然不是。如果定数不可变，就不存在改命一说了。但如何提升自身价值，成为富贵好命呢？那就是努力提高自我价值。一个人自我价值越高，对别人对社会越重要，应得的一切就越多，就会越成功。”

“说到如何提高自我价值，就是第八条定律了——间接定律。”何爷中间没再停顿，直接接过了毕问天的话，“怎样提高包括物质和精神两方面的自我价值呢？只有一个途径，而且还是间接途径，就是通过提高别人的价值来间接实现。举一个很简单的例子就是，你想要赢得自尊，只能通过提高别人的自尊获得。你想要成功，也只能通过成就别人来实现。也就是说，不管你想成就什么，必须也只能通过间接成就别人来实现。道理似乎很难理解，其实仔细一想也可以想通，不管是从事什么行业，必须让客人得到了满足，才能占领市场。”

“对，孟子说过：爱人者，人恒爱之；敬人者，人恒敬之……”关得深以为然，“演员通过愉悦观众而功成名就，如果观众不喜欢，演员就不会成名。饭店通过取悦客人而成功，如果客人不喜欢饭店的饭菜，饭店也会倒闭。”

“第九条定律——布施定律。”毕问天冲关得点了点头，继续向下说，“布施的意思不是施舍，而是不求回报地付出。这个定律是说，你布施出去的任何东西，最终都会加倍地回报到你的身上。如果你布施的是金钱和物质，那么你会成倍地获得金钱和物质上的回报。如果你布施的是欢喜心，让他人衷心愉悦，那么你也将会成倍地得到他人回报给你的欢喜和愉悦。同理，你布施安定，让他人心安，你将会成倍地得到安乐。相反，如果你施加于别人的是不安、憎恨和愤怒、忧愁，那么你将成倍地得到这些报应。舍得舍得，先有舍然后才有得。”

“在布施定律中，有一个非常关键的前提是，不求回报，这就是第十条定律了——不求回报定律。”何爷随即接话说道，“作为布施定律的补充，这个定律强调的一点是，在布施的时候，不要期望回报。越不期望回报，最后你获得的回报越大。如果你用所求之心去布施，那么你的回报会比没有所求之心少得多。这个道理不好理解，但却是天地法则之中非常重要的一条。理解不了不要紧，记在心里就行了。”

还有最后三条定律，在座众人都听得津津有味，想一口气听完接下来的三条定律。不料毕问天正要开口再讲的时候，外面突然传来了汽车的轰鸣声。

轰鸣声过后，一个清亮的声音响起："关得在吗？我是孟庆文。"

关得下意识看了月清影一眼，月国梁的秘书孟庆文找他何事？而且还是专程来找他？对，他手机关机了，为了安心听何爷和毕爷的论道。

月清影微微摇头，表示她也不知道发生了什么事情。不等关得做出决定，毕问天开口说话了："正好时间也不早了，今天就先到这里……"

不问悲喜

"也好。"何子天没有反对，主要是他觉得再讲下去，恐怕众人一时也消化不了，反正坐在一起喝茶论道以增进交流的目的也达到了，他就站了起来，"问天，下一步怎么走，回头我们再碰面商量一下。"

"好。"毕问天也没再多说什么，起身就走，"有机会让关得、秋曲他们多和元元、纪度还有锦年、流年多交流多合作，毕竟以后就是一家人了，呵呵。"

关得和何子天一起送毕问天等人下楼。楼下，除了多了花流年和木锦年的两辆汽车之外，又多了一辆市委牌照的奥迪，牌照关得也认识，正是月国梁的专车。

孟庆文站在车旁，见关得下来，正要和关得打招呼，见人多，他就收回了话，只是冲关得点了点头。

送走了毕问天一行，关得没再理会元元的有意示好以及花流年想和他说些什么的暗示，直接让碧悠招待何爷和秋曲，他和月清影一起来到了车前。

孟庆文不说话，沉默地拉开了车门，请关得上车。关得一看车内才知道，原来不只是孟庆文前来，月国梁也亲临了。

出了什么事情，居然惊动月国梁亲自出动前来找他？关得上车之后，坐在了中间，留出左边的位置给月清影。

“开车。”等人都上车之后，月国梁低沉地发出了指令，“去二环。”

见月国梁神色肃然之中有几分阴沉，关得也没问有什么事情，其实不用问，猜也猜得到，肯定不是好事。他太了解月国梁了，月国梁的表情就已经说明了一切。

月清影没能沉住气，问了出来：“爸，出什么事情了？”

“唉……”月国梁长长地叹息一声，身子朝后面重重地一靠，“让我先静静，等到了二环再说。”

汽车一路奔驰，疾驶向南，单城主城区不大，不多时就驶上了二环路。

沿南二环路一路朝西，地势渐低，路过一片低洼的路面之后，地势又逐渐升高，到了一片开阔之地。放眼望去，上千亩地连成一片，坐落在西山的山脚之下，就如一处荒无人烟的废墟。疯长的杂草以及十几棵杂乱无章随处生长的参天大树，还有几座光秃秃的孤坟，无一不衬托出荒凉和衰败的景色。

荒地位于南二环和西二环交叉之处。

单城是古城，也是小城，近年来城区向外扩张的速度不快，修了二环路之后，在二环路和主城区之间还有大片的闲置地皮，因为人少的缘故，就显得格外破落。在卢杰俊任上，曾提出过要建设大单城的设想，只不过设想归设想，最终响应的开发商寥寥无几，结果还是不了了之。

主要也是单城人少，而且单城人保守而安稳，进取精神不足，导致在二环路和主城区之间有大量闲置的地皮无人问津。久而久之，这里就成了老鼠、野兔、黄鼠狼以及杂草的乐园，甚至有些人见有机可乘有便宜可占，将死去的先人埋在此处，当成了墓地。

如果再荒废下去，说不定什么时候这里成了乱坟岗也未可知。

单城的发展，一直向东和向北倾斜，向西和向南则落后了太多，所以南二环和西二环的交叉处有这么一大片荒地，也在情理之中。关得并不清楚月国梁为什么要带他参观荒地，车停下后，月国梁不等孟庆文开门，他自己就下了车，背着手朝荒地走去。

关得紧随月国梁之后，踏着深秋之中已经衰败的杂草，在满是秋虫鸣叫的秋日中午，置身于一大片荒无人烟的废墟之中，颇有一种遗世而独立的洒脱。

当然，洒脱的只是心境和向往，而不是现实。

月清影和孟庆文跟在关得身后，一行四人，朝废墟的深处走去。

“这块地，原本是三姓村的农田……”一直走了十分钟，差不多深入废墟几百米了，月国梁才站住脚步，开口说话，“当年我担任副市长时，正赶上修建二环路，三姓村的征地工作，由我直接负责。”

关得站在月国梁身后，不发一言，感受到天地之间的寂静，置身在空旷的原野之中，仿佛一切都远去不见，只有天地之间的呼呼风声和无边的宁静伴随左右。在他的一呼一吸之间，天地也随之斗转星移。

确实如何爷和毕爷所说的一样，放下心头的牵挂，让心情自由放飞在天地之间，才是最逍遥自在的状态。也只有在最放松的状态之下感受生命的美好，才能深刻地体会到，不管从事的事业是多么伟大和崇高，也不管成功有多辉煌失败有多悲惨，把握当下的一刻，才是生命的终极意义。

未来再美好，现在不快乐，又有何用？因为人总是活在现在，活在当下。

月国梁此时忧愁遍地，苦恼无边，当然不会知道关得却进入了放松而自在的状态，并且对人生定律的理解又深入了一层。不过就算他知道了关得现在的心境也只能无奈一笑，人间之事，向来是各自悲欢。

“当时市里对征地工作的基调是，不惜一切代价都要按期完成征地工作，在市委市政府的指导思想下，我没日没夜一心扑在征地工作上，甚至有过三天三夜和村民谈判没有合眼的经历。最后，软硬兼施，对好说话的村民，晓之以理，对钉子户，动之以武，总算在最后期限之前完成了任务。”

在关得等人面前，月国梁也没再有所顾忌，说了实话。

“本来征地工作，是我从政生涯中的一次胜仗，市委市政府还因此记我大功一件……”月国梁陷入了对往事的回忆之中，目光中流露出些许淡淡的忧愁，“本来是履历中光彩的一笔，但谁能想到，到了今天，却被人翻出了旧账，说是当年征地时采取了暴力手段，不但打伤了几个村民，还打死了一个名叫戴简简的老头儿……”

月国梁朝前方一指，前方不远处有一座孤坟，显然已经年深日久了，坟头很小，杂草成堆。坟前有一块断成了两截的墓碑，依稀可见上面有一行字——戴简简之墓。

“光彩的一笔成了污点，是非功过，还真是可以任由后人评说。”月国梁笑了笑，笑容中有沧桑和感慨，“这还不算，还有人说我在征地过程中，以权谋私，中饱私囊，至少贪了一千万。哈哈，十年前的一千万得是多大的一笔巨款，有些人造谣还真是不过脑子。而且当时全市的征地费用，一共才一千万的补偿预算，岂不是说全市征地下来，村民们没有得到一分钱的补偿，钱全都进了我个人的口袋？”

关得听出味道了，原来月国梁被人翻了旧账，在事关三姓村的征地问题上，被人拿来当口实，成了攻击他的证据。不管对方是谁，攻击力度还真是不小，直接扣了一顶贪了一千万的大帽子。如果真的坐实了，月国梁别说高坐常务副市长之位了，不在监狱中度过余生就不错了。

难道又是沈新在兴风作浪？眼见就要失势了，沈新还有心思来栽赃陷害别人？关得想不通，也就索性不想了，耐心听月国梁继续说下去。

“对方扣了一顶一千万的大帽子，也不是无的放矢，而是精心布下的一个大坑，不但想让我陷进去，还想让清影和你也陷进去。关得，这一次对方不是虚晃一枪，是真想置我们于死地呀。”月国梁双手叉腰，站在杂草之中，不复以前一往无前的气势，而是多了落寞之色，“对方为我精心算了一笔账，将一千万的去向一一做出了合理的安排，其中两百万用来投资在人间，两百万投资了舍得古玩行，还有六百万投入到了滨盛房地产。关得，除了在人间之外，舍得和滨盛你都有股份在内，如果我因为莫须有的一千万落马的话，你和清影也会被牵连其中……”

确实是很歹毒很有谋算的一手，可以引发一系列的连锁反应，确实高明。关得蓦然想起了何爷和毕爷对他在单城还有一次劫难的推算，难道说，劫难应在了这件事情上？他沉思片刻，忽然大着胆子问了月国梁一句：“月伯伯，现在没有外人，我想问您一句实话……清影的钱，到底是从哪里来的？”

孟庆文一听此话，二话不说转身就走，一直走到十几米开外，确信听不到关得几人的对话之后才站住脚步。

月国梁朝孟庆文的背影意味深长地看了一眼，才说：“关得，其实你想问的是，月伯伯为官这些年来，到底有没有犯错误，对吧？”

蝴蝶的翅膀

关得嘿嘿一笑，没说话，默认了。

“如果说完全没有，那是矫情，在合理范围内的报销，肯定有多报的情况。但如果说我拿了不该拿的钱，辜负了人民对我的信任，我马上引咎辞职，绝无二话。”月国梁说得斩钉截铁，表情一脸决绝，“清影的钱，一部分是她自己赚的，另一部分，是她妈妈的钱。”

“外公外婆很有钱，是大富之家，他们只有妈妈一个女儿，他们去世后，名下的财产都过继到了妈妈的名下。”月清影向关得解释她的家庭秘事，“受外公外婆的影响，我在大学期间就喜欢做生意，大学毕业时，就赚了十几万。后来到医院上班，也是为了打开医院的销售渠道。现在告诉你吧，我一直在通过代理人向市一院销售医疗器械和部分药品。为了避免让外界怀疑我是打着爸爸的旗号来以权谋私，我一直躲在幕后。到现在为止，市一院的领导并不知道向他们销售医疗器械的公司是我的公司。”

医疗器械和药品都是暴利，月清影有现在的身家，原来是妈妈的资助以及在市一院赚到的财富。关得恍然大悟，才明白月清影作为副市长的女儿，为什么甘愿屈身于市一院一个小小的人事科，原来背后还有不为人知的真相。

关得又一想，也是，如果月国梁真的以权谋私，他也不会和月国梁走近了。所谓物以类聚人以群分，他和月清影走近，以及一步步和月国梁结识，从一开始其实并不是因为利益的驱使。既然不是源自利益，那就是吸引定律在指引他和月家一家人相识。

关得放心了，他一直相信一点，只要是排除了利益因素的相识和相知，就是命定的相遇。而命定的相遇，从因果定律和吸引定律来分析，他和月国梁以及月清影应该是同一类人。

对自己的为人，关得当然清楚，那么由此推彼，再根据他和月清影合作以来对月清影的熟悉，他就明白，月国梁肯定不会是一个以权谋私的人。

只是突如其来的月国梁贪污事件，还是打了关得一个措手不及。虽然对方的矛头指向的是月国梁，但由于他和月国梁利益一致，也说明他注定有此一难。难道说，是他和月清影的舍得古玩行替送礼者中转古玩而赚取不义之财，才引发了这一次的劫难？

天地平衡之理，从来不会失察也不会失误，关得来不及问月国梁对方到底是谁，先问到了月清影一个关键的问题："舍得古玩行，转让出去没有？"

上次关得让月清影在合适的时候将舍得古玩行转让出去，是因为关得总觉得古玩行从事的生意不是太光明正大，有损阴德，所以有必要在卢杰俊进行大范围的区县领导调整过后，甩掉古玩行这个包袱，以免因小失大。

"还没有。"月清影见关得问得急，她很委屈，"领导干部的调整，还没有全面开始，现在就转让出去，亏大了。"

也是，关得心想他还是失之于急躁了，卢杰俊任期内的最后也是最大一次大规模的领导干部调整，现在只是前戏阶段，真正落实之时应该到冬天了。

不过，根据眼下突变的形势判断，等不及了，该了断时候，就应该当机立断，关得十分肯定地说道："不等了，现在就转让出去。"

"啊？为什么这么急？现在转让，会损失巨大的。"月清影跟不上关得的思路，一时着急，"而且越急着出手，越有人压价。"

"不怕压价，就怕出不了手。"关得脑中灵光一闪，"对了，卖给花流年吧，她的生意很不顺，现在很需要打开新的局面，只要价钱合适，她肯定会接手，毕竟古玩行的前景十分广阔。”

“为什么要卖给花流年？我不喜欢她。”月清影见关得坚持要卖，她也就不再坚持了，却对关得指定接手的人不太满意。

“现在最有可能接手的人就是花流年了，我们要赶紧扔掉舍得古玩行这个包袱，否则也许会被拖下深渊。”一时也向月清影解释不清其中的连锁反应，关得只是简单一说，“事不宜迟，要快。”

“听关得的话，不要因小失大。”月国梁对关得的信任有盲目的一面，也是他认可关得的为人，认定关得做事情必定有深层的原因。联想到他现在的处境，他有理由相信，关得在帮他化解劫难。

“好吧，不过……”月清影面露不快之色，“要说，你和花流年去说，我才不和她说话。”

还是太小性子了，关得摇了摇头，笑了笑，冲月国梁微一点头，拿起电话打给了崔民强。

崔民强一直负责舍得古玩行的经营，作为关得最得力的助手和最信任的发小，关得对他一百个放心。当然，至于他和黄素琴的感情时好时坏，关得也懒得去管了。

“民强，放风给花流年，说是舍得古玩行有意转让。”

“好嘞，得哥，你就等好吧。”崔民强二话不说，一口应下，“怎么着，想什么价出？是宰花流年一刀，还是人情价？”

“你随意处置就行了，前提是，在最短的时间内转让出去，越快越好。能卖高价，是你的本事；卖不了高价，也无所谓。”关得充分放权了。

“明白了，得哥。”被信任的感觉确实不错，崔民强意气风发，“保证顺利完成任务。”

收起电话，关得笑了笑：“这不就得了？哪里用得着亲自出面？”

月清影白了关得一眼：“嘚瑟。”又想起了什么，不解地问道，“如果说舍得古玩行是我们的包袱，甩给了花流年，不就成了花流年的包袱？以你的善良，不应该为别人制造麻烦呀？”

“花流年天生偏财之命，或许她走邪门歪道正合适。”关得并没有说出他真正的长远布局，“而且她现在运势正低，接手了舍得古玩行或许可以提高运势，让她转运。至于以后长远来看有没有负面影响，就不管了，谁也想不了那么长远不是？”

和月清影说完之后，关得又转向了月国梁：“月伯伯，这一次的风声，幕后推手是谁？”

月国梁见关得思路清晰，一副胸有成竹的笃定，他也安心了几分：“还没有确切证据，但不出意外，应该就是沈新。眼见沈新在省里的倚仗要调走了，但又有消息说，那人不但不会调离燕省，而且还会再前进一步，形势陡然为之一变。沈新之前被卢书记一系列的动作打得手忙脚乱，因为风向突然转变，他现在又恢复了从容，开始着手还击了。”

原来如此，关得暗暗点头，形势还真是瞬息万变，沈新在省里的倚仗怎么又突然不调离燕省了？他不是官场中人，无法切身体会官场上真真假假的传闻背后，有时实际上是此消彼长的角力。忽然，他脑中闪过一个强烈的念头，难道说沈新的运势重新上扬，是因为另有幕后推手的缘故？

单城虽然只是一个普通的地级市，但距离省会石门很近。而石门在国内的政治版图上，虽然是众多省会中不起眼的一个，但石门的地理位置十分重要，是距离京城最近的一个省会。同时，作为将京城包围在内的省份，燕省省委是和京城联系最密切的省委大院。

而到了省委领导的级别，任何一次调动都要经京城方面点头。由单城牵一发而动全身的局势分析，为了扶植沈新，让沈新运势上涨，进而可以上抗卢杰俊下压月国梁，然后再由卢杰俊和月国梁的运势衰减波及他自身，那么幕后推手必须是一个手眼通天的人物，可以直接影响到沈新身后之人的调动事宜……除了杜清泫，关得想不出还有谁的手可以伸这么长，借一系列事件的连锁反应，最后的落棋点却是在他的身上。

如果不是何爷和毕爷事先点明，只凭他的眼力和境界，打死他，他都猜不到单城的风吹草动，是源于京城之中一只蝴蝶扇动的翅膀。

想通此节，关得进一步问月国梁：“月伯伯，沈新背后之人为什么又不调动了，是不是有什么说法？”

月国梁一愣，不解其意："省一级领导调动的决定权在最高层，背后到底出现了什么变故，我也不清楚呀。"

"能不能向省里打听一下，看是不是有人出面保下沈新在省里的关系了。"关得相信月国梁在省里也会有赏识他的老领导。

沈新在省里的关系是常务副省长冯离光。

月国梁猜不透关得的用意，见关得一脸认真，他迟疑一下，还是拿起电话打给了老领导："老领导，冯副省长说是要调走，怎么又突然留任了？"

老领导的声音还是一如既往的淡定："上面定下来的事情，谁好问个为什么？国梁，你有什么话就直说吧，别藏着掖着了。"

一怒而天下惧

"是这样的，老领导……"月国梁斟酌了一下语言，又下意识看了关得一眼，才小心翼翼地说道，"冯副省长是不是还要再前进一步？是不是有人发话要保下冯副省长？"

"冯离光能不能再前进一步，这个还真不好说，他是常务副省长了，再进一步的话，是当副书记还是省长呢？如果他当副书记，齐全得让位。如果他当省长，比他排名靠前的齐全怎么办？所以说，这个事情不是说上面点头下面就一定拥护的问题。"老领导慢条斯理，对月国梁有点越位的问题，没有表示出丝毫不满，相反似乎还谈兴很高，"本来呢，省里几个主要领导对冯离光的工作方法有点看法，就多次向上面反映调整一下冯离光的工作。冯离光已经是常务副省长了，在省内是没法再调整了，除非调离燕省。为了燕省省委安定团结的局面，上面本来已经决定要调离冯离光了，谁知眼见就要签发调令时，忽然有人发话了，说冯离光留在燕省，有利于燕省的经济发展，结果就……"

还真是有人出面保下了冯离光，月国梁心中大跳，不由又狐疑地多看了关得一眼。

不过从老领导的话中，他也品出了味道，冯离光虽然继续留任燕省，但前进一步的可能性不是很大，除非燕省省委班子大幅调整，否则省委中还真没有冯离光前进一步的位子。这么一想，月国梁心里又踏实了几分，见老领导今天兴致挺高，就又问道："老领导，最近单城刮起了一股妖风，说我前些年在三姓村征地之中，私吞了一千万公款，传言有鼻子有眼，说我私吞的公款都让清影拿去投资了……老领导，我冤枉呀。"

"国梁，你也别叫冤了，说吧，你想怎么样？"

月国梁别看是单城市位高权重的常务副市长，在老领导面前，和一个小学生没什么区别，他呵呵一笑："老领导，我在单城先后干了十几年，时间太长了，长到总有人可能随时翻我的旧账。而且我又是单城人，在单城当常务副市长，也算到头了，如果能挪挪地方，也许还有新的天地……"

一般而言，当地官员不能在当地担任市委书记和市长。

关得在一旁听了心中一跳，月国梁是想跳出单城了，不行呀，单城的事情还没有一个结果出来，他如果现在走，等于是临阵脱逃，让沈新平白胜了一局。就算沈新没有得到任何实质结果的胜利，也会削弱月国梁的运势。

月国梁必须迎难而上，和沈新在单城一决胜负之后再离开，才有利于以后的长远发展。

还好，关得的担心多余了，月国梁话一说完，老领导就直接否决了他的想法："国梁呀，你现在还不能离开单城，既然有你的妖风，就得等妖风过后，你才能考虑离开，要不，别人会说你身上真的有事情。洗干净了再走，也算是对单城的百姓有一个交代了。"

放下老领导的电话，月国梁眉头紧锁，心情不好："还真是上面有人出面保下了冯离光，关得，你太有预见性了。冯离光在省里不是很受欢迎，他和齐全齐副书记的关系也一般，省里的前三号人物，有两个人先后向上面反映过他的工作方法有问题。本来上面已经同意要调走他了，不承想，到头来事情还是出现了变故。到底会是什么人这么有分量，一句话就保下了冯离光？"

关得有一件事情没想明白："月伯伯，如果冯离光调走，是不是不管调到哪里，都会比留任燕省要差一些？”

“基本上是。”月国梁点点头，“冯离光年龄快到点了，在燕省的话，还能再干两三年，但如果调离的话，去别的省份，很难有相应的常务副省长位置等他去坐，调到部委的话，等于是闲置了，所以原地不动最符合他的利益。”

原来如此，关得现在愈加肯定背后保下冯离光的人是杜清泫无疑了。

作为一名运师，杜清泫出手也会借助支点或者说桥梁。由于杜清泫位置太高或者是在燕省没有关系网的缘故，他借冯离光为桥梁，再以沈新为支点，借以撬动单城的局势，从而一步步波及关得，以最终达到让关得运势衰减，然后影响到他和何子天、毕问天两大高人较量的大局。

好一手瞒天过海之计，关得心中暗暗佩服杜清泫牵一发而动全身的布局。当然，他更佩服的是杜清泫惊人的影响力，怪不得可以使何爷和毕问天两大高人不得不放下成见握手言和，原来杜清泫比他想象中更有能力更有手腕！

还好，关得只是心驰神往一下，随即收回了不安分的念头，如果他只是为了个人的成功而追求“一怒而天下惧，安居而天下熄”的境界，那么他最终还是逃脱不了孤家寡人的下场。人不能太自私也不能太浅薄了，否则还真对不起何爷和毕问天的一番谆谆教诲。

“月伯伯，我有一个建议……”关得心中主意既定，就开始施展他的计划了，他必须帮月国梁过关，不是为了他自己，而是为了整个大局。大局中，不仅包括月国梁父女，也包括何爷在内，还包括秋曲、碧悠等人，以及毕问天一系。

“说吧。”月国梁此来专程找关得，就是为了亲耳听听关得的建议。

“流言先不用去管，毕竟嘴巴和耳朵长在别人身上，谁爱说什么就去说，谁爱听什么就去听，与其惊慌失措地去防民之口，还不如踏踏实实地做一些实事出来。到时清者自清，浊者自浊，流言没有了市场，也就自然消散了。”关得侃侃而谈，心中已经有了一个成熟的计划，“一方面让人散播清影天生就是富二代的消息，让别人知道清影是从苏阿姨处继承了上千万的财富，用来抵消关于月伯伯贪污公款的传言。另一方面，月伯伯可以主持召开政府常务会议，提议重点开发三姓村的地皮。”

想到月清影的妈妈苏姝娥不显山不露水，居然是千万富翁，关得心中就有一种奇怪的感觉。他去过月家几次，当时注意力全部落在了月国梁身上，并没有刻意观察苏姝娥的面相。现在回想起来，苏姝娥只是一个再普通不过的家庭妇女形象，居然也是大富大贵之人，而他和她几次正面相对，却丝毫没有从面相上有所察觉，可见面相学有时也有失之偏颇之处。

或者说，身为相师或是运师，也不可能识尽天下之人。

“第一点倒没什么，虽然清影妈妈不愿意让别人知道她的身世，但现在情况特殊，适当散播一下也无伤大雅。第二点就有点难度了，三姓村的地皮荒废了十来年，一直没有开发商开发，从远离市区并且没有多少商业开发价值来看，就算市里出台的扶植政策再好，恐怕也没有开发商愿意投资。三姓村的地皮，一直是市里的老大难问题。”月国梁理解关得的反击之计，既然对方拿他在三姓村征地的旧账说事，他索性再一脚踩在三姓村的雷区上，为市里解决一桩老大难的遗留问题，让一些别有用心的人无话可说。

“其实，换一个角度来看，三姓村的地皮也并非没有商业价值……”在下江上了四年大学的关得，思路比一直在内地工作的月国梁开阔多了，而且他上大学期间，没少和要好的同学到南方的经济发达城市游玩，也从中观察到了许多沿海城市和内陆城市在经济发展上的对比。借鉴发达城市的经验，是内陆城市发展的必经之路，“单城的公园有不少，但缺少一个大气并且上档次的植物园。三姓村的地皮，原先是农田，土地肥沃，有利于植物的生长。如果在这片土地上建造一座大型的植物园，不但会改善单城的空气质量，而且还是一件让单城百姓得到实惠的大好事。”

月国梁的眉头舒展了一半，微露欣喜之色：“关得，你的想法很有创意，不错，非常不错。可是问题是，谁会来投资呢？投资一座大型植物园，少说也要上亿的投资，而且见效慢，没有五六年，不会见到效益。”

“市里可以在地皮转让的价格上，做出大幅让步，再在税收上，以免税三到五年为优惠条件。如果月伯伯能争取到以上的政策，我有把握找来开发商投资。”关得信心十足地说道，他的眼中闪过自信的光芒，因为，他已经想到了一个一箭双雕的妙计。

“你真有把握？”月国梁眼前一亮，不敢相信关得的话，“政策上的扶植条件都好谈，主要是你真的能找来开发商投资？”

各有手法

“问题不是很大。”关得微微一笑，“月伯伯给我一周时间，一周后，我给您一个最终答复。”

“好，好。”月国梁顿时心情大好，“如果你真能拉来投资，关得，我记你大功一件，哈哈。”

回去的路上，月清影坐在关得身边，不时偷看关得几眼，想问什么，又一直不好意思问出口。一直等到了一碗香之后，月国梁一走，她才问出了口：“你真能拉来投资？谁的投资？”

关得故作神秘地一笑：“天机不可泄漏。”

“你就气人吧。”月清影生气了，一转身就走，“我找秋曲去，不理你了。”

不理就不理，关得呵呵一笑，不管月清影的小性子，径直上楼去了。

一碗香的楼上，已经人去楼空，既没有何爷，也没有秋曲和碧悠。一问才知道，秋曲和何爷一起去方外居了，而碧悠则是回了桃花居。关得和月清影一商量，让月清影去方外居找秋曲，秋曲远来是客，没人陪也说不过去。

关得则去桃花居陪碧悠，说是陪，其实是有事要谈。

碧悠从石门回来，和家人见面，肯定有许多话要对关得说，关得需要优先处理碧悠的事情。

就在关得去见碧悠而月清影和秋曲会面时，在楼外楼，毕问天一行几人坐在一起，进行了一次深入的交谈。

楼外楼是毕问天让木锦年购置的一处院落，院子不大，和方外居大小相仿，坐落在单城老城区的一片民居之中，颇有大隐隐于市的高雅。

楼外楼名字中有楼，其实不是楼房，是平房，和何爷的喜好一样，毕问天一直偏爱平房。在他看来，楼房是鸽子笼，是人多地少无奈之下的妥协。而且从养生的角度来说，住平房才接地气。

虽然已是深秋，秋风吹拂，微有清凉之意，但坐在午后的阳光之下，在楼外楼的葡萄架下，支一张藤桌，再摆几把藤椅，也很有情调。

毕问天居中而坐，此时的他换了一身休闲服，宽衣宽袖，午后阳光从树叶间穿过，洒落在他红光满面的脸庞之上，再有微风吹动衣摆，还真有飘然若仙的出尘之意。

不过拥有出尘之意的高人，一开口说的却是彻头彻尾的入世之话："锦年、流年，你们对于和何子天、关得等人的联手，有什么看法？"

"我没什么看法，毕爷的决定永远英明正确。"花流年对毕问天的不满一时难以彻底消除，她一说话就是阴阳怪气的腔调。

毕问天倒也有涵养，不理花流年的冷嘲热讽，目光看向了木锦年。

木锦年在了解了联手的大背景之后，心里清楚联手之事已成定局，断无回头的可能。虽然他并不清楚毕爷为什么为了一个元元甘愿承受杜清泫的冲天一怒，但他知道，毕爷的决定肯定有深层次的考虑，他点头说道："联手是好事，我服从毕爷的决定。不过我有一个疑问，和何子天、关得联手，万一我们被他们算计了怎么办？"

"哼，关得会算计我们？要我说，我们不算计关得，他就谢天谢地了。"花流年坐在一枝下垂的葡萄藤下，不时用手推开在她眼前晃来晃去的葡萄藤，"既然是联手，就得拿出十足的诚意，堡垒最容易从内部攻破。如果我们现在还琢磨着怎么算计关得他们，那么我们也不用等杜清泫动手了，直接缴枪不杀就行了。"

"流年的话，有道理。"毕问天不但不生花流年的气，反倒赞同她的看法，"我相信子天在和我合作期间，也不会有别的想法。当然，在和杜清泫分出胜负之后，大家分道扬镳的时候，也许会有背后的手段，不过那都是后话了，现在我定下和何子天、关得等人合作的原则——精诚合作！”

元元坐在一个小板凳上，双手支在双腿上，饶有兴趣地听毕问天发话。她的目光流转，十分活跃，不时在木锦年和花流年的身上跳来跳去，每次落到木锦年的脸上时，眼神中总是闪过一丝莫名的复杂情绪。

“杜清泫此人，神通特别广大，影响力非常惊人，别看他人在京城，单城的一举一动，都逃不过他的眼睛。”毕问天脸上微有忧色，“虽然我放弃了沈新，但沈新的运势再次逆势上扬，如果我没有猜错的话，肯定是杜清泫背后出手了。当务之急，必须衰减沈新的运势，不能让沈新继续为所欲为下去。”

之前，在听到木锦年转述了沈伟强不顾一切的疯狂之后，毕问天立刻察觉到单城局势肯定出现了意外变故。他在打出几个电话后，得知了月国梁再次被沈新打压的消息。他的处理手法和关得一样，当即向省里和京城打探情况，最后得出了结论，杜清泫在京城扇动了蝴蝶翅膀，最终在单城激起了一场风暴。

不过和关得从正面帮助月国梁还击沈新的手法有所不同，毕问天让木锦年联系了沈伟强，提出他和木锦年要和沈新、沈伟强一起坐坐。毕问天的如意算盘是，只要和沈新面对面坐在一起，他就有办法破了沈新逆势上扬的运势。

结果让毕问天失望的是，沈伟强一口回绝了木锦年的提议，还如同吃了枪药一样对木锦年一顿嘲讽外加威胁，告诉木锦年，如果木锦年非要和他作对的话，他会让木锦年死无葬身之地。

木锦年被沈伟强的狂妄气笑了，不过由此也可以得知，沈伟强如此张狂并且不可一世，肯定是他认为他也有高人撑腰，并且百分之百会立于不败之地。

现在的问题是，沈新自认为有了更厉害的人物作为靠山，直接将毕问天抛到了一边，毕问天想从正面出手的路，几乎被全部堵死了。

“我有办法。”花流年眼珠转了几转，还没开口，自己先咯咯笑了，“办法可能有点不登大雅之堂，毕爷可别笑我。沈新有一个不争气的儿子沈伟强，沈伟强有一个贪得无厌的情人郜小鱼，现在郜小鱼还在省电视台，从她身上下手，肯定容易打开突破口。”

纪度自从被关得当众打倒在地之后，他就一直如哑巴一样，没再开口说话，现在他终于开口了：“除了从女人问题这方面下手之外，我还可以暗中调查沈新的经济问题……”

“不用这么麻烦……”毕问天呵呵一笑，摆了摆手，站了起来，“这样，锦年和流年负责调查郜小鱼和沈伟强的关系，最好有铁证。纪度负责查清沈新妻子的行踪，然后在一个合适的时候，我和沈新的妻子来一次意外偶遇就行了。”

沈新的妻子刘欣在单城妇联工作，平常工作很闲，基本上不怎么上班。

“好，没问题。”木锦年和花流年以及纪度异口同声地应下。

“那我呢，毕爷？”元元站了起来，不满地噘起了小嘴，“我总不能什么事情都不做，只管躲在后面被人保护吧。”

“现在还不到你出面的时候，元菱。”毕问天慈爱地一笑，“等你出面的时候，就是和杜清泫正面交手一决胜负的时候，所以你现在就得躲在后面，当好大家的后勤。”

“好吧。”元元很不甘心地答应了，不过她又悄悄地一笑，“如果我闷了，可不可以找关哥哥去玩？”

“小心关得吃了你！”花流年故意吓唬元元，“关得很会迷惑人，你小小年纪，三下两下就被他骗到了。”

“我不怕，我有什么好骗的？”元元一副天真无邪的笑容。

花流年摇了摇头，还想说什么，见木锦年向她暗使眼色，只好闭嘴了。

木锦年和花流年离开的时候，元元自告奋勇要送二人。

到了外面，站在门前的梧桐树下，元元在秋日的阳光下，手搭凉棚，既可爱又顽皮。

木锦年想起了什么，遗憾地说道：“十三条人生定律，我才听了那么几条，剩下的几条，不知道毕爷什么时候才讲。”

元元嘻嘻一笑：“毕爷说了，等事情告一个段落，他会再系统地为我们上一次课。木哥哥，你不要急呀，现在是非常时期。”

木锦年笑了笑没有说话，心里却想，元元似乎是毕爷的代言人，她聪明伶俐倒也罢了，还特别有心机，在可爱和顽皮的表象之下，有一颗让人防不胜防的深心。

“对了，我看木哥哥和花姐姐财运大开，应该是事业上很快要有转机了……”元元一根手指放在嘴边，神秘而小声地说道，“嘘，千万别让毕爷听到，毕爷不让我乱说话。不过我实在忍不住想小小地透露一下，木哥哥和花姐姐好事将近，不出意外，就在一两天之内。如果说对了，你们可要带我到单城好好玩玩，别让我太闷了，好不好？”

时来运转

告别元元，离开楼外楼，刚上车，花流年就将不满发泄到了木锦年身上：“木锦年，你当初口口声声说毕问天是什么世外高人，可以决人命运点人前程，还有点石成金的高明，结果呢？结果现在你被沈伟强欺负得如丧家之犬，我的生意一落千丈，眼见就要连饭都吃不上了，毕问天高明在哪里？好歹我们也是他的关门弟子，他怎么就不帮我们也改改命，让我们和关得一样大获成功？”

如果说以前木锦年对毕问天是毕恭毕敬的态度，那么现在他对毕问天的态度也有了微妙的变化。或许是更高人物杜清泫的出现让他意识到，毕问天并非如传说中一样无所不能，又或许元元和纪度的到来让他意识到，他和花流年在毕问天的心目中，可能只是一枚用过便可以随手抛弃的棋子。

这么一想，木锦年心中不免失望加沮丧，好不容易以为抓住了人生的转折点，跟随在毕问天身后，不愁以后没有大好前途，却原来还是一场空。他摇头叹息说道：“也许是我们的命数都不如关得的好，毕爷想要为我们改命，是一项庞大的系统工程，需要时间。”

“你的话，你自己相信吗？”花流年嗤之以鼻，最近生意接连失利，让她十分恼火，再加上她本来就远不如木锦年对毕问天恭敬，她对毕问天是不是有真本事的怀疑心就越来越重，“对了，元元说你和我就要财运大开时来运转了，她是哄我们开心呢，还是她真看出了什么？”

“我怎么知道？”木锦年对元元没什么好印象，不太喜欢她掩藏在懵懂表情之下的深心，他一边开车一边嘿嘿一笑，“你要真信她的话，小心到时候连怎么死的都不知道。”

木锦年和花流年同乘一车而来，花流年没有开车，她心情不好的时候，一向懒得开车。

“不对，你对元元好像有成见，她可是一个少见的好姑娘，你不许说她坏话。”花流年不明白木锦年为什么诋毁只见了一面的元元，她想了一想，恍然大悟地说道，“哦，我明白了，你看上元元了，是不是？但元元似乎对你印象不好，你因爱生恨。”

木锦年险些没被花流年的智商气得跳脚，一个女人可以爱慕虚荣，可以贪财，可以肤浅，但不要智商低到没有分辨能力，凡事都往男女关系上扯的程度好不好？他想和花流年说说他对元元的真正看法，又一想，算了，以花流年的心机，说不定一转身就出卖了他，话就会传到元元和毕爷的耳中。

正在此时，花流年的电话突兀地响了。

“舍得古玩行的电话，难道是关得找我？”花流年一时惊讶，当即接听了电话，“关兄弟，有什么好事找姐姐？你可千万别告诉我没有好事，没好事你给姐姐打电话，是成心气人是不是？”

“花姐，是我，崔民强，不是得哥。”崔民强险些被花流年连珠炮一样的声音震破了耳朵，他暗暗发笑，得哥还真会选人，花流年真是一个活宝。

“哟，民强呀，你怎么想起给姐姐打电话了？是不是想姐姐了？”花流年和崔民强并不熟，只是见过几次，说过三五句话而已，不过她是自来熟的性格，只是和秋曲的自来熟不一样，她的自来熟掺杂了太多的私心杂念。

“那是，确实是想花姐了。虽然我和花姐没见过几次面，但以花姐的花容月貌，只见一次就已经让人梦牵魂绕了。”崔民强也不是省油的灯，见花流年喜欢开男女关系上的玩笑，他也就顺水推舟向下接话，“想呀想呀，就想出相思病了，不知道花姐现在有没有时间来舍得古玩行坐一坐，好让我再一次欣赏到花姐的天生丽质，以解我的相思之苦。”

“咯咯……”花流年笑得花枝乱颤，“都说强将手下无弱兵，到底是关得的小弟，民强，你可是长了一张巧嘴。好吧，我倒是有时间，不过你得先告诉我，除了想欣赏我的花容月貌之外，你对我还有什么企图？我得做好心理准备，才能决定去不去见你。”

崔民强乐了，花流年是他见过的最有意思最好打交道的美女，他哈哈一笑：“我对花姐就算有企图，也是有贼心没贼胆呀。得哥有想转让舍得古玩行的想法，他说放眼整个单城，也就花姐有魄力有眼光接手，怎么样花姐，我已经泡了好茶，就等你来品尝了。”

关得要转让舍得古玩行？花流年眼皮大跳，舍得古玩行可是一个金矿，现在如日中天，正是大赚其钱之时，关得为什么要转让？而且还非要指名点姓转让给她，难道关得真是活雷锋？

关得当然不是活雷锋，花流年愣了愣，想起关得身边的秋曲、月清影和碧悠，她又否定了关得对她有意思的想法，忽然又想到了元元的话，难道说。她的财运真的到来了？

好吧，先不管关得是出于什么目的要转让舍得古玩行，先过去看了再说，花流年当即有了决定：“秋天了，别泡绿茶，喝了胃寒。”

“好嘞，没问题。”崔民强见花流年动心了，笑道，“花姐，从水煮沸到泡茶，要半个小时。泡上茶后等茶凉，只需要五分钟。”

“你放心，我十分钟就到。”花流年明白崔民强的暗示，是时不我待的意思，她收起电话，一拍木锦年的肩膀，“锦年，送我到舍得古玩行，越快越好，我的好事临门了。”

木锦年刚才大概听到了电话内容，十分不解：“关得要转让舍得古玩行给你，是不是和我当初将玉器行转让给他的手法一样，他想让你走霉运？”

“屁！”花流年对木锦年的分析嗤之以鼻，“你以为关得和你一样笨？你是听了毕问天的屁话才甘愿将玉器行拱手送给关得，结果呢？你是赔了夫人又折兵。要我说，生意就是生意，不是毕问天所说的神神乎乎的什么损耗别人的运势。你放心，关得想转让舍得古玩行，肯定是滨盛的事情太多了，忙不过来，他想腾出手来去干大事业了。”

木锦年不说话了，他知道他说不过花流年，也不想和花流年做无谓的争论。而且花流年的话确实也触动了他的痛处，现在他就怀疑当时向关得奉送玉器行之举，也许真是赔了夫人又折兵的笨招。

木锦年还不太开心的是，关得既然要转让舍得古玩行，为什么不转让给他，而非要给花流年？难道关得对花流年有什么想法？

虽然心中不快，木锦年还是送花流年到了舍得古玩行，不过他没多停留半分，扔下花流年就开车走了。

刚重新上路，他的手机就恰到好处地响了，一看来电，居然是关得。

木锦年心中一紧，急忙靠边停车，郑重其事地接听了关得的电话。

“锦年兄，方便说话吗？”关得此时正在桃花居的院中，坐在板凳之上，边喝碧悠新泡的红茶，边和木锦年通话。

“方便，方便，关老弟有什么指教？”木锦年脑中突然跳出一个十分强烈的念头，难道说，元元说他和花流年即将时来运转，是确有其事了？

“说指教就太见外了，是有件事情要和你商量一下，你什么时候有时间？”关得坐在树影摇动的秋日午后的小院之中，心境沉静而辽远，浑然没有劫难即将降临的紧迫感，而且他也将何爷和毕问天说他有一难的话，抛到了脑后。

“时间倒是有，就看关老弟是有什么事情了。”木锦年以前做事情很有耐心，现在却急躁了许多，想现在就知道关得的意图。

“是关于合作开发项目的事情，电话里也说不清楚，还是见面详细聊一聊最好。”

“好吧……”木锦年稍微矜持了一下，才说，“明天中午，我去一碗香找你。”

“好。”关得见好就收，结束了通话。

碧悠穿了一件开襟的中式上衣，大红的底色，胸前还绣了两朵紫色的牡丹，大俗大雅的颜色衬托得碧悠人比花娇。再加上桃花居掩映在周围的民居之间，格外幽静，就让她如深谷幽兰一般娴静而美好。

“真要转让舍得古玩行？真要和木锦年合作了？”碧悠手中拿了一只鞋底，用一根粗大的针穿透鞋底，穿针引线，正如一个贤惠而手巧的小媳妇一样在纳鞋底。

碧悠是在为何爷做布鞋，何爷喜欢穿手工的布鞋，碧悠每年都会为何爷做几双。

关得小时候见过继母纳鞋底，现在几乎没有女人会做鞋了，难得的是碧悠坐拥千万财富，还亲自动手为何爷纳鞋底，可见她的一片孝心也是发自真诚。

“是呀，现在的形势，必须这样做。”关得见碧悠不急着说她在石门见到家人的经历，他也不催问。他就是随缘的性格，碧悠想说，自然就说了，不想说，他也不勉强。

当下心安

碧悠将针在头上蹭了蹭，将穿过鞋底的针用力一拉，针带动长长的棉线束缚在了鞋底之上。她优美的动作以及娴熟的姿势，只在一旁静静地欣赏就是一种享受，时光仿佛停止了流逝，一生之中的所有美好都停留在了一纳一引的穿针引线之中。

“要不要我也帮你做一双鞋？”碧悠扬了扬手中的鞋底，粲然一笑，“我的手工活儿还不错，你穿上肯定舒服。”

“不要了。”关得连忙摆手，他舍不得碧悠娇嫩的小手为他操劳，“我还是穿买的鞋舒服，也省事。”

“不要拉倒。”碧悠白了关得一眼，想起了什么，“秋曲非要去方外居，说是要看看你住的地方，我拗不过她，何爷也不好意思拒绝，只好由她去了。我总觉得秋曲太喜欢强人所难了，她难道不懂得照顾别人的情绪？”

关得不想评价秋曲的所作所为，秋曲的热情开朗，有人喜欢就有人厌烦，世间上的事情往往如此，没有一个人可以让所有人都说好。

“随她吧，她没恶意。每个人都有自己的喜好，不能要求所有人都符合自己的要求，何况自己的要求也很主观，未必正确。”在听了何爷和毕问天的联合上课之后，关得的心量慢慢打开了，越来越喜欢站在别人的角度考虑问题。

“话是如此，不过我还是觉得她有点讨厌……”碧悠对关得的回答不是很满意，白了关得一眼，“你是不是真的认为秋曲是你天大的福分？”

“呵呵……”关得轻松地笑了，“命由心造，每个人的福分都由自己创造，不是别人的施予。就算秋曲是我天大的福分，我也不会平白得到，肯定要付出相应的代价。话又说回来，人还是应该相信自己，将命运掌握在自己手中，自己去创造明天的幸福，而不是借助外力。”

“说得倒冠冕堂皇，谁知道你心里到底是怎么想的。”碧悠放下鞋底，为关得续了水，“你怎么一直不问我石门之行有什么收获？”

“我在等你主动开口，有些事情，不方便问，只方便听。”关得多少有点生碧悠的气。碧悠在石门期间，不接他的电话，也不回话，让他无比担心。

“我知道你还在生我的气。”碧悠反倒开心地笑了，笑过之后，又落寞了几分，“在石门的时候，也不是不接你电话，而是不知道接了该说些什么。当时我心烦意乱，都快崩溃了。”

“快要崩溃了也不和我说说，让我帮你想想办法，可见在你的心目中，我终究还是外人。”关得半是玩笑半是指责。

碧悠愣了愣，脸色黯淡了几分，她勉强笑了一笑：“关得，你这话说得真诛心，你到底想我怎样？”

关得不想碧悠怎样，他真的只想帮助碧悠。

“我见到了亲生父母，和我想象的一样，他们对我一点儿也不亲，就如当年遗弃我的时候一样，他们对我还是没有半分感情！”碧悠的伪装终于扔掉，伏身到桌子上嘤嘤地哭了起来，她哭得很伤心，肩膀不停地耸动，伤心成河，“我恨他们，我恨他们！”

或许正是深埋在心中的恨，才让碧悠一直心思郁结，无法开朗地面对人生。关得对碧悠的恨意感同身受，只是他对亲生父母的抛弃早已没有了恨，而是转化成了云淡风轻的回忆。人生有许多事情发生了便无法改变，与其为了既成事实的事情而耿耿于怀，郁结在心，还不如放手，让过去随风而去，也好当下心安。

只是许多人总是做不到放手，结果就导致自己郁郁寡欢。人生中有太多苦恼是自寻烦恼，是自己想不开，懂得了活在当下珍惜现在的人，才是聪明人。

“他们遗弃了我之后，又有了一个弟弟和一个妹妹，弟弟叫碧然，今年二十三岁，在爸爸的公司担任董事，妹妹叫碧扬，今年十五岁，还在上中学。他们待弟弟和妹妹都很好，我也是他们的亲生女儿，他们却视我不是亲生的一样，为什么？为什么？”碧悠猛然从桌子上抬起头来，目光中流露出坚决之色，“他们的公司实力很雄厚，市值保守估计在五十多个亿以上，而且他们除了家族生意之外，名下还持有一些大型上市公司的股票……我是他们的亲生女儿，不告他们遗弃罪就不错了，他们如果还想剥夺我的继承权，我决不同意！”

上次碧悠说过，如果她答应父母让她嫁人的请求，父母会将家族生意的五分之一当成嫁妆，合十多个亿，碧悠心动了，关得还劝她不要因为金钱而出卖自己。现在看来，碧悠明着是想从父母手中要回属于她的继承权，暗中还是将金钱当成了弥补她童年失去父母之爱的补偿。

可是，金钱怎么可能补偿得了亲情和真情？金钱买不到的东西有很多，比如时间，比如爱……关得没说话，坐到了碧悠身边，轻轻抚摸她的肩膀。

碧悠一头扑进了关得的怀中：“关得，在石门的几天里，我在他们的陪同下，见到了他们想让我嫁的人。他叫贾宸默，是一个标准的不学无术的富二代，其貌不扬，个子不高，顶多一米六五。只不过他家的家族企业贾氏集团和碧天集团要互相参股，联合在一起，准备进军京城，所以要通过联姻来约束双方……”

关得对碧悠家族和贾宸默家族联姻的目的不感兴趣，他只想知道碧悠的真实想法："你到底是怎么想的？"

碧悠紧紧抱住关得，仿佛关得是她最后的救命稻草一样："我答应了他们的要求，不过，我提出了三个条件。"

"什么？"关得一时震惊，一把推开了碧悠，"碧悠，你真的想嫁给那个贾宸默？"

"当然不是，我才不要嫁给他，他长得那么丑，又一副不知天高地厚的熊样，怎么看怎么像瘪三，就算全世界男人都死了，我也不会看上他。"碧悠很是刻薄地贬低了贾宸默一番，又说，"我用的是缓兵之计，想让他们先答应我的三个条件：一是恢复我的继承权，让我认祖归宗，二是我要求在家族企业中持股百分之二十，三是我要在碧天集团担任副总裁以上职务……"

关得心中喟叹一声，碧悠是在弄险，她一是不甘心，对早年被遗弃的命运耿耿于怀，二是不满足，见本该属于自己的庞大家产却不能落到自己手中一分，心生怨恨。虽说有人喜欢富贵险中求的赌博，关得却还是喜欢平稳推进的人生，况且碧悠没有见识过多少人心险恶，她和父母过招，最终赌输了怎么办？

她下注的可是一生的婚姻幸福，如果输了，就要赔进去全部的爱情，甚至是整个人生。

"他们答应了？"碧悠一直不肯称呼父母为爸爸妈妈，一直以"他们"相称，关得也只好随碧悠的叫法。

"基本上算是答应了，说是过几天给我确切的消息。不过看上去，碧然很是反感我这个突然冒出来的姐姐，他坚决反对我重回碧家。"碧悠微微冷笑，"这些年我吃了多少苦受了多少罪，他从小锦衣玉食，完全想象不到一个人流浪是怎样的艰难。他还想阻止我回家，哼，等着，等我持股之后，我会慢慢增持股份，直到有一天完全控股碧天，让碧天成为我的产业！到时，谁都得臣服在我的脚下！"

关得吓了一跳，碧悠原来还有这样的野心，她真是被仇恨蒙蔽了双眼。

"碧悠，你有没有想过，万一你失败了怎么办？"关得提醒碧悠，人生不能只想到赢，而是要先想到输，只有先做好可以承受惨败的设想之后，再去下注，才是有备无患的正确做法。当年他就是没有先想好输，没有做好承担输的心理准备，结果才输得一无所有，险些连命都输掉。

“我不会失败，我一定会赢。”碧悠脸上闪现自信的光彩，她胸有成竹地说道，“我已经想好了应对的计划，放心吧关得，总有一天，你会看到我掌控整个碧天集团。”

关得不知道该说什么好了，有自信是好事，但太盲目的自信就是冲动，就是自以为是了。碧悠还是没能听进何爷和毕问天讲的人生定律，各花入各眼，同样的人生道理，听在不同的人的耳中，会产生不同的效应。他沉吟片刻，还是问道：“他们怎么相信你愿意服从他们的安排，肯定不会只是口头说说而已？”

“是的，有约定。”碧悠点头说道，一拢头发，“在他们给我股份的同时，我必须和贾宸默订婚。”

“订婚？”关得摇了摇头，怪不得碧悠人在石门时不接他的电话，如果让他知道碧悠下了这么大的赌注，他一定会劝她收手。又一想，碧悠应该是已经下定了决心，他再晓之以理动之以情也无济于事了。

02 一得一失，天壤之别

有一类人就是广交天下朋友，而且从来不与人交恶，虽说失之于圆滑，却也是左右逢源的一种人生态度。关得心里有数了，相信即使赵苏波和赵乘风的关系不是那么密切，至少也是可以坐下一起谈谈的友好。

人生没有假设

人各有志，关得和碧悠虽然同是天涯沦落人，但现在碧悠摇身一变成了富家千金，而且她还想夺回属于她的一切。他难道要对她说，别去当富家千金了，还是和他一起安心在单城宁静而知足地生活在平淡之中？

关得说不出来这样言不由衷的话，而且就算他说了，碧悠也不可能再回到从前无忧无虑的状态了。人有时候在没有选择的时候会很快乐，一旦有了选择的机会，却又平添了痛苦和左右为难。

“是呀，只是订婚又不是结婚，你怕什么？”碧悠以为关得担心的是其他，她一摇关得的胳膊，“我才不会嫁给贾宸默，他根本配不上我，别说和你比差了太远，就是和我身边认识的任何一个男人相比，他都不值一提。除了有一个有钱的老爸之外，他的人生全是失败。关得，我的打算是，和贾宸默订婚后，拿到碧天集团的股份，担任碧天集团的副总裁，然后再转身和贾宸默分手，谁还能绑着我嫁给他不成？到时你再帮我吃进碧天集团的散股，然后我们联手控股碧天集团，怎么样？”

关得不认识一样看了碧悠几眼："碧悠，你知道我的性格，你说，我会和你联手吞并碧天集团吗？如果你真的认为你的计划可行，我不阻拦，但请你不要拉上我，我有我的事业。"

"关得，你……"碧悠眼中涌出了泪水，"你是不是觉得如果和我贾宸默订了婚，就不再纯洁了？我就算和他订婚，也不会让他碰我一根手指头！"

关得摇了摇头，语重心长地说道："碧悠，何爷虽然是运师，可以为人改命，但改命的前提是被改命之人有强烈要改变命运的想法。你如果认为不惜一切代价也要从你的父母手中拿到你应得的东西才是你的命运，那么我只能说，你背离了何爷当初为你改命的初衷。"

"你怎么知道何爷不会支持我的决定？"碧悠犹自嘴硬，"我都告诉何爷了，何爷说，他不反对。"

关得嘿嘿地笑了："别骗我，你压根就没敢对何爷说，对我说，你也是鼓起了很大勇气，是不是？碧悠，我想既然你已经做出了决定，甚至即使是何爷不同意，你也一定会按照你自己的计划去推动，对吗？"

碧悠脸微微一红，被关得说中了心事，她迟疑地点了点头："关得，你替我瞒着何爷，好吗？我求你了。我不想他老人家生气，也不想他老人家伤心。"

"好吧，我不会告诉何爷。不过我可以肯定的是，就算你告诉了何爷，何爷即使不同意你的决定，他老人家既不会生气，也不会伤心。"何爷久经世事，知道万事不可强求的道理，不会强人所难去做任何事情。不过关得清楚，何爷不会生气不会伤心，但肯定会失望。

"有你这句话，我就放心了。"碧悠如释重负地长出一口气，却没有听出关得话中的失望，她还沉浸在她的大计之中，"如果我有一天掌控了碧天集团，关得，我会将一碗香并入碧天集团。相信在碧天集团雄厚的实力和庞大的渠道的推广下，一碗香会成为全国性品牌……"

夕阳西斜，秋风渐凉，关得放不下秋曲和月清影，无心再听碧悠的豪言壮语，就告别碧悠，回到了方外居。

对碧悠的决定，关得心中说不出来是什么感觉，是悲凉？不是，说悲凉未免夸张。是悲伤？也不是，他没有理由悲伤，虽然他和碧悠感情深厚，厚重的亲情比爱情更让人难以割舍。或许只是一丝淡淡的无奈，在人生的长河中，总会出现许多湍流和浅滩，不是所有人都可以平安地渡过湍流和搁浅的危险。

快到方外居的时候，关得忽然想到一个奇怪的问题，如果碧悠的父母是穷困潦倒的普通人，碧悠是会赡养他们天年，还是不和他们相认？

关得回答不了他的假设，毕竟，人生没有假设，发生的事情都是必然要发生的事情，谁也逃脱不了命运之中先天的定数。

还没有推开方外居的门，就听到秋曲爽朗的笑声传来。在夕阳的余晖中，她的笑声就如洒落一地金黄的阳光，欢快地跳跃，呈现出最美好的本真。

秋曲为什么非要来方外居？关得摇头一笑，她难道也想成为何爷的弟子？

关得猜错了，秋曲想来方外居的最根本出发点，其实是想看看关得在单城的落脚点，到底是什么样的一处世外桃源。还好，方外居也没有让秋曲失望，几个小时前，当她跟随何爷迈进方外居的大门时，她就惊呼一声："哇，何爷，你太了不起了，这个地方真是一块风水宝地。"

换了别人想来方外居，何爷才不会让她来，但秋曲不是别人。虽然何爷是第一次和秋曲见面，但一见之下全无生疏之感，固然是因为秋曲的自来熟，但也和秋曲的无底相大有干系。任何一个运师都会对无底相之人心生好感，都想让无底相之人为自己所用。

当然，何爷并不想让秋曲为他所用，他想的是秋曲和关得的联合。如果运用得当，无底相的秋曲和命格奇特的关得联手，说不定能做出什么惊天动地的事情。

"你也懂风水？"何爷笑呵呵地看着秋曲，目光中全是慈爱之意，仿佛秋曲也是他最亲的亲人一样。

“我不懂，就是随口一说。”秋曲东看看西看看，对方外居的布局和院中所种的每一棵树都大感兴趣，“关得就是在这里起家的？我得好好看看到底有什么与众不同之处。能培育出关得这样一位了不起的人物，方外居不是风水宝地又是什么？对了何爷，您怎么就认识关得了？”

秋曲的问题太多，何爷回答不过来，他就避而不答，而是动手为几棵果树松土浇水。秋天了，果树的枝头挂满了累累硕果，由于无人采摘的缘故，有些果实熟透了，自然掉落到地上。

秋曲是何许人也，见何爷不答她的话，知道有些话不该问，就自顾自摘了一个苹果，拿到水边洗了洗，一口咬下，汁液四溅，她连连叫好：“好吃，真好吃，到底是纯天然苹果。何爷，您要不也收我当弟子吧？我聪明又伶俐，而且又有孝心，肯定比关得强。”

如果秋曲是先天大成之相，何爷说不定还真会收她当弟子，可惜她是无底相，无底相之人，只有和别人联手，才能开创事业，而无底相之人并没有成为运师的资质，他就摇了摇头：“你当不了我的弟子，不过也并不是说非要当我的弟子才有前途。有一句话说，不修道已在道中，你不必刻意追求什么，一切顺其自然就好。”

“顺其自然？”秋曲狡黠地一笑，她大口吃苹果时，全无淑女形象，“何爷，您说我和关得有没有缘分？”

其实何爷早就猜出了秋曲对方外居感兴趣的原因所在，她是想更多地了解关得的日常生活，儿女情长的事情，他虽然不再过心，却还是能够看得清楚。

“你和关得是怎么认识的？你又为什么要和关得合作？”何爷放下锄头，来到树下坐下，他用手一指对面的椅子，示意秋曲坐下。机会难得，他有必要替关得把把关，看一看秋曲在无底相的表象之下，是怎样的心性。

面相只决定一个人一部分的命运，心性才是根本的决定因素。

“我和关得呀，认识的过程太俗套了，不值一提，就是他和月清影在在人间吃饭的时候，我去找清影，然后一眼就看到了他……”秋曲听话地坐在了何爷的对面，在她看来，何爷就是关得的家长，她将她和关得认识的过程简单一说，“也怪了，第一眼见到他，我就觉得好像认识了他很久一样，和他没有一点生疏感。而且也不知为什么，我特别想和他认识，想和他接近，然后我就施展了我的自来熟大法……当时我还担心我不会引起他的注意，还好，我不但口才一流，而且貌美如花，所以最终让他记住了我，还成功地让他对我产生了浓厚的兴趣。”

何爷笑而不语，心中却有一个念头一闪而过，虽然秋曲和关得的相遇有偶然性，但偶然之中却有必然。从二人迅速认识并且接近的态势来看，二人确实是有缘之人。

“至于我为什么要和关得合作，何爷，您想听真话还是假话？”秋曲流露出三分害羞的神情，低头看着自己的脚尖。

“你说呢？”何爷也不点破秋曲的小女儿心思，只是反问了一句。他其实清楚，秋曲不会对他隐瞒，她是一个随心所欲的女孩。当然，这里的随心所欲不是指秋曲行事无所顾忌，而是说她胸怀坦荡。

“当然是真话了。”秋曲顽皮地一吐舌头，不好意思地笑了笑，“我告诉您，您可千万别告诉关得，省得他嘚瑟，行不？”

何爷点了点头。

得失之间

“从见到关得第一眼起，我就对他有好感，就想接近他。但是要怎样才能光明正大地接近他，而不让他察觉到我对他的喜欢呢？就是合作了。所以，我打着合作的名义，成功地进入了关得身边一米之内。”秋曲的害羞只是十分短暂的一瞬，片刻之后，她就恢复了自信和坦荡，“我想要一边合作，一边让他发现我的魅力，然后欣赏我的个性，最终达到让他爱上我的目的……何爷，你说我这么做对不对？”

何爷不置可否地笑了笑：“对与错，本来就没有绝对。”

“您的意思是支持我这么做了？”似乎得到了莫大的鼓励一样，秋曲高兴地一扬右拳，“太好了，我要一举拿下关得。”

“你的理想就这么渺小，只想拿下关得，不想助关得功成名就？”何爷有意再考验一下秋曲。

“想，当然想了。关得只要爱上我，他就是我的男人，我怎么可能不助自己的男人功成名就呢？”秋曲嘻嘻一笑，“当然，爱情和事业同时丰收最好了。”

世间人，要么求名求利，要么为情所困，在任何伟大事业的背后，都会有一个十分世俗的出发点。不要紧，只要在追求成功的过程中，逐渐认识到自己的不足，并且一步步修正出发点，最终也不是不可以顺应天道而成就大道。

经过和秋曲的私下交流，何爷对秋曲的为人有了一个初步的认识，更加肯定了一点，秋曲确实是关得人生路途中不可或缺的助力。如果有一天秋曲被敌对阵营拉走，那么关得至少会损失十年的气运。相反如果关得知道了秋曲的无底相对事业以及整个人生有多么巨大的帮助，并且再运用得当的话，他至少可以少奋斗十年。

一得一失之间，有天壤之别。

何爷为关得喜忧参半：喜的是，有了秋曲，关得如虎添翼；忧的是，关得的运势现在已经和秋曲绑定在了一起，秋曲只要离开他，哪怕不是移情别恋，关得的运势也会迅速衰减。正所谓祸福相依，得到的同时，就会担忧失去的痛苦。正在这时，月清影来到了。

月清影到后，何爷没再多说什么，只是悠闲自得地听月清影和秋曲说个不停。他坐在夕阳之中，微眯了双眼，就如一个慈祥的长辈，心境沉静而悠然，一边欣赏秋曲和月清影的嬉闹，一边耐心地等候关得的回归。

还好，关得没让何爷久等，在关得推门而入的一瞬间，何爷微眯的眼睛迅速睁开，眼中闪过一丝喜悦的光彩。

“何爷，我回来了。”关得踏着余晖循着秋曲的笑声迈进了方外居，一抬头，见秋曲和月清影正在两棵果树之间说些什么。树叶已经有些泛黄，熟透的果实和两位美女娇艳的容颜相映成趣，犹如一幅生动的画卷。

“关得，你怎么才回来？”一见关得回来，秋曲扔下月清影，朝关得跑去，“都等你半天了。你说你和碧悠有什么话说，说了这么长时间？”

关得不理秋曲，只是冲她摆了摆手，就势坐在了何爷的对面：“何爷，我针对沈新对月伯伯的出手所做的反击布局，您认为可行不？”

“刚才清影对我说了你的计划。”

月清影来后，简单向何爷说了说月国梁因为何事而找关得。

何爷见关得风尘仆仆的样子，心生怜爱，关得最近的进展之快，出乎他的意料，而且关得越来越展现出人格魅力的一面，从他吸引了秋曲一事上就可以看出来。如果照此发展下去，关得会将越来越多性格相投的人吸引到他的身边。

得道者多助，也是天地之理。

“这件事情，就照你的思路去做，我就不插手了。”何爷站了起来，背着手来到院中最老的槐树下面，手扶树干，“最近几天，你要少出门，多待在方外居。”

“为什么？”关得十分不解，又一想，明白了几分，“难道是为了不让杜清泫查到我的下落？”

“杜清泫知道你在单城，但不知道你的具体落脚点。”何爷用手一指高达十几米的槐树，“都说家中不种槐树，因为槐树者，鬼树也。但在运师眼中，槐树却是可以隐藏行迹的宝树，因为槐树散发的阴气，可以让运师的推算失效。你只要待在方外居，杜清泫再有本事，也没有办法推算到你的藏身之处。”

关得点了点头，问道：“万一杜清泫真的找到了我的父母，逼我现身怎么办？”

“从京城回来的路上，我和问天联手推算了一下，你父母现身的机缘还不到，杜清泫应该找不到他们。运师本事再大，也不能抗衡天地规律，以你父母奇怪的命数推算，他们应该是故意躲了起来，不想让别人找到。”

“嗯。”关得不想过多地谈论他的父母，他见秋曲和月清影离得远，听不到他和何爷的谈话，就说，“碧悠的亲生父母出现了，她遇到了麻烦，她想……”

何爷摆了摆手，制止关得继续说下去：“碧悠和他父母的恩怨和纠缠，我已经知道了。不管她做出什么决定，我都不会阻拦。子女是债务，无债不来。子女和父母的关系，分为四种，报恩、报怨、讨债和还债……你知道碧悠为什么被她的父母遗弃吗？”

关得当然不知道，碧悠一直没说，他也没有多问。

“是因为碧悠的父母十分信命，碧悠出生时，胳膊上有一道白色的胎记，有人说，碧悠是戴孝而来，会克亲人。也就是说，碧悠的出生，预示着碧家必定会有一人死去。”何爷微微叹息一声，“克人一说，历来被当成封建迷信，其实从天地平衡之理来看，倒也不全是无稽之谈。”

关得可是吃了一惊：“啊？难道碧悠的出生，真的克死了哪位亲人？”

“本来一开始碧悠的父母不相信碧悠克人的话，毕竟是他们的第一个女儿，非要留下碧悠，结果不久之后……”何爷无奈地摇了摇头，“碧悠的爷爷死了。”

“老人年纪大了，随时都可能离世，碧悠爷爷的死，不能算在碧悠的身上，这不公平。”关得不是在为碧悠开脱，而是他实在不愿意相信身世颠沛流离的碧悠，会是克人的命运。尽管碧悠有几分小性子，但从本质上讲，她是一个心地善良的女孩，而且也一直自强不息，不向命运低头。

“是呀，但世界上的事情，有时就是不公平，或者说，有时就是不以人的意志为转移。”何爷又恢复了一脸淡然的神情，仿佛世事沧桑于他而言，不过是白云苍狗和过眼烟云，再多的悲欢也会因时间而磨灭和消散，“死了亲人后，碧悠的父母多少信了几分，但还是下不了狠心将碧悠抛弃。谁也想不到的是，仅仅一周之后，碧悠的奶奶也撒手人寰了。这时，之前说碧悠克人的人又来了，告诉碧悠的父母，碧悠命硬，除非将她遗弃，否则她会将身边的亲人一个一个全部克死。最后碧悠的父母也害怕了，只好将她遗弃。”

原来碧悠的父母将她遗弃，也有迫不得已的苦衷……也是，换了是谁，在面临生与死的选择时都会胆怯。相信碧悠也清楚她被遗弃的原因，但碧悠一直不向他明说也就算了，她却还对父母耿耿于怀，这多少有点不应该。

如果他是碧悠，他会体谅父母的决定。

尤其是碧悠在遇到何爷之后，她也懂得了天地平衡之理，先不说爷爷和奶奶之死是不是真因她而起，至少她也应该理解父母的决定是为了保全全家。

“克人的说法，真有这么邪门？”关得虽然深信改命之法，却对克人一说心怀疑虑。

“一个人有气场，一个家也有气场。”何爷并未深入解释克人一说的真假，只是委婉地解释了几句，“有些孩子的气场和家庭的气场契合，有些孩子的气场和家庭的气场冲突，所以，有的家庭有了孩子后会欣欣向荣，而有的家庭有了孩子后会事事不顺。从天地平衡之理来看，不管是好是坏，都是正常现象，不必非要惊讶或是非要说是封建迷信。世界上有许多事情，我们看不懂也想不明白。你只需要明白一点就行了，子女和父母的关系，分为四种，报恩、报怨、讨债和还债……”

关得不再多问碧悠的事情了，碧悠的父母也许真被当年别人的一语成谶吓到了。这些年过去了，他们对碧悠依然冷淡，可见碧悠的出生和碧悠爷爷奶奶的相继去世，对二人的心理打击是怎样的巨大，留下了无法抹灭的阴影。

又想到了自己和父母的关系，算是哪一种呢？如果说碧悠和她的父母算是报怨，那么他和他的父母似乎既不是报恩又不是讨债和还债，难道还有四种关系之外的情形？一时想不通，关得也不想了，想起了继母，他心中莫名一痛，问出了一个一直在心中压抑很久，始终让他无法原谅自己的问题。

胜算

“何爷，有一件事情我一直闷在心里，不想问也不敢问，现在觉得，还是问出来比较好……我当年既不想放弃爱情，又想救治继母，所以拿钱去炒期货，结果赔得一塌糊涂，也才有了后来寻死的经历。您说，我是不是做错了？如果我当时拿钱去救治继母，她也许还在人世。现在想想，我真是太傻了，我对不起她……”

关得说不下去了，眼泪涌了出来。

何爷拍了拍关得的肩膀，安慰他说道：“你不要太自责了，人生没有假设，所有发生的事情，都是应该发生的定数。你的继母是很善良，但人性都有复杂的一面，也许等有一天你知道了你的继母为什么对你视若亲生，你也许就不会那么愧疚了。还有，你继母当年得的是绝症，是不是救治都没有意义，你唯一对不起她的是当她离开的时候，你没有陪在她的身边。”

关得听出了什么：“何爷，难道继母她做过什么不好的事情？”

何爷轻轻摇头：“我又不是神仙，怎么会知道？但从她没有善终之上大概可以推断出，她必定做过亏心事。”

如果是以前谁敢说继母半句不好，关得必定会和他拼命，就是何爷也不行。但现在他逐渐了解了许多天地规则和人生定律，知道世界上没有无缘无故的爱和恨，也没有不该孤苦伶仃死去的人，万事皆有因果，只是掩藏在表象背后的真相，一般人看不到罢了。

而真相，往往很残酷。

“该吃饭了。”秋曲和月清影在旁边的果树之中流连忘返，玩了半天，见何爷和关得的谈话接近了尾声，她才识趣地凑了过来，“何爷，关得，晚上想吃什么？我看别去一碗香吃了，天天吃，也烦了。要不让我和清影亲自下厨房，为你们做一顿丰盛的晚餐，怎么样？”

何爷呵呵一笑：“我晚上通常不吃饭，你们年轻人，随意。”

“其实我晚上也不怎么吃饭，据说晚饭不吃饿治百病，是不是何爷？”秋曲可不是为了附和何爷才这么一说，而是她确实晚上不怎么吃饭，正是何爷所说的不修道已在道中的顺其自然，“不过为了关得和清影，今晚就破例一次吧。”

“为了我和清影？”关得笑了，点破了秋曲的小心思，“你是为了在何爷面前露一手吧？是为了显示你上得厅堂下得厨房的多才多艺？”

“哼，我就算上得厅堂下得厨房又关你什么事？你又不是我的菜，我的好只需要我喜欢的人欣赏就行。”秋曲口是心非地攻击关得，一边说得振振有词，一边还朝何爷使了个眼色，不让何爷向关得透露她的小秘密。

何爷会心地笑了。

关得才懒得和秋曲斗嘴，举手投降：“好，我投降，我投降，现在隆重有请秋总和月董事长下厨。”

月清影微有难色：“做饭我真的不是很拿手，做什么好呢？”

“烙个烧饼噎死关得算了。”秋曲说干就干，挽起了袖子，露出了白嫩的胳膊，摆出一副准备大干一场的架势，“单城的土特产老容头牌烧饼，是关得的最爱，虽然我不会烙烧饼，但烙一张大饼还是没问题的。怎么样，晚饭就是大饼、咸菜和小米粥了？”

原来这就是秋曲所说的丰盛的晚餐？关得无语了，只好摆手说道：“好吧，好吧，你当家你做主，就是晚饭喝白开水，我也没问题，只要你没问题就成了。”

“说的什么话，我是让你喝白开水的人吗？”秋曲十分不满地白了关得一眼，“要喝，也会让你喝刷锅水。”

关得转身就走，不理秋曲对他的攻击，回屋看书去了。

夜色渐渐笼罩了方外居。

方外居有正房三间，厨房一间，另有客房一间。平常客房一直闲置，没人入住。关得来到之后，和何爷分享了三间正房之中的其中两间，另一间是客厅。只有关得和何爷的时候，方外居十分安静，现在多了秋曲和月清影，就热闹多了，也平添了许多生机。

看了一会儿书，关得伸了伸腰，来到外面，见暮色四合，天色已然黑了下来。而厨房却灯火通明，秋曲和月清影忙碌的身影，在灯光下影影绰绰，颇有一种温馨之感。

何爷闲不住，拿起锄头为果树松土、施肥，然后浇水。其实关得看了出来，何爷表面上是在劳作，其实是在放松心情，思索下一步怎么走的重大问题。

有时候，适当的劳动确实有助于思索，不过关得现在还达不到何爷收放自如的境界。他来到何爷身边，伸手摘了一个梨子，说道："何爷，人生定律十三条，还有三条是什么？"

何爷立起锄头，擦了一把头上的汗水："最后三条分别是爱自己原则、宽恕原则和负责原则，至于具体的解释，等你以后自己领悟了，就慢慢知道了。"

"开饭了！"秋曲一声嘹亮的呼唤，让关得正参悟三条原则的心思被打断了。

"走，吃饭去。"何爷放下了锄头，呵呵一笑。

方外居的夜晚，从来没有如今天一样热闹，四个人围在饭桌周围，欢声笑语不断。尽管秋曲的手艺实在让人不敢恭维，烙的大饼要么糊了，要么没熟透，好在何爷不挑，关得不说，月清影更是不予点评，最后是一个皆大欢喜的结局。

饭后，秋曲和月清影一走，方外居又恢复了原有的冷清和宁静。

次日一早，关得天不亮就起来，在院中打了一遍太极拳，然后他陪何爷去了一趟滏阳公园。尽管何爷说过让他最近少离开方外居，但也不是说一刻也不能离开，何况和何爷同行，应该无忧。

去滏阳公园有什么目的，何爷没说，关得也就没问。

虽然已是深秋，但滏阳公园依然人流如织，老人们锻炼身体的热情比年轻人工作的热情还要高。关得感慨不已，见一群老太太在整齐划一地跳广场舞，心想说不定有朝一日中国老太太的广场舞会冲出国门走向世界。

何爷径直来到滏阳河边，站在岸边俯视奔流不息的滏阳河水，对关得说道："从现在起，每月的初一和十五，你都到滏阳河放生一次。"

"为什么是初一和十五？"对于放生的功德，关得自然知道，上次他就是以放生的功德回向给了李东从的母亲，结果李东从的母亲很快转危为安。上天有好生之德，放生，也是顺天而行。

"初一和十五，是斋日。斋日放生，功德最大。"何爷回身说道，"一个月之中有十天是斋日，以农历为准，初一、初八、十四、十五、十八、二十三、二十四、二十八、二十九、三十这十天，这十天之中，不吃肉只吃素就是功德无量的善举，更何况在十天之中放生？”

关得点头记下：“上次放生是为了救李东从的母亲，现在放生又是为了什么？”

“诸余罪中，杀业最重。诸功德中，不杀第一……放生，就为了培养你的慈悲之心。碧悠说过的一句话很好，心底无私天地宽，做人方可有胜算。和杜清泫较量，只凭实力，即使我和毕问天联手，也胜算不大，想要胜，就得另辟蹊径。”何爷迈步朝松林走去，一边走，一边为关得解释，“自古以来邪不压正，但正气从何而来？从慈悲中来。慈悲从何而来？从不杀生和放生中来。”

松林的中间，有一处土山，山上有一座塔。关得跟随何爷一路上山，来到塔下。塔下，有几个摆摊算命的江湖骗子，也有几名衣衫褴褛的乞丐。

“除了放生之外，你还要定期去养老院帮助孤寡老人，对于乞丐，只要见到了，就要布施。记住，是布施，不是施舍。施舍的心理，会让你的功德减少无数倍。”何爷一边说，一边伸手拿出十元钱，放到了离他最近的一名乞丐的面前。

关得也照做，拿出几十元，每名乞丐面前放一张，对于布施定律，他深信不疑。天地平衡之理就是如此，你布施出去的东西，不管是金钱还是物质，不管是快乐还是烦恼，都会成倍地回报到自己身上。

如果说放生是为了培养慈悲之心，布施又是为了什么呢？难道是为了赚钱？

何爷猜到了关得的疑惑，笑道：“布施，如果说仅仅是为了赚钱，就太肤浅了，钱买不来的东西有很多，生命、快乐、亲情，都在钱的能力之外。布施，是为了培养你的平等心。慈悲心，是为了让你以慈悲的心态看待世间，平等心，是让你以平等的心态来行走世间。根据吸引定律，你若慈悲，你周围就会围绕一群慈悲之人，那么你就会生活在一个谦和安定的环境之中。你若平等，你遇到的朋友也会是心态平和不会盛气凌人的人。慈悲心，让你不会遇到大凶大恶之人，你就不会遭遇不测。平等心，你不会歧视乞丐，就不会有人歧视你……”

奇遇

关得明白了，何爷让他培养慈悲心和平等心，既是为了帮他化解劫难，更是为了他的长远打算。尽管还不知道他的劫难是什么，但防患于未然总是没错。

“知道了何爷，我都记下了。”关得十分恭敬地应答。

如果说何爷为他改命，何爷是外在的推动力，那么在知道了人生定律之后，如何从生活中的点滴事件做起，就是必要的内动力了。只有外动力远远不够，内动力才是改命成功的决定因素。

“古人说，仁者无敌，不是说仁慈的人天下无敌，而是说在仁慈的人眼中，天下没有敌人。世界是什么样的，全由你的心念决定……关得，你能明白我的意思吗？”何爷进一步为关得阐述道理。

“明白，慈心不杀的人，不会被人所杀。平等待人的人，不会被人歧视和欺凌。”关得触类旁通，对何爷的教诲，全部铭记在心。

“好，很好。”何爷欣慰地笑了，孺子可教，关得既有悟性又有信念，如果他再有足够的耐心，便大事可成。

信念也很重要，信为道源功德母，长养一切诸善根，老子也说过：“上士闻道，勤而行之；中士闻道，若存若亡；下士闻道，大笑之。不笑不足以为道。”芸芸众生不计其数，天生富贵者少，大部分是生来平淡，但人人都想成功，为什么成功者少？就在于许多人不知道改命之法，即使知道了也不信。

也有人信是信了，却又做不到。所以，人生失败者不要怨天尤人，越是怨天尤人，越会在失败的泥潭中越陷越深。世界不会欠你什么，在你对世界没用之前，世界不会回报你任何好处。

想成功，先从做一个对别人对世界有用的人开始。

“小伙子，我见你红光满面、印堂发亮、双目有神、气宇轩昂，你是有喜事将近呀！”

正当关得和何爷要离开的时候，忽然，一个穿一身道士服装、留山羊胡、个子不高、贼眉鼠眼的算命先生一把拉住了关得的胳膊。他眯着本来就不大的一双小眼，上下打量关得，似乎他的一双小眼是慧眼一样："小伙子，我来为你算一卦，不准的话，分文不取。"

关得哑然失笑，在他和何爷面前，还敢有江湖骗子卖弄相面之术，当真是鲁班门前弄大斧，关公面前耍大刀，他一时玩心大起，索性不走了："哦，老神仙，你真有相面的本事？"

"不要叫我老神仙，太俗，叫我主任大师。"自称主任大师的江湖骗子，伸手一捋山羊胡，一脸故弄玄虚的表情，"主任是什么意思你知道吗？就是上知天文下知地理中间知空气无所不知的意思……"

关得暗笑一气，忙打断了主任大师的自吹自擂，笑问："大师说我喜事将近，到底是什么喜事呀？"

主任大师回到座位上，那座位是一个年久失修的马扎，坐上后吱吱直响，让人担心他随时会一屁股坐到地上。他又眯起了眼睛，掐指一算："有两大喜事，一是婚姻，二是事业。"

世人所追求的无非是两件事情，美满的婚姻和成功的事业，通俗地讲，就是美女和金钱，主任大师的话，其实就是没用的屁话。

何爷笑而不语，站立一旁，关得蹲在主任大师的面前，摆出一副虚心请教的姿态："请大师为我指点一下迷津，我的婚姻什么时候到来，我的事业什么时候才会成功？"

"好，报上你的生辰八字。"主任大师煞有介事地又掐起了手指头。

"嗯，是……"关得随口报上了一名国内知名富翁的生辰八字，他倒要看看，主任大师到底有几斤几两。

主任大师又是掐手指又是翻白眼，嘴中念念有词了半天，忽然睁开了眼睛："小伙子，从面相上看，你的命运非常不错，是喜事将近的面相。但你的生辰八字却是大凶，你怕是要大难临头了。"

关得最近确实有劫难将至，但他才不会相信主任大师是真的算了出来，开玩笑，用别人的生辰八字算他的命运，驴唇不对马嘴。他忍住笑，故作一脸惊慌：“大师，什么大难？怎么化解？”

主任大师左手右手同时掐指一算，又念念有词了半天，才睁开一双闪烁着人民币光芒的小眼，冲关得捻了捻手指：“欲知有何难，当须心中念。破财可免灾，花钱可渡船。”

这年头，流氓有文化，骗子也高雅，眼前其貌不扬的主任大师，居然也能诌出几句词，不简单。关得也不含糊，伸手从口袋中取出一张十元的钞票，递到了主任大师的眼前：“小小心意，不成敬意，请大师笑纳。”

主任大师伸出两根手指捏过十元钱，顺手放进了口袋，然后才换了一副语重心长的口气说道：“年轻人，心诚则灵，看在你很有诚意的份儿上，我就本着善良的出发点，帮你化解了灾难吧……你的大难，落在一个姓王的人身上，他叫王五还是王六，我现在还算不出来，除非功力再提高一些才行。但提高功力，会耗费心血。你也知道，现在生活不易，耗费心血就要补充营养，补充营养就要花钱买补品……”

绕了半天，原来是嫌十元钱太少，十元钱不少了，可以买好几斤鸡蛋或是十几斤粮食了。关得见主任大师贪心不足蛇吞象，心想与其逗他玩，不如吓一吓他，让他以后不再算命骗钱，也算是好事一件，既让主任大师从此走向正途，也让世人改变对算命都是迷信的误解。

想通此节，关得嘿嘿一笑：“主任大师，如果说我也会算命看相，你信不信？”

关得说话的声音挺大，不但让周围几个算命先生都听得清清楚楚，还让周围一些锻炼身体的老头儿老太太也听到了，顿时就吸引了众人的目光。

主任大师脸色一变，上下打量了关得几眼：“小伙子，你是闲着没事来消遣我的吧？告诉你，就凭你的三角眼、招风耳和一张大嘴，你还会看相？笑话，你不穷困潦倒连吃饭都成问题的话，我就趴在地上学狗叫！”

动不动就翻脸急眼，身为一名职业骗子，连最起码的职业素质都没有，关得暗暗摇头，主任大师的恼羞成怒证明了他的心虚。

当然，关得不会承认他真的这么丑，主任大师对他的形容是恶意贬低，拜托，他五官端正，是一个标准的帅哥好不好？说他三角眼、招风耳，什么眼神？不过现在不是讨论长相的时候，关得也就没有理会主任大师的污蔑。

此时周围围观的人越聚越多，除了主任大师的几名同行之外，还有几十名老头儿老太太都凑了过来，将关得和主任大师里三层外三层地围在中间，何爷反倒被挤到了外面。

何爷一脸笑意，既不和人抢地方，也不制止关得的胡闹。他当然猜到关得可不是真的在胡闹，而是有意为之。虽然还猜不到关得到底想要达到什么效果，但何爷相信关得的出发点是惩恶扬善。

主任大师的几个同行将关得团团围住，几人中，有人肥头大耳，有人瘦如竹竿，也有人相貌堂堂，还有一人是相貌平平的扔到人群中就不会有人多看一眼的老年妇女。四人，如果在武侠小说中，绝对个个都是深藏不露的一等一的高手。

肥头大耳者年约五十，白净无胡子，关得称他为肥骗。瘦如竹竿者年约六十，脸黑如墨，关得叫他瘦骗。而相貌堂堂者，年纪四十开外，穿西装打领带，戴一副金丝眼镜，手中还拿着手机，看上去很有文化的样子，关得将他命名为文骗。

至于相貌平平的六十岁左右的老年妇女，关得也没替她想一个好名，直接就叫她女骗。

当然，和他正面打擂台的主任大师，就叫主骗了。关得也看了出来，主任大师是五人骗之中的为首者，其余四人，不管是肥骗、瘦骗还是文骗和女骗，都要看他的眼色行事。

见被众人包围在中间，换了别人，估计早就惊慌失措了，一拳难敌四手，关得一人，肯定不是五人骗的对手。不过关得却是不慌不忙，因为他很清楚，今天的交手，不是武斗，是文斗，是智斗。骗子也是骗亦有道，他们自认骗术高明，肯定还要用骗术来胜他，而不是围殴他。

况且以五人的年纪来看，五人骗也不是如过江龙一样喜欢用拳脚说话的主儿。

“趴在地上学狗叫？”关得哈哈一笑，“别污辱狗了好不好，狗也没有招你惹你不是？这样吧，既然你是大师，会相面，我呢，不是什么大师，却也会粗浅的看相之术，我们就比试一下谁看相看得更准，成不？谁输了，谁就跪在地上叫三声师父，然后师父说什么，就必须做什么，敢不敢比一比？”

人生如戏，不只靠骗技

“敢！谁不敢谁是孙子！”主任大师被关得激起了火气，主要也是周围的围观者越来越多，他骑虎难下，而且他也自信以他多年行走江湖的经验，怎么会输给一个二十来岁的小年轻？开什么玩笑，他吃的盐都比关得吃的饭都多。

“好。”关得很江湖气地冲周围的人群一抱拳，“各位父老乡亲，各位叔叔阿姨大爷大娘，我和这位大师在这里切磋一下相面术，请各位父老乡亲做一个见证。刚才主任大师的话，大家都听到了，谁输了，谁就得拜师，而且还得听师父的话……父老乡亲，都听明白没有？”

“听明白了。”围观的老头儿老太太都是精力充沛不怕有事就怕没事闲得慌的主儿，一见有免费的热闹可看，顿时来了精神，齐声叫好，“比，赶紧比。输了就得认账，谁不认账谁就是孙子！”

不错，很好，气氛很热烈，关得见现在的形势已经是箭在弦上，他的目的已经达到，就回身对主任大师说道：“大师，下面开始比试吧。怎么比，你说了算。”

主任大师在滏阳公园摆摊多年，还从来没有遇到被挑衅的事情，虽然他相面算卦经常出错，但总能及时自圆其说，糊弄过去。今天的事情，让他大光其火，同时也激起了他的争强好胜之心。

本来主任大师没什么真本事，只看过几本入门的相面书，就以为他已经精通了相面之术。而且他行走江湖多年，一靠察言观色，二靠故弄玄虚，三靠连哄带骗，基本上摆平了百分之八十的求卜问卦者，其中不乏官员、富商以及几十岁的老人家。像关得这样看上去既不是公子哥又不是有钱人的普通年轻人，他见多了，通常情况下，三言两语就能吓得对方屁滚尿流，然后让其乖乖交钱。没想到，最容易哄骗的普通年轻人反倒敢当众挑战他的权威，真当他十几年的摆摊生涯，靠的全是骗技?

人生如戏，全靠骗技不行，除了骗技之外，还要有演技和口技。

“怎么比?简单，我就为你相一面，说说你目前的生活状态。说对了，你别赖账就行。”主任大师伸手拿出一只罗盘，煞有介事地围着关得转了一圈，然后冷冷一笑，“小伙子，你现在一事无成，月收入不到三百块，对不对?”

关得刚才给主任大师十元钱的时候，故意将钱揉得皱成一团，而且掏钱的时候，他表现出很不舍很心疼的样子。主任大师也确实有几分眼力，注意到了他故意设置的细节。关得点头说道：“没错，大师说得对，我现在确实很穷。”

主任大师得意扬扬地一笑，目光又落到了关得的鞋上，看见关得的鞋上有新鲜的泥土——关得刚才和何爷去河边，踩了一脚泥。他心中又有了计较：“你现在干的是苦力活儿，是不是?”

唉，不好意思大师，又善良地欺骗了你的眼睛，关得点头说道：“大师又说对了，我现在每天起早贪黑，就是为了挣一口饭吃。”

主任大师几乎要仰天大笑了，关得水这么浅，还敢挑战他的权威，真是一个傻瓜，他继续说道：“你现在单身一人，连对象都没有，不对，你父母也不在身边，我说得都对吧?”

关得的穿着很普通，裤子有点皱，衬衣也没熨，头发虽不脏，但也不算是一丝不乱。再加上他还没有来得及刮干净的胡子，只要仔细观察的话，都可以看出他是一个快乐的单身汉，身边不但没有女人照顾，也没有父母关心。

当然，关得身边女人倒是有几个，但如果非要说关得没有对象，也说得过去，毕竟他还没有和任何人确定恋爱关系。

点了点头，关得再次肯定了主任大师的判断：“没错，大师的话，完全正确。”

“你现在不但事业不顺，而且人生之路也充满了迷茫，不知道下一步该怎么办，所以你愤世嫉俗，急于想证明自己表现自己。但你又胆小，不敢去做什么太出格的事情，最后你决定，找一个算命大师来证明自己的本事，所以你就故意来挑事，是不是？”见关得被自己一步步绕了进来，主任大师心中暗喜，就想让关得最后跳进一个深不见底的大坑，让他再也爬不上来，一败涂地。

关得呵呵一笑，见时机成熟了，并不急于反驳主任大师的话，而是后退一步，站在距离主任大师一米开外的地方，上下打量主任大师几眼：“大师，你的话说完了，下面，该我给你相面了。”

主任大师条件反射一般，瞬间挺直了腰杆，似乎关得的双眼是摄像头要为他录制节目一样，他一脸迫切的表现欲和上镜欲：“睁大你的眼睛看看，大师我相貌堂堂，是大富大贵之相。”

关得险些没被主任大师的表现逗乐，原以为主任大师行走江湖多年，身为主骗，应该是严肃认真的性格，没想到，他还有当喜剧演员的天赋。一个骗子也想上镜，这年头，都是什么事儿，骗子也想登上大雅之堂？不过一想也是，小骗骗钱，中骗骗名，大骗骗权，世间纷纷扰扰，许多人沉迷其中，骗来骗去，最终还是骗了自己。

不过要说主任大师的面相，还真不是贫寒困苦之相，当然，和大富大贵之相就不沾边了。话又说回来，就算他是大富大贵之相，以他现在的所作所为，也会福分耗尽，无福可享了。

以关得的眼力，主任大师别说是相师中门了，连初门也算不上，只算是门外汉。也正是有太多主任大师这样的门外汉行走江湖行骗天下，才让相面一说被世人误解，最终被污蔑为封建迷信。关得倒不是非要为相面正名，而是想借此机会，好好教育一下类似主任大师一类的骗子。

“主任大师，你知道面相学笼统来说，分为五官、三停和十二宫，五官都知道指的是耳、眉、眼、鼻、口，三停是指上中下三停，那么十二宫指的是什么，你知道吗？”关得不是有意考一考主任大师，而是向围观的众人简单普及一下相面的基本知识。

“十二宫是什么，我当然知道。”主任大师见关得不按常理出牌，还想考他，不由得意地笑了，“十二宫分别是命宫、财帛宫、兄弟宫、妻妾宫、男女宫、疾厄宫、迁移宫、奴仆宫、官禄宫、田宅宫、福德宫和相貌宫，分别对应一个人一生之中的各种利害关系。”

看来主任大师也看过不少相书，对十二宫背得滚瓜烂熟。不错，关得暗暗点头，十二宫位于面相之上，被人为划分成十二个区域，分别对应人一生的各自运势。比如命宫，位于两眉之间，就是俗称的印堂，关系到一个人的基本运势，所以相面术语上才会有印堂发暗如何如何的说法。至于其他宫分别对应什么运势，顾名思义就可以知道大概。

同样，五官也可以为一个人的大概运势做出一个笼统的分析，进而判断一个人的运势吉凶。通常眉毛关系到健康和地位；眼睛关系一个人的意志力和心地的良善；鼻子关系到一个人的财富与健康；嘴巴关系一个人的幸福、食禄和是否有贵人运；耳朵关系到一个人能否长寿。

三停，上停，是指由额上发际到眉毛部位，主管少年的运程，执掌十五岁到三十岁之间的运势。中停，是指由眉毛到鼻准头部位，主管中年运程，执掌三十一岁到五十岁之间的运势。下停，是指由鼻下到下巴部位，主管晚年运程，执掌五十一岁以后的运势。

基本上，上停高，长而丰隆，方而广阔的话，主社会地位高。而中停隆而有肉的话，主富而寿。下停如果圆满、端正而厚重的话，主一生有福气。另外，耳朵部位执掌十五岁以前的少年运势，所以耳朵相好，对于少年运有助力。

“既然主任大师很清楚十二宫，那么我想请问主任大师，你的命宫发暗，你知道吗？”关得开始为主任大师下套了，他向前一步，手指主任大师的印堂，大声问围观的人群，“他这里是不是黑乎乎一团？”

正是早晨，太阳刚刚升起，关得迎着阳光，主任大师背对阳光，关得向前一步，又挡住了部分阳光，在周围环境以及关得刻意营造的光线环境的衬托下，主任大师印堂不发黑才怪了。

若论造势，以主任大师行走江湖十几年的经验，也断不是关得的对手，何况关得在相术之上入门虽晚，却比主任大师高深多了。关得的话才一出口，围观的众人都大声附和："是黑。"

主任大师吓了一跳，他再认为关得是在唬他，也架不住周围这么多人异口同声地和关得的说法一致，当时就下意识一摸印堂——摸又摸不出颜色。他又后退一步，从身上翻出一枚镜子，当众照了起来。

略施小计

关得哈哈一笑，伸手从主任大师手中抢过镜子，又塞回了他手中："大师，行内有一句术语，叫医不治已相不看已。医生不为自己治病，相师不为自己看相，自己为自己治病看相，掺杂了太多个人因素，容易出现差错。你不要再看自己的面相，你只需要听听我接下来说得对不对就行了……"

主任大师被关得这么一说，不好意思再当众照镜子，但心里却有了阴影，心想记得今天出门的时候照了镜子，印堂没有发暗，可是为什么这么多人都异口同声说他印堂黑乎乎一团？难道说，印堂突然转黑，是因为遇到了关得的缘故？

主任大师也不是不学无术之人，多少也看过几本相书，知道人的面相在一天之内时刻都在变化之中，遇到不好的人或事，印堂转眼变黑也不是没有可能。莫非，关得这个毛头小伙子，真是他的克星不成？

被关得影响了情绪，主任大师犹自不知，心中的底气却是已经泄了几分。

关得察言观色，将主任大师的表情尽收眼底，收起笑容，一脸严肃的表情："十二宫中，财帛宫位于鼻头的部位，主一生财富的多少。大师，你的鼻头又小又扁，整个鼻子如一条软塌塌的虫子卧在脸上，说明你一生财运一般。再根据你的三停来看，上停窄小而贫瘠，主社会地位不高。中停干瘦而无肉，主贫穷而短命。下停缺陷而歪斜，主一生没有多少福气。综合下来可以得出结论，大师，你这一辈子，既没钱又没好运，而且也没有什么社会地位。"

"你……你胡说八道满嘴放炮！"主任大师气得暴跳如雷，怒极之下，拿起身后的小马扎就要砸向关得，“我让你一个嘴上没毛的臭小子敢对老人家不敬，不好好教训你一番，你就不知道天有多高地有多厚！”

关得朝旁边一闪，哈哈一笑：“君子动口不动手，父老乡亲们，你们说，他打人对不对？你们还想不想听我继续给他相面？”

“打人不对。”关得对面相学的讲解深入浅出，周围人群正听得津津有味，自然想再听下去，就都向着关得说话，“想！”

人群一起喊话，声势浩大，主任大师顿时气焰不再嚣张，收起了马扎，悻悻地瞪了关得一眼：“你刚才的话只不过是泛泛之谈，等一会儿如果在具体的事情上说不对的话，小心点！”

关得不用主骗提醒也知道要小心点，因为主任骗子的四个随从——肥骗、瘦骗、文骗和女骗，互相交流了一下眼神，悄悄地又朝他围拢了几分，等于是说，对他的包围圈又缩小了几分。

“好，下面就开始说到具体的事情了。”关得又向前迈进一步，打量了主任大师一眼，说道，“眉毛是兄弟宫，主兄弟关系的吉凶等事。大师，你的眉毛稀落而且又是断眉，可见你没有兄弟姐妹，你是独生子。”

一句话说中了主任大师的身世，他顿时吃了一惊，心想难道眼前的小伙子还真有几分真本事不成？刚才虽然关得说得头头是道，但都是相书上的话，任何一个人看得多了，也能背得下来，不足为奇。但能学以致用，并且一语道破天机，就是高人了。

可问题是，关得才多大年纪，他要是高人，岂不是太没有天理了？相面一行，经验十分重要，行走江湖多年，见多了形形色色的人物，不但要有敏锐的察言观色的眼光，还要有从细节中发现问题的判断力，才算是一个合格的相命先生。关得一看就没有过出摊算命的经历，他凭什么？

是呀，关得凭什么？关得什么都不凭，就凭一颗不争名夺利的公心。而且还有一点，他可不是主任大师所说的相面先生，相面先生不过是江湖骗子的别称而已，他是相师，是不会靠为人占卜算命为生的真正的大师。

大师是一个神圣的称呼，哪里有摆摊算命自降身份为了一元十元的蝇头小利而蝇营狗苟的所谓大师？

虽然被关得说中，主任大师依然嘴硬，“哼”了一声：“我是没有兄弟姐妹，你是蒙对了。”

周围人群发出了“哇”的一声惊呼，都见多了算命先生含糊其词的结论，还是第一次见到十分明确地指出对方的身世，都不由自主吃了一惊。太神奇了，素昧平生的人，真的可以一眼看出对方的身世?

关得顾不上琢磨围观人群的想法，心思又落在了主任大师的身上。今天，他势必要将主任大师一举拿下，作为他出道以来的练手也好，或是第一次全面检验他的相术水平也罢，反正今天他吃定主任大师了。

“好，就算是我瞎蒙蒙对了一次。”关得也不生气，眯着眼睛一笑，“位于眼尾部位的是夫妻宫，主夫妻关系的吉凶和好坏。主任大师，你的眼尾部位不但皱纹多，而且色泽黯淡，说明你夫妻关系很不和睦。不对，不是夫妻关系很不和睦，而是你根本就没有结婚，现在还是孤家寡人一个。”

这一句话如一记重锤敲打在主任大师的心上，差点让他当场一屁股坐在地上，怎么会？怎么可能？怎么关得又说对了？如果断定他没有兄弟姐妹是蒙对了，但蒙对这种事情，概率太低了，低到不可能蒙对第二次。主任大师现在心里开始嘀咕，难道说，眼前的小伙子真是一位真正的相面高人?

可是，他出道十几年来，还真没有遇见一个真正的相面高人，大多数和他一样是三脚猫的水平。让他一直以为，在算命界，真没有什么所谓的高人，基本上都和他一样是坑蒙拐骗的货色。

不等主任大师再深思下去，关得又说话了：“位于下眼皮隆起的部位是男女宫，象征子女是否有出息以及是否有子嗣等。主任大师，对你就不用多说了，既然是孤家寡人一个，自然是没有子女了。”

围观的众人不干了，纷纷叫嚷：“小伙子，你先别急着往下说，听主任大师说个明白，他到底有没有结婚，是不是单身汉？”

主任大师虽然行骗多年，喜欢张口就天花乱坠胡言乱语，但在自身的事情上，却还保留了一丝诚实，他老老实实地点了点头：“是的，他说对了，我确实是一个人过，没媳妇没孩子。”

"哗！"人群中响起了热烈的掌声，有人高喊："小伙子，好样的，你厉害。快点说下去呀，我们都支持你。"

关得冲人群挥了挥手，一脸谦逊的笑容让他看上去既阳光又低调，他又看了主任大师一眼，说道："位于两眼之间山根的部位，也就是鼻头之上印堂之下的地方，是疾厄宫，关系到健康方面的吉凶。主任大师，你的疾厄宫还算不错，说明你的体格还行，平常没什么大病，不过小打小闹的感冒和上火，倒也不少。"

这一次主任大师干脆连话都不多说了，只是默默地点了点头，他现在在关得面前基本上丧失了斗志。

"位于上额两端眉际部位的是迁移宫，关系迁徙与出门在外的吉凶。从你的迁移宫来看，你的活动范围不会超过单城市区，算一算的话，大概几十年没有出过单城了吧？不出门最好，因为你的迁移宫有突起，主如果出门就会遇到横祸之兆。"最后一句是关得善意的谎言，是在吓唬主任大师，主要是为了防止主任大师以后在单城骗不下去了，再去外地行骗。最好让主任大师待在单城一地，既对社会危害小，也对他本人有利。

骗人者，人恒骗之，算命先生多半没有太好的下场。关得希望今日之举，可以敲响警钟，让主任大师从此弃恶从善，他就含笑欣慰了。

主任大师现在基本上已经被关得镇住了，就连他的四个追随者也都是面面相觑，不敢再有所异动。作为从事算命事业多年的职业骗子，心中多少有几分敬畏之心，知道相面术有源远流长的传承，几千年来，能人异士众多，其中肯定会出现一些真正的高人。肥骗、瘦骗、文骗和女骗，四人对视一眼，都从对方的眼中看出了惊骇之色。

一辈子打鹰，难道今天真的要被鹰啄了眼？

关得将四骗等人的神情尽收眼底，暗暗一笑，继续说道："位于面颊下端部位，也就是嘴角两侧部分的奴仆宫，现在不再有奴仆一说了，所以奴仆宫关系到交友和手下关系的吉凶好坏。从大师的奴仆宫平顺舒展可以看出，大师的人缘还不错，对朋友也很好，而且身边至少有几个关系非常不错的追随者。我算算啊，一共是……四个！"

神转折

关得话一出口，四骗差点没有惊叫出声。邪门，太邪门了，这个小伙子不但是大师，而且还是无比高明的大师。

更让人吃惊的事情还在后头，关得暗暗一笑，又说："四个关系不错的追随者，一个是胖子，一个是瘦猴，一个戴眼镜，一个是女人。如果我没猜错的话，这四人，就在人群之中……"他一转身，用手一指胖子，"胖子就是你，对不对？"

胖子可是吓了一跳，一缩脖子就想躲闪，但在众目睽睽之下，哪里躲得了。况且人群中热心而好事的老头儿老太太才不会让他躲开，还故意推了他一把。

胖子被推到了关得面前，他强自镇静，嘴硬不承认："你猜错了，胖子不是我。"

"哄……"人群一阵大笑，胖子紧张之下，说话口误，他明明是胖子，却还说胖子不是他。

胖子也意识到出错，他不好意思地嘿嘿笑了："我是说，你说的那个胖子不是我。"

关得暗中打量了胖子一番，将胖子的面相和格局尽收眼底，微微一笑："好吧，胖子不是你，也许是我看走眼了，不过如果真不是你的话，到底会是谁呢？因为我算了出来，主任大师的追随者中的胖子，近日会有大难临头，我想帮他化解劫难。"

如果关得的话在十几分钟之前说出，胖骗别说会相信了，肯定会嗤之以鼻，当关得的话是放屁。但现在不同了，关得刚才对主任大师的点评，句句命中，让胖骗意识到眼前的关得不但是一个真正的高人，而且还是铁口直断点人前程的真正的大师。

胖骗吓着了，立马小学生一样举起了右手："大……大师，我就是主任大师的追随者，我叫庞神算。您说我大难临头了，求求您帮我解难，我谢谢您了。”

瘦骗、文骗和女骗交流了一下眼神，三人心中同时一声叹息，得了，以前牢不可破的五人组合，被关得一句话就打破了，而且用的还是他们平常常用的骗技。果然应了一句话，骗人的人，早晚被人骗。

当然，用更文雅的话形容就是，善游者溺，善骑者堕，各以其所好，反自为祸。

“你的大难，回头再说，等我先说完主任大师的命运。对了，主任大师的真名叫什么？”关得见化解了五人组合之中的主任大师和胖骗，哦，庞神算二人之后，他基本上已经掌握了主动权，就有意继续深入挖掘五人组合的秘密。

其实现在关得动了一个心思，他有意将五人组合收到他的阵营之中，让几人从此走向正路。以几人行走江湖十几年的经历，肯定可以帮他应付一些背后的暗算，在一些不见光的较量中，几人应该可堪大用。

“主任大师真名叫……曾登科。”庞神算迟疑了一下，还是说出了主任大师的真名。他现在基本上被关得左右了判断力，在他眼中，关得才是比曾登科高明无数倍的真正的大师。

曾登科？还真是一个好名字，关得点头一笑，又转身看向了主任大师，或者说曾登科：“位于额头正中部位的是官禄宫，关系事业、官位、学业等方面的吉凶好坏。大师，哦，或者叫你曾登科也行，你的额头平平，既不光洁又不饱满，说明你事业一般，官位没有，学业无成。”

曾登科现在已经无话可说了，因为他已经明白了一个事实，眼前的小伙子，确确实实是一个真正的高人，是他行走江湖十几年来遇到的第一个达到相师之境的大师，他再也生不起丝毫的一争高下之心。

关得并没有见好就收，他的目的不仅仅在于收服曾登科，而是想向在场的众人为相面之术正名，一改世人对相面就是骗钱的偏见，他继续侃侃而谈：“位于眉与眼中间的眼皮部位，是田宅宫，关系一个人的家运吉凶。既然曾大师没有家室，家运吉凶和好坏，也就无从谈起了。”

“位于双眉上方偏外部的部位是福德宫，关系到财运和福气的吉凶好坏……曾大师的福德宫还算不错，但从面相上看，财运和福气的时运还没到。不对，应该是说马上就要到了，就在眼前。”关得开始进一步引诱曾登科下水了，“如果曾大师把握住眼下的机会，只一个转身，就会时来运转。”

“十二宫总诀是父母宫，父位于左额中间偏上，母位于右额中间偏上，父母宫关系到与父母之间的缘分吉凶好坏等。曾大师的父母宫平淡无奇，黯然无光，应该是早年和父母关系一般，现在父母已经离世了……不知道我说得对不对？”关得一脸自信，笑着说道。

主任大师，不，曾登科现在已经不敢再自称大师了，他的身世和命运全被关得说中，几乎没有丝毫偏差，心中对关得的佩服就如滔滔江水绵绵不绝。以他五十多年的人生经历，还从来没有遇到过关得一样神机妙算算无遗漏的真正高人。所谓识时务者为俊杰，曾登科脑中迅速转了一转，想起刚才关得说他即将时来运转的暗示，蓦然灵光一闪，意识到了什么，当即后退一步，二话不说，“扑通”一声跪倒在关得面前：“大师，请收我为徒吧！”

这一个转折来得太突然，围观人群发出了一阵此起彼伏的议论声。

“这唱的是哪一出？怎么跪下了？”

“就是，怎么不打起来，这么快就认输了？”

“估计是遇到真高人了，李鬼遇到李逵了，能不认输？”

“这小伙子这么年轻，怎么看怎么不像高人，这伙人是不是在故意演戏唬我们玩呢？”

“我看不像，小伙子挺面善……”

关得见曾登科比他想象中更上路，心中暗喜，伸手扶起曾登科：“起来，想跟我也行，但必须改了算命的营生，以为再也不能算命骗钱。否则，你别说时来运转了，一辈子孤苦伶仃到死也只是孤家寡人一个！”

“是，是，我一定听大师的话，再也不算命骗钱了。”曾登科是真的心服口服了，算了一辈子命，他比谁都清楚一个真正能从面相上看出命运起伏的人，是怎样的高明和神奇。他相信跟了关得，以后绝对用不着再摆摊算命。而且说实话，摆摊算命只是蝇头小利，不过是混一口饭吃，风餐露宿不说，还经常被人看不起。

围观众人见经常摆摊算命的主任大师亲口承认算命是骗钱的伎俩，众说纷纭，说以后再也不能相信算命先生的话了，闹了半天，根本就不是为人指点迷津，只是为了骗钱。

关得见效果达到，冲围观人群一抱拳，朗声说道："各位父老乡亲，相面一说，自古就有，不是封建迷信，而是有一定科学依据的命理学。不过请大家不要相信街头摆摊算命的江湖骗子，真正的相面大师，不会摆摊算命，为什么？因为天机不可泄漏，泄漏了太多天机，会遭天谴。谁也不会为了几元钱的卦钱而丢了性命，是不是？

"不过话又说回来，相面虽然有一定的科学性，但并不绝对。相由心生这句话主要说一个人的个性、心思和为人善恶，可以由他的面相看出来。同样也可以理解为，如果一个人一心向善，那么他的面相也可以随之改变。面相一改，命运也会随之改变。所以，面相只是决定一个人一部分的命运。如果天生命不好，后天通过行善积德努力奋斗，一样可以改命，可以成功！"

"说得好！"关得的话，赢得了热烈的掌声。

关得谦虚而含蓄地笑道："谢谢父老乡亲的捧场，最后我再奉送大家一个相人口诀，可以当成在生活中识人看人的参考。邪正看眼鼻，真假看嘴唇。功名看气概，富贵看精神。立意看指爪，风波看脚筋。若要看条理，全在言语中。"

众人意犹未尽，都围着关得，想让关得看相指点前程或是断断吉凶。关得一一推辞，好不容易才分开人群，来到僻静之处，一回头，见以曾登科为首的五人组，寸步不离地跟了过来。

既然有意收了他们，关得就依次为几个人相了一面，心中有了大概计较，问道："我知道了曾登科和庞神算的名字，剩下的三个人，都叫什么名字？"

"大师，我叫文武艺。"文骗抢先一步，恭恭敬敬地答道。

“大师，我叫游子旭。”瘦骗也一脸恭敬。

“大师，我叫石中玉。”女骗也报了名字。

还不错，几个人的面相之中，有可以转机的命数，而且每个人的名字都各有意思。关得暗暗点头，如果几人可堪大用的话，以后说不定也可以成为他的助力。

他见时间不早了，说道：“这样，你们现在去精诚玉器行，直接找曾伟贤，就说是关得让你们来的。见到曾伟贤后，他会安排你们做一些事情，你们做得好坏，关系到你们以后能不能受到重用。”

“是，大师，我们都听明白了。”

境界决定世界

“不要叫我大师，叫我关得就行了。”关得不怕几人有二心，将几个人交给曾伟贤调教，肯定没有问题，曾伟贤在用人之道上面，有独到之处。再者他也看了出来，几人现在被他的相术震惊，想跟随他左右的想法是出自真心。

告别几人，关得见何爷不知何时已经离开了，心中一笑，何爷不是对他没有耐心，而是对他完全放心，所以才独自离去。

约好了今天和木锦年在一碗香见面，关得加快步伐，回到了一碗香。还好，时间还来得及。

何爷在一碗香等他吃早饭。

陪何爷和碧悠一起吃早饭期间，碧悠只字不提她父母的事情，关得也就没有涉及这个话题，何爷更是问也没问。饭后，何爷要回方外居，关得送到门外。

刚到楼下，忽然，一辆汽车驶进了一碗香门前的停车场。此时时间还早，不是饭点，一碗香还没有营业，汽车的驶入就有几分唐突的意思。

车一停稳，车上下来一人，年约二十五六岁，长得很精神，他冲关得笑了一笑：“不好意思，我想打听一个地方，请问你知道华达房地产怎么走吗？”

原来是问路之人，问的还是赵苏波的华达房地产，关得也就没有多想。现在他和赵苏波也算是携手合作了，再者助人为乐为快乐之本，他就向前一步，向年轻人详细说了行车路线。

年轻人细心聆听，听完之后，很有礼貌地朝关得点头感谢。正要上车时，后座的车门打开，一个五十开外的老者下车，他一手背在身后，一手拿了一个精美的保温杯。

老者精神状态不错，红光满面，双眼有神，印堂明亮而有光彩，三停均等而饱满。再如果逐一分析十二宫的话，几乎无一处有缺陷，面相堪称圆满之相。

关得暗暗吃了一惊，他也算识人无数了，不管是月国梁还是卢杰俊，面相上都有或多或少的缺陷，完美者，万无其一。元元算是一个，不过元元是先天大成之相，后天的面相是否还可以一直保持完美，就不好说了。相由心生，如果元元一直不改她的机心，到了三四十岁之后，她的面相会多了阴晦少了明媚。

眼前的老者明显不是先天大成之相，而是后天一心向善事事坦荡，才心底无私天地宽，修正了面相之中天生的缺陷，终于有了现在的圆满之相。

一个人在四十岁之前，面相天生，是父母所赐，四十岁之后，面相会随着心中的善恶而变得面善或是面恶。如果一个人天生面相丑陋，但心底十分善良，那么四十岁后，也会变得慈眉善目。而如果一个人天生面善，或是眉清目秀，却心中阴暗而丑恶，或者从事的是暴力的职业，那么到了四十岁后，也会变得满脸横肉。

所以面相学不是迷信，也不是无稽之谈，而是有一定科学依据的人生命理学。初次见面的人，从他的长相、目光以及言谈举止之中，大概就可以推算他的性格和为人。一个慈眉善目之人，必定心怀坦荡而乐观向上，一个满脸横肉之人，多半不是乐善好施的好人。当然，也有面善心恶或是面恶心善的情况，凡事没有绝对，不过相比之下，就少多了。

面相一说，自古有之，早在当年吴王勾践时，范蠡就成功地运用面相学，逃过一难。他深知勾践为人“长颈鸟喙，可与共患难，不可与共乐”，遂功成身退，与西施一起泛舟齐国，变姓名为鸱夷子皮。而和他同时辅佐勾践的文种，不听他的劝告，非要留下，结果最后被勾践赐剑自杀。

其他如苏秦是“骨鼻剑脊”，所以名满天下，成为著名的纵横家。项羽是“目有重瞳”，所以所向披靡，成为霸王。而周亚夫是“纵理入口”，纵理即法令，相术中说纵理入唇为饿死之相，周亚夫最终确实是绝食而死。刘秀则是“隆准日角”，所以后来成为中兴汉室的光武帝。

想远了，关得一时恍惚，收回了心思，目光又落到了和他对话的年轻人身上。

刚才他没有过多留意年轻人的面相，由于老者的面相吸引了他，他忽然对年轻人的面相又有了兴趣，目光中就多了审视之意，再次观察了年轻人的面相。

不看还好，一看之下，更是让关得大吃一惊。

倒不是说年轻人的面相有多好，是什么大富大贵之相，而是年轻人的面相似乎存在了数种可能。一是如果年轻人一转身，可能会是大权在握权动天下的大贵之相。二是年轻人的人生走向似乎面临着一个重大的转折，向左走，会是一事无成并且最终早死之相；向右走，却又可能是名动天下手握巨额资产的大富之相。

怪事，真是咄咄怪事，一个人的命运，怎么会变数如此之大？关得还是第一次遇到这样的情形，正好何爷也没走，他就向何爷投去了征询的目光。

何爷也注意到了年轻人面相的奇怪之处，他朝关得微一点头，并未说话，暗示关得稍后再说。

老者来到关得面前，和蔼地一笑：“年轻人，我路过贵地，迷路了，刚才夏想向你问路了。除了问路之外，我还有一件事情想麻烦你一下，不知道能不能借我一口水喝？”

原来刚才的年轻人叫夏想，关得冲老者点点头：“没问题，一杯水而已，来，老先生，我来帮您接。”

“呵呵，我不叫老先生，我叫赵乘风。”老者爽朗地一笑，将水杯递给关得，“年轻人，你叫什么名字？”

“我叫关得。”关得心中大跳，原来他对面的人竟是一直让他仰慕的儒商赵乘风。虽然他对赵乘风多有研究，但对赵乘风的长相却印象不深刻，是以才相见不相识，“原来是善济集团的董事长赵董，失敬，失敬。”

赵乘风淡淡一笑：“不要叫我赵董，叫我赵乘风就行，我觉得赵乘风比赵董有气势多了，也好听多了，你说呢？”他又打量了关得一眼，“关得，你的名字也不错，“参透机关，得失在我，很有禅意。”

当初秋曲初见关得时，对关得名字的解释是“雄关漫道，得失在我”，赵乘风却解释为“参透机关，得失在我”，果然人的境界不同，眼中的世界也不尽相同。相比之下，秋曲的说法，更强调人生的进取精神和奋斗，而赵乘风的施不望报，更有布施和达济天下之意。

“参透机关，得失在我……”关得更喜欢赵乘风对他的名字的解释，呵呵一笑，“到今天我才知道，原来我的名字这么有禅意有深意，谢谢您了。”

说话间，一碗香有人出来，替赵乘风的杯子倒满了热水。

正当赵乘风和夏想一行上车离去的时候，关得上前一步，突兀地问了一个问题：“夏想，你的名字是哪两个字？”

夏想微微一笑：“华夏的夏，理想国的想。不过大部分人听到我的名字，都会联想为遐想或是瞎想。”

直到赵乘风的汽车消失在远处，关得才从愣神中清醒过来，回头一看，何爷还没有离开，他就知道，何爷有话要和他说。

“如果从华夏的理想国来解读夏想的名字，他的命运确实是波澜壮阔的一生，而且还有可能登顶。但如果从遐想来解读，他助赵乘风成就大事，最终也会成就一番自己的事业。而从瞎想来解读，他的命运就很一般了，甚至会是人到中年一事无成最终丧命的下场……”何爷也看出了夏想命运存在数种可能的奇特之处，他沉思片刻，想通了什么，“其实世界上有许多事情解释不清，夏想的三种命运，或许是三种发心，或者说是三种出发点。如果夏想忧国忧民，他会去从政，然后造福百姓。如果他想实业救国，他就是现在的情形，从辅助赵乘风开始，慢慢走向自己的创业之路。如果他只想小富则安，只为自己着想，他就会走向第三种悲惨的命运。”

也是，一个人的心胸越开阔，心量越大，成就就越大。心怀天下者，得天下，心怀小家者，小富则安。

送走了何爷，眼见时间不早了，关得也就没有上楼，一抬头，木锦年的车已经到了。

多了一个赵乘风和夏想的插曲，关得心里一直在想，赵乘风亲自来单城，要去华达房地产，难道说，善济集团和华达房地产会有什么合作前景？如果真有的话，赵苏波也太让人惊讶了，他长袖善舞的本事，确实非同一般。

木锦年停好车，见关得迎候在门口，以为关得是专程等他，忙上前一步，客气地笑道：“关老弟，劳你等候，不敢当呀。”

关得也没解释什么，呵呵一笑，迎木锦年上楼。到了楼上的贵宾间，要了茶水之后，关得没有先抛出正题，而是问道：“锦年兄，你有没有听说过苏波和赵乘风关系不错？”

有条不紊

“赵乘风？”木锦年愣了一愣，又想了一想，“没怎么听苏波说过，不过以苏波的为人，他和赵乘风攀上关系，也不算什么难事。他会来事儿，又能伸能屈，和谁都能谈得来，也没有不共戴天的对手，我很看好他的前景。”

有一类人就是广交天下朋友，而且从来不与人交恶，虽说失之于圆滑，却也是左右逢源的一种人生态度。关得心里有数了，相信即使赵苏波和赵乘风的关系不是那么密切，至少也是可以坐下一起谈谈的友好。

“怎么想起问这个？”木锦年喝了一口茶，不明白关得怎么上来就是关于赵苏波和赵乘风的题外话。

关得呵呵一笑，简单一说刚才和赵乘风的偶遇，木锦年听了，也笑了：

“还真是凑巧，问路问到你这里了。呵呵，我倒是乐见苏波和赵乘风的合作，苏波的为人，比沈伟强强太多了。”

既然提到了沈伟强，关得也就开始说到了正事：“锦年兄也想插手滏阳区旧城改造？”

“是呀，滏阳区旧城改造的蛋糕很大，你和苏波两家也吃不完，既然如此，我来分一杯羹，也不为过吧？”木锦年知道关得找他前来，肯定有要事要商，虽然不知道是什么重大事情，但猜也能猜到，多半和沈伟强有关。

现在形势和以前大不相同了，沈伟强成了他和关得的共同敌人，他和关得有了利益共同点，再加上毕爷和何爷联手，他和关得现在坐在一起共商大计，是水到渠成的事情。

对了，等会儿要提醒关得一下沈伟强要对他不利的消息，木锦年心中有了决定。

“我支持锦年兄进军房地产行业，不过，滏阳区旧城改造现在是各方较量的支点，你现在杀入，就算最后到手一块地皮，也有可能付出不菲的代价。从投入和产出的经济效益来看，这个节点，不是最佳的投资时机。”关得一边说，一边拿出一张单城地图，铺在木锦年面前，“锦年兄，单城的地盘很大，许多地方都可以盘活，不要被滏阳区旧城改造局限了目光。”

木锦年不解关得之意：“关老弟是什么意思，是怕我和你竞争？”

关得笑着摆了摆手：“当然不是，有钱大家赚一向是我的原则，何况滏阳区旧城改造这么大的盘子，我再贪吃也吃不完。我的意思是说，既然沈伟强不让你插手滏阳区旧城改造，你又何必非要和他对着干？现在沈新势头正在上升，万一卢书记调走之后，他担任了市委书记，锦年兄，就算你费尽千辛万苦接手了滏阳区旧城改造项目的一块地皮，到时沈新当权，你最后说不定连工程款都拿不到。不但你有可能被拖死，就连和你合作的风华伦，也会对你大有怨言……”

木锦年深入一想，怦然心惊，关得的话不无道理，以沈家父子的德行，到时说不定真的什么事情都干得出来，可是他不甘心：“可是如果我不借滏阳区旧城改造项目进军房地产业，以后说不定就没有机会了。风华伦就是看中了滏阳区旧城改造的前景才主动提出和我合作，没有他的加盟，我一个人也支不起一个进军房地产业的大摊子呀！”

“我有一个建议，不知道锦年兄是不是考虑一下？”关得的手指放在了地图上的三姓村处，轻轻敲击，“三姓村的地皮，现在一直荒废，如果开发出一座大型的植物园——现在单城市没有一家植物园，作为第一家植物园，又是新兴事物，肯定可以火爆。”

木锦年眼前一亮，想一想，想起了三姓村地皮所在之处确实是一大片荒地，但交通却十分便利，他一时惊喜：“关老弟，你这个想法很有创意，不过上马一座大型植物园，要克服的难题有很多……”

关得见木锦年和他猜想的一样大感兴趣，哈哈一笑：“当然了，没有难题的事情，让锦年兄去做，就太小瞧锦年兄的能力了。难题有两个部分，一个是市里政策，一个是说服风华伦改变主意，改投植物园。市里政策这部分，我会出面帮锦年兄解决，至于风华伦的难题，就得锦年兄亲自出马了。”

木锦年一下站了起来，拿起地图看了半天，又思索了一下前景，心思就更活络了：“市里的政策，能给多大的支持力度？”

“你所能想象到的最大的力度！”关得给出了木锦年最想要的答案，“这个项目，我可以向你保证：上，通到卢书记，会由卢书记亲自挂帅；下，会由月市长主抓。你想想看，政策的支持力度会不大吗？”

“好！”木锦年激动地一拍桌子，“如果投资植物园，可以避免和沈伟强在滏阳区旧城改造项目上正面交锋，还可以让风华伦和我合作，好主意，真是好主意。”

当然是好主意，如果不是好主意，关得还不会介绍给木锦年。关得很清楚一点，木锦年的落脚点不在于是滏阳区旧城改造项目还是植物园项目，他只是想借机进军房地产行业，并且拉风华伦加盟。风华伦的加盟，意味着他不用出资就可以借风华集团的东风，顺利地来一个华丽的转身，进入门槛很高的房地产行业。

如果有另外的选择，木锦年才不会非要在滏阳区旧城改造项目上和沈伟强较劲，生意人从来讲究和气生财，讲究利益至上，而不是对着干。所以，关得早就料到如果有另外一条光明大道可供木锦年选择，木锦年才不会非要和沈伟强较真。以他对木锦年的了解，木锦年不是一个喜欢事事逞强的人，他性格中忍让的一面比较多。

木锦年并不知道关得把他看得越来越透彻了，他围着桌子转了几圈，喜悦之色溢于言表，过了一会儿，他转身就走："关老弟，我先去看看现场。"

"好。"关得见木锦年已经动心，自然高兴，就又说道，"我等你的消息……月市长，还在等我的消息。"

言外之意自然是让木锦年清楚，只要木锦年说服了风华伦，市里的优惠和支持政策，马上就会到位。

木锦年哈哈一笑："关老弟，我就不说感谢的话了，这件事情如果成了，我欠你一个天大的人情。"他一时高兴，就忘了提醒关得提防沈伟强的事情。

送走木锦年，关得坐下才喝了一口茶水，电话就响了，一看来是曾伟贤来电，他会心地笑了。

"得哥，来了五个人，说是你让他们来找我。这五个人，都有点意思，你从哪里找到的这几个活宝？"曾伟贤嘿嘿直乐，他也知道现在关得缺人手，也在想办法寻找可靠的人选，不过一直没有太合适的。突然就来了五个怪人，可靠不可靠先不说，只说五个人的组合，就已经很好笑了。

当然，曾伟贤相信关得的眼光，五个人虽然都是怪人，但肯定有其可用之处。不过相信归相信，他还是有必要征求一下关得的意见，怎么安排五个人为好。

"这五个人，就交给你来处置了。"关得将权力下放，"你安排一下他们，每个人都要人尽其用，不管是什么工作，记住一点，放心让他们去干，不怕出错。"

"万一干砸了怎么办？"

“不怎么办，直接开除。”既然是考验，就允许犯错误，但有些错误可以犯，有些错误一次也不能犯，其中的分寸，相信曾伟贤可以准确把握，关得就说，“给你一周时间，最后告诉我哪几个人可用，哪几个不可用，怎么样？”

“没问题，保证完成任务。”曾伟贤心里有数了，哈哈一笑，“我就是得哥的先锋官。”

和他想的一样，曾伟贤还算聪明，可以及时领会他的意图。关得心中大定，放下电话，才想起不知道崔民强和花流年谈得怎样了，崔民强的电话就及时打了进来。

和曾伟贤善于用人相比，崔民强为人更有大局观，也更有开拓精神，如果说曾伟贤是一个将才，那么崔民强就有帅才的潜质。

“得哥，嘿嘿，打完收工！”崔民强最喜欢看周星驰的电影，最喜欢周星驰的这句台词，他的笑声很有节奏感，“花流年迫不及待地想要接手，都没怎么还价，似乎还唯恐别人和她抢一样，我报了一个五百万的价格，她还到四百八十万，然后就成交了。”

舍得古玩行其实没有多少值钱的古玩和玉器，论真正的实力，其实还不如精诚玉器行。不过舍得古玩行胜在拥有独一无二的渠道，卖了一个高价，卖的也是渠道。关得的心理价位是三百万，没想到崔民强谈到了四百八十万，不错，有水平。

“好，很好。”关得算了一下账，舍得古玩行是他和月清影共同的产业，他必须充分考虑到月清影的利益，“这样，民强，你拿十万当你的奖金，再拿出十万当红包分发给每位员工，剩下的四百六十万，拿出四十万捐出去，然后将四百万全部交给月董事长，由她全权处理。当然，每一笔钱的去向，你都要向她汇报清楚。”

03　改变局面的一块板砖

月国梁觉得一阵天旋地转，身子晃了一晃，险些没摔倒在地，他才知道，原来关得对他的重要性以及他对关得的感情，比他想象中还要多很多。不知从何时起，关得这个名不见经传的年轻人，已经在他的心中生根发芽，成为他生活和事业上的双重参谋。

穷时积福，富时行善

“捐四十万？得哥，有点儿太多了吧？随便意思一下，捐个十万八万就不少了。”一听要拿出四十万，崔民强有点儿舍不得了，“还有，我个人拿十万，给大家一共才分十万，有点不地道呀。这样，我自己拿五万好了，给大家分十五万。”

也别说，崔民强这种大气的心量，会让他以后源源不断地赚到更多钱，关得暗暗赞赏，说道：“给你的十万，你可以自由处置，捐出去的四十万，一分也不能少，而且要快，听到没有？”

虽然不理解关得为什么要拿出四十万捐出去，但崔民强很清楚关得的脾气，决定的事情不会改变，他就只好答应了：“好吧，一捐就四十万，得哥，当年要是你有这四十万，也不至于落魄到连饭都吃不上的地步。”

关得呵呵一笑，没再多说什么，挂断了电话。是，当年他要是有四十万，何至于想到自杀？钱有时是王八蛋，有时又是一个人福分的象征。

富人都是有福之人，又是世间从容之人，不为生计发愁，不为五斗米折腰，不为物质苦恼，行走世间，因为有钱，所以从容不迫。

而穷人则天天为了生计奔波忙碌，夜以继日不知疲倦，终日只为穿衣吃饭而活，是何等无奈，不是在享受生活，而是为生活所困。所以人人都想成为富人，都想生活得从容而幸福。

人穷时，不要仇富，仇富除了让你更加远离财富之外，对你自身没有丝毫好处。人富时，也不要看不起穷人，歧视穷人除了让你迅速消耗自己的福分之外，更会让你的富人之路越走越窄。关得之所以捐出四十万的巨款，一为化解舍得古玩行赚来的钱中有些是不义之财的负能量，二为继续积植德本，让他以后的道路越走越宽。

穷时多积福，富时多行善，才能长保荣华富贵。

眼见到了中午时分，关得正要下楼，忽然听到外面传来秋曲爽朗的笑声和月清影、碧悠的说话声，他摇了摇头，得了，中午又有得热闹了。

对了，他又想起了另外一件事情，何爷让他以培养慈悲心和平等心来化解来自杜清泫的劫难，和何爷联手的毕问天，现在又在做什么？只从毕问天的关门弟子木锦年和花流年分别在忙碌生意上的事情可以看出，毕问天的反击之策，不管采用的是什么手法，似乎都没有木锦年和花流年什么事情。这么说，毕问天当初收下木锦年和花流年，真的只是为了在单城一战而无关他的全国大局？只当木锦年和花流年是用过就扔的棋子？

不想了，随便毕问天怎么看待木锦年和花流年吧，关得下楼，迎上了秋曲一行。

“关得，你躲在这里了？我说一上午不见你半个人影，原来是‘躲进小楼成一统，管他春夏与秋冬’。你说你也太不厚道了，清影就不说了，她是你的资方，庸俗点儿讲，是你的老板，只说我就行了。我是你的合伙人，又从石门远道而来，远来是客，懂不懂？你知道什么叫待客之道吗？”秋曲一见关得，话就如滔滔洪水一样倾泻而出，“快要国庆节了，你也不安排一下国庆期间去哪里游玩，一个人躲在这里，是想修仙还是想出家？”

关得怕了秋曲：“我在忙正事好不好？你不是有清影和碧悠陪吗？别

说得那么苦大仇深，再说，不是明天才国庆吗？”

“你……”秋曲出离愤怒了，伸手抓住了关得的胳膊，“关得，来，我来和你算算账。昨天晚上和你分开后，我打了一个小时的电话，安排好了省电视台家属院项目的入场。今天一早刚起床，就接到石门的电话，说是入场的时候出了点小麻烦。好嘛，我又左打右打上打下打，打了足足一个小时电话，总算搞定了，以为总算可以消停了，你猜怎么着？又出事了……”

关得服了秋曲了，不过也别说，秋曲确实能干，省电视台家属院项目现在几乎就是她一个人撑着，他和月清影都没有花多少心思在上面。

“好，好，你确实劳苦功高，我记你大功一件。”

“别口惠而实不至。”秋曲毫不客气地送了关得一个大大的白眼，丝毫不顾忌月清影和碧悠在场，她继续拉住关得大倒苦水，“赵立军这个人吧，能力是有，他的建筑公司技术力量也过关，就是为人不太会变通，因为一件办暂住证的小事，被派出所找了毛病，抓走了他的几名工人。你说都是什么乱七八糟的事情，还得本小姐出马，没办法只好去找备胎吴三皮了……结果又扯了半天皮才搞定，一上午的时间就这么交待了。你说我明明是来单城休假的，怎么不管走到哪里，工作就跟到哪里？”

关得无比同情，不，不仅仅是同情，还确实是佩服秋曲：“秋曲同志，鉴于你在工作上的突出表现，经组织研究决定，授予你国庆红旗手称号。”

“噗……”秋曲险些笑喷了，“三八红旗手好不好？哪里有什么国庆红旗手？好了好了，不向你诉苦了，总之一句话，国庆过后，滨盛在石门的第一个项目就会正式破土动工。”

月清影站在秋曲身边，一言不发，目不转睛地盯着秋曲和关得的互动，她心中跳动的是淡淡的无奈和感伤。确实如毕问天和何爷所说的一样，关得有了秋曲，是他天大的福分。自从秋曲加盟滨盛之后，几乎滨盛所有的决定都有秋曲的参与，而她就如同一个局外人一样，既没有什么高瞻远瞩的决定，在具体事情上又没有任何实质帮助，她真是没用。

如果再对比她和关得的合作的话，也基本上全是关得在拿主意，而她只是一个配合关得决定的配角。是的，是配角，甚至连副手都算不上，因为她几乎在每一件具体的事情上，都没有什么作为。

也许她和关得真的是情深缘浅，秋曲后来者居上，不管是出身还是个人才能，她都是关得的良配，而且她还得到了何爷的亲口认可……月清影心中一阵悲凉，原以为她再一次的痴心守候会是一个圆满的结局，不承想，和上次的单相思一样，她还是落空了。

碧悠站在一旁，见秋曲在关得面前自然而又随意地向关得邀功，动作既不矫揉造作，又不让人感觉扭捏作态，浑然当关得是她可以撒娇耍赖的男友一样。她心中醋意翻腾，直想向前一把推开秋曲，大声宣布，关得是她的，谁也不许和她抢！

只不过，想归想，碧悠终究没有迈开脚步，如果没有贾宸默，如果她没有答应亲生父母要和贾宸默订婚，她不会让任何人从她身边抢走关得。只是现在她再也没有勇气和底气霸占关得，因为她已经没有资格和任何人争夺了。

她没有告诉关得真话，其实在她从石门回来之前，她已经和贾宸默订婚了！

碧悠之所以没有告诉关得真相，她是怕关得骂她鄙视她，其实她也不想和贾宸默订婚，只是父母告诉她，如果不先订婚，她不会得到家族企业的一分股份，更不会在家族企业担任任何职务。最后没有办法，她妥协了，因为她太想要碧天集团的股份了，太想在碧天集团担任要职，太想体会一下高高在上俯视众生的成就感！

父母答应她，只要她和贾宸默订婚，国庆后，就会将股份转让到她的名下……她相信了父母的话，等待着持有碧天集团股份的那一天。她的想法是，一旦她持有了碧天集团的股份，她会立刻和贾宸默解除婚约，反正股份一旦转让到她的名下，想要再拿走，就没那么容易了。

难道说，她真的做错了？看到关得被秋曲调戏——碧悠固执地认为秋曲就是在调戏并且挑逗关得，她却没有勇气上前宣布她对关得的所有权。人啊，果然是不能做半点亏心事，一旦做了，就会理亏，就会失去理直气壮的底气。

关得知道秋曲的脾气，不让她说完，她心里难受，就干脆摆出一副洗耳恭听的姿态，听秋曲继续说下去。不料秋曲今天却变了性子，只说了几句就不说了，她摆了摆手："好了，不和你说了，浪费口舌。时间不早了，该吃中午饭了。饭后，带我们出去玩，算是将功补过了。"

"好吧。"关得很爽快地答应了，也是他正好左右无事，该做的事情基本上已经做完，也该休息放松一下了，"不过我得叫上几个朋友一起去，这样也热闹一些。"

"好呀，没问题，有帅哥没有？"秋曲顿时流露出花痴的神情。

关得没理会秋曲的无理取闹，让碧悠安排饭菜去了。

碧悠几次欲言又止，见关得身边总是有人，只好咽了回去。安排饭菜的时候，好不容易可以和关得单独在一起了，她拉了拉关得的衣袖："关得，你说，我是不是真的做错了？"

必然中的偶遇

关得知道碧悠没头没脑的话是什么意思，避重就轻地说道："既然你已经决定了，作为局外人，我也不好再劝你什么了。"

"可是……"碧悠忽然想告诉关得她其实已经订婚的事实，话到嘴边，还是没有勇气说出来，"好吧，时间会证明一切，总有一天你会知道，我才是对你最好的那个人。"

怎么又是一句没头没脑的话？关得愣了愣，又摇头笑了，碧悠深陷她执掌家族企业的美梦之中不能自拔，换位思考的话，也可以理解。换了是他，如果他的父母也有一个庞大的家族企业，只要他服从父母的安排，他就可以接管一家几十亿资产的集团公司，他是坚持自我，还是妥协？

恐怕到时他也会犹豫再三，毕竟，一举成为无数人仰视才见的商界精英，手握几十亿资产，谈笑间决定无数人的命运，这种呼风唤雨的感觉，谁都想拥有。

关得陪三位美女一起吃饭的同时，又打电话给崔民强、曾伟贤和于天凯三人。国庆节了，该放松一下了，和几人约好下午一起去爬山，同时强调，可以带上女朋友。

正当关得一行准备好好游玩的时候，毕问天几人也没有闲着，正在紧锣密鼓地布局。

毕竟事关自身利益，毕问天虽然为人精明，但在联合对付杜清泫的事情上，他还是暂时收起了私心，一心一意寻找突破口，力求不让杜清泫占据上风。

相比杜清泫无比强大的实力和势力，何子天就弱多了，先解决了杜清泫这个麻烦，再和何子天继续算账也不迟。

坐在楼外楼的院中，享受秋日的凉爽清风，沐浴在秋日并不炙热的阳光下，毕问天微微眯了眼睛，神游物外，仿佛人在院中，神思已经逍遥于天地之间了。

和毕问天的悠闲自在不同，纪度和元元此刻正在善良街的菜市场上买菜。

从市委家属院的后门出来，通过一个有门卫站岗的铁门，向右一拐，就是善良街。善良街原本是一条普通的街道，自从市委家属院落成之后，善良街先是禁止了机动车通行，后来又规划成了菜市场，方便市委家属院的家属们买菜。

市长夫人刘欣平常工作不忙，人又闲散，不爱操心乱七八糟的事情，也很少过问沈新的工作，她的主要精力就放在了做饭上。

她不但亲自下厨，还喜欢亲自买菜，对她来说，每次买菜时和菜农讨价还价的经历，也是一种生活的乐趣。

快到中午了，刘欣又下楼去买菜。她不喜欢一次买太多菜，放在冰箱里面不新鲜，不如一次少买点，现吃现买才最好。

随便穿了一件外套，刘欣叫上保姆沈学良，二人一起安步当车，来到了善良街。保姆沈学良是老家的远房亲戚，是一个十七八岁的小姑娘，虽然名字很男性化，长得却很温顺娴静，也很乖巧听话。刘欣对沈学良基本上很满意，除了对她长了一脸的青春痘不太喜欢。

“阿姨，今天中午买些什么菜？”到了菜市场，沈学良东瞧瞧西看看，十分热切。

“秋天了，吃一些时令菜吧。”刘欣一边挑选菜贩的菜，一边讨价还价。和往常一样，她沉浸在生活琐碎而真实的氛围之中，浑然没有察觉在她身后的不远处，有一男一女两个人假装买菜，紧紧跟在了她的身后。

来到一个经常买菜的菜摊前，刘欣站住了，对摊主说道：“老沈，来一斤藕……”

摊主满脸的皱纹，一脸的沧桑，巧的是，他和保姆同名同姓，也叫沈学良。不过刘欣并不是因为他和保姆同名同姓才买他的菜，而是因为他的菜不但足秤，而且一向新鲜。

“好咧，马上给您称上。”沈学良讨好地一笑，笑容绽开，满布皱纹的老脸就如一朵生动的菊花，在阳光中闪烁出生活艰辛的光泽，他麻利地称好了藕，递给了刘欣，“您拿好。”

刘欣接过藕，和颜悦色地笑道：“老沈呀，你年纪也不小了，总得想点别的什么营生，不能卖一辈子菜吧？”

沈学良嘿嘿直笑，搓了搓手：“俺没什么文化，又死脑筋，除了卖点苦力之外，还真不知道能干些什么。刘姐，谢谢您了，俺也就是卖一辈子菜的命了，可不像您命好，是享福的命。”

刘欣获得了极大的心理满足，摆手笑道：“什么好不好的，现在是新时代，我和你们一样，都是劳动人民。”

“是，是，刘姐境界就是高。”沈学良附和道，他知道这位老主顾喜欢这个调调，就赶紧奉承了几句。

离开沈学良的菜摊，刘欣又到下一家菜摊买黄瓜。她刚挑了几根顶花带刺的黄瓜，正要过秤，忽然，从身后闪出一个粉嫩嫩的女孩，她甜美的样子像秋天的向日葵一般明媚而灿烂。

“阿姨。”女孩冲刘欣甜甜地一笑，“您买黄瓜呀？”

“是呀。”刘欣只看了一眼，就莫名对女孩大起好感，笑问，“你这个女孩长得可真是喜人，真漂亮，真可爱，真喜相。咦，我怎么没见过你？”

平常在善良街上买菜的都是熟人，刘欣虽说不是人人认识，但也能记住大部分，眼前的女孩却十分陌生，如果她没记错的话，应该是第一次见到。

“我不住在附近，今天随意走走，就走到这里了。”女孩随口圆了一句，话题就又落到了黄瓜上，“阿姨，顶花带刺的黄瓜不好。开花不败，让黄瓜看着新鲜，好像刚采摘不久，可以让顾客喜欢。但是据说这种黄瓜在种植过程中使用了激素，是激素黄瓜，看着好看，但对人体有害。”

“啊？”刘欣吃了一惊，赶紧收回了拿黄瓜的手，“真的假的？我还是第一次听到这样的说法。”

卖黄瓜的摊主是一个五十多岁的妇女，一口黄牙，头发梳得倒是一丝不乱，她一笑就露出了很是让人不忍直视的黄牙：“这个小姑娘真会编瞎话，哪里有什么激素黄瓜，黄瓜就是我自己种的，我怎么不知道？你不要毁人生意好不好？赶紧走！”

女孩嘻嘻一笑，伸手从身后拿出一根已经蔫了的黄瓜，放在了摊主的黄瓜之中，说道：“看到没有，这是正常生长的黄瓜，上面没有花？为什么没有花呢？瓜熟蒂落，你见过带着花的苹果和梨吗？你见到带着花的西瓜和甜瓜吗？瓜熟蒂不落，违背自然规律。”

她背着手，一副上课的样子，既好笑又可爱。她一伸手，又拿出一瓶水，将水倒在一个盆子里：“好吧，耳听为虚眼见为实，你说你的黄瓜上没有抹药，我就用清水洗一洗试一试。”

说着，她将几根顶花带刺的黄瓜泡在清水里，片刻之后，拿出了黄瓜，又将她的蔫黄瓜放进了水中，很快，蔫黄瓜明显有舒展的迹象。

“看，连蔫黄瓜都可以焕发生机，更不用说长在秧上的黄瓜直接抹药了……”女孩拍了拍手，嘻嘻一笑，“大娘，您也别跟我急，黄瓜抹药是行业内的潜规则，人人都抹，您不抹也不行。我不是针对您，是想告诉阿姨，以后买黄瓜，别专挑新鲜的买，有时候新鲜是用身体健康换来的。”

黄瓜摊主干笑几声：“小姑娘，你可真是能说会道，我怕了你了。你赶紧走吧，别影响我做生意。”

“好吧。”女孩倒也干脆，转身就走。

“小姑娘，你等等。”刘欣忽然有话要和女孩聊聊，她拦住了女孩的去路，“你叫什么名字？有没有时间陪我说说话？”

“好呀，阿姨您想聊什么呢？”女孩一脸天真加好奇，“我反正没事，陪阿姨说说话，就当消遣时间了。”

“随便聊聊……”刘欣对女孩越来越有好感，而且兴趣大增，想起她的儿子沈伟强还没有女朋友，就动了心思，“你叫什么名字，你是哪里人？”

激战

刘欣的心思全被女孩占据了，一旁的保姆沈学良很不满意地瞪着眼噘着嘴，她也顾不上理会，更没有留意身后不远处，有一个个子高大、身强力壮的壮汉一直跟随在身后，将她的行踪尽收眼底。

不用说，女孩是元元，身后的壮汉自然就是纪度了。

本来说好只让纪度一人出面查明刘欣的行踪，但元元不放心，说什么也要跟来。毕问天一想，纪度太扎眼了，他一人出面，怕是容易被人认出，而且会被人提防。如果由元元出面，就好多了，元元面善，很容易突破别人的心理防线，让别人信任她。

正是基于这种想法，毕问天才改变了主意，让元元和纪度同时出马。纪度负责保护元元的安全，元元负责出面摆平刘欣——毕问天担心杜清泫的手会直接伸到单城，对元元不利。不过他又推算了一番，得出的结论是杜清泫暂时还未有所动作，也就放心了。也是，杜清泫多年盘踞在京城，很少迈出京城一步，他在单城，应该没有势力。

毕问天的担心不是没有道理，但他失算了。元元和刘欣聊了半天，套出了刘欣每天的生活规律之后，她和纪度高高举兴地准备回楼外楼交差。不料刚从善良街出来，向右一转，却是一条偏僻的名叫木鱼的小巷。和善良街的繁华热闹相比，木鱼巷阴暗潮湿，空无一人，就如一条陈旧的时光隧道，充满了阴谋和阴冷的气息。

元元顿时打了个寒战，埋怨纪度："怎么放着好好的大路不走，要走这条小路？"

纪度不好意思地嘿嘿一笑："这里是近路，走大路，容易被人发现。刘欣怎么着也是市长夫人，万一她身边有几个暗中的保镖悄悄跟踪我们，一看我们原来是一伙的，那刚才的努力不就白费了？"

"说得好像很有道理，不过我还是不喜欢这里，太阴森太恐怖了。万一有坏人埋伏在这里，等我们上钩，我们岂不是自投罗网？"元元环顾四周，见大中午的，周围没有一个人，心里更害怕了。

"光天化日之下，哪里有坏人？"纪度嘴硬，心里却底气不足，四下看了看，视线范围之内，空无一人，心里多少安定几分，"没事，再说就算有坏人，有我在，也不怕……"

话音刚落，忽然有两个阴影如同凭空出现，一下冒了出来，站在距离元元和纪度十几米开外的地方。他们穿了运动衣，戴了低檐帽和大大的墨镜，低着头，整个人和阴暗融为一体，就站在原地不动，如两块寒冰，静静地等元元和纪度自投罗网。

"啊！"元元惊叫一声，平时她可以用心理战来迷惑对方，但在危急时刻，她就只是一个无助的小女孩了。何况对方戴了低檐帽和大大的墨镜，明显是不想和她正面对视，也就是说，对方很了解她的本事，提前做好了防范。

当然，也可以理解为对方不敢以真面目示人。

还是纪度沉着冷静，他回头一看，果然不出所料，身后还有两个人，和前面两个人一样的打扮。显然，对方是有备而来，而且打算不出手则已，一出手必中。

好吧，既然对方来者不善，他也没什么话好说了，打不过关得，难道还打不过四个小毛贼？其实，纪度一直不愿意承认他和关得对战失败是他技不如人，而是认为关得不过是侥幸获胜，他对自己的功夫很有信心。

在纪度眼中，身前身后这四个人，不过是三脚猫的小毛贼罢了。但他不知道的是，被他称为小毛贼的四个人，接下来让他吃尽了苦头。

“元元，等下动手的时候，不要乱跑，跟在我的身后，听到没有？”

“听到了。”元元听话地点了点头，眼神中流露出害怕的神色。

“来吧，既然都准备好了，也别愣着了，一块儿上吧。”纪度十分轻蔑地笑了，“赶紧收拾完你们几个小毛贼，我好回家吃饭。你们也真不会挑时候，大中午的，饿了。”

对方没有被纪度的话激怒，不过纪度话一说完，四人就开始有所动作了。一前一后两个人同时动了，一人扑向了纪度，另一人去抓元元。

如果让毕问天知道此时元元和纪度的遭遇，他感慨的肯定不是人算不如天算。因为据他推算，今天元元和纪度出行应该一切顺利，但还是有意外发生了。这就证明他还是没有算出杜清泫的安排，也就是说，他还是比杜清泫棋差一着。

纪度也猜到对方不会一对一地上，肯定会群殴他，他还心存幻想，以为对方只会攻击他，不会同时再对元元下手。只是让他最担心的事情终究还是发生了，对方不傻，要的就是一人缠住他，另外一人去抓元元，因为对方的主要目标是元元，而不是他。

而且对方还有两个人原地未动，就是防止有意外情况发生，等于是说，对方想好了各种可能，要的就是一击得手。

纪度顾前不顾后，顾自己就顾不了元元，一时心急，忽然他心生一计，伸手一拉元元，不等对方近身眼前，蓦然朝侧向飞奔而去。

元元突然被纪度拖住，身子几乎被拉得飞了起来，她强忍心中的惧意，没有再次惊呼出声，而是紧跟纪度的脚步，配合纪度的战术。她害怕归害怕，却还是看清了形势，纪度双拳难敌四手，而且跑也无路可跑，现在的飞奔，只是为了迷惑对方，好让对方的围堵策略失效。

纪度的奇招，确实收到了一定的效果，对方一前一后两个人，眼见逼近了纪度和元元，不料纪度想从侧面突围，两个人脚步就稍微迟疑了片刻。要的就是这片刻的迟疑，对于纪度这样的高手来说，一愣神的工夫就可以决定生死了，何况是胜负！

纪度猛然收住脚步，松开元元的手，原地转身，一个扫堂腿就横扫过去，正中前方一人的腿骨。现在不是讲情面的时候，所以纪度使出了全力，一招就将对方的腿骨扫断。

一击得手，打倒一人，纪度顿时感觉身上压力大减，回头一看，被他松开的元元由于奔跑过快，收势不住，险些一头撞在路边的一棵大树上。

还好，元元及时伸开双手，扶住了大树，才没有被撞得头破血流。饶是如此，她也惊吓得花容失色，气喘吁吁。

纪度一击得手，再次暴起，一拳打向身后的人。那人早有防备，一闪躲开之后，一扬手甩了一根甩棍，朝纪度当头打来。

另外等候的二人见形势不妙，也不再守株待兔了，身形一动，同时加入了战团。二人一左一后，配合纪度身前之人，形成三角之势，对纪度进行夹击。

还好，纪度暗中长出了一口气，他刚才痛下狠手，将对方一人打倒，就是为了激怒对方，不让对方按照计划行事。否则两个人围困他，一个人抓元元，他再有本事，也不能兼顾。现在好了，对方三人一起围攻他，他哪怕受伤也没什么，只要元元不落于对方虎口就行。

纪度虽是特种兵出身，但对方三人显然也不是一般人，个个身手不错，而且配合得十分默契。三人一起动手，两人攻击，一人策应，只一个照面，纪度就被踢中了一脚打中了一拳。

纪度身强体壮，挨一两下也没什么，况且他也没有吃亏，还了两脚和两拳，打得对方也不好受。但问题是，现在不是硬拼的时候，他目光一扫，见元元还傻呆呆地站在大树前面，既不知道躲起来，也不乘机跑掉，不由他心急如焚。

他一个人缠住三个人，要的就是让元元趁人不备溜之大吉，不料元元平常那么机灵一个人，现在怎么反倒犯傻了？他一个人的话，即使打不过对方三人，也可以从容脱身，但却没有余力救下元元。元元到底是怎么了？

纪度心中着急冒火，有心喊一声，又怕对方也被他的喊声惊醒，现在对方在盛怒之下，只想一心置他于死地，还顾不上元元……怎么办才好？一分心，他又被对方一脚踢中了后心。

这脚踢得狠了点，纪度差点喷出一口鲜血，他又急又怒，发了狠，不顾一切地向前一扑，抱住了其中一人，用力一勒。对方吃疼，“啊”的一声大叫，想要反抗，双手却被抱住，动弹不得，情急之下，急呼救命。

另外二人见状，上前对纪度拳打脚踢。纪度一咬牙，硬撑着就是不放手，继续手上用力，直到将对方勒得晕死了过去。

拼死解决了一个，纪度也被另外二人打得遍体鳞伤，只差一点就支撑不住了。他身上鲜血直流，衣服也破成了一条一条，几乎不成人样儿。即使如此，他依然坚挺着不肯倒下，一拳打在一人的脸上，又一脚踢在另外一人的肚子上。

己所不欲，勿施于人

“纪度！”元元终于清醒了过来，不过她不是夺路而逃，而是被纪度的惨样吓哭了，再也顾不上害怕，飞蛾扑火一般又冲了过来，“坏人！臭坏人！我和你们拼了！”

可惜的是，元元过于瘦小，她再发怒也没有丝毫的震慑力，相反，她一哭一闹，反倒惊醒了剩下的两个人。二人迅速交流了一下眼神，一人留下继续和纪度缠斗，另一人嘿嘿一阵狞笑，朝元元扑了过去。

纪度心中悲叹一声，他千辛万苦才营造出来的大好局面，被元元一声呼唤破坏了，真是让人无语。难道说，今天真的要一败涂地了？

眼见元元逃无可逃，就要被人抓住时，忽然，凭空飞来一块板砖，不偏不倚，正中朝元元伸出魔爪者的后脑。这一下打得够狠，一块板砖硬生生被打成了两段。

那人当即闷哼一声，“扑通”一声摔倒在地，不省人事了。

剩下的最后一人见势不妙，居然光棍不吃眼前亏，一转身，身形敏捷如猿猴一般，飞身爬上一棵大树。他几个飞纵，从树上跳到墙头之上，再跳下墙头，不知所踪了。

绝处逢生！

纪度只来得及向远处看了一眼，勉强看清来人是一个二十多岁的年轻人，到底是谁，也不认识，然后他就昏迷了过去。

“哥们儿平生最恨打群架了，更恨打女人。打不过就别打，非要一伙人打一个人，真不要脸。尤其是你，妈的，居然想打女人，真是没出息到家了。让你吃我一砖还算便宜你了，要不是怕影响市容有碍观瞻，我非朝你头上浇一泡不可。”来人先是自言自语说了一气，才来到元元面前，冲元元友好地一笑，“你不要害怕，我不是坏人。你赶紧走吧，省得坏人还有同伙。对了，这个晕倒的人是你的同伴吧？你别管了，我让救护车送他去医院。”

元元此时已经接近崩溃的边缘，在她眼中，来人就如从天而降的英雄一般，高大、英俊、威武并且威风凛凛，她木然地点了点头，下意识地问了一句：“你是谁？”又愣了愣才说，“谢谢你救了我。”

“小意思，路见不平，总有人拔刀相助挺身而出不是？”来人一拍胸膛，“不用留恋哥，哥只是传说，如果你非想知道哥的名字，好吧，哥勉为其难地告诉你，叫我崔哥就行了。”

崔哥扔下一句话后，潇洒地挥手离去，只留给元元一个意味深长的背影。许多年后，当元元再次回忆起崔哥的背影时，依然难掩内心的激动和怀念。

至于后来怎么收拾残局，怎么送纪度去医院，又怎么善后，元元都记不清了，她只记得她被毕爷派来接应的人接回到楼外楼之后，才差不多恢复了镇静。回想起改变了整个局面的突如其来的那块板砖，忽然觉得一切都那么不真实，似乎是在做梦一般。

不过，梦中崔哥的背影却是格外清晰，就如苍茫风雨之中的一座灯塔，照亮了元元人生路途之中一段风雨飘摇之路。

崔哥会是谁呢？元元对崔哥产生了莫名的好奇和深厚的兴趣，希望有朝一日可以再见到他。

纪度住院了，元元没事了，毕问天却怒火冲天。一是气他虽然知道了刘欣的行踪，但还是被杜清泫算计了，等于是他和杜清泫正面过招，输了一局。二是气纪度被打成重伤，纪度是他的爱将，他一向视为左膀右臂，上次被关得打了也就算了，这一次却是重伤住院，少说也要十天半个月才能恢复，让他怎能压下心头怒火？

至于突然出现解了元元之围的神秘人物，毕问天并没往心里去，也没深思其中到底是巧合是人为安排还是天意，他现在只想向杜清泫讨个公道。

拿起电话，毕问天拨通了杜清泫的号码。

"问天，怎么想起给我打电话了，难道你又改变主意了？"话筒中传来一个三分傲然七分自得的声音，"现在改变主意还来得及，还不会伤了和气。"

毕问天也算见多识广了，多少也有几分度量和涵养，今天却实在忍不住了，怒吼道："杜清泫，你不要太嚣张了！"

"哈哈，问天，有理不在声高，我哪里嚣张了？要摆事实讲道理，不要只知道喊叫。什么人才喊叫？没本事的人才又哭又喊装可怜。在我印象中，你可是一向淡定从容得很，怎么了这是？"杜清泫的语气中不无嘲讽之意，而且还是居高临下的口吻，"到底出什么事情了，你一上来就冲我兴师问罪？我好好地在京城待着，可是没有迈出京城一步。"

一瞬间毕问天又恢复了冷静和理智，也是，明知道事情是杜清泫做的，可是他没有证据，没有证据就指责杜清泫，倒显得他无理取闹了。他不愧是老江湖，呵呵一笑，换了一副口气："清泫，刚才和你开个玩笑，希望没有吓倒你，哈哈。记得以前我们之间经常开玩笑，不分彼此。"

"是呀，当年不分彼此。"杜清泫也微微感慨，不管是不是出于真心，反正他的语气很到位，"只不过时过境迁，当年的青葱少年，现在都成了行将就木的老头子了。问天，人生太短暂，何必争来争去？不如放下，才能得大自在。"

谁不知道放下才能得大自在，问题是，谁能放得下？毕问天心中一阵冷笑，让我放下，你杜清泫怎么不先放下？己所不欲勿施于人，虽然心中不以为然，表面上他还是一样的云淡风轻："说得是呀，清泫，不如这样，我们一起找一块风水宝地，然后都放下世事，去过隐居生活，怎么样？"

"这个主意不错，我考虑考虑。"杜清泫忽然语气一转，由风和日丽变成了肃杀之气，"问天，我还是想再劝你一句，苦海无边，回头是岸，别游到中间，想再回头，却没有力气上岸了。"

"多谢清泫的提醒，我想对你说的话，和你刚才说的一样，我也就不再重复一遍多费口舌了。"放下电话，毕问天知道，他和杜清泫之间，再也没有了和谈的可能。

杜清泫已经向他出手了，以杜清泫的为人，也应该同时向关得出手才对，关得现在在哪里呢？

毕问天在猜测关得在哪里，杜清泫也在猜测。和毕问天通话完毕，杜清泫在他的天外天之中，心思浮沉不定。

天外天和何子天的方外居以及毕问天的楼外楼一样，都位于闹市之中，不过单城的闹市和京城的闹市，不管是地皮价值还是房屋价格，都不可同日而语。方外居和楼外楼不过是一百多平方米的小院，天外天却是两百多平方米的大院子，而且还是非达官权贵不能居住的濒临绝迹的京城四合院。

在院中转了一转，站在假山流水前，凝神观赏了一会儿水中的睡莲，杜清泫收回心思，又在院中继续散步。看似是漫无目的地散步，若是内行仔细一看的话，会发现杜清泫的步伐暗合八卦方位。

"怪事，关得的命格，似乎又有了微小的变动……"杜清泫也称关得的命数为命格，他眉头微锁，沉思片刻，又摇头自言自语地说道，"到底是哪里不对呢？好像是关得命格中的一处缺陷突然修补好了，怎么回事？难道何子天出手了？不应该呀，关得命格中的缺陷，只有他自己的主观能动性才可以修补成功，别人帮不了他……"

想了半天不得其解，杜清泫其实不愿意相信真的是关得发现了缺陷并且自己修补成功。因为一个人挑剔别人的缺点容易，发现自己的缺点很难，就和人的双眼一样，看外不看内，大部分人都做不到自察自省。一日三省吾身是君子境界，不是常人境界。以关得现在的年龄和心性，正是自以为是并且狂妄自大的阶段，他怎么可能会发现自己的缺点？

越想越疑惑不解，杜清泫站在池水前，一时想得痴了。忽然，池水中一条金色鲤鱼跃出了水面，“哗啦”一声，溅起无数水花，其中有几朵水花还飞到了他的脸上。

鱼跃龙门化身为龙，难道说，关得的命格比他推算中还要奇特还要贵不可言？杜清泫一时惊醒，忽然生起要和关得见上一面的强烈的念头。念头刚起，电话就突兀地响了。

怕是有不好的消息传来，杜清泫心头猛然一跳，一个不祥的预感突然浮现，他忙接听了电话。

临时起意

“杜爷，月国梁反击了。”话筒中传来了一个单城方言的声音。

“什么手法？”月国梁的反击之快，大大出乎杜清泫的意料，不由他再次一惊。

如果说削弱月国梁的运势为单城第一战的正面之战，那么派人暗中袭击元元和纪度，试图将元元一举擒获，则是单城第一战的侧面之战。在刚刚得知侧面一战眼见胜利在望，却因一个突然杀出的愣头青而功亏一篑之后，杜清泫还算克制了内心情绪的波动，并没有因此而失态，甚至在和毕问天通话中，他还可以谈笑风生。但在听到月国梁比他预料之中提前许多突然反击时，他久经世事的内心，终于起了一丝波澜。

“双管齐下。”对方语气中微有几分急躁，“一是散播消息，说月清影的庞大资产是继承了外公外婆的遗产，二是月国梁想开发三姓村的地皮，用来平息对他不利的传闻……”

杜清泫深吸了一口气，心跳又加快了几分，微一思索，说道：“蒋耿，要小心行事，不要暴露了你的身份。”

“杜爷尽管放心，在单城市委市政府，没人知道我的底。”蒋耿自信地一笑，“别说卢杰俊了，就连沈新也不清楚我的真正身份。”

杜清泫又想了一想，觉得事情的进展比他想象中要严峻得多，他当即决定："三天内，我会亲自去单城一趟，你替我安排一下。"

"没问题，住宿和出行，一切都会安排妥当。欢迎杜爷大驾光临单城！"蒋耿打了包票，语气十分迫切。

杜清泫没再说什么，放下了电话。他背着手在房间中走了几步，眼皮跳了几跳，心想难道不管是正面对月国梁的阻击还是侧面对元元的出手，全部失利的背后，都是关得破了他的局？可问题是，怎么可能？以关得的水平，如果连他的局也能随手破解，关得就是天纵奇才了。

现在关得又在哪里，在做什么？杜清泫对关得的兴趣越来越浓厚了，他此次临时起意决定亲自来单城一趟，就是想亲见关得一面。所谓耳听为虚眼见为实，他想证实一下，关得到底是不是一个百年不出的命格奇特的天命之才。

关得在哪里？关得在西山之上，正在携美游玩。

说是携美游玩，也不太准确，虽然他身边确实美女无数，包括碧悠、秋曲、月清影以及黄素琴和专程从下江回单城过国庆的黄素素，但与他同行的男人也不少，曾伟贤、于天凯和还没有到来的崔民强。

就在几天前，崔民强和黄素琴总算结束了分分合合的磨合期，正式确立了恋爱关系。二人的关系在经历过无数次吵架之后，终于由量变上升到了质变。

黄素素本来国庆期间不想回来——懂事的她虽然想家，却怕花钱，从下江到单城的路费不菲，她不想姐姐因此承担不必要的开支。结果崔民强知道后，大手一挥，让黄素素尽管回来，而且必须坐飞机回来，路费由他报销。如果黄素素不回来，不坐飞机，就是不给他面子，就是看不起他这个未来姐夫。

黄素素没办法，只好听从崔民强的安排，回到了单城。

关得带领秋曲、碧悠和月清影来西山游玩，他同时还通知了崔民强、曾伟贤和于天凯几人。几人听了，自然十分高兴，崔民强又向关得请示，能不能带上黄家姐妹，关得还不知道黄素素也回单城了，一听之下，喜出望外。

谁知出发时，崔民强突然临时有事，让关得等人先行一步，说他处理完事情就会赶去。关得也没问崔民强有什么事情，他一行数人，两辆汽车，浩浩荡荡地冲向了西山。

西山位于单城西部，是太行山的一部分，不管单城还是石门，都将西部山区称为西山。单城的西山开发比石门要早一些，从上世纪九十年代初期开始开发，到现在经过将近十年的发展，已经初成气候。

关得一行，登上了西山的主峰丛台峰。

丛台峰取名于赵武灵王的点将台丛台，海拔一千两百米，登临山顶，举目四望，一览众山小。山顶平整如掌，长满了各种各样的野草和野花，犹如一座天然的花园。此时虽是深秋，山顶的黄花已落，但还有少数顽强的花草在抵抗季节的变迁和生命的轮回。

丛台峰峰顶的花园，被形象地称之为空中花园。

站在栈道之上，关得意气风发，用手一指空中花园中间的一片树林："等以后经济发展到了一定程度，谁有实力拿下这片树林，在林中建造一片别墅群，肯定会大卖。"

"拉倒吧，你这不是创意，是异想天开。"秋曲对关得的想法大加攻击，"不是非要打击你幼小而脆弱的心灵，山顶别墅的施工难度我就先不说了，主要是说了你也不懂，白白浪费口舌。就说别墅建成之后，谁会大老远不住市区住到山上？再说了，上山的路这么难走，能买得起别墅的都是有钱人，你见过几个有钱人身体健康到可以爬山的程度？钱多了，人就懒了，有些有钱人，连上三楼都坐电梯，你还让他花钱爬山？你给他钱他都不来。"

关得哈哈一笑："你的话虽然有道理，但你却没有听我把话说完。山顶的林中别墅如果建成，上山下山的路，肯定会修一条贵宾通道，而且还会是类似于电梯或是缆车的贵宾通道，不用爬山。"

关得为首，秋曲站在他的右侧，碧悠在左侧，黄素素在身后，其余人等，曾伟贤、于天凯和黄素琴在不远处玩起了气枪打气球的低幼游戏。

秋曲还是一如既往的风风火火，既兴奋又开心。碧悠却是心事重重的样子，很少说话，不时低头想心事。月清影依然是以往清冷如月的淡漠，不过在淡漠之外，眉宇之间又多了一丝说不清道不明的愁绪。

关得并没有注意到月清影的异常，倒不是他忽略了月清影的存在，而是他习惯了月清影的淡漠，正因为习以为常，所以才以为是她的常态。主要也是关得的心思被碧悠分神了，碧悠心不在焉的样子让他既担心又怀疑，担心碧悠在错误的道路上越走越远，怀疑碧悠是不是还有什么事情瞒着他。

崔民强临时有事晚来一步，到现在已经过去半个多小时了，还没有到，到底是什么事情？关得收回目光，转身问曾伟贤："民强到底做什么去了？"

曾伟贤嘿嘿一笑："民强想卖个关子，不想告诉得哥，其实他是看望常晶晶去了……"

"什么什么？常晶晶？常晶晶是谁？我怎么不知道崔民强还有一个常晶晶。曾伟贤，你老实告诉我，常晶晶是不是崔民强的备胎？"黄素琴耳朵尖，本来她打气枪打得正起劲，一听凭空出来一个常晶晶，顿时醋海风波起，放下枪就来质问曾伟贤。

曾伟贤很无辜地揉了揉耳朵："我……我真不知道，黄姐，你放过我好不好？"

曾伟贤的欲言又止更让黄素琴疑心大起，她肯放过他才怪，上前一步，抓住了曾伟贤的胳膊："放过你？如果你不告诉我实话，信不信我拉着你一起跳悬崖？"

信，当然信，曾伟贤苦着脸："民强说，他和你经常有摩擦，所以他决定找一个备胎，等合适的时候，和你分手，然后和常晶晶在一起……"

"好一个狼心狗肺的崔民强，好一个现代的陈世美！"黄素琴受不了，眼见就要抓狂，"等崔民强来了，我非一脚把他踢下悬崖不可。"

"我说黄素琴，说你傻，你还真是智商低得可以，你没看出来曾伟贤是在故意逗你玩？"黄素琴话音刚落，崔民强正好赶到了，他一边走一边抹头上的汗水，"欺骗了你幼稚心灵的是曾伟贤，不是我这个行得正站得直的正人君子，哈哈哈。"

“你还正人君子，你是小人。”黄素琴见崔民强现身，几步上前，一把抓住他的胳膊，“快说，常晶晶到底是怎么一回事？”

“是这么一回事……”崔民强任由黄素琴抓住，不躲不闪不慌不忙，“得哥再三教导我们说，心底无私天地宽，做人方能有胜算。得哥还教育我们说，人为善，福虽未至，祸已远离。人为恶，祸虽未至，福已远离。而且得哥以身作则，做了许多大善事，作为他的兄弟，我要是不跟上他的脚步，以后拖他后腿怎么办？”

“说了半天，你东扯西扯，还没有说到正事，赶紧说！”黄素琴不但耐心有限，而且脑子不转弯，跟不上崔民强的思路。

崔民强深刻地摇了摇头：“以我的聪明找你这么一个笨女人当媳妇，也不知道是幸还是不幸？好吧，你听好了，得哥天天好人好事，我也不能落后不是？我就资助一个贫穷女学生，她叫常晶晶，家住善良街和木鱼巷交叉口……”

不争而善胜

“真的假的？”黄素琴信了三分，“别是骗我吧？就凭你成天一副没正形的模样，还有贼笑兮兮的德行，你会做好人好事？老实交代，常晶晶长得漂亮不漂亮，多大了？”

“人不可貌相，海水不可斗量，我怎么就不能做好人好事了？”崔民强一挺胸膛，自豪地说道，“想当年我在县里时，经常帮老大爷老大娘挑水，还帮一个放羊的老汉劈柴，人人都叫我好人崔民强。你问常晶晶漂亮不漂亮？还行吧，反正不难看。她多大了？我想想，上小学三年级，应该还不到十岁。”

“关得，崔民强的话是真的还是假的？”黄素琴见崔民强说得煞有介事，信了七分，还有三分怀疑，就问关得了。

原来崔民强暗中还资助了贫困学生，关得暗暗赞赏，善心善行，都会收获善报，崔民强有这样的善心和善举，他以后的前景会更广阔。这么一想，他暗中替崔民强相了一面，果然，崔民强的面相不知何时改善了不少，埋下了进一步改命的伏笔。

“真话。”关得向前一拍崔民强的肩膀，“不错嘛，知道积德行善了。是不是除了看望常晶晶之外，还有什么事情发生？”

“神了，得哥你真神了。”崔民强吓了一跳，随即眉飞色舞地说道，“本来我去看望常晶晶，小孩子嘛，闹别扭，说什么也不想上学了。我带了钱和文具去看她，告诉她人生是单行道，每一个阶段都有该做的事情，该学习时，就得学习，该工作时，就得工作，不能跳级，也不能留级……好不容易劝她重新恢复了上学的信心，从她家里出来时，你猜怎么着，哥们儿我遇到了一起群殴事件，四个人围攻两个人。一男一女两个人眼见要被打败，哥们儿我路见不平一声吼，该出手时就出手，一扬手就施出平生绝学——板砖绝技，当场拍晕一个，救下了那两个人。然后事了拂衣去，深藏身与名，不顾那个女孩对我的仰慕和暗恋，只留给她一个不要迷恋哥，哥只是一个传说的背影，扬长而去……”

“原来你还多管闲事，上演了一出英雄救美的三俗闹剧，好你个崔民强，说，那个女孩长得漂亮不？”黄素琴又醋海翻波了。

黄素素在一旁摇了摇头，对秋曲说道：“姐姐真是太笨了，她不懂男人心。你说以她这样的性格，处处让男人感受不到男人的尊严，她能嫁出去，就谢天谢地了。”

秋曲对黄素素人小心大的小大人性格十分喜欢，和她一见如故，在认识不到一个小时后，就以姐妹相称了。秋曲提出要资助黄素素上大学，但黄素素一口回绝了，她坚持自力更生，说依靠别人的施舍，虽然可以一时偷懒渡过难关，但最终还要加倍偿还。

秋曲对黄素素的自强不息再次表示了赞赏。

“也未必，有些男人就喜欢你姐的调调，所谓萝卜白菜各有所爱。不过说句实话，换了我是男人，我也不喜欢她动不动就吃醋的性格，这也太能闹了。男人的胃口总是有限，你醋太多了，会让他反胃的。一旦他反胃了，那么对不起，你很快就会被打入冷宫。”秋曲直替崔民强摇头，“崔民强也算是一个半成品男人了，怎么就喜欢你姐了呢？唉，人若自讨苦吃，实在是谁也拦不住。小妹，你得记住一点，聪明的女人，从来不惹男人厌烦。相反，她知道见好就收，懂得适可而止。”

“我知道，秋姐姐，女人既不能完全依附男人，又不能太要强了。女人是水，水能旺财，如果女人自认为比男人还有能力还能干，那么就不是水命了，是金命。”黄素素侃侃而谈，一副人小却什么都懂的小大人模样，“可惜的是，男人才应该是金命。女人如果当自己是金命，最终的结局是失去了旺夫聚财的本事，又丢掉了男人的疼爱，最终一无所获。”

“哎呀，不简单呀小妹，你这么小就对男女关系认识得这么深刻了，我都要佩服你了。”秋曲夸张地大笑，抱住了黄素素的肩膀，用手一指关得，“你是不是喜欢关得？”

黄素素既不害羞又不扭捏，大大方方地承认了：“是，我是喜欢关哥哥，可是喜欢有什么用？我比他小了太多，他眼里没有我。”

秋曲眼睛转了一转：“那你说，关得眼里有谁？”

黄素素岂不明白秋曲的心思，她嘻嘻一笑：“以前我觉得关哥哥最喜欢的是月姐姐，后来又以为他喜欢的是碧姐姐。月姐姐性子太冷，她不是贤妻良母的人选，碧姐姐虽然善良，但心眼儿有点小，她也不是关哥哥的首选。主要是我认为，碧姐姐对关哥哥的事业不会有太大的帮助，而且她和关哥哥可能在人生的理念上会有分歧。”

秋曲越听越开心：“你的意思是，最合适关得的人选是……”

“目前看来，应该就是秋姐姐了……”黄素素给出了秋曲想要的答案，不过她狡黠地一笑，又说，“但谁也不敢保证将来。说不定有一天，有一个更完美更有魅力的女孩出现，她一出现就瞬间征服了关哥哥的心……”

“切，世界上比我还完美的女人要么还没有出生，要么已经老态龙钟，和我一样正值风华正茂的，一个也没有。”秋曲对黄素素的设想，很是不以为然。

秋曲和黄素素只关心女人才会关心的事情，曾伟贤和于天凯却心思大动，为关得对崔民强的盛赞而暗叫惭愧。得哥和民强都开始行善积德，为以后的改造命运打基础了，他和于天凯却还在嘻嘻哈哈中糊涂人生，是该清醒了，要不以后跟不上得哥和民强的脚步，就会被淘汰了。

曾伟贤和于天凯对视一眼，二人心意相通，同意下定了决心，以后也开始行善积德，迈出改变命运的第一步。

榜样的力量是无穷的，关得就是要让他和崔民强的带头作用切实地影响到曾伟贤和于天凯的心态。如果他开口让二人做善事，二人肯定也会言听计从，但外因的作用力不如内因，只有让二人发自内心地去行善，才能更好地改命。

刚才关得之所以问崔民强是不是又发生了什么意外事件，是他敏锐地发觉到了崔民强在气质上的微小变化。虽说人为善，福虽未至，祸已远离，人为恶，祸虽未至，福已远离，但祸福真正落到具体事情上，需要一个酝酿的时间，并非立竿见影可见到回报。行善和作恶，尤其是对一个人气质的影响，是日积月累经过长时间的熏染才会显露出来，而不是前脚行善作恶，后脚就会面善或面恶。

但有一种情况特殊，如果做了极大的善事或是恶事，立刻就会使一个人的气质铭刻上微小的变化。当然，变化极其微小，如果不是高明的相师或运师，普通人根本无法察觉。关得虽不算是高明的相师，但他和崔民强太熟了，正是因为太熟了，崔民强气质上的微小变化才没有逃过他的眼睛。

以关得推断，如果崔民强只是资助了一名贫困学生，还不足以让他的气质发生变化，那么在他身上，肯定发生了不为人知的重大变故。

不过在听到崔民强意外救下一男一女之后，关得又微有不解，难道那一男一女是什么重要人物不成？否则他的气质不会明显大好。如果说以前崔民强的面相只是中人之相，那么现在他的面相，有隐隐向富贵之相转变的迹象。

什么人物福分这么大，居然让崔民强凭空增加了这么多阴德？

关得当然不知道崔民强救下的是元元和纪度，不过话又说回来，元元和纪度的福分虽大，却也不足以推动崔民强的命数向前迈进一大步。之所以崔民强因一次救人之举获益匪浅，主要也是他在救人时，发心至诚，完全是出于路见不平拔刀相助的正义。同时，他的救人之举，破坏了杜清泫精心设计的一局，从而对整个局势产生了不可低估的无法逆转的影响。

所以说，天之道，不争而善胜。崔民强如果不是资助常晶晶，他就不会去木鱼巷，他不去木鱼巷，就不会正好遇上元元和纪度被围攻的死局。本来是一个死局，却被崔民强发自善心的举动破解，相信杜清泫如果知道了事情背后的来龙去脉，他肯定会长叹人算不如天算。

如果让关得知道了事件背后的真相，他不会和杜清泫一样感叹人算不如天算，而是会对何爷让他培养慈悲心和平等心的做法，更加深信不疑。

一行人热热闹闹，在空中花园玩了半天，眼见夕阳西沉，关得招呼众人下山，准备去一碗香聚餐。难得众人聚得这么齐，又是国庆假期，凑在一起开心开心，也是人生常态。

劫难突现

"下山了，下山了。"关得冲秋曲和崔民强招了招手，"走，别天黑再下山，山路不好走。"

话才说完，手机却突然响了。

一看来电，是木锦年，关得会意地笑了。

"锦年兄……"关得接通了电话，只打了一声招呼，就不再说话，等木锦年开口。

"关老弟，我看过现场了，很满意，不管是交通状况，还是土地情况，都适合上马植物园。我马上联系风华伦，争取和他见上一面。"木锦年的声音透露出三分兴奋七分激动，他确实是激动了，关得的想法绝对是神来之笔，三姓村地皮闲置了多年，怎么就没有人想到开发成一座植物园呢？

木锦年也算是见多识广了，他走南闯北，见多了各地的植物园，都效益不错，前景大好。单城虽是地级市，但经济发展水平在国内也算中等偏上，单城市民有一定的消费能力，植物园建成后，前景肯定十分广阔。

而且作为市里的重点扶植项目，在短时间内，市里肯定不会再批准上马另外一座植物园，那么他的植物园至少可以保证十年的独一无二的垄断经营。

“好，等你的好消息。”关得心满意足地笑了，木锦年的热切虽然在他的意料之中，但亲眼见到事情进展顺利，还是心情不错，“回头我分别向月市长和卢书记都汇报一下，就说锦年兄一手推动了植物园项目的上马。”

木锦年自然听出了关得的言外之意，如果他说服了风华伦投资开发植物园的话，植物园的地皮，市里会划归到他的名下，关得的这一份厚礼，可是不薄：“谢谢关老弟，你的深情厚谊，我记下了。”

关得要的不是木锦年铭记他的帮助，施恩不图报的定律，他一直记在心中，他要的是借木锦年的突围，化解来自沈新和沈伟强父子方方面面的压力。从另一个角度来说，帮助木锦年其实就是帮助自己。

大而广之的话，帮助任何一人，其实都是在帮助自己，包括对手和敌人。当然，以关得目前的境界，他还达不到大公无私地去帮助对手和敌人的胸怀。

“走了……”关得挂断木锦年的电话，心情一时舒展如西天的彩霞，不由高声唱道，“西边的太阳就要落山了，从台峰顶静悄悄……”

“唱的是什么歌呀，这么难听？”黄素素年纪小，没有听过关得所唱的老歌，她嘻嘻一笑，吐了吐舌头，“我才发现，原来我和关哥哥真的有代沟。”

“别说你了，我都觉得和他有代沟，他唱的是什么歌，我也没听过。”秋曲嘿嘿一笑，和黄素素一起嘲弄关得，“别看他年纪不大，也就是比我大一两岁，却老气横秋得好像七老八十的老头子，也不知道他是未老先衰，还是被生活打击得没有了自信。反正不看他的长相，只听他的声音和看他的性格，你说他有五十岁都有人相信……”

“我真有这么老吗？”关得哈哈一笑，摸了摸脸，“其实老人是宝，你们应该尊重老人家，老人家的生活阅历和人生经验，是用宝贵的生命得来的千金不换的财富。来，秋曲，叫关叔，还有你，素素，叫关爷。”

“叫你小关子还差不多，还关叔，脸皮真厚。”秋曲用一根手指刮脸，意思是说关得不知羞。

在秋曲以及黄素素和关得说笑时，月清影和碧悠走在关得几人前面，已经走出了几十米远。而崔民强和黄素琴走在后面，二人似乎在争论什么，也不知是吵架还是辩论，反正你来我往说得不亦乐乎。曾伟贤和于天凯还在崔民强后面十几米开外，也就是说，关得一行，分成了四组，关得一行，在第二组，他前有月清影和碧悠，后有崔民强等人。

在走到一处山路的拐弯时，秋曲和黄素素也不知道说到了什么，二人笑得前仰后合，落后了关得三五步的距离，等于是说现在的关得，孤身一人前行。

拐弯的地方风景不错，左侧是山林和峭壁，右侧则是深不见底的万丈悬崖，只有一米多高的石头栏杆，充当了保护行人不至于跌落悬崖的守护神角色。关得双手扶住石头栏杆，微探了身子朝悬崖之中张望，见悬崖中既有怪石嶙峋，又有树木参天，在阳光照不到的地方，阴暗而黝黑，不知道隐藏了多少不为人知的岁月和沧桑。

崔民强所救的一男一女会是谁呢？关得出神之时，脑中忽然跳出了一个莫名其妙的念头，不知何故，他总有一种隐隐的担心，说不定崔民强无心算有意，他救下的一男一女，会是一系列事件之中的一个关键点，崔民强因此才会受益匪浅。但与此同时，根据天地平衡之理，崔民强也会因此而被人所不容。

被谁所不容？关得一时不敢妄加猜测，难道会和杜清泫有关？这么一想，又想到他帮月国梁化解来自沈新的压力，帮木锦年摆脱沈伟强的罗网，那么毫无疑问，他现在在沈氏父子眼中，肯定是眼中钉肉中刺了，沈氏父子，想必是对他恨之入骨，欲将他除去而后快了。

那么何爷和毕问天对他将有一次劫难的推算，莫非是要应在沈氏父子身上？以杜清泫的为人和能力，应该不会对他正面出手，既然劫难不是由杜清泫引发，又是发生在单城，而他在单城最大的对手除了沈氏父子再无他人……肯定是了，再联想到沈伟强在省电视台家属院项目上的失利以及在滏阳区旧城改造地皮争夺战中的败北，关得心中豁然开朗，他在单城的劫难，除了沈氏父子要对他不利之外，还能有谁？

刚想通此节，忽然，关得感觉头皮发麻，身上汗毛竖立，下意识感觉到有一丝危险气息在向他迅速逼近。人都有第六感，都有一种对周围环境的微小变化敏锐察觉的能力，只不过有人心细可以察觉到，而有人心粗感觉不到罢了。什么情况？他来不及多想，只是出于本能向旁边一侧身子，随后回头一看……

一个其貌不扬的中年妇女，似乎是在下台阶的时候，没有注意脚下，一脚踩空，然后踉跄几步，迅速从上面连跳带跑地冲了下来。之所以说是其貌不扬，是因为她不但长相普通，放在人群中没人会多看她第二眼，而且她穿衣打扮也极其一般，丝毫没有特色。普通和没有特色是最好的掩护色，可以让她在人群中随意接近任何一个人而不会被人提防。

不过如果仔细观察的话，明显可以看出她的脚步看似杂乱无章，其实轻盈而且步伐坚定，轻巧地躲开了一个又一个人，如同早就认准了目标一般，直朝关得一头撞来。

换了是谁，都会被中年妇女的假象迷惑，以为她就是一个意外失足的中年妇女，而不是包藏祸心的杀手。当然，在她一脸慌张连连大喊“让开，让开”之后，她一头撞在了关得的怀中，将关得撞得站立不住，身子一晃，整个人翻过栏杆，直朝悬崖之下跌落。此时，许多人，包括秋曲和黄素素，包括崔民强和曾伟贤以及于天凯等人，都瞬间明白了一个事实——关得被人暗算了！

失足中年妇女是假借失足之名行暗害关得之实！

关得本来已经察觉到了危险的逼近，他向旁边一侧身子，一是想要看清身后到底是不是真有危险，二是也做好了随机应变的准备。不料一看之下，失足中年妇女已经逼近到他身后两米之内。两米的距离，不过一两秒的时间，关得哪里还来得及反应，又没想到对方会是要将他撞落悬崖的阴招，一愣神的工夫，中年妇女的脑袋已经顶在了他的胸膛之上。

一股大力传来，关得顿时无法再站稳身形。尽管一瞬间的本能反应，他身子一缩，猛然深吸了一口气，将中年妇女的顶撞之力化解了大半。但由于事发突然，他又不是神仙，不可能瞬间完成卸力、借力再打力的一系列动作。余下的一小半力气，依然不小，顿时将他撞得身子翻转，直接从栏杆之上翻跃而下。

“啊！”

“哎呀！”

“得哥！”

几人纷纷惊呼。

崔民强震惊过后，最先反应过来，当即大喊一声：“月姐、碧悠姐，快拦住她！”

月清影和碧悠走在最前面，距离关得有几十米的距离，由于是山路，落差大，二人没有看清刚才发生了什么。听到崔民强的惊叫后，二人同时回头，见一名中年妇女飞奔下山，速度之快，就如身后有老虎追赶一样。

月清影和碧悠虽然也是经历过大风大浪之人，但都不是当机立断的性格。在抬头的一瞬间，二人只看到关得的身影一闪，就消失在了悬崖苍茫的树林之间，只来得及“啊”的一声，一瞬间大脑一片空白，顿时石化了。

邪门

中年妇女一击得手，哪里还敢停留片刻，飞也似的下山，唯恐慢上半分就会被人截留。还好，她选择的时机非常好，正是关得一行人各自为政的节点，所以，没有一人有机会拦住她，她不但得以一举得手，还顺利地下山而去。

相信以她其貌不扬的长相和普普通通的穿衣打扮，刚才关得以及他的同伴们，甚至包括山上的游客，没有一人记得住她的模样。这么一想，她不由自主地开怀大笑。

不过又想起听人说过，对大福德之人不利，天地也会惩罚之，关得据说就是大福德之人，难道她刚才害了关得，上天就要惩罚她不成？惩罚就惩罚好了，上天还能有什么本事让她难受？上天惩罚的严重后果的恐惧感，早就淹没在了她会因此得到二十万元报酬的快感之中。

二十万，多大的一笔财富！有了这笔钱，她不但可以买一套房子，还可以改善生活质量，从此摆脱吃了上顿没下顿的困顿。有了眼前的好处，谁管以后上天是不是惩罚她，先过几年好日子再说。

越想越是兴奋，越兴奋脚步越快，她到了山脚下，见开往市区的末班车正在发动，忙一路小跑跑过去，想拦在车前，让司机停车。如果误了末班车，她就得打车回市区了，打车回去，得多花十几块，虽说现在有钱了，但过惯了穷日子，还得省着花才行。

她没有注意到下山的时候跑得急了，不知何时左脚的鞋带开了，更是一不留神，右脚踩在了左脚的鞋带之上，然后她一迈步，就自己绊倒了自己。

“扑通”一声，她收势不住，一下摔了个狗啃泥。摔倒在地上时，她还在自嘲地想，上天对她的惩罚来得真快。不过上天真会开玩笑，让她摔个跟头算怎么回事儿，难道是逗她玩？才这么一想，刚抬起头，耳边传来的是汽车的轰鸣声，再一看，一只巨大的轮胎如黑洞一般，一口就将她的脑袋吞下。

她脑中闪过的最后一个念头是：真这么邪门，是关得福分太大，动不得，还是她跟上天开玩笑开过头了？

末班车司机招呼完众人上车之后，发动了汽车，压根就没有注意到车前方有一人冲了过来，更没有看到冲过来的人突然摔倒在地，倒在了他的视线盲区之内。他关上车门，一踩油门，汽车轰鸣一声，继续前行，忽然感觉汽车颠簸了一下，似乎轧到了什么东西。司机还纳闷儿，难道撞了一条流浪狗？才这么一想，就听到车后的乘客惊慌失措地大喊：“停车，快停车，轧到人了！”

轧到人了？真这么邪门？司机惊呆了，他安全行车几十年了，从来没有出过一次事故，今天怎么就轧了人？司机很清楚，他如果真的轧死了人，他的职业生涯就戛然而止了，从此他会在车队成为一个看大门或是扫卫生的闲散人员，到时怕是连饭都吃不上了……

中年妇女和司机的人生巨变，如果说全是因关得的坠落悬崖而引发，也不准确，但至少也是关得坠崖事件一系列的连锁反应之一。世间纷纷扰扰，看似杂乱无章，其实所有事情都有内在的因果联系，不因无知而不存在，也不因无所不知而隐藏。真相就如阳光，阳光照耀大地，向阳的山坡春暖花开，背阴的山坡草木萧索，并非是阳光有好恶和偏爱之故，只因你是否站对了地方，是否接受了阳光的德泽。

同理，在崔民强等人的心目中，中年妇女之死和司机之祸，别说他们不知道，就是知道，他们也不会掬一把同情之泪。因为在他们看来，中年妇女是罪有应得，而司机则是伸张正义。

崔民强在冲月清影和碧悠大喊一声之后，顾不上理会月清影和碧悠能否真的拦截住中年妇女，他没有片刻的犹豫，三步并作两步跑到关得坠落悬崖之处，想也未想，翻身跃过栏杆，不顾危险，纵身朝悬崖下面滑落。

“得哥，得哥！”崔民强沿着斜坡向下，被树枝划破了手，被石头硌伤了脚，甚至脸上也被划了几道，他顾不上疼，也顾不上害怕，如被一刀正中心脏一样，他痛得难受疼得钻心，“得哥，你在哪里？听到的话应一声，你不应，我就要骂你了……”

一边说，一边泪水哗哗直流。悬崖深不可测，现在又临近黄昏，关得刚才时的姿态又是头下脚上跌落，即使不摔落到悬崖底部，就是在半空中被树干撞一下，或是被突出的石头碰一下，也是凶多吉少。崔民强如果不是强撑着一定要找到关得的信念，现在的他，怕是一屁股坐在地上，站也站不起来了！

他和关得二十多年的情谊，何曾想到有一天会眼睁睁地看着关得在他眼前摔落悬崖，这是何等的悲伤，是何等让人无法接受的生离死别！崔民强心中有一团火在燃烧，只差一点就将他烧得体无完肤了。

“得哥——”用尽了全身的力气大喊一声，崔民强身子晃了一晃，险些一头栽倒在一块大石头之上，还好，他努力收住了身形。想起上次出车祸时，关得神勇无敌拼命救他时的情形，他放声大哭：“得哥，你不能死呀。你要是死了，让哥们儿我怎么活呀？得哥，你倒是说句话呀，别吓唬哥们儿好不好，哥们儿什么事情都胆大，就是见不到你受伤。”

和崔民强奋不顾身救人一样，曾伟贤和于天凯愣了一愣之后，回过神来，顿时吓得魂飞魄散，同时大吼一声：“得哥！”

二人话一说完，也和崔民强一样，奋力一跃，翻越了栏杆，不顾生命危险沿着山壁一路向下，去救关得。

黄素琴惊呆了！

一瞬间，黄素琴甚至产生了一个错觉，飞身跃下悬崖的崔民强不再是崔民强，而是她的英雄，是她心目中完美的男人形象。一个男人，对朋友忠诚，对哥们儿真心，对女人真情，这样的男人，哪怕他穷哪怕他丑哪怕他一无所有，他也会是天下最好的男人。

民强，我为你骄傲！好样儿的，我没看错你。黄素琴不为崔民强的安危担心，只为他奋不顾身去救关得的举动叫好。

如果让崔民强知道了黄素琴的反应，他也会夸奖黄素琴明事理顾大局，是一个贤惠的好女人。

黄素素惊呆了！

惊呆过后，黄素素二话不说，飞身就要翻过栏杆去帮忙，却被秋曲一把拉住了。比起黄素琴的浮想联翩以及黄素素的冲动，秋曲是最冷静的一人，她虽然也是无比震惊并且痛心，但却比几人更快地恢复理智。现在一行之中的男人全部下了悬崖，剩下的五个女人中，月清影太固执，大局观不够，碧悠太小性子，怕是一惊之下也乱了方寸，黄素琴激情有余理智不足，黄素素又太小，那么只能是她当仁不让地担任起安抚几人并且善后的重任。

如果她再慌乱而不知所措的话，万一再出现什么意外，她怎么对得起关得？

至于关得的安危，虽然秋曲也无比担心，却一厢情愿并且固执地认为，关得是谁？是大师，是高人，大师和高人都会比别人活得长，也会比别人更幸运。如果关得摔下悬崖真的就这么一命呜呼了，他怎么对得起大师的称号？他怎么对得起她对他的喜欢？

秋曲紧紧拉住了黄素素的胳膊：“素素，不能下去，太危险。有民强他们下去就行了，你现在要做的事情是看住清影和碧悠，别让清影和碧悠也做傻事，然后你让她们一个打电话通知何爷，一个打电话报警……”

黄素素清醒了过来，她的性格中有执拗和坚强的一面，当即点了点头，努力不让眼泪滑落：“好的，秋姐姐，我一定不会让你失望，也不会让关哥哥失望……”

她的泪水还是不争气地流了出来，秋曲大大咧咧地伸手帮她擦了一擦，哈哈一笑：“关得最不喜欢别人哭哭啼啼了，小妹，你一定要坚强，越坚强，他越高兴。”

“嗯！我一定要坚强给他看！”黄素素紧咬嘴唇，几乎将嘴唇咬出了血，“我这就是去找月姐姐和碧姐姐。”

四方云动

等黄素素一走，秋曲扭过头去，恨恨地说道：“秋曲，你别这么没出息好不好？没什么大不了的，关得死不了。再说就算关得万一真的遭遇了什么不幸，你更要坚强，不要让关得和别人瞧不起你！”

“呸呸呸，秋曲你个笨蛋，怎么说话呢你？关得怎么会有事？关得一定会没事！”秋曲不让别人看到她的软弱，她背对着所有人，假装镇静，假装坚强，其实她的内心早已心急如焚，乱成了一团。

但再乱再糟，也必须面对人生中所有的不幸。秋曲双手紧紧抓住栏杆，指甲都抓裂了，她浑然不觉，心中只有一个念头在不停地回响——到底是谁要害关得？如果让她查出来是谁下的黑手，她一定不会放过他！

秋曲至少还能强自镇静，月清影和碧悠就不行了，如果不是黄素素及时赶到，现在说不定一个瘫软在地，一个放声大哭了。

月清影一直以为她很坚强，在她清冷的性格掩盖之下，是一颗对世事漠然对人生淡然的不染之心，却没想到，在见到关得突然坠落悬崖的那一刻，她的心如同被一枚无比锋利的利剑一剑洞穿，钻心之痛无法形容，一瞬间的感觉是大脑空白而心脏失血！

身子晃了一晃，月清影一下倒在碧悠的身上。

幸好有碧悠替她挡了一下，否则她肯定会瘫软在地。

和月清影相比，碧悠也好不到哪里去。从小被遗弃，见多了世态炎凉和生离死别，碧悠以为她百炼成钢，修炼成了一颗无比坚强的铁石之心，而在关得落崖的一瞬间，她蓦然感觉人生所有的意义全部失去。什么碧天集团的股份，什么碧天集团的高管之位，什么让父母后悔当年对她的遗弃，等等，她的心中只有一个念头，失去了关得，就等于是失去了整个世界！

碧悠下意识地扶住了歪倒的月清影，她身子也是一歪，靠在了栏杆之上，才不至于被月清影带倒。原来，她还是不如自己想象中那么坚强那么茁壮。

是谁？是谁要害关得？碧悠短暂的失神过后，心中燃起了冲天的怒火和昂扬的斗志，不管是谁对关得暗下杀手，她以后一定要让对方百倍偿还！在这个实力为尊的世界里，谁有实力，谁就是高高在上的王者。

不，她不能失去碧天集团的股份，她必须坐上碧天集团的高管之位，必须一步步掌管整个碧天集团，只有当她坐拥了亿万财富之后，等她成为在政商两界都可以呼风唤雨的人物之后，她才可以让所有敢对关得不利的人付出惨痛的代价！

黄素素及时赶到了，见月清影失魂落魄而碧悠呆愣在场，她一手抓住月清影的手，一手抓住碧悠的手，轻声劝慰："月姐姐，碧姐姐，现在正是我们众志成城团结一心帮助关得的时候，哭泣和悲伤解决不了问题……月姐姐，你打电话报警。碧姐姐，你通知一下何爷。"

黄素素的话惊醒了失神的月清影和胡思乱想的碧悠，二人清醒之后，都暗叫一声惭愧，怎么还不如比自己小好几岁的黄素素沉着冷静，不应该，真不应该。

月清影随即拿起电话报警，她没有拨打 110，而是直接打给了市公安局副局长陈京。陈京不仅和李东从关系非常不错，和月国梁的关系也一向很好。

"陈叔叔，我是清影，出事了……"月清影强忍心中的悲伤，不过声音还是带了哭音。

"怎么啦清影？"陈京听出了月清影情绪不对，月清影从小到大一直在他的眼皮底下，就和他的女儿没有区别，他一颗心立刻提了起来，"谁欺负你了，快告诉陈叔叔，陈叔叔立马灭了他。"

"陈叔叔，没人欺负我，是关得……"月清影还是没忍住，大声哭了出来，"关得出事了，他被人推下悬崖了……"

"啊？怎么回事？在哪里？"关得在月国梁和李东从心目中的分量，陈京心知肚明，虽然他和关得没什么交往，却一直想认识关得，况且关得现在又是卢杰俊的跟前红人。他一直苦于没有机会结交，一听关得出事了，顿时大惊失色。

"在丛台峰。"月清影再也说不下去了，哽咽得无法自抑。

"丫头，你别急，别慌，陈叔叔马上带人赶到。在陈叔叔赶到之前，你什么都不要做，听到没有？"陈京一听之下，心中乱跳，怎么会出这种事情？放下电话，他二话不说通知了刑警支队支队长黄汉，"黄汉，立刻带三十个兄弟，一刻不能停，限二十分钟内，赶到丛台峰。"

陈京身为市公安局副局长，正好分管刑警支队，而刑警支队的支队长黄汉和他又关系莫逆，一直是他的忠实追随者。

"陈局，三十个兄弟够不够？"黄汉的优点是从来不多问为什么，每次陈京一下命令，他都会坚定而毫不含糊地执行。

"嗯……"陈京沉吟片刻，觉得以关得的级别惊动三十名刑警是不是有点小题大做了，正要开口说二十人就够了，忽然脑中灵光一闪，"再多带二十个兄弟吧。"

"好。"黄汉毫不犹豫地说道，"保证完成任务。"

放下电话，陈京习惯性地摸了摸下巴，又打出一个电话，让司机备车，他也要亲自赶往丛台峰，然后又给李东从打了一个电话。

"东从，关得出事了，我现在正过去支援，带了五十多个兄弟。"陈京和卢杰俊关系一般，他想靠拢，却一直没有合适的机会。关得事件，让他眼前一亮，认为这是一个借机向月国梁和卢杰俊同时示好的双重机会。

“怎么了？”李东从正在家中洗脚，一惊之下，一脚踢翻了洗脚盆，他顾不上去管，眼皮直跳，“关得怎么了？”

陈京简单地一说月清影的电话，强调说道：“我现在赶往丛台峰，关得现在生死未卜，不知道是不是方便告诉月市长和卢书记？”

如果仅仅是提到月国梁，李东从也听不出来陈京的言外之意，毕竟陈京和月国梁是多年的交情。但陈京还特意提到了卢杰俊，李东从就听出了弦外之音，又想起刚才陈京带了五十多个人去支援，他当即说道：“我来向月市长和卢书记汇报一下……我现在也赶过去。”

陈京知道李东从和关得私交深厚，也没多说：“好，东从，随时保持联系。”

放下电话，李东从光着脚在房间走了几步，忽然飞起一脚踢飞了洗脚盆：“狗娘养的，谁吃了豹子胆敢对关得下手？他活腻歪了是不是？我，我，我……”

气得原地转了几圈之后，李东从穿上衣服，飞速下楼而去，也没叫司机，自己开车一路急奔丛台峰。

走到半路上，又想起陈京的暗示，李东从左思右想一番，觉得还是有必要向月国梁汇报一下，就拿起电话打给了月国梁。

月国梁还没下班，正在开会，见李东从的电话打了进来，没有接听。不料过了片刻，电话又响了。一般情况下，到了李东从的级别，自然懂得电话打了一遍不接就不能再打第二遍的道理，否则就说明李东从有突发事件。

月国梁起身到外面接听了电话，为李东从打断他的会议进程而不满，语气微带不快：“东从，我在开会。”

“月市长，抱歉打扰了您，主要是有一个突发情况，我必须得向您汇报一下。”李东从的声音微微颤抖，心情也是无比沉重外加烦躁。关得是他的福星，如果关得真的遭遇了不幸，他都不知道他的下一步还能依靠谁，原来不知不觉间，关得竟然成了他的精神支柱。

“什么事情？”月国梁正在主持召开政府常务会议，就开发三姓村地皮一事，先定下基调。正沉浸在会议之中的他，并没有把李东从的电话放在心上，如果是关得来电告诉他投资三姓村的开发商落实了，他就会十分开心了。

“关得出事了……”李东从直截了当地说出了关得发生的意外，他的声音之中甚至带了一丝哭腔，“月市长，我现在正赶往丛台峰……本来不想打扰您，可是我实在太担心关得的安危，觉得不告诉您，我怕我都撑不下去……”

李东从的哭腔倒也不是完全在假装，他对关得多少也有几分真感情，处久了，他越来越发现，关得这个人可交，而且值得交。

“什么？”月国梁这一惊可是非同小可，他差点没拿稳手机，“怎么会这样？”

“月市长，您先别急，等我到了现场，有什么新情况，我再及时向您汇报。”李东从见好就收，“我不敢向卢书记汇报，怕卢书记着急上火。”

月国梁觉得一阵天旋地转，身子晃了一晃，险些没摔倒在地，他才知道，原来关得对他的重要性以及他对关得的感情，比他想象中还要多很多。不知从何时起，关得这个名不见经传的年轻人，已经在他的心中生根发芽，成为他生活和事业上的双重参谋。

04　鬼门关里走一遭

与此同时，关得眼前如电影一般将他二十多年的人生岁月一一全部闪现。不管是小时候偷了一个苹果的小事，还是做生意失败时痛不欲生的大事，一桩桩，一件件，一幕幕，清晰无比又真实无比，事无巨细，全无遗漏，丝毫不差地将他的人生如倒带一样重播了一遍。

风起云涌

片刻之后，月国梁恢复了镇静，他听出了李东从话里话外的暗示之意，说道：“东从，你先过去，我马上就到。卢书记那里……我来说。”

收起电话，月国梁神思一时恍惚，连怎么回到会议室怎么宣布会议暂停他都没有印象，直到他推开了卢杰俊办公室的门，见到卢杰俊威严而不失亲切的脸庞时，才又恢复了清醒。

“卢书记，有件事情要向您汇报一下……”月国梁很清楚现在关得对卢杰俊的重要性，不提关得和卢海涛借滨盛房地产的合作和联手，就凭卢杰俊对关得的赏识，关得出事的事情，就有必要让卢杰俊知道，“关得出事了。”

卢杰俊正在埋头批阅一份文件，一下没有转过弯来，抬头看了月国梁一眼：“关得怎么了？”

尽管月国梁不愿意胡思乱想，但实在是坠落悬崖的事情太惊人。以他的分析，一个人掉到悬崖之下，基本上没有生还之理，万一关得遭遇了不测，他都不敢想下去了……

“关得掉下悬崖了。”

“悬崖？”卢杰俊还是没有过脑子，忽然脑中猛然一闪，一下站了起来，“什么，掉下悬崖了？伤着没有？有没有生命危险？到底是怎么回事？”

“暂时还不清楚，人还没有找到。”月国梁无奈地摇了摇头，一脸沉痛，“我也是刚刚收到消息，觉得有必要向卢书记汇报一下……”

“有必要，太有必要了。”卢杰俊直接打断了月国梁的话，当即拿起了电话，“方土，准备好车，马上出发。”

方土是卢杰俊的司机。

“卢书记，天都快黑了，丛台峰又远离市区，您就没必要亲自过去了，公安局副局长陈京已经带了五十多人去搜救了。”如果惊动卢杰俊亲自出动，事情就闹大了，月国梁不想闹得满城皆知。

“我必须要去。”卢杰俊斩钉截铁地说道，态度非常坚决，“陈京只带了五十人？五十个人怎么够？通知武警大队，带两百人前去搜山。对了，关得掉下悬崖，是不小心掉下去的，还是另有原因？”

好嘛，直接调动了警备区的武警，关得在卢杰俊心目中的分量，比月国梁想象中要重要得多。月国梁摇头无奈地说道：“具体情况还不清楚，不过初步猜测，恐怕是人为事故。”

“可恶！”卢杰俊忽然一拍桌子，随手又抓起了电话，“节茂，你马上来我办公室一趟，要快。另外，打电话给市一院，救护车立刻开往丛台峰。”

由市委大管家、市委秘书长节茂亲自出面，相当于卢杰俊将搜救关得的事情拔了高度，不再是以个人的名义。月国梁心中微微感慨，原来不知不觉间，关得在单城的影响力已经如此惊人了，还真是一动而整个单城也闻风而动。

“走，国梁，你和我坐一辆车，现在就去丛台峰。路上，再向我详细说明一下事情经过。”卢杰俊心急如焚，他现在比任何人都关心关得的死活。不仅仅在于关得对卢海涛事业上的帮助以及对他仕途上的帮助，还在于关得几乎是他晚年幸福的全部寄托——他一直寄希望于关得可以帮他找到他失散多年的女儿。

关得如果真的出现了什么意外，等于是说他的希望全部落空。正是如此，在听到关得出事之后，他表面上沉着冷静指挥若定，其实内心已经心如乱麻，并且怒火中烧了。要不惜一切代价搜救关得，如果关得的出事真是人为，那么他一定要将凶手绳之以法，并且将其严惩。

出门的工夫，节茂赶到了。尽管不知道发生了什么事情，节茂问也不问，上前就陪同卢杰俊一起下楼。

四十岁出头的节茂长得比实际年龄年轻，乍一看如同三十来岁，如此年轻的市委秘书长并不多见。作为市委大管家，起承上启下的桥梁作用，不但要有八面玲珑的本事，还要有长袖善舞的能力。如果让卢杰俊评价的话，节茂这个市委秘书长很称职，不但称职，还很称心。

节茂长得相貌堂堂，不看身份只看长相的话，也算是中人之姿。通常情况下，长相端正的人，多半会有好运和好命。相由心生，长相和心性有必然的内在联系，而心性往往又可以完全决定一个人的命运。

卢杰俊、月国梁以及节茂，市委三名重量级领导同时急匆匆下楼，声势就十分惊人了。正值下班时间，不少人见到以卢杰俊为首的三名市委领导近乎跑步而行，都纷纷避开，惊讶不已，不知道到底发生了什么重大事件，居然让三位市委领导同时出动。

三人同时上了卢杰俊的专车，月国梁和节茂的专车也跟在车后，再加上几辆陪同的车辆，一行四五辆汽车，浩浩荡荡地驶出市委大院，直奔警备区而去。

卢杰俊要亲自去警备区点将，要亲自带领武警前去搜救关得！

上车后，节茂才知道出了什么事情，心中大惊，一个小小的关得居然惊动了卢杰俊和月国梁两大重量级市委领导，关得为什么这么有分量，值得这么兴师动众？

节茂不知道的是，现在的兴师动众才刚刚开始，接下来发生的事情，才让他更为震惊!

在卢杰俊一行数人急匆匆离开市委的时候，沈新和赵海洋站在窗前，将浩浩荡荡的出行队伍尽收眼底。沈新冷冷一笑：“卢书记越来越好大喜功了，也不知道出了什么事情，这么兴师动众，呵呵，做给谁看呢？”

和沈新长得高大威猛并且是标准的国字脸不同，赵海洋虽然也是北方人，却是眼窝深颧骨高，很像南方人，他面相上最显著的特征是长了一个十分惹人注目的鹰钩鼻。从面相学上讲，鼻如鹰嘴，啄人心髓，是说长有鹰钩鼻的人性情虚伪冷漠，亲情淡漠，易出卖朋友，但遇事反应灵活，精于钻研，并且善于见风使舵。

“说不定真是出了什么大事。”赵海洋最近虽然和沈新还像以前一样走动频繁，但在暗中，他悄悄地和沈新保持了一定的距离。虽然现在沈新的运势逆势上涨，大有行情看好的迹象，他还是对沈新的未来持谨慎的态度。

当然，以他的性格，他既不会彻底倒向卢杰俊，也不会完全绑在沈新的战车之上，左右逢源才符合他利益最大化的原则。

“都快晚上了，还能有什么大事？”沈新不以为然地摆了摆手，他还不知道关得出事的消息，关得出事的背后，虽然和他也有千丝万缕的关系，但他现在完全被蒙在鼓里，不过就算他知道了，也不会同情关得，还会认为关得是咎由自取，“月国梁到现在还看不清形势，跟在卢杰俊身后，以为卢杰俊还能支持他多久，他都不知道卢杰俊顶多还有半年就调走了。卢杰俊调走了，月国梁还能这么活跃吗？”

赵海洋没接沈新的话，卢杰俊是不是调走，或者卢杰俊就算调走，沈新能不能接任书记，都还是未知数，现在就下结论，为时尚早。他巧妙地转移了话题：“要不要向卢书记请示一下，看看到底出了什么事情？”

沈新摆了摆手：“不用，他要是想让我们知道，早就发话了，既然他不发话，我们假装不知道就行了。海洋，对于接下来的区县干部调整，你是什么看法……”

见沈新转移了话题，赵海洋也就不再多说什么，顺着沈新的话向下说，心中却隐隐担心，卢杰俊不是好大喜功的性格，怎么这一次这么兴师动众，难道真是出了什么大事不成？如果真是出了什么大事，他没有及时跟进的话，会和卢杰俊越来越疏远……怎么办？

想到此处，赵海洋结束了和沈新的谈话，回到办公室，给赵苏波打了一个电话。

“苏波，你打听一下出什么事情了，卢书记、月市长还有节秘书长同时出动，而且还很匆忙的样子，肯定是出大事了。”

“好的，我打听一下。”赵苏波只一想，就想通了其中的关键之处，“能让卢书记和月市长共同关心的利益点不多，关得算一个……我向木锦年问一下，看是不是关得出了什么事情。”

“如果是关得出了什么事情，你出个面，表示一下。”赵海洋心中一阵乱跳，如果真是关得出事了，不是好事，说不定会再次引发卢杰俊和月国梁联手对沈新。

月清影并不知道，她的一个电话，会引发这么一系列的连锁反应。她打完电话后，看向了碧悠：“碧悠，是不是先不告诉何爷，省得何爷担心？”

碧悠想了一想，说道：“不，就得告诉何爷，何爷也许可以推算出关得的具体位置……”她拿起电话打给一碗香，何爷没手机，方外居也没有安装电话，只能通过一碗香转达。

关得当欣慰矣

“映秀，你去一趟方外居，叫一下何爷，让他来接听电话，要快！”碧悠没说是什么事情。

“好的，碧姐，我马上去。”

李映秀放下电话，也不吩咐别人去请何爷，她一个人骑上自行车，来到方外居，向何爷转达了碧悠的话。

何爷正在方外居打太极拳，听了李映秀的话，并没有急着动身，而是站在原地未动，沉思了片刻，忽然叹息一声：“关得应劫了。”

李映秀想得比较周到，她直接带了手机过来，递过手机道：“何爷，您打电话吧。”

何子天接过手机，却没有打给碧悠，而是打给了毕问天。

“问天，关得应劫了。”何子天言简意赅，声音平静，不喜不悲。

“什么事情？”毕问天也很平静，似乎一切早在预料之中，“要不要紧？”

“掉悬崖了，有没有生命危险，还不知道。”

“掉悬崖了？凶多吉少呀。”毕问天愣了片刻，“在哪里？我和你一起过去一趟。”

“在丛台峰。”何子天冷静一想，“好，你来一碗香接我。”

通话完毕，何爷将电话还给李映秀：“映秀，你先回去，我随后就到一碗香。你告诉碧悠，让她先不要管关得的安危，等我和问天过去。”

“好的，何爷。”李映秀转身走了。

何子天一个人在院中沉默了片刻，先是抬头望天，随后又微微闭了眼睛，推算半天，才睁开眼睛，语气中有一丝不确定的落寞之意：“每个人一生之中都会有一两次劫难，有人逢凶化吉，渡过劫难之后，反倒运势大涨。有人祸不单行，被劫难打败，从此一蹶不振。关得，这是你人生的第二次劫难，你一定要挺过去，挺过去之后，前方才会有更广阔的天地。”

十几分钟后，毕问天一行两辆汽车赶到一碗香来接何子天。不只是毕问天出动了，元元、木锦年和花流年都在，纪度住院不能动，否则他也肯定随行。

除了几人之外，还多了几个不认识的人，是木锦年找来的帮手。

何子天一上车，花流年就急得跳脚，问个不停：“何爷，关得到底怎么了？他会不会有事？会不会死？他可千万别死，我和他还有交易没有完成，他一定得活着，他可是我下半生幸福的指望了……”

何爷哪里有心思理会花流年的胡闹，他和毕问天对视一眼，二人心意相通，想的都是同一件事情——关得之难，事关二人的运势。

如果倒退几个月，关得别说掉下悬崖了，就是掉到马里亚纳海沟，毕问天也不会关心。但现在不同了，现在他和何子天联手对付杜清泫，关得的运势就和他的运势紧密地联系在一起，至少在现阶段，关得出事，他的运势也会随之削弱。

所以，救下关得对他来说，也是当务之急。如果关得真的过不了这一难，他和杜清泫的较量就等于是以失败而告终了，虽说目前关得的一难，未必就是因杜清泫而起。

关得现在不但事关毕问天的运势，也事关木锦年和花流年的前景，所以在听到关得有难时，木锦年和花流年毫不犹豫地挺身而出，提出要和毕问天一起赶往丛台峰。

元元也非要去不可。

毕问天知道也不好拦着众人，只好应下。主要是他也知道，人越多，运势越强，关得获救的可能性就越大。

汽车驶离了一碗香，驶入大道，迅速提速，直奔丛台峰而去。车刚上了二环，木锦年的电话响了，一看是赵苏波来电，木锦年犹豫一下还是接听了电话。

“锦年，听说关得出事了？到底出了什么事情？”赵苏波现在迫切想知道关得到底怎么了。

“掉悬崖了，在丛台峰，生死未卜。”木锦年冷笑连连，“这一下，某些人该幸灾乐祸了。哼，说不定背后就是某些人下的黑手。”

想起之前沈伟强说过要收拾关得，难道说，关得掉落悬崖，真是沈伟强下的黑手？如果是的话，沈伟强也太丧心病狂了。木锦年想起沈伟强对他的张狂以及关得对他的帮助，他从来没有像现在一样对关得的安危无比关心，并且痛心关得遭遇的一切。

赵苏波听出了木锦年的言外之意，他先是震惊，随后冷静下来：“现在不是猜测谁是幕后黑手的时候，先救人要紧。锦年，我马上赶往丛台峰，到了之后我再和你联系。”

放下电话，赵苏波心中的震惊和不安依然挥之不去，关得出了这么大的事情，如果真如木锦年猜测的一样是沈伟强下的黑手，那么事情就真的闹大了，而且还会很难收场。这么一想，他当即又打给了赵海洋：“爸，真的出事了，还是大事……”

听了赵苏波的消息后，赵海洋心中也是无比震惊，只想了片刻，他当即做出了一个重大的决定：“你来市委接我一下，我和你一起去丛台峰，以私人的名义。”

“爸，你去合适吗？”

“怎么不合适？都这个时候了，再不出面表示一下，就错失良机了。”赵海洋放下电话，立刻下楼而去。

赵海洋不知道的是，他刚一下楼，就被人发现了。

“沈市长，赵书记也出门了。”蒋耿恭恭敬敬地站在沈新面前，以一个市政府秘书长应有的姿态向沈新汇报情况。

“赵海洋本来就是见风使舵的性格，随他去。如果他去了现场，也是好事，以后说不定他还可以向我提供第一手资料，哈哈。”沈新自信等他接任市委书记之后，赵海洋会再次彻底倒向他的阵营。现在沈新已经知道出了什么事情，对于惊动无数重量级人物前去营救关得的满城风雨，他只是作壁上观。

“说得也是。”蒋耿眼中闪过一丝狡黠的光芒，含蓄地笑了。

谁也没有想到，关得坠落悬崖事件，会惊动大半个单城！

是夜，有许多单城市民目睹了数次奇景。先是警车呼啸，有几十辆警车闪烁警灯，风驰电掣一般朝西山开去，声势浩大，似乎是出了什么了不得的大事。有好事者数了半天警车也没有数清到底有多少辆，最后感慨地说道，怕是出动了至少五十名警察！

正当众人议论纷纷，不知道西山方向到底出了什么事情之时，又见数辆救护车飞驶而去，就不由猜测，难道是出现了重大安全事故？不对呀，西山是旅游景点，不是矿区，不应该有重大安全事故。又都推测，莫非是旅游景点出现了塌方或是什么意外？

正当众人猜来猜去猜不明白之时，又见到先后十几辆汽车朝西山蜂拥而去，而且很显然，和刚才的警车、救护车是同一方向和目的。众人就更疑惑了，到底是什么事或者说什么人，才能惊动这么多警车、救护车和汽车，单城平静了这么多年，还是第一次见到这么大的阵势……

更大的阵势，原来还在后面。正在众人指指点点众说纷纭之时，忽然又见到四五辆汽车驶来。四五辆汽车的阵势比起刚才几十辆警车不可同日而语，但紧随四五辆汽车后面的……居然是几十辆军车！

没错，是绿色的军用卡车，卡车上，眼神好的人可以清楚地看到里面坐满了大兵，准确地讲，是武警。几十辆卡车的武警，好家伙，少说也得有几百人吧？这得出多大的事情，惊动了大半个单城。

到底出了什么大事？到底是为了救什么了不起的人物？围观的市民都发挥平生最大的想象力，有人说估计是市委书记的亲戚，也有人说说不定是省委的高官，还有人猜测说是被救的人非富即贵，很有可能又富又贵。

有一个久经世事的老年人，老神在在地说了一句让众人都大吃一惊的话："不管救的人是谁，他肯定是一个有福的人。无福的人，也惊不动这么多人去救他。"

如果让围观的众人知道，其实所有的烽火连城都是为了一个谁也不知道的小人物关得，众人肯定大跌眼镜，惊掉大牙。

由于前面声势浩大的阵势，后面零星的几辆汽车驶过，就不那么引人注目了。不过如果让众人知道零星的汽车之中坐的人物是市委排名前三的市委副书记的话，还是会震惊得目瞪口呆！

至此，关得坠落悬崖的事件，惊动了市委书记卢杰俊和市委副书记赵海洋，还惊动了常务副市长月国梁以及市委秘书长节茂，另外还有市公安局副局长陈京和滏阳区副区长李东从。

至于政商两界之外的民间高人，自然就是何爷和毕问天了。

除了政界高官之外，商界人士有赵苏波、木锦年以及花流年。关得虽然还达不到苏秦的"一怒而天下惧，安居而天下熄"的境界，但放眼整个单城，换了其他任何一人，都无法达到一举而惊动政商两界以及民间高人同时出动的巨大影响力。

关得当欣慰矣。

只是现在的关得，有机会或者说还可以欣慰吗？

棋眼

丛台峰，此时依然乱作一团，崔民强、曾伟贤和于天凯三人，沿着悬崖一侧，寻找了半天未果，关得活不见人死不见尸。三人身上的衣服被树枝划成了一缕缕的布条，脸上、身上、手上全是血，却没有一人叫一声苦喊一声累，依然睁大眼睛寻找。嗓子喊哑了，鞋跑丢了，还有几次甚至差点滑到下面的深谷之中摔一个粉身碎骨，却没有一人害怕和退缩。

不找到关得，誓不罢休。三人紧咬牙关，想起小时候和关得一起偷鸡摸狗的往事，想起从小关得就是“四大没治”的头头儿，想起不管出了什么事情，关得都能想办法解决。想起以前的种种往事，再想起关得真有可能离他们而去，崔民强几个人都泪流满面，心里一遍遍呼唤关得的名字。

天，渐渐黑了，树林之中，已经看不清一米之外的事物了。崔民强三人都没带手电，借助打火机的亮光，三人手拉手，跌跌撞撞，继续寻找，心中坚守着一线希望。

“得哥……”三人之中，于天凯身体最弱，再也坚持不住了，一下跪在地上。跪倒之后，他又挣扎着要爬起来，却被崔民强按住了。

“天凯，你先歇一歇，别太逞强了。等下要是得哥找到了，人没事，你却倒下了，就不好了。”

“不，我要找得哥，不见到得哥，我不甘心。”于天凯还要起来，他倔劲儿上来，崔民强和曾伟贤拦都拦不住。

眼见三人都即将筋疲力尽，再也无力可是却又不甘心时，忽然，上面传来了喧哗声，他们听到了听到许多人纷乱的脚步声以及专业的指挥声。

崔民强一屁股坐在了地上，抬头望向漆黑一片的天空 :“得哥，救援来了，你可一定要挺住。等过了这一关，咱们兄弟一起大闹单城，把背后下黑手的人拉出来，让他求生不能求死不得，让他跪在地上叫爷爷……”

随后，上面传来了喊话声 :“崔民强、曾伟贤、于天凯，我是市公安局副局长陈京，你们待在原地不要动，现在天黑危险，我会派人下去支援你们！”

几道光柱射了下来，照得四下一片通明。

“得哥，你可一定要挺住！”崔民强三人一起默念。

等崔民强三人被接上来之后，第二拨大队伍赶到了。卢杰俊、月国梁、节茂以及两百多名武警，浩浩荡荡地将丛台峰封锁。随后，武警接替了警察，下山搜救。

见惊动了卢杰俊，而且月国梁和节茂也亲临现场，秋曲总算舒了一口气。她身子一晃，险些摔倒，还好，黄素素扶住了她。

“秋姐姐，你真行，我佩服你。”黄素素别看年纪小，眼光却敏锐，事情发生后，几人的表现她尽收眼底，唯一镇静并且第一时间做出正确判断的人，只有秋曲。其他人，月清影也好，碧悠也好，都乱了方寸。

秋曲有气无力地摆了摆手：“先别说这些没用的话了，如果关得救不上来，所有的努力都是白费。”

“刚才听上来的警察说，山下出了一起车祸，一个中年妇女被公交车轧死了，会不会是推关哥哥的那个坏女人？”黄素素耳朵尖，听到了警察的议论。

“先不管了，坏女人爱死爱活随她去，现在救关得要紧。”秋曲和黄素素一起下了台阶，来到了卢杰俊几人面前。

卢杰俊指挥若定，他作为单城的一号人物，不管走到哪里都是当之无愧的第一人。

在卢杰俊的指挥下，搜救工作井井有条地展开，两百多名武警在专业器材的辅助下，一个个飞身跃下，以地毯式的搜救方式进行搜寻。

此时天色已经完全黑了下来，在卢杰俊所站的地方，临时成立了一个指挥部，几盏应急灯照得四下一片通明。再顺着悬崖往下望去，漫山遍野都是灯光闪烁，一场单城史无前例的大规模搜救行动，正式拉开了序幕。

月清影此刻已经恢复了理智，她向月国梁和卢杰俊诉说了事发经过。在得知关得确实是被人故意撞下悬崖之后，卢杰俊的脸色铁青，他右手握紧了拳头，一拳打在临时拼成的桌子上，眼中喷火：“无法无天！”

月国梁的脸色也是十分难看，他也不避讳卢杰俊在场，当即拿起电话打给了负责对口服务他的市政府副秘书长姚金阶：“金阶，注意观察一下沈市长和蒋耿的动向。”

“知道了，月市长。”作为月国梁身边最信任的手下之一，姚金阶和孟庆文是市府里面公认的月国梁的两大干将，同时，姚金阶也是月国梁在市府重点培养发展的亲信。

卢杰俊见月国梁直接动用了亲信监视沈新和蒋耿的一举一动，微微皱了皱眉头，没说什么。他也清楚月国梁此举等于是毫不犹豫地怀疑幕后黑手是沈新，而他作为单城的一把手，在没有真凭实据之前，不会就幕后黑手一事表态。

此事，事关重大，指责一名市长为幕后黑手，弄不好，要犯严重的错误。

搜救工作由卢杰俊接手后，秋曲、月清影和碧悠等人终于得以喘息，几人坐在一旁，焦急地等候结果。秋曲也一改以前洒脱烂漫的性子，她既没有同卢杰俊寒暄，也没有和月国梁打招呼，而是老老实实地坐在一边，目光呆滞，不发一言。

不多时，何爷和毕问天一行也赶到了。

卢杰俊不知道何子天和毕问天是何许人也，他现在一门心思扑在营救关得之上，也没精力和兴趣去认识二人。倒是月国梁听月清影说过，关得身后有一个高人何子天，他上前和何子天、毕问天握了手，说了几句话。

由于情况特殊，也不便多说，月国梁见礼节到了，就又退回到了卢杰俊身边。

何子天和毕问天一行，来到秋曲和碧悠身边，问清了情况之后，二人对视一眼，转身朝边上走去。

直到远离了人群，确定人群听不到他们说话的声音时，二人才站住。何子天说道：“看来，关得的劫难，比我们推算中还要严重，并且来得突然。如果没有猜错的话，背后下手的人，应该是沈氏父子。”

“应该不是沈新，沈新还不至于胆大妄为到杀人的地步，应该是沈伟强。沈伟强此人，做事情不过脑子，而且最近运势衰减得很快，估计是他在发泄最后的疯狂。”毕问天和沈氏父子接触较多，对父子二人性格的了解程度比何子天要深。

何子天点了点头：“现在的首要问题是，要先确定一下关得是不是还活着……”

“关得不会死，也不应该死。”毕问天微一闭眼，心神沉静到了空灵的状态，片刻之后又恢复正常，摇了摇头，“不行，还是推算不出关得的生死。关得的命格太特殊了，自从他改命之后，他的命格似乎被隐藏了一样，让人看不分明。”

“也许，只有我们联手才可以推算出关得现在的状况……”何子天向毕问天伸出了双手。

毕问天微一迟疑，还是接住了何子天的双手：“子天，算算我们有十几年没有联手推算过了，没想到，现在为了关得，你我放下了几十年的成见，居然再次联手了，世事难料啊！”

何子天淡淡一笑：“此一时彼一时，也许明天我们又成了对立方……不说别的了，问天，几十年后你我再次握手，希望可以一举成功。”

作为师出同门的师兄弟，何子天和毕问天心意相通手法相近，所以可以齐心协力联手推算，相当于二人功力的叠加。虽说两名中门运师的功力叠加也达不到命师的高度，但放眼国内，也基本上没有敌手了。所以，何子天和毕问天才信心十足地双手握在一起，二人同时闭眼，将心神沉浸到了空灵的状态。

大约过了三分钟，二人同时睁开双眼，都从对方的眼中看出了不解和困惑，毕问天的疑惑比何子天更重：“不可能，我们联手，就是杜清泫的命格，也可以推算一二，怎么可能连关得的半点讯息也没有？难道说，关得真的不在人世了？”

“不，不会。”何子天虽然心中也有强烈的不祥预感，但出于对关得的爱护和信任，他不认为关得过不了眼前这一关，“说不定是关得现在陷入深度昏迷之中了。”

"但愿吧。"毕问天叹息一声，"说实话，以前我曾经一直希望关得倒霉，现在却无比希望关得可以平安过关。人生，总是在不停的变化之中。"

何子天点了点头，他相信毕问天说的是实话，关得作为棋眼中的棋子，其存在价值对他对毕问天来说，都一样巨大。

木锦年垂头丧气地走了过来，一脸沮丧和自责："对不起，何爷、毕爷，都怪我。我亲耳听到沈伟强想对关得不利的话，却忘了转告关得，如果我及时提醒关得，也许他就不会被人暗算了……"

向死求生

毕问天没说话，反倒是何子天开导木锦年："你也不用过于自责，是福不是祸，是祸躲不过，关得命中该有此一难，就算你提醒了他，也没用。"

"沈伟强，我和你不共戴天！"木锦年恨得咬牙切齿，如果关得真的因此丧命，他借三姓村地皮进军房地产的大计，说不定会因此而搁浅。沈伟强真是小人，背后算计他不说，还想弄死关得，太狂妄太无法无天了。

正说话时，忽然人群一阵躁动，都还以为找到了关得，不料定睛一看，居然是赵苏波和赵海洋赶到了。

赵苏波现身倒没什么，赵海洋却也同时出现，这就不得不让木锦年暗自震惊了。难道说，关得的影响力真的已经到了在单城呼风唤雨的地步？就连最善于见风使舵的赵海洋也不得不出面捧场了？

何子天和毕问天同时将审视的目光投向了赵海洋，片刻之后二人收回了目光，对视一眼，还是毕问天先开口："赵海洋此人，只可以利相交，不可以心相交。"

何子天点头："不错，此人心机深不可测，而且行事只讲利益不讲人情，不是一个善辈。"

难得有两大高人同时点评一人，木锦年当即牢牢记在心里，事后，他将这番话转告给了节茂。节茂一开始还持半信半疑的态度，后来有一次他险些被赵海洋摆了一道，才深信不疑，从此远离了赵海洋，也因此躲过了他人生之路上最为险之又险的一难。

赵海洋的到来，又引发了一阵混乱，毕竟他身为市委副书记，位高权重，现场有许多是市委的工作人员，见他到来，都对他毕恭毕敬。好在赵海洋也知道场合不对，再三强调他只是随赵苏波同来，言外之意就是他是以私人身份，才算平息了别人的猜测。

搜救工作从晚八点开始，一直持续到晚上十一点，仍然一无所获。随着时间的推移，众人的心一点点往下沉，如果不是周围人多，月清影、碧悠以及黄素素等已经哭成一片了。

此时的关得，到底在哪里呢？

关得其实既没有坠落到谷底，也没有被悬崖上突出的石头接住，他现在悬在半空之中，上不着天下不着地，在数百人疯狂地搜救他的时候，他正悠闲自得地做着春秋大梦。

当然，说是悠闲自得地做梦，也不准确，准确地讲，关得是在深度昏迷之中做梦，做的也是千奇百怪的梦。

在被中年妇女撞落悬崖的那一刻，关得一个翻身从栏杆之下跌落，当时是头下脚上，呈倒立的姿势。关得一瞬间的反应既不是惊惶失措，也不是魂飞魄散，相反，心情却十分放松，感觉身体如无拘无束的清风飘荡在天地之间，随心所欲自由自在，摆脱了尘世间的束缚和牵绊，无比逍遥。

与此同时，关得眼前如电影一般将他二十多年的人生岁月一一全部闪现。不管是小时候偷了一个苹果的小事，还是做生意失败时痛不欲生的大事，一桩桩，一件件，一幕幕，清晰无比又真实无比，事无巨细，全无遗漏，丝毫不差地将他的人生如倒带一样重播了一遍。

莫非是真要死了？

关得以前听人说过，一个人临死之前，会将一生的事情一件不落地回放一遍，感觉或者是几秒钟，或许又如几十年一样漫长，反正只要是一生的时光重现之时，就是一个人命终之际。

可是，他还有许多事情没有做，还有许多承诺没有兑现，他命运的改造之路才刚刚开始，怎么就要死了？何爷不是说过，他以后还有广阔的前景，还会成为运师成为呼风唤雨的隐形掌门人吗？难道是何爷看错了，没有看出来他是短寿之相？

又或者是他之前有过自杀的想法，没有死成，天地对他不容，非要让他再死一次不可？是，关得以前不知道，现在却悟出了一个道理，自杀和杀生是一样的道理，都违背天地规律。上天有好生之德，不管是杀别人还是杀自己，都有违天道，都有罪过。

耳边传来呼呼风声，自由落体的速度有多快，关得自然清楚，刚才看似想了许多，其实才过了不过一两秒钟……一根树枝抽打在关得的后背上，火辣辣地疼，瞬间让他清醒了。不行，他不能死，他还要赡养何爷，还要找到亲生父母，还要达则兼济天下，完成他经邦济世经国济民的终极从商梦想，现在就死了，岂不是一切都落空了？

这么一想，关得顿时恢复了清醒，不但清醒了，大脑还一片澄明。人越是在危急时刻，越能发挥出超常的一面，每个人都有巨大的潜力，就看是不是可以挖掘出来了。

何况关得又不是一般人，他的太极拳和吐纳之法的结合，暗合天地规律，在生死攸关的关头，更是全身心都和天地融为一体。他睁大眼睛一扫，见旁边有一根树枝，脚尖一点树枝，将太极拳中借力打力的技巧运用到了极致，人在半空身子一翻一挺，居然头上脚下，翻身了。

不过人在半空之中，翻身也没用，下坠之势不减，好在此时关得可以正常地看清周围的景色了。当然，他现在可没有心思赏景，而是在寻思是否有可以借助的落脚点。人要自助，然后天才助之，如果只任由自由落体落地摔死，他也就不是敢于拼搏、敢和命运抗争的关得了。

不好，关得目光才一扫，就发现下方十几米处有一块突起的石头，石头尖利如刺，如果他不躲开的话，石头正好会撞在他的腰间，一撞之下，想都不用想，他直接就断成两截了……关得来不及多想，深吸一口气，心中还不无自嘲地想，如果他会武林高手的梯云纵轻功就好了，或者会吹牛大王的左脚尖一点右脚尖就可以飞身一丈高的吹牛轻功就更好了，可惜的是，他都不会，他只会太极拳和吐纳之法。

关得借助风的力量猛一提气，身子稍微偏离了几分，堪堪躲开尖石的拦腰一斩。随后他脚尖用力一点尖石，身子迅速向外弹射，再次偏离了下坠的路线。吐纳之法练得娴熟之时，可以感受到天地清风的飘荡之势，此时他才知道何爷的高明，怪不得让他练习吐纳之法，原来还真是可堪大用。

两次偏离，让关得下坠的路线不再是垂直向下，而是至少偏离了十几米。正是因此，才让崔民强等人没有找到他的落脚之处。

偏离之后，关得定睛一看，顿时又是一惊，他正以极快的速度朝一棵大树的树尖坠落。大树郁郁葱葱，根深叶茂，也不知道生长了几十年，树尖之上，无数枝丫如刀剑一样，如果他落在上面，估计身上会被捅出十几个窟窿。

怎么办？一瞬间关得做出一个十分艰难的决定，之所以说是艰难，是因为必须有所牺牲才有可能逃过一难。也罢，关得一咬牙，看准了枝丫之中比较粗大的那枝，身子一转，双脚就落在了枝丫之上，然后将下坠之势化成横向飞跃之势，用力弹跳，同时张开双臂，如一只滑翔的大鸟，身子平飞，斜斜飞出几十米开外。

一阵钻心的疼痛从脚上传来，毕竟下坠的速度过快，再借力化力，也只能化掉一部分力道，大部分力道还是落在了脚上。关得的冷汗顿时流了下来，还好，应该没有骨折，否则他的脚恐怕一点儿力气都用不上了。

只不过躲过这一棵树躲不了另一棵树，关得毕竟只是肉体凡胎，不是腾云驾雾的神仙，他身子斜飞出去，又落在了另一棵大树上面。还好，这一棵大树长势喜人，繁茂之中没有太多枝干，关得此时再也没有力气也没有时间借力打力了，他如一只坠落的大鸟直接硬着陆在了大树之上。

“咔嚓”数声，至少有十几根手指粗细的树枝被关得压断，饶是如此，关得的下坠之势依然不减，朝下直直坠落。此时山谷之中已经漆黑一片，基本只能看清前方几米之外的景物，强烈的求生意志让关得不敢有丝毫懈怠。他努力睁大眼睛，看清前面有一根横亘的胳膊粗线的枝干，不敢再用脚去借力，双手一探，搭在了枝干之上，随后身子一荡。不荡不行，下冲的力量太大。随后立刻松开双手，身子下坠之势稍减，落在了另外两根胳膊粗细的树干之上。

关得再也没有力气了，任由身子重重地坠落在树干之上，直摔得他眼冒金星，差点晕死过去。还好，他紧咬牙关，强打精神，因为此时危险还没有解除，身子还有下坠的危险。

树干不停地摇晃，有要折断的迹象，如果树干折断，关得还得继续摔落下去，而他朝下面一看，下面怪石林立，再也没有大树可以接住他的身子。换言之，再继续下坠的话，只有死路一条，绝无生还之理。

大难不死，必有后福

关得急中生智，身子一滑，从两根树干的夹缝中滑了下去，呈倒挂金钟之势，双脚钩在两根树干之上。然后他两手伸开，托在下面的树干之上，等于是分别用两处树干来承担身体的重量。

关得的计策奏效了，树干慢慢停止了摇晃，他长出了一口气，总算暂时安全了。虽说现在还是吊在半空之中，上不着天下不着地，但至少没有摔一个粉身碎骨不是？万幸，真是万幸。

四周已经完全黑了下来，不但漆黑一片，而且无比宁静，估计在悬崖的中间，几千年来都没有人的足迹，除了风声和秋虫之外，就是树叶沙沙的声音。

不多时，月亮升了起来，照得四下无比洁净而清明，关得还从来没有见过如此皎洁的月光。月光如水一般流淌，倾泻在天地之间，在幽深的山谷之中，仿佛千年万年的沉寂，在时光中凝结成了永恒。

奇怪，那个撞他掉落悬崖的中年妇女的模样，关得怎么也记不起来了。但他却清楚地知道，中年妇女的背后肯定有人指使，是谁？显然，不用想就知道是沈伟强。

其实说来他和沈伟强也没有不共戴天之仇，只不过是生意上的冲突，沈伟强接连两次失利，难道沈伟强因此就丧心病狂非要置他于死地而后快？又一想，是了，沈新和卢杰俊、月国梁不和，而他作为卢杰俊和月国梁关系密切的桥梁，他在沈新心中，就是眼中钉肉中刺般的存在。

不过问题是，沈伟强这么疯狂，沈新知道吗？以沈新的城府和做人原则，他断然不会因为不和与冲突而置别人于死地。他为官多年，即使不是十分隐忍的性格，也知道凡事不可做绝的道理，那么是否可以说，此事是沈伟强瞒着沈新一人为之？

谁也没想到的是，关得大难不死，居然还有闲心倒挂在树干之上分析事情的前因后果。

几次借力，几次弹跳，关得偏离了坠落地点至少百米。再加上他至少坠落了几百米，上面的声音虽响，却还是没有传到他的耳中。而且他筋疲力尽，眼皮打架，困意袭来，居然睡着了。

睡着之前的最后一个念头是，何爷说过，慈心不杀者，不被他人所杀，为什么他还差点遭遇了杀身之祸？估计是以前造业太多，一时抵消不了，又或者是继母之死算在了他的身上，还是因为舍得古玩行赚了不义之财才引发了这一次劫难？

人之一生，总有无数关卡，有人遇到难处时怨天尤人，从来不会从自身寻找原因。其实不管是天灾还是人祸，只要是事关自身利益的灾难，都和自身的所作所为有关。天道公平而从来不会出现差错，人也只有认识到了自己的不足，有了从内心改正的发心，才能遇难成祥逢凶化吉。

而如果侥幸大难不死，就应当更好地珍惜生命，好好活着，惜福积福，而不是觉得死里逃生，就应该好好享受生命，然后大吃大喝，一天当一年过。要知道不惜福的人，会将福分迅速消耗一空，最终免不了悲惨的命运。

据说当年李自成进京之后，山珍海味花天酒地，还说一天当一年过，结果只做了一天皇帝就被赶出了京城。从另一个角度来说，也是他提前将福分消耗尽了。

关得是睡着了，不过倒挂在树干之上，还是十分安稳，没有掉下来。也是他练习太极拳和吐纳之法的结合有成，一动一静皆章法，即使是在沉睡之中，一呼一吸都十分合乎天地规律。

不过，关得的梦境却没有那么安稳了。他梦到他一个人乘坐一艘小船，漂荡在茫茫的大海之上，举目四望，海天一色，除了海水还是海水，空无一人，仿佛天地之间只有他一人在孤独地行走。

忽然，远方出现了海市蜃楼，关得就拼命地划动小船驶往海市蜃楼。但海市蜃楼终究是梦幻泡影，他划了半天，远处的海市蜃楼依然只是闪现梦幻一般的美景，近在咫尺却远在天涯。

科学家说，海市蜃楼是光线的投影，岂不是说，海市蜃楼投影过来的景象，不管是高楼大厦还是高山湖泊，都是真实的存在。那么为什么每一次海市蜃楼出现，从来没有专家来解释一下是哪里的实景？

关得的念头一动，大海没有了，海市蜃楼也没有了，眼前的场景大变，他正在医院的病房中，守护病重的继母。

继母双颊深陷，已经瘦得不成人形了，她用干瘦的双手紧紧抓住关得的双手，用颤抖的声音说道："得儿，你看到的事实都是假象，都是海市蜃楼，真相，有时比你想象中残酷多了，你真的想知道你父母失踪的真相吗？"

关得强忍眼中热泪，曾经在他记忆中貌美如花的继母，怎么成了现在瘦骨嶙峋的样子？他重重地点了点头，说道："妈，我想听真相，哪怕真相真的很残酷。"

继母的泪水涌了出来："人之将死，其言也善，得儿，你父母失踪的真相就是……他们是被我逼走的！"

"不，我不相信！"关得不相信在他心目中善良无比的继母会做出这种事，他连连摇头，"你骗我，我不相信！"

"我说过，真相也许会残酷到你不愿意相信也不敢面对。"继母的泪水奔流成河，"我以前一直认为我没有错，直到有一天我得了不治之症，躺在病床上我一直在想，为什么我会得这种病？为什么我不会活得更长？想来想去，我终于想通了，人的病，都是自找的。不管是心病还是身病，都是自作自受，一点儿也怪不得别人……"

"不，妈，你快告诉我，你是在骗我！"关得还是不能相信继母的话，尽管他心中已经相信了几分，因为人在临死的时候，都会说真话。

"我有证据。"继母不理会关得不愿接受事实的逃避，伸手拿出一本小册子，“你看完就会明白了。”

关得接过小册子，忽然想起这不是继母平常用来记账的记事本吗？他忙打开小册子一看，上面却是空空如也，没有一个字，他一怒之下扔了小册子，冲继母吼道：“为什么要骗我？”

继母却凄惨地一笑，用手一指关得身后：“是因为她……”

关得回头一看，身后哪里有人，只有一望无际的沙漠……沙漠？他明明在病房，怎么会有沙漠？等他再一回身，眼前哪里还有病房和继母，只有漫天的黄沙和似火的烈日。

片刻之间，关得感觉浑身燥热难耐，口干舌燥，嗓子里似乎要冒烟了一样，哪里有水？现在水成了关得最渴望的宝贝，如果谁有一口水，他愿意用一百万的巨款去交换。

沙漠一望无际，除了沙子还是沙子，关得一人在沙漠上艰难跋涉，每走一步都要使出全身力气。他很想歇一歇，可是他知道他不能停，一停下来，就会被烈日晒死，只有不停地走下去，或许前方会有绿洲，会有水源，才会让他活下来。

也不知走了多久，关得终于坚持不住了，一头栽倒在地，他张开干裂的嘴唇，用微弱的声音喊道：“水，水……”

“水来了，小口喝。你现在极度缺水，不能大口喝水，要听话，乖！”

一个熟悉的声音在耳边响起，随后，一股甘甜的水滋润了嘴唇和喉咙，如清水浇灌农田，关得的嘴唇和喉咙得到了滋润，重获生机。

同时重获生机的还有生命。

睁开眼睛，人影模模糊糊看不清楚，依稀可见一个清秀的身影在他眼前晃来晃去。随后，一只小手伸开五根手指伸到关得眼前，依然是刚才那个熟悉的声音：“喂，关得，数数是几根手指？”

“秋……曲？”关得终于清醒了几分，听出了声音的主人是谁，“怎么是你？我是在做梦，还是死了？”

“如果你死了还能听到我说话，就说明我也死了，可是我现在还好好地活着，我没死，那么你也没死。”秋曲丝毫没有当关得是病人的觉悟，一说话就是秋氏滔滔不绝的说话语气，“不过，做梦的话倒有可能，因为在梦中，你梦着我，见到我，听到我，都是正常现象。但不正常的是，我们不可能做同一个梦。就是说，你梦到了我，我同时梦到你，而且还是你梦到了我喂你水，我也梦到了我喂你水，你说，有这么巧合的事情吗？除非是庄周梦蝶……”

关得无奈了，想笑笑不出来，只好摆手说道：“你能不能让我安静一会儿？”

“好吧，蜘蛛侠。”秋曲在闭嘴之前，通常还要在惯性的带动下多说三五句，“你知道现在是什么时候吗？现在是十月二号下午，也就是说，你昏迷了一天一夜还多。得了，好好的一个假期，让你一觉睡过去了，真可惜。不过好在你又活了过来，也是好事。正所谓大难不死必有后福，你这人以后肯定可以升官发财做大事。”

自助者，天助之

关得被秋曲一顿吵闹，反倒完全清醒了，他睁开眼睛，见自己躺在病房内，还是单间，房间内除了他和秋曲之外，再无他人。他努力想要坐起来，却觉得双腿发麻胸膛发闷，浑身没有力气。

秋曲穿了一件大红的衣服，和第一次关得见她时胸前挂了一堆零碎不同，现在的她，不再戴一些装饰品，但在衣服的品位上还是随心所欲，想怎么穿就怎么穿。

再怎么着关得也是病人，服侍病人，还穿一身喜庆的大红衣服——红色的中式上衣，红色的中式百褶长裙。乍一看，秋曲如同一个少数民族的姑娘，让关得只看一眼就啼笑皆非。

好在虽然打扮另类了一些，但秋曲照顾人的水平，倒也不错。她上前扶起关得，又在他身后垫了一个枕头，才说：“怎么，不睡了？不嫌我聒噪了？”

到底是睡了一天一夜，虽是昏迷，也是休息，关得慢慢恢复了精神，问道："谁救了我？"

"胡迭澜！"

"蝴蝶蓝？"关得没听明白，不解地问道，"什么意思？蓝色的蝴蝶？"

感觉浑身上下虽然没有力气，胸口发闷双脚发麻，不过除此之外并无异常，关得相信他应该没受太重的伤，估计休养一两天也就好了。也真是，从那么高的悬崖上坠落，不但没死，还身体各个部位完好，确实算是大难不死。

估计也和他经常放生常做善事大有干系，慈心不杀者，得无病长寿之报。

"是胡迭澜好不好？"秋曲抓住关得的手，在他的手心写下了几个字，"是一个武警的名字，他长得可帅气了，特别男人。"

关得直接过滤了秋曲故作花痴的话，又说："我都醒来半天了，你也不告诉我我到底受了多重的伤。我就奇怪了，是谁决定让你留下照顾我的？为什么不是清影或者碧悠？"

"你没事，三天之后就生龙活虎了，没内伤，没骨折，只有部分擦伤。脚有错位，正过了，手有破皮，包扎了。"秋曲对关得点名月清影和碧悠颇有几分不满，"你还想让清影和碧悠照顾你？哼，告诉你吧，她们担心你都担心病了，现在都在住院，还照顾你？不让你照顾就不错了。谁决定让我留下照顾你的？是何爷！"

"清影和碧悠没事吧？黄素素呢？"关得哪里知道他坠落悬崖的意外，不但让月清影和碧悠吓个半死，一头病倒，高烧不退，而且还引发了一系列的连锁反应，后续的影响一直持续了很长时间才停息。

"没事，就是心力交瘁，累病了，休息休息就好了。也就是我抗打击能力强，一点儿事也没有，否则要是我也病了，你就一个人躺在床上哭鼻子去吧。"秋曲一边说，一边为关得削苹果，"苹果是智力果，可以提高智力，你摔了一下，身体没事，别脑子摔坏了，来，补一补。"

关得被秋曲逗乐了，不过还是没敢笑出声来，一笑，就脸疼，可见脸上也有划伤了："我掉下去之后，都发生了什么事情？"

"别急，听我慢慢告诉你。"秋曲坐在关得床头，就如一个贤惠的妻子服侍丈夫一样，将苹果切成小块，一块一块地喂关得，“你刚摔下去之后，崔民强三个人就跳下去救你，结果三个人忙活了半天，一无所获，都还累个半死，差点虚脱了。后来公安局副局长陈京带了五十个警察过来，然后卢杰俊又带了两百多个武警……”

“连卢书记都惊动了？”关得吃惊不小。

“是呀，不但卢书记来了，月市长来了，赵海洋也来了，对了，还有节茂和李东从。你呀，面子天大了，你就偷着乐吧。”

关得可没有半分偷着乐的心思，相反，他心中十分感动。一是感动于崔民强三人的兄弟情谊，二是感动于卢杰俊和月国梁对他的重视，毕竟市委书记是一市的一号人物，亲自出面指挥搜救他一个小人物，人情天大。

不过，赵海洋也来凑热闹，倒让关得暗暗一惊，心想赵海洋此人，真是其心如海，深不可测。

“后来，崔民强三个人就到一边儿休息了，搜救行动全部交给武警负责。一连搜救了大半夜，你还是活不见人死不见尸，当时连我这么乐观向上的人都觉得你完了，肯定没得救了。天快亮的时候，还没有发现你，碧悠先挺不住了，昏了过去。”秋曲无奈地摇了摇头，又喂了关得一块苹果，“你情债太多，看你以后怎么还？你是不是中了桃花劫，要不就凭你的长相和水平，怎么会有这么多姑娘关心你？先是碧悠，然后是清影，她也昏倒了。”

秋曲还真是眼毒，怎么就看出他中了桃花劫？关得心中既感动又愧疚，碧悠和月清影都为他而昏倒，他怎么承担得起两位美女的关切之情？

“搜救了整整一夜，还是一无所获，一夜没有合眼的卢书记决定扩大搜救范围。正在这个时候，喜讯传来，胡迭澜发现了在树上倒挂睡觉的蜘蛛侠，不对，应该说是蝙蝠侠才更形象贴切。”秋曲嘻嘻一笑，扮了个鬼脸，“你不知道当时找到你的消息传来时，漫山遍野的人群都一起欢呼，那场面，太激动人心了，我当时就哭了。我还告诉你，连卢书记也眼睛湿润了，还有月市长，背过头去偷偷擦泪。欢呼声此起彼伏，大家就如中国申请奥运会成功时一样激动。”

关得那时昏迷不醒，当然不知道当时是怎样的群情沸腾。放眼望去，到处是闪烁的灯光，到处是搜救的人影，景区的大灯全部打开，又临时抽调了十台发电机发电，再加上额外增加的几十盏大灯，照得整个山头都亮如白昼。

由于搜救了整整一夜，不管是指挥的卢杰俊等人，还是搜救的武警战士，都已经士气低落了，就连秋曲强撑了一夜，也快撑不下去了。

一个名叫胡迭澜的武警战士，因为搜救时落单迷路了，一个人东转西转转不出去。他心里焦虑，正想干脆原路返回时，忽然转念一想，既然他落单了，而大部队的搜救又没有什么发现，他不如索性按照自己的想法搜救，试一试总好过放弃。

正是抱了试一试的想法，他离划定的搜救范围越来越远，走了大概十几分钟后，忽然，一只飞鸟被他惊飞，扑棱棱飞到了夜空之中。他抬头一看，见头上有一棵大树，大树上倒挂着一只巨大的大鸟。他吓了一跳，长这么大，还真没见过这么大的鸟，这是什么鸟……啊，不对，不是鸟，是鸟人。

也不对，不是鸟人，是人！胡迭澜先是一愣，随后欣喜若狂，三下两下爬到了树上，一看，果然是一个人昏迷不醒挂在树上。虽然他没有见过关得，但毫无疑问，这人肯定就是要搜救的关得。

胡迭澜不但落单了，对讲机也掉了，不能呼叫支援，怎么办？他想了想，一咬牙，拼了。他将关得绑在自己的背上，然后沿原路返回。还好，他一点点摸索，大概记得来时的路，一路跌跌撞撞，也不知道走了多久，差不多累得快要虚脱时，终于看到了前面的灯光。

“我找到人了……”只来得及喊出最后一句话，胡迭澜就一头栽倒在地，累得昏迷过去。还好，他昏倒之前，是趴在了地上，摔着了自己，没有摔着后背上的关得。

等无数人接力，将关得和胡迭澜从悬崖下抬到山顶上时，昏迷的关得和胡迭澜进入探照灯的照射下，出现在众人眼前的那一刻，卢杰俊不顾身份，第一个跑到前面，查看关得的伤情。现场一片静寂，就连风也识趣地停了，一瞬间，四下陷入了诡异的寂静之中。

卢杰俊不是医生，看不出所以然来，不过从表面上看，关得并无大碍，他不放心，叫过了医生。医生简单地查看之后，得出的初步结论是，一切正常，没有大伤。

医生话一说完，卢杰俊顿时一颗心落到了肚子里，他大手一挥，郑重宣布："搜救行动，胜利完成！"

随着卢杰俊的话音落地，整个丛台峰顶响起一片欢呼，欢呼声此起彼伏，从峰顶传到了山谷之中，又在山谷之中回荡，汇聚成了欢乐的海洋。就在旭日即将升起的那一刻，整个丛台峰在第一缕阳光的照耀下，熠熠生辉，犹如燃起漫山遍野的火焰。

一夜的担心，一夜的忙碌，一夜的搜救，无数人的辛苦和付出，无数人的期盼和希望，终于有了回报，怎不令人欢欣鼓舞？

"再然后呢？"关得听了他的故事中被他错过的最精彩的那一刻，心中涌动的全是感动和欣慰。感动的是，有那么人在关心他在乎他；欣慰的是，他还算坚挺，不负众望地活了过来，没让所有关心他爱护他的人失望。

当然，他能生还，肯定让背后暗下黑手的人大失所望了。

为人之道

"什么再然后？"秋曲眯着眼睛笑了，"再然后，我就睡着了，至于怎么收拾残局，怎么善后，我就不知道了。我又不是铁人，守了一夜，担心了一夜，当然要睡了。你都没事了，我还傻睁着眼睛看什么？睡了一觉之后，醒来就精神百倍了，然后听说清影和碧悠都住院了，我就奉何爷之命，来照顾你。唉，这个国庆节呀，本来还指望来单城好好玩一玩，结果倒好，一堆事情，全让你给浇泡汤了。"

"民强他们呢？"关得心里清楚秋曲的埋怨不是真埋怨，他也就没有接她的话，他现在很关心崔民强几人的状况。

"他们没事，个个壮得跟牛一样，虽然身上划破了不少地方，可是一点儿事情也没有，到医院简单地处理了一下，就回家了。”

“回家了？”关得不相信崔民强三个人会直接回家，以他对三人的了解，三人不守在他的身边，必有反常之举。

“不回家还能怎样？有我照顾你就行了，你还想身边再陪三个大男人？你也太重口味了吧？”秋曲对关得连翻白眼。

关得哭笑不得，索性不理秋曲了，伸手去拿手机。

“你干什么？”秋曲抢过手机，“医生说了，你现在要以休息为主，不许打电话。”

“我是怕民强他们几个人办傻事，他们哪里是回家了，根本就是找幕后真凶去了。现在不是找幕后黑手的时候，事缓则圆，最好先放一放。”关得太了解崔民强、曾伟贤和于天凯了，这三个发小和他从小一起长大，他们对他的维护之意绝对毋庸置疑。

“啊，他们到哪里去找真凶？难道直接找沈伟强当面对质？”秋曲才意识到问题的严重性，“如果真是找沈伟强对质，也太鲁莽了，这样不但不会收到效果，反而会打草惊蛇。不行，我得赶紧让他们回来。”

说话间，秋曲拨通了崔民强的电话。

“崔民强，是我，你听我说，现在立刻马上迅速到医院来，关得有突发情况。什么突发情况？我怎么知道，医生不告诉我，直接推手术室去了。”放下电话，秋曲一拍手，咯咯一笑，“说别的不管用，说这个，他们肯定什么都顾不上，立马就赶来了。”

关得无语了，白了秋曲一眼，对秋曲咒他的话很是不满。不过也别说，秋曲的鬼点子是多，刚才的话肯定奏效。

“我还得打几个电话，感谢一下卢书记、月市长和李东从。”关得伸手朝秋曲要过电话，“该有的礼节得有，别人替我担心忙活了半天，不报个平安说一声感谢，不是为人之道。”

“好，好，好，就你有理。”秋曲没拦着关得，自顾自坐到一边喝水，“你感谢这个感谢那个，怎么就不感谢我？我可是一直陪在你的身边照顾你。”

关得乐了："感谢的话说得越多，关系反而越疏远，不对你说感谢，因为留在心中的感谢，才是真诚长久的感谢。"

一句话说得秋曲眉开眼笑，她娇嗔地笑道："说得好像我在你心目中多重要一样，到底是大师，骗人不眨眼，哄人不用打草稿。"

关得没再接秋曲的话，直接打通了卢杰俊的电话："卢书记，我是关得，谢谢您对我的关心和爱护。"

卢杰俊正在办公室听取节茂汇报工作，接到关得的电话，他心情大好："关得，你醒了？不要说见外的客套话……对了，经查实，撞你跌落悬崖的中年妇女名叫史珍香，在下山的时候，被一辆公交车撞死了。"

报应这么快？关得的第一个念头是大吃一惊，以至于他忽略了史珍香的谐音"屎真香"有多滑稽。又一想，不对，一般来说，就算善有善报恶有恶报，也不会报应得如此之快。史珍香在行凶之后，从山顶到山下不过半个小时就一命呜呼了，到底是他的福分太大了，导致史珍香的福分迅速衰减至零所以速死，还是幕后黑手在让史珍香出手之前，就已经为她设计好了死亡之路？

再深入一想，也不对，难道沈伟强出手的背后，还有杜清泫的精心算计？否则，以沈伟强的水平，断然不可能设计史珍香的死亡路线，除非沈伟强安排一起人为的交通事故。难道说，史珍香之死不是意外事件？

"是意外事故？"关得虽然知道他不该向卢杰俊问题外话，不过实在按捺不住心中的好奇。

卢杰俊也没多想，他也知道关得有过人之能，说道："根据现场的调查取证，最后确定是一起意外事故，没有人为的迹象。关得，你安心养伤，别的事情先不要想，等你出院之后再说。"

"好的，谢谢卢书记。"关得收起电话，陷入了沉思之中。史珍香之死，先不管是天地平衡之理还是史珍香命该如此，又或者是别的原因，只说她一死，等于是线索完全中断了。而幕后黑手肯定乐见史珍香的意外丧命，不但省钱，还省心省事，死人的嘴巴才最严。

从另一个角度来说，史珍香一死，最称沈伟强之心。

想了半天，关得又打了一个电话给月国梁，向月国梁表示了感谢。月国梁得知关得已经醒来，并且没有大碍后，大为欣慰："感谢的话就不要说了，再说伯伯就不高兴了，好好养伤，别的事情都先不要想。对了，关得，三姓村开发的问题，我已经主持召开了政府常务会议，讨论通过了一系列的相关政策支持，接下来，就等开发商到位了。"

"开发商很快就会到位，请月伯伯放心。"关得犹豫一下，还是问出了心中的疑问，"月伯伯提出开发三姓村，沈新没有反对？还有，对于我出事的事情，沈新又有什么反应？"

"沈市长没反对，本来就是造福单城百姓的大好事，他别说没有理由反对，就算有，也不好说出口，况且在政府常务会议上，几个副市长都支持我的提议。我想，沈市长就算不想支持，他也不愿意成为众矢之的。呵呵，你月伯伯这些年来一直在市府工作，人脉还是有一些的。"

关得听出了言外之意，原来是月国梁联合数名副市长向沈新叫板，沈新作为外来者，就算他和月国梁不和，也不敢公然和单城的本土势力对抗。又一想也是，月伯伯在单城市府里面前后工作了十几年，不只是有副市长的人脉，沈新想随意摆布月国梁，也没那么容易。

"还有一件事情，关得，放出清影的资产是继承了她妈妈的财产的风声后，关于我贪污一千万的风声就小了许多，虽然还有一些质疑的声音，但已经形不成气候了。不过，还有一些关于清影打着我的名义开办舍得古玩行的传言，但我相信，等舍得古玩行转让出去之后，传言就会消停了。"至此，月国梁对关得一系列反击的手法，又有了一个全新的认识，同时对关得更是视为亲人一般。

关得在他的心目中，已经由一个可以助力的配角角色，上升到了可以为他出谋划策的高参的高度。

而通常情况下，高参都是见多识广、久经世事的老人，还从来没有如关得一般年纪的年轻人可以位列高参之位。

"舍得古玩行的转让，应该就是这一两天的事情。以后，滨盛的主要业务会逐渐向石门转移，相信清影的事业对月伯伯的影响会越来越小。"

关得宽慰了月国梁几句，随后挂断了电话。

“死了？”秋曲听出了关得的部分电话内容，咬牙说道，“真是便宜她了，居然死了，倒是一了百了。如果她不死，被我抓住了，得好好折磨她一番。”

秋曲咬牙切齿的样子，吓了关得一跳：“你会怎么折磨她？”

“挠她痒痒，让她痒痒死。用烟熏她鼻子，让她咳嗽死。再用你的洗脚水灌她，让她恶心死。”

关得无语了，他还以为秋曲有多厉害，原来就这点儿手段。不过一想也是，如果她真能想出惨无人道的折磨人的方法，他不吓着才怪。

“为什么是我的洗脚水，不是你的洗脚水？”

“我的洗脚水是香的，你的才是臭的。”

好吧，关得算是领教了秋曲的无赖，说道：“你帮我去看望一下清影和碧悠，看她们好些了没有。”

“不用看，刚才你没醒之前，我去看过了，她们好着呢，个个睡得挺香，估计还做什么美梦了，脸上还有笑容，我估计都做梦嫁人了。当然，嫁的人不是你，你别想好事。”秋曲不能开口，一开口就滔滔不绝。

关得只好制止了她：“停，暂停！怎么民强还没到？”

“得哥……”关得话音刚落，崔民强、曾伟贤、于天凯三人便推门而入，一见关得安然无恙地躺在床上，气色不错，神态安详，一路上的担惊受怕顿时化成了怒火。

有福之人不用忙

“二嫂，这就是你的不对了，亏我还那么支持你，你这么骗我，太不够意思了。你知不知道，我一路上车开得飞快，差点撞车。”崔民强对秋曲表达了强烈的不满。

“还不是为了你们好？我是怕你们去调查幕后凶手，弄巧成拙，最后打草惊蛇破坏了关得的大计，那就得不偿失了。”秋曲急于辩解，没有注意到崔民强话中的称呼不对，她回过味儿来，不解地问道，“什么二嫂？你叫谁二嫂？”

曾伟贤和于天凯在一边偷笑。

崔民强见一时情急说了出来，索性也不藏着掖着了，耿着脖子说道：“本来我一开始支持清影姐当关得的媳妇，你出现后，我就改成支持你了。伟贤支持清影姐，天凯支持碧悠。我们三个人私下排了一个名，清影姐最大，她是大嫂，你和碧悠不知道谁大谁小，但你比碧悠活泛而且好打交道，就叫你二嫂了。碧悠排名最后，是小嫂子。”

“噗……”秋曲一口茶水喷在了崔民强身上，“胡闹，瞎胡闹，你想让关得犯重婚罪呀？还大嫂二嫂三嫂，关得他敢都娶吗？再说就算他敢，他有这么多房子吗？女人是要用房子来安家的，你难道不知道古代都称大房二房三房吗？关得现在就是一没户口二没房子三没汽车的三无人员，能有姑娘喜欢就不错了，还想娶三房，这事儿只能在梦里实现了。”

崔民强还以为秋曲会生气，不料秋曲不但丝毫不生气，反而还津津有味地和他讨论了起来：“我还告诉你崔民强，你支持我就对了。不过我还得告诉你，我以后要当，只当大房，当大嫂，听到没有？”

“服了。”崔民强气消了，乐了，“从此以后，我们保证私下叫秋总大嫂。”

“行了，行了，你们私下怎么叫，我又不知道，才懒得管。说说你们到底调查到了什么吧。”秋曲无所谓地挥了挥手，她才不会在意别人私下对她的看法，她是随缘而行的性格，向来不为一些无聊的事情烦恼，“告诉你们一个消息，推关得跌落悬崖的女人已经死了。对了，她叫史珍香……噗，史珍香，太重口味了，什么家长才会为孩子起这样的名字，难道史珍香的爸妈喜欢苍蝇？”

崔民强几人已经查到了史珍香死亡的事实，也笑过了史珍香的名字，崔民强摇头叹息一声：“史珍香一死，线索就断了。不过还好，我们查到了史珍香的家，知道史珍香有一个丈夫和一个儿子，丈夫叫郭恒大，儿子叫郭足球，住在静月巷。”

静月巷名字虽然雅致，却是单城人人皆知的贫民区，是一处始建于五十年代初期的平房区。房子破旧不堪，没有自来水，没有暖气，没有煤气，是只有公共厕所、公共厨房和垃圾遍地苍蝇乱飞的大杂院。史珍香一家住在大杂院里，收入可想而知。

“得哥，你肯定想不到，为什么我们这么快查到了史珍香的家……”曾伟贤凑到了关得面前，见床头柜上还有几块削好的苹果，他也没当自己是外人，拿起就放到了嘴里，“这事儿，说起来还是你的功劳。”

“我？”关得见几人为他的事情奔波操劳，心中感动，知道曾伟贤肯定口渴了，伸手端过水杯递给他。

秋曲不干了，及时从关得手中抢过了杯子：“吃我削的苹果也就算了，不许喝我倒的水。要喝，自己去倒。”

曾伟贤不比崔民强能说会道，他嘿嘿一笑，也不去倒水，继续说道：“只凭我们几个，要打听一个叫史珍香的女人的家住在哪里，家里都有什么人，肯定是大海捞针。但有一个人却正好认识史珍香，而且还去过史珍香家里，你猜他是谁？”

关得瞬间脑中灵光一闪：“曾登科！”

“哈哈，还是得哥厉害，一猜就对，没错，就是曾登科。”曾伟贤见关得没事，同时又小有收获，一时自然高兴，喜形于色，“也别说，曾登科这个老骗子还算有点用处，他一听史珍香的名字，就说他记得以前替一个叫史珍香的女人算过命，那个女人其貌不扬，家里很穷，一心想赚钱。后来他还跟史珍香去了她家里一趟，替她指点了几句，告诉她说，以她现在的状况，想要改善生活条件，只有铤而走险一条路可走……”

世间事情果然都有内在的联系，关得暗暗感叹，怪不得他一见曾登科就想收服他，想让他改邪归正，原来曾登科以前还真的口无遮拦什么话都敢说，居然指点史珍香铤而走险改变命运。说不定也正是因为曾登科的蛊惑，史珍香才甘冒生命危险将他推落悬崖。

只可惜，世间的事情往往如此，无福之人不从内心培植善根和福分开始改命，反而要走歪门邪道，最终只能是白白送了性命。

有福之人不用忙，无福之人跑断肠，古人的话，不是无稽之谈，而是经验之论。

一饮一啄，皆是定数，关得暗想，莫非他无意中收了曾登科，出发点本来是为了让曾登科改邪归正，并且还想让百姓破除对算命的成见，发心无私，而最终还是帮了自己？查明史珍香到底是受什么人指使的真相，难道最终还要落在曾登科身上？

果然如关得猜想的一样，曾伟贤随即说道："其实就算不接到秋曲姐的电话，我们也会赶过来，因为曾登科五个人打了包票，说是查明幕后凶手的事情，包他们身上了。以他们五个行走江湖多年的骗技，走街串巷坑蒙拐骗外加吹牛不用打草稿的本事，曾登科说了，三天之内出结果。如果没有结果，他就趴在地上学狗叫，从此当得哥的走狗。"

还好，这一次秋曲没有再笑喷，她只是抿着嘴很淑女地笑。

"也好，让曾登科几个人去查，可以收到出其不意的效果，幕后黑手知道你们，肯定不知道曾登科他们。"关得可以猜到曾登科几人自告奋勇要查明幕后黑手的出发点。一是江湖中人，讲究投名状，既然决定投奔他了，肯定要展示一下身手，以证明他们的价值。二是想借机表表决心，查出了幕后黑手，肯定会为幕后黑手所不容，那么他们就只有紧跟他一条路可走了。

也别说，曾登科几人虽然年纪稍大了一些，倒也可用，关得对几人的印象又提升了不少，心中坚定了要重用几人的想法。

秋曲的电话忽然响了，她拿过电话一看，脸色微微一变，转身出去接听了电话。

片刻之后，秋曲回来了，冲关得一扬手中的电话："关得，我得回石门了，省电视台家属院项目就要正式动工了，开工仪式上，滨盛必须得有人到场。"

"好，辛苦你了。"关得说的是心里话，他和月清影都在住院，整个滨盛也只有秋曲一个可挑大梁了。他又转向了崔民强："民强，你准备一下，转让了舍得古玩行后，就立刻赶往石门，听从秋总的安排。"

"没问题，坚持服从秋总的指示精神。"崔民强现在事业心正盛，一心想干出一番事业。舍得古玩行虽好，毕竟局限性太大，天天守在古玩行内，不符合他喜欢天高地阔的性格。去了石门，负责滨盛的省电视台家属院项目，眼界开阔，地势更高，他将会更有作为。

“行，滨盛正缺人，民强过来后，就担任滨盛的副总，全面负责省电视台家属院项目吧。”秋曲微有几分不舍，“哎，我走了，谁来照顾你呀？你可真让人不省心。”

“没事，有民强他们，还有黄素琴，而且清影和碧悠也快好了。再说，我估计再有两三天也出院了。”关得挥舞了一下胳膊，想证明他的康健，不料扯动了伤口，疼得一咧嘴。

“真拿你没办法，这么大的人了，还跟个小孩子一样。”秋曲摆了摆手，又一扬手中的电话，故意笑眯眯地说道，“要不，我安排一个闺蜜来照顾你？”

关得知道秋曲在试探他，故意忙不迭地点头：“多大了？漂亮不？温柔不？贤惠不？”

“漂亮温柔贤惠你个头！”秋曲哈哈一笑，转身走了，“才懒得管你，爱死爱活随你的便。走啦，等你好了后，记得马上来石门一趟，滨盛在石门的下一步，还需要你来拍板。”

秋曲一走，关得长长地伸了一个懒腰：“总算清净了，真不容易。”

崔民强挤眉弄眼地笑道：“得哥，我还是坚持我的看法，秋曲不错，是良配。”

“说正事，别说这些没用的。”关得瞪了崔民强一眼，又看向了于天凯，“天凯，等滏阳区旧城改造项目上马后，你负责滨盛单城方面的业务。”

见关得开始布局下一步了，崔民强有点不解：“得哥，你摔了一下的事情，就这么过去了？我们不管了？”

五福之相

“怎么会就这么过去？我们该干什么干什么，要查出幕后黑手，不是还有曾登科他们？我们就当什么也没有发生过，这样，才能更好地迷惑对手，让对手以为我们甘愿吃哑巴亏。对方一放松，才更容易露出破绽。”关得嘿嘿一笑，心想如果说以前他只想坐观沈伟强运势递减，那么现在他改变主意了，他要从背后推一把，是为民除害也好，不让沈伟强在错误的道路上越走越远也好，反正他要出手，不能坐等了。

“曾登科他们，行不行呀？”崔民强对曾登科几人信心不足，主要是他觉得几人“奇形怪状”，而且又都不是什么正当职业出身，有点瞧不起几人。

“每个人都有与众不同之处，也都有特长，放心，我不会看错人，曾登科出面，肯定会手到擒来。”关得也不多说什么，反正他坚信他的判断没错。

说话间，听到门外传来了月清影和碧悠说话的声音，还有元元和纪度的声音，于天凯不等外面的人推门，立刻上前拉开了房门。

门外站着月清影、碧悠以及元元、纪度，四人神态各异。月清影一脸疲惫和关切，疲惫的是自己的身心，关切的是关得的安危。碧悠的神色稍好一些，不过关切之色比月清影更多了几分，和月清影依然清冷并且努力在人前克制自己的情绪不同，她眼中隐有泪水闪动。一见关得，她第一个扑上前来：“关得，你怎么样了？”

不顾众人在场，她一头扑进了关得的怀中，嘤嘤地哭了起来。

月清影的脚步就迟疑了，她愣了片刻，才迈进了病房，神色黯淡了几分。她离关得的病床很远，并不靠近。

崔民强看出了月清影的心思，暗暗摇头，以月清影的性格，想要在三女争夺战中胜出，几乎没有可能。本来他很看好月清影，觉得月清影性子虽然清冷了一些，却有温婉如玉的一面，就如一块美玉，虽然冰凉，却可以握在手心温润。

男人，就应该怀瑾握瑜。

只不过随着时间的推移，尤其是秋曲出现之后，崔民强越来越感觉和秋曲相比，月清影不管是性格还是交际能力，或是为人处世，都远不如秋曲更落落大方，更让人赏心悦目，也不如秋曲对关得的帮助巨大，他的天平就慢慢向秋曲倾斜了。

现在又看到月清影连和碧悠争抢关得的勇气都没有，他更在心中为月清影判了死刑。当然，他猜不到月清影的心思，不知道月清影一直认为她大关得几岁，是我生君未生，君生我已老的无奈……

关得也注意到了月清影迟疑的脚步，心中喟叹一声，也不好过于表露出来，只好轻轻一推怀中的碧悠："好了，好了，我又没事，哭什么？不哭了，大难不死必有后福，你应该笑才对。"

碧悠却是笑不出来："关得，还是离开单城吧，太危险了，你差一点儿就没命了。听我的话，跟我一起去石门，按照我的计划行事，轻轻松松就可以成功。"

关得轻轻摇了摇头，碧悠还在坚持她不切实际的美梦，可见一个人一旦固执某一件事情，认准某一个目标，就很难再回头。和关进笼子手握香蕉的猴子一样，其实只要松开香蕉，猴子就可以逃脱，但猴子却一直死死地抓住香蕉，不肯松手。

人是高等动物，有时候在利益面前，却和猴子没有什么区别。

"关哥哥，我来看你了，你好点儿没有？在听说你掉落悬崖的那一刻，我就想，你肯定会没事，因为你的面相是五福之相，怎么会轻易死掉？你少说还能再活八十年。"元元凑向前来，一脸甜甜的笑容，"还有关哥哥，我告诉你一个好消息，木锦年去石门和风华伦见了一面，谈得很投机。他还让我转告你，等他回来后，他一定亲自来看你，并且向你当面赔罪。还有一个好消息是花流年花姐姐带来的，不过，她不让我告诉你，说要当面告诉你，我就不抢她的风头了。"

五福的第一福是"长寿"，第二福是"富贵"，第三福是"康宁"，第四福是"好德"，第五福是"善终"。"长寿"是说命不夭折而且福寿绵长。"富贵"是指钱财富足而且地位尊贵。"康宁"是说身体健康而且心灵安宁。"好德"是指生性仁善而且宽厚宁静。"善终"是说能预先知道自己的死期，临命终时，没有遭到横祸，身体没有病痛，心里没有挂碍和烦恼，安详而且自在地离开人间。

现在的人，能有五福者，万无其一。

关得虽然知道元元心机很重，但不可否认的是，她也有善良的一面，而且她的心机也并非全是出自邪念和虚伪，就微微一笑："借元元吉言，我也想五福临门。"又问，"木锦年向我当面赔什么罪？"

"他说，他曾经听到过沈伟强要对你不利的话，一直想转告你，可是机缘巧合之下，几次都忘了说。他很内疚，说是如果他提前告诉了你，也许你就不会掉下悬崖了。"元元摇头叹息的样子，又可受又深沉，让人忍俊不禁，"我劝他说，不要太自责了，是关哥哥命中有此一难……"

"你怎么说话的，你命中才该有一难！"碧悠对元元怒目而视。

元元吓得一吐舌头："我没说错话呀，我说的是真话。"

"碧悠不要怪她，她说得对，我确实命中就该有此一难。是福不是祸，是祸躲不过，发生的事情，不管是好是坏，都是应该也必然要发生的，不要怨天尤人。"关得冲元元微一点头，"你说得对，锦年兄不必自责，就算他提醒了我，我也未必可以躲得过去。而且话又说回来，这件事情，也未必不是好事，所谓祸福相依，祸兮福之所倚，福兮祸之所伏……"

"还是关哥哥心胸开阔，心胸开阔的人，必成大事。"元元明是夸关得，其实是在暗贬碧悠，只不过她俏皮扮鬼脸的样子，让人无法对她生气，"对了，关哥哥，纪度有话要对你说。"

关得点点头，冲纪度投去了平和的目光。

纪度却远不如关得淡然，他神态有几分不自然，也是上次和关得一战的惨败，给他留下了太痛苦的回忆，他既不服气，又一时不愿意或不敢面对关得。

但不愿意或不敢面对，终究还要面对。

"关得，上次在一碗香的事情……"纪度迟疑半天，见众人都盯着他看，实在没办法，只好开口了。

"过去的事情，不用再提了。纪度，你有什么事情要对我说就说吧。"关得摆了摆手，不让纪度旧事重提。人不能总背着过去，放下才是智慧。

"是这样的……"纪度在医院只住了一天就出院了，他身体确实壮实如牛，本来医生让他卧床休息一周，他死活不肯，正好，一出院就有事情了，“毕爷让我在背后调查沈新的经济和生活作风问题，结果意外地发现蒋耿很奇怪……”

“蒋耿？”关得不知道蒋耿是何许人也。

“蒋耿是市政府的大管家，市政府秘书长。”月清影及时解释了一句，她微有几分不解，“蒋耿是单城当地人，和爸爸的关系也算可以，他为人一直低调沉稳，他……怎么就奇怪了？”

纪度并不接月清影的话，也并不多看她一眼，而是依旧冲关得说道：“蒋耿表面上和沈新关系不错，也事事听从沈新的安排，但他实际上却是杜清泫的人。”

“什么？”关得顿时大吃一惊，“杜清泫的手伸到单城市政府了？”

“不仅如此，奇怪就奇怪在沈新并不知道蒋耿的真实身份，而蒋耿明显也有意瞒着沈新……”纪度若有所思地说道，“还有一件事情，有必要让你知道一下，杜清泫要来单城了。”

“来吧，该来的总要来。”这一次关得反而不震惊了，一脸平静，“他来了才好，有些事情摆到明面上，总好过在暗地下手。”

“最后一件事情……”纪度在关得面前还是放不开，他一板一眼地说话，脸上没有一丝表情，“既然现在我们是一家人了，你的事情就是我的事情，你放心，我一定会查出幕后凶手，替你报仇。”

关得连忙摆了摆手，他现在最怕听到报仇雪恨一类的话。往大处讲，有天地平衡之理，自然会平衡世间的不平事；往小处讲，有法律伸张正义，个人以武力解决问题，终究不是正途。

05 不撞南墙不回头

其实当时在树上倒挂的时候，关得也不是没有想到祸福相依的道理，也想到了否极泰来、苦尽甘来，或是塞翁失马焉知非福等逆境转好的可能。人生就如起伏的波涛和转动的车轮，有时在波峰，有时在谷底，有时在轮子的上方，有时在轮子的下方，不会永远一帆风顺，也不会永远逆风。

环环相扣

“我的事情，我自己会处理，就不劳烦你了。再说别人背后黑我，我不会背后去黑别人，阴谋可以得逞一时，却还是上不了台面的诡计。这件事情我当然要还回来，不过要还到明处，让对方有苦说不出。”关得谢绝了纪度的好意，做大事者行大道，“替我谢谢毕爷，就说接下来还是以大局为重，不要被细枝末节的问题影响了整体进度。”

“好，你有这份心性，我佩服你。”纪度转身要走，“该说的话说完了，你多保重，再见。”

“再见了，关哥哥。”元元冲关得挥舞了几下小手，一转身，跟在纪度身后，她刚要出门，忽然一下愣住了，张大了嘴巴，用手一指站在门后的崔民强，“你，你，你……怎么是你？”

当然是崔民强了，不是崔民强又能是谁？本来崔民强早就认出了元元和纪度，他想躲，不想让他们认出。做好事不留名才是真善，他不想张扬。

但后来一听元元和纪度的话，就没有迈开脚步，听了起来。

一听就没走成，被元元认了出来。

“你就是救我和纪度的崔哥！”元元兴奋之下，一把拉住纪度，高兴得跳了起来，此时她的小女孩心性才暴露无遗，“纪度，纪度，他就是在木鱼巷救下我们的那个神秘人，就是他。太巧了！人生无处不相逢……崔哥，谢谢你救了我们。”

纪度当时已经处于半昏迷状态了，根本就没有看清崔民强的长相，不过他知道元元不会骗他，而且他最讲义气，当即向崔民强深鞠一躬：“崔哥，救命之恩，没齿不忘！”

崔民强嬉皮笑脸地摆手笑道：“严重了，严重了，小事一件，也就是随手扔一块板砖的事情，不值一提。对了，你们要谢的话，不要谢我，要谢得哥。如果不是得哥影响了我，我也不会去做好事。如果我不去做好事，就不会走木鱼巷。如果我不走木鱼巷，就不会遇到你们……你们听明白了吗？”

“你是关得的什么人？”元元和纪度当然听明白了，不过元元不明白的是，崔民强怎么会在关得的病房，“难道你是关得的弟弟？”

“笨，他姓关我姓崔，我怎么会是他弟弟？不过也对，我是他的兄弟，不是亲弟弟。”崔民强有意显示他和关得的关系密切，“要问我是关得的什么人，你听好了，从记事时起，我就和关得在一起，一直是他的跟屁虫兼军师，到现在算起来有二十几年了。青山不改绿水长流，我和得哥二十几年的交情，厚重如山。”

纪度一脸惊讶，又回身看了关得一眼，忽然又朝关得鞠了一躬：“这份人情，关得，算我欠你的。”

“果然一切都是天意……”元元深深地点了点头，“没想到，万万没想到，救我的人居然是关哥哥的人，真巧，太巧了。崔哥，谢谢你。关哥哥，也谢谢你。”

怪不得崔民强面相突有变化，关得暗暗赞叹，原来他救下的一男一女是纪度和元元。说是巧合，其实巧合之中也有定数，崔民强说得对，如果他不是去资助常晶晶，那么一切都不会发生。再如果他没有救下纪度和元元，元元被杜清泫抓走的话，后果不堪设想。

而元元一旦被杜清泫抓走，不仅仅是毕问天一系损失惨重，也会连累他和何爷一系士气大降，运势衰减。如果现在的局面是元元被抓而他身在医院，那么毫无疑问，和杜清泫的一战，何爷和毕问天的联手，就全盘皆输了。

正是由于崔民强的意外出现，完全打乱了杜清泫的精心布局，才导致杜清泫第一战失利。但或许正是第一战失利，才让杜清泫做出了从京城前来单城的决定。

所以说，世界上的事情，环环相扣，每一个环节都有其必然性，绝非偶然。关得越想越觉得有意思，人生在世，不能浑浑噩噩只知道吃喝拉撒睡，而是要学会思索，思索世间事情的偶然性和必然性，以及看清世间事情在看似随意组合的表象之下的内在联系。只有如此，才会让一个人更加清晰地看清世界和未来。

不过如此一来，崔民强的运势就和元元、纪度的运势联系在了一起，进一步说，也和何爷、毕问天联手与杜清泫的一战联系在了一起，等于是一荣皆荣一损俱损的局面。关得抬头看了崔民强一眼，见崔民强红光满面，气色不错，心中大定。这至少说明，在现阶段，何爷和毕问天联手与杜清泫对抗，还没有明显落败的迹象。

元元和纪度走后，关得又和几人聊了聊，随后崔民强、曾伟贤和于天凯见月清影、碧悠已经安然无事，可以照顾关得了，就不再当电灯泡，告辞而去。临走时，关得再三叮嘱几人，不要再暗中调查任何和沈氏父子有关的内幕，一切顺其自然就好，调查沈氏父子的事情，自有人代劳。

众人都走后，房间中只剩下了关得和月清影、碧悠，黄素素已经返回了下江，黄素琴有事要忙，也顾不上来看望关得。

“清影，你要不也回去吧，有我照顾关得就行了。”碧悠想和关得说说心里话，月清影在场，她不便说。

月清影却不肯走，她也有话要和关得说，她没理碧悠，而是对关得说道："关得，我想好了，滨盛的总部尽快搬往石门，在单城只留一个分公司，由于天凯负责。我以后也要常驻石门，单城这边，我能放手就放手了，省得总有别人说三道四。等滏阳区旧城改造项目告一个段落后，如果爸爸还在单城任职，单城的工程就不接了。"

难得月清影有当断则断的勇气，换了别人，才不会拱手让出单城这么大的市场，况且还有月国梁坐镇。有时候，人生必须做出取舍，能放弃眼前利益的人不多，大多数人都被眼前的蝇头小利迷惑了双眼迷失了心智，最终滑进深不见底的深渊。

悬崖再深，也有底，坠落悬崖，还有可能大难不死。心中的贪欲却没有止境，掉了进去，绝对没有生还的道理。

"好，我支持你的决定。"关得也知道碧悠应该还想和他商量吞并碧天集团的事情，只不过他永远做不出巧夺豪取的事情，所以，也不接碧悠的话，"精诚玉器行以后机会合适的时候，也转让出去。滨盛现在太需要人手了，让伟贤也腾出手来，加盟滨盛算了。"

"精诚玉器行是你自己的产业……"月清影清楚关得想保留自己的产业，不想一直借助她的力量。

"我想好了，玉器行业毕竟不是大道，精诚玉器行转让之后，我会去投资别的行业。"关得说话时，有意无意地看了碧悠一眼。

碧悠眼睛一亮，她误解了关得的意思，以为关得会拿精诚玉器行转让的钱去收购碧天集团的散股，助她控股碧天集团。

不过她猜得也不是全错，关得确实有意收购碧天集团的散股，但不是为了帮助碧悠，而是另有所图。

又和关得说了一会儿话，眼见天色不早，月清影告辞而去。她不想和碧悠争什么高下，她还是坚信，是她的肯定跑不了，不是她的，她也强求不到。

"关得，你是不是想通了，想帮我控股碧天集团？"月清影一走，碧悠立刻兴高采烈地问道。

"我累了，不想再讨论这个问题，让我先休息一下好不好？"关得摆了摆手，不想再和碧悠讨论下去，因为他已经知道，他说服不了碧悠，所以，不想浪费无谓的口舌。

“好吧。”碧悠微有落寞之意，起身说道，“我给何爷打一个电话，报一声平安。”

关得闭上了眼睛，却没有睡觉，而是在想，沈新和沈伟强此时又在怎么善后呢？

沈新和沈伟强，此时正在家里吃晚饭。

沈家住在市委家属院一号院，是一栋建于九十年代初期的房子，外墙微有剥落，楼道倒是干净。院中的杨树郁郁葱葱，十分高大，如果是盛夏，风一吹，树叶哗哗作响，颇有生活气息。

沈家装修倒也不怎么奢华，乍一看，似乎还很简朴，当然，外行看热闹内行看门道，真正懂行的人才会一眼看出，沈家的装修，从里到外，从墙壁到家具，无一处不透露出极致和高贵。

“昨天呀，可有意思了，我遇到了一个特别漂亮特别乖巧的小姑娘，长得跟花骨朵似的，嘴巴也特别甜，一说话就能说到人的心里去……”刘欣注意到今天沈家的两个男人，个个神色不对，似乎都憋了一股不顺的气一样，她就有意缓和气氛。

儿大不由娘，小时候沈伟强又听话又懂事，长大后，不但事事瞒着她，有什么心事也不再对她说，让她颇感失落。儿子还是不如女儿，儿子越大，离妈妈越远，女儿则不同，女儿从小到大一直会是妈妈的贴心小棉袄。

慈母多败儿

刘欣当然也知道，儿子有些事情不对她说，却还会和沈新商量，毕竟沈新还是一市之长，手中大权在握，对儿子还有足够的震慑力。不过她隐隐担心，总有一天，儿子会连老爸也不放在眼里。

也不知道从什么时候起，儿子越来越自以为是了，总以为他翅膀硬了，可以展翅高飞了。而且刘欣最近总有一个不祥的预感，似乎儿子和沈新的交流越来越少了，这可不是好现象。儿子从小娇生惯养，养成了狂妄自大的性格，有沈新处世多年的经验替他把关，他还不至于走上邪路。

今天这是怎么了？刘欣抬头看了一眼各自低头吃饭的沈新和沈伟强，她太了解二人了，一看就知道沈新生气了，而沈伟强摆出的是一副死猪不怕开水烫的样子，既不主动认错，也不解释。

如果沈伟强主动解释几句，再低头认错，沈新的气很容易就消了，可是沈伟强偏偏不……刘欣暗暗叹气，这个儿子，都是让她从小惯坏了，慈母多败儿，一点儿不假。可惜现在长大了，定性了，有些毛病再也改不了了。

“啪”的一声，沈新终于忍不住了，摔了筷子：“沈伟强，你打算瞒我到什么时候？”

沈新的怒火压抑很久了，他原以为沈伟强会向他解释一番，不料事情都闹大了，沈伟强还没事儿人一样，不由他不怒火中烧。

沈新不仅仅气沈伟强瞒着他冲关得下手，还气他一直被沈伟强蒙在鼓里，他还和卢杰俊、月国梁一起要追查幕后凶手，做出一副事不关己的光明正大的姿态。其实在背后，卢杰俊和月国梁早就猜到是沈伟强下的黑手，等于是全世界都知道了真相，只有他不知道，他还以为幕后凶手另有其人。结果在卢杰俊、月国梁等人的眼中，他大声疾呼要抓出幕后凶手的表态变成了贼喊捉贼的表演，怪不得当时他总觉得别人看他的眼光不对，原来都当他在演戏。

沈新越想越生气，敢情他在不知情的情况下，被卢杰俊和月国梁等人当猴耍了，他何尝这么被动这么犯傻过？说来都怪沈伟强，如果这个臭小子做事情之前先过过脑子，如果提前告诉他一声，他也不至于被卢杰俊和月国梁当成了两面三刀的小人！

如果他早早知道关得掉落悬崖是沈伟强干的，在关得事件之中，他摆出置身事外的态度就行了，何必非要主动凑上去表现一番？结果倒好，好心表现，却成了有意表演。

其实说来也怪赵海洋。

在得知赵海洋也以私人名义去了搜救现场之后，本来想在关得事件中摆出事不关己高高挂起局外人姿态的沈新，也坐不住了。主要是事情闹得太大了，市委书记、副书记以及常务副市长都出面了，他身为市委二把手和市府一把手，如果再没有任何表示，似乎就显得太不合拍了。不仅仅是不合拍，而且会让外界认为他被孤立了。

正是基于这种想法，在事发的第二天，在常委会议上，沈新主动提到了关得事件，从加强景区安全管理的高度对关得事件表示了严重关切。他同时指出，关得作为滨盛房地产公司的总经理，是单城工商界有影响力的人物，他被人推下悬崖，是对单城的形象抹黑，是对单城安定团结局面的挑战，一定要严查幕后凶手，一查到底，绝不姑息。

当时沈新还纳闷儿，他义正词严地表态，为什么响应者寥寥无几，而且卢杰俊、月国梁，甚至赵海洋和节茂都用异样的眼神看他，让他一时摸不着头脑。他今天一早刮干净了胡子，洗干净了脸，没有哪里不对呀？为什么都这么看他？难道他站在大局的高度力挺一下关得，也错了？

等散会后，蒋耿来到了办公室，向他含蓄一提，说是现在市委市府有一股妖风在刮，比起前一段时间流传的月国梁贪污一千万公款的妖风更猛烈，也更有杀伤力。大家都在风传推关得下山的是一个名叫史珍香的中年妇女，而史珍香的幕后主使是沈伟强！

沈新一听之下顿时勃然大怒，当即拍案而起，正要据理力争，要坚决和不正之风做斗争时，蒋耿却又嘿嘿一笑，故作神秘地小声说道："沈市长，您先别生气，妖风有时候也未必全是空穴来风，要不，等您回家问问沈公子再说？"

沈新又一屁股坐回了座位，想起常委会上众人异样的眼神，再对比现在市委市府的妖风，再看眼前的蒋耿一副欲言又止的神情，他如果再猜不到八九不离十正是沈伟强干的好事，他就笨到家了。

正是憋了一肚子火，回到家后，沈新偏不开口去问，就等沈伟强主动说出来。没想到，沈伟强跟一头倔驴一样，就是不说，他的火就越积越大，终于发作了。

“有话不能好好说？好好的发什么火！”刘欣见势头不对，忙出面圆场，“沈新，伟强哪里做得不对，你可以批评教育，但不要带着火气说话。”

“你闭嘴！”沈新气不打一处来，狠狠地瞪了刘欣一眼，“都怪你，从小惯着他，慈母多败儿，早晚他会让你的溺爱害死。”

“我又怎么了？”刘欣不明白怎么火苗烧到她的身上了。

“你怎么了？你知道你的宝贝儿子都干了什么吗？他差点害死关得！人命关天的大事，幸好关得没死，如果关得死了，你儿子就是杀人凶手！现在虽然关得没死，但如果查出来他是幕后凶手，他也一样要被判刑！还有话好好说，等他进监狱的时候，你再跟他好好说吧。”沈新气急之下，浑身都颤抖了。

“啊！”刘欣大吃一惊，“伟强，是不是真的？”

“是又怎么样？”沈伟强轻描淡写地放下筷子，冷冷一笑，“算关得命大，这么摔都摔不死他，真是邪门！我就不信了，他能逃过第一次，还能逃过第二次？”

“啪”的一声脆响，沈新扬手打了沈伟强一个耳光：“你再敢背后胡作非为，我先送你进监狱！”

沈伟强冷冷地看着沈新，伸出双手：“送啊，有本事你就送，枪毙了我才好。反正你就我一个儿子，我还没有结婚，你也没有孙子，我一死，你就绝后了。”

“你……”沈新气得差点心脏病发作，他现在无比后悔，当年在他管教沈伟强的时候，刘欣每次都出面维护，他要是再坚定一些该有多好。可惜的是，人生是单行道，无法逆行，也没有后悔药。

刘欣也吓坏了，同时也火冒三丈，一扬手也打了沈伟强一个耳光：“你要是气死了你爸，我也和你爸一起去死，你自己一个人爱怎么折腾就怎么折腾去，是死是活随便你！”

沈伟强不怕沈新，却多少畏惧刘欣几分，他脚一软，“扑通”一声跪倒在地上：“爸，妈，我错了，你们原谅我吧。”

“有些错，没有办法原谅……”沈新有气无力地坐在沙发上，无奈地挥了挥手，“你爸再有本事，人命关天的事情，也保不了你。我说过多少遍了，不要闹出人命，你偏不听，你有多大的仇非要害死关得？你害死别人的同时，也会害死自己。”

“关得不是还没死吗？”沈伟强虽然跪在了地上，却只是做做样子，并没有真正认识到他错了，“推关得掉下悬崖的女人已经死了，她一死，线索就断了，谁也查不到我的身上。”

“死了，怎么死的？”刘欣吓了一跳，以为是被沈伟强杀人灭口了。

“别看我，不是我，是她自己不长眼，钻车下面，被车撞死了。死得好，连老天都帮我，可见我要干掉关得的事情，是做对了。”沈伟强得意扬扬地一笑，“如果她还活着，我还得提心吊胆被人查到，现在她自己非要去死，就没办法了。爸，你也别生气了，事情都过去了，我现在很安全，别说关得了，就是神仙也查不到我身上。谁爱怀疑谁怀疑去，反正又没有证据。”

事已至此，沈新知道再生气也没用，他也知道史珍香被车撞死的事情，见沈伟强说得笃定，心里多少安定了几分：“真没有把柄留下？”

“没有，我做事情一向小心，就和史珍香一个人单线接触，她一死，就死无对证。其他人谁也不知道她是受谁的指使，就连她家人也没有见过我。”沈伟强脸上的得意之色越来越浓。

“嗯……”沈新气消了一半，再生气也是他的亲生儿子，虽然他还是板着脸，不过语气缓和了几分，“起来吧，你记住了，以后不要再干这样的事情了，要阳谋不要阴谋。”

“知道了，爸。”沈新见又过关了，心中暗喜，说道，“爸，你说史珍香一下山就被车撞死了，是不是很邪门？而且还真是一起交通意外。你说，是不是因为杜大师的缘故，现在我们运气大涨，不管做什么事情，都会顺水顺风？”

天道好还

这一说，倒是点醒了沈新，沈新若有所思地点了点头："刚在山上推了人就下山被人撞死，说是巧合也说不过去。也别说，你说得还真有几分道理……"

"爸，听说何子天和毕问天联手了，看来杜大师果然厉害，他一出手就吓得何子天和毕问天不得不联手。我们有了杜大师当高参，以后肯定可以无往不利。"

"话是这么说，但还是要小心为上。官场上的事情，瞬息万变，只要我一失势，你也会受到牵连。"想了一想，沈新有了决定，"这样，伟强，最近单城的事情你少插手，滏阳区旧城改造也别伸手了，你以后把主要精力放到石门和京城。单城地方太小了，小到一有风吹草动就很容易被人盯上。"

"滏阳区旧城改造可是很大的一块肥肉，不要就太可惜了。"沈伟强不想放手。

"小不忍则乱大谋。"沈新眼中闪动着深谋远虑的光芒，"你从滏阳区旧城改造项目中撤走，月清影见有机可乘，肯定会加大投入。等到时滨盛吃进了许多滏阳区旧城改造的项目，想再脱身就难了，这个时候，就可以借滨盛是月清影的产业这个事实来让月国梁难受了。而且滨盛还有卢海涛的股份，等于是说，滨盛是一条串联无数利益链的绳索，只要抓住了滨盛的漏洞，不愁卢杰俊、月国梁还有李东从之流俯首称臣……"

"这个计策不错，爸，还是你高明。"沈伟强及时奉送了一记免费的马屁。不过他并没有听进去沈新的大计，和沈新喜欢放长线钓大鱼相比，他性格过于急躁，只喜欢短平快的项目，让他放弃即将到手的滏阳区旧城改造项目这块肥肉，他做不到。

沈新以为沈伟强真的听进去了他的话，恢复了几分淡然："你呀，做事情就是太急躁了，记住了，事缓则圆，不要急于求成，听到没有？以后不许再做任何傻事，也不要再和关得过不去，关得有杜大师出手，他跑不了。不管是政界还是商界，借刀杀人才是最高明的战术。”

“借刀杀人？高明？”沈伟强对沈新的幼稚想法嗤之以鼻，当然，他也就是腹诽一番，才不敢当面说出口。他比沈新更能看清杜清泫的为人，以杜清泫的高明，会被别人借刀杀人？开什么玩笑，杜清泫不把别人玩得团团转就不错了。

“爸，郜小鱼……到底怎么办才好？”沈伟强转移了话题，不再想多说和关得有关的话题。不知何故，一提关得，他就心烦，总觉得关得是他人生道路上的绊脚石，不一脚踢开，说不定什么时候就会绊他一个大大的跟头。

可惜的是，丛台峰的事情，功败垂成，没能弄死关得，真是天不作美，不过没关系，以后还有的是机会。关得是以后的麻烦，现在让他头疼的是郜小鱼。

“郜小鱼，又怎么了？”沈新微一皱眉，他现在很不想听到郜小鱼的名字，上次传出他和郜小鱼有暧昧关系的传闻，让他大为恼火，觉得很丢人，因为郜小鱼是沈伟强的女朋友。

说是女朋友，也不是多名正言顺的女朋友，或者说，他们还没有正式确定关系。

“她想调到京城去，天天跟我闹，我不想帮忙，她就威胁我，说要让我身败名裂，妈的！”沈伟强咬牙切齿，目露凶光。

虽然不知道沈伟强有什么把柄落在郜小鱼手中，但沈新和沈伟强一样，是最受不了别人威胁的性格，他也冷笑连连：“一个电视台主持人，有什么本事让你身败名裂？女人就是女人，头发长见识短。”说话时，他下意识看了刘欣一眼，见刘欣无动于衷，才又继续说道，“郜小鱼的主持风格，不适合去国家大台，她心气太高了。这样吧，我问问，看有没有二线的节目需要主持人的……”

“好的，谢谢爸。”沈伟强喜形于色，他今天不但从容过关，而且再次牵了沈新的鼻子。谁说高位在坐就一定智慧高人一等，错，大错特错，高官也是普通人，甚至有时因为所处的位置太高了，反而还不如普通人看事情看得透彻。

“不过你要注意了，别让郜小鱼影响了你的大事。”虽然史珍香一死，死无对证，沈新不再担心史珍香会活过来拖沈伟强下水，但郜小鱼这个女人不是省油的灯，胃口又大，弄不好，也能掀起什么风浪。

“放心吧爸，没事的，我能控制郜小鱼。”沈伟强信誓旦旦地说道。

“郜小鱼身上有了突破口？”此时此刻，楼外楼灯火通明，坐在客厅正中的毕问天微露惊讶之色，问坐在对面的元元。

“嗯。”元元点了点头，肯定地说道，“刚刚接到木锦年的电话，他还在石门。他和风华伦见面的时候，认识了一个名叫郭为钱的人，郭为钱对郜小鱼很熟悉，说了许多郜小鱼的轶事……”

元元嘻嘻一笑，脸微微一红，不好意思再说下去了：“话不好听，不说了。”

毕问天呵呵一笑，心情舒展了几分：“祸福相依，关得虽然摔了一跤，不但没摔死，反而摔出了一番新天地。关得这个人，还真是一个有大福分之人，前景不可限量。”

“毕爷，崔民强意外救下了我和纪度，您又怎么看？”元元又问，她也觉得事情太巧了，巧到了似乎是人为安排，但她知道，还真不是人为的安排，到底是不是真的是天意，她想问个清楚。

“凡事没有意外，一切都是必然的安排。”毕问天在听到元元转述了她和纪度在关得病房之中偶遇救她的神秘人，居然是关得的手下，又得知崔民强路过木鱼巷是因为受关得影响去资助一名贫困学生，他心中也是暗暗感慨。关得行事暗合天道，而崔民强的救人之举看似是偶然的无心之举，其实何尝不是天道好还的真实写照？

天道好还，是指上天虽然无言，但却会主持公道，善恶终会有报。

“天道好还，中国有必伸之理，人心效顺，匹夫无不报之仇……”元元点了点头，似乎听明白了一样，“毕爷，这么说，我们和杜清泫的一战，一定会胜利了？”

“现在下结论，还为时尚早。”毕问天眉间依然微有忧色，“不过，子天有关得，我有你，杜清泫想轻易获胜，也没那么容易。而且现在看来，关得这一次掉下悬崖，说不定还会因祸得福，在相师的境界上，更上一层。”

“纪度，你现在马上去一趟石门，接应一下木锦年……”毕问天突然转移了话题，做出了一系列的部署，“别让沈伟强再节外生枝。知道锦年从郜小鱼身上抄了他的后路，他万一狗急跳墙再做出对锦年不利的事情，就麻烦了，锦年可没有关得一样的福分。记住，一定要让锦年安全返回单城。”

纪度微微一愣，看了一下时间：“现在？”

“就现在，事不宜迟。”毕问天又看向了元元，“元菱，你明天一早和花流年见一面，让她去一趟石门，彻底摸清郜小鱼身上的事情……”

“好的，毕爷，可是我不明白，为什么让花流年替换木锦年？”元元睁大了眼睛。

“花流年命犯桃花，她本身又对男男女女的事情感兴趣，久在其中，就和久病成医一样，她出面，不会被人察觉。木锦年则不一样了，他在感情问题上很传统，又中年丧妻，再沾染男女的事情，很容易影响运势。”毕问天为元元解释了一番，也有教导之意，“你明天和花流年见面之后，就先不要回楼外楼了，直接去善良街，再假装和刘欣无意中碰到一起，然后找个机会乘她不备，将这个东西放到她的身上……”

“什么呀？”元元接过毕问天递来的一张折叠在一起的纸片，一时好奇，想要打开。

“不要打开。”毕问天严厉地制止了元元，“记住，元菱，不管出现任何情况，你都不许打开看，听到没有？我是说在任何情况下！”

“嗯，听到了。”元元最大的优点就是听话，绝对听话，她忙将纸片收了起来，不看也不问了。

毕问天欣慰地点了点头：“你们都去吧，我要休息了。”

等纪度连夜动身前往石门，元元休息之后，毕问天房间的灯光一直亮到很晚才熄灭。似乎在毕问天房间的灯光熄灭之后，整个单城才进入了睡眠之中。

次日一早，纪度从石门传来消息，木锦年一切安好，他会和木锦年一起回单城。

随后，元元圆满地完成了任务，回到了楼外楼。不但花流年在她的花言巧语下，决定立刻动身前往石门，连刘欣也中了她的招，被她轻易得手。

见一切顺利，毕问天也是心情大好，在楼外楼的院子中散了几圈步，然后又对元元说道："我们该做的事情，已经暂时告一段落了，下面，该子天他们出手了。"

道不同不相为谋

何子天却远没有毕问天这么忙碌，他既不到医院看望关得，也不部署任何安排，每日只是在方外居喝茶、养花，或是平整土地，在冬天来临之前，种上了最后一季蔬菜——大白菜和白萝卜。谁也不知道何子天到底是顺应天道，想一切顺其自然，还是在等待一个什么时机的到来。

一天后，关得出院了。

关得一出院，就立刻着手布置了三件事情，第一件事情是和花流年正式签订了舍得古玩行转让协议——花流年的石门之行很快，当天去当天就回来了。自此，舍得古玩行完成了历史使命，划归到了花流年的名下。

第二件事件是他和李东从见了一面。和李东从见面时，于天凯也在，关得是借此机会正式推出于天凯，让李东从知道，从此于天凯就是滨盛在单城的代言人了，他和月清影将会由前台走到幕后，不再在单城的地面上抛头露面。

第三件事情是他和曾登科等人见了一面。

曾登科、庞神算、文武艺、游子旭和石中玉五人，恭恭敬敬地站在关得面前，在二十多岁的关得面前，几位四五十岁甚至是六十多岁的老人家就如小学生一般，都是一副虚心请教的神情。

如果说之前几人震惊于关得的神算，现在则是对关得恭敬加佩服，佩服关得大难不死必有后福的福分。庞神算最惭愧，在遇到关得之后，几次动了想改名的念头，想改成庞龙。

上年纪的人都知道大难不死必有后福这句话，而且这句话往往很灵验，是几千年来的经验总结。本来他们对关得神乎其神的相面之术已经佩服得五体投地了，又出了关得从丛台峰掉下去毫发无伤的怪事，所以现在在五人的心目中，眼前的关得是神仙一般的高人，就算现在何爷站在关得身边，几人也不会多看何爷一眼。除了关得之外，放眼天下，再无让几人心服口服的高人。

关得也没有想到，他死里逃生的一摔，反倒成就了他在曾登科五人心目中无可替代的高位！此时他却丝毫没有我是神仙我怕谁的庆幸，而是十分平和地对几人说道："调查史珍香的事情，麻烦你们了。"

"不麻烦，不麻烦，关大师要是说麻烦，就是嫌弃我们几个人老胳膊老腿了。"曾登科连连摆手，一脸诚惶诚恐的表情，"要是这点儿小事都办不到，我们几个老家伙，一把岁数就都活到狗身上了。"

话糙理不糙，关得没笑，点了点头："难为你们几个老人家一把年纪了，还要受累。你们看这样行不行，你们先帮我暗中调查史珍香的家庭和幕后主使，等你们调查结束后，来滨盛工作，怎么样？"

曾登科愣住了，过了半晌才又连连摇头："我们不上班，平常懒散惯了，也受不了约束，我们想跟关大师学相面。"

关得知道曾登科几人之所以死心塌地地跟随他，就是看中了他的相面术，问题是，他不可能传授几人相面术。而且以他对几人的观察，他们在相面上没有多少潜质，况且就算他传了他们，恐怕他们还是想以相面为生，以相面为生者，多半不得善终。

当然，适当地传一些相面术也没什么，只要能用到正路上。

"学相面术可以，但我的相面术和摆摊算命的相面术大不一样，不是用在在大街上摆一张破布支一个马扎就开张的低级层次，而是要用在识人用人的管理之上。你们如果愿意跟我走正路，愿意帮我管理公司，愿意用相面术为公司挑选人才，你们就留下。如果你们想从我身上学会相面术，然后再重回大街走摆摊算命的老路，那么对不起，道不同不相为谋。摆摊算命的低级谋生手段，会辱没了相面术这一门博大精深的学问，你们可以现在就转身离开了。"关得觉得有必要丑话说到前头，不能等到了以后再说不清扯皮。

好在曾登科之人对关得有盲目的信任，而且几人一听要将相面术运用到识人用人的高层次之上，这是他们以前想都没有想到的境界，心中都无比激动。想想也是，如果有本事赚钱吃饭，谁愿意风里来雨里去在大日头下面晒着摆摊？人都有自尊，都想活得有尊严，在办公室坐着，有人端茶倒水，谁不想过这样的生活？

"听关大师的，我留下。"曾登科只犹豫了片刻，就表态了。

"我也留下，关大师说什么就是什么。"庞神算也紧跟着表明了态度。

"我们也一样，坚决跟随关大师的脚步。"文武艺、游子旭和石中玉也都争先恐后地表示要留下。

"好。"关得心中大定，其实他也希望几人留下，跟在他的身边，可以在他的看管之下，从此走向正路。同时，他也多了几个助手。

"史珍香的调查，大概什么时候有一个结果出来？"关得问到了最关键的部分，对史珍香的调查，也是对几人能力的一次测试。

"三天之内。"曾登科眨动一双小眼睛，眼睛中闪烁着精明的光芒，"其实如果不是怕被人察觉，一天就可以查个清楚，但为了保险起见，还是暗中慢慢进行比较好。现在史珍香的丈夫提防心理很重，让他相信我，还需要再做做思想工作。"

"好。"既然把任务交给了几人，关得也就本着用人不疑疑人不用的想法，不再多说什么，"等有了结果，你们再来找我。"

关得是在一碗香和曾登科之人会面的，等曾登科几人一走，碧悠就推门进来了。

"你什么时候去石门？我这两天要去石门一趟，和他们再见个面……"碧悠为关得续了茶，"我想，我想让你陪我一起见他们。"

关得现在有一堆事情，不想再节外生枝，而且他也不愿意介入到碧悠的家事之中，就说："杜清泫来单城了，我估计暂时离不开。"

碧悠微有失望之色："好吧，那我自己去石门好了。"

关得还想再说几句什么，突然电话响了，一看是木锦年来电，他微微一笑，事情……怕是有重大转机了。

"关老弟，你在哪里？我想和你马上见一面。"

"我在一碗香。"

"好，我这就过去，对了，还有花流年也和我一起，她也非常想见你。"

关得听出了木锦年特意强调的部分，知道木锦年拦不住花流年，就笑了："来吧，都欢迎。"

也不知碧悠是不想见花流年，还是知道关得不陪她去石门，她临时改变了主意，反正几分钟后她告诉关得，计划有变，她现在就要去石门。

去就去吧，既然碧悠认准了目标，她不去实现肯定心里难受。每个人都有自己的理想和追求，即使亲如父母者，也不可能和孩子在所有问题上都保持一致，关得越来越看得开碧悠的执着。有许多人，不撞南墙不回头，不见棺材不落泪，不到长城不死心。

那就让他们都尝试过了，知道路走错了，知道难受了，再回头也不迟。

现在关得基本上算是一碗香的半个老板了，最近碧悠的心思不在一碗香上，一碗香的扩张脚步也因此放缓。也是，有了碧天集团这个远大目标，一碗香就只是小打小闹的生意了，碧悠不再将其看在眼里再正常不过。

关得让李映秀打开了贵宾间，备好了茶水，才等了片刻，木锦年和花流年就联袂来到了。

"关兄弟，可是又见到你生龙活虎了，我的一颗小心脏呀，总算不再跳得难受了。"花流年一见关得，就笑得如秋天饱满的向日葵，灿烂无比。她来到关得面前，上下打量关得几眼，确认关得确实没事了，才用力一推关得："你可真行，那么高的地方都摔不死你，服了，姐是真服了。从此，姐谁也不信了，就信你了。信关得，得幸福，功名利禄全都得，长寿又快乐。"

关得哈哈一笑："别，花姐，千万不要搞成个人崇拜，很麻烦。人死了才封神，神是什么？神就是大鬼，还是鬼道，连神仙都不如。神仙是活人，鬼是死人，我可不想被人神化，当成活死人。"

木锦年见关得气色不错，丝毫没有受到摔落悬崖事件的影响，心中十分高兴。如果说以前他对关得还有偏见、成见以及一丝莫名的仇恨的话，经过一系列的变故之后，他对关得除了感谢之外，还有发自内心的亲近之意。

否极泰来

"关老弟，你真是福大命大造化大，我也服了你了。"木锦年由衷地替关得的安然无恙感到高兴，他反客为主，端起一杯茶，"来，敬你一杯，替你压惊。"

关得也还了一杯："早就不惊了，不过再压一压也无妨，哈哈。"

随后三人坐下，开始切入了正题。

"这一次的石门之行，收获颇丰。"木锦年喜悦之色溢于言表，"我和风华伦见面后，先从滏阳区旧城改造项目是政府工程说起，说到了政府工程的优点和不足。优点是，资金有保障，不足是，资金的到位会比较慢，而且有可能一拖就是三五年，三五年之后，当年主事的领导都调离了原来的岗位，想再要到工程款，就难如登天了。"

关得暗暗点头，木锦年是聪明人，先摆出滏阳区旧城改造项目的后遗症来打消风华伦强烈的兴趣，然后再徐徐切入，让风华伦看到另一种进军单城商界的可行性。

"我的话，得到了风华伦的认可，然后我才提到了植物园的开发。他一开始兴趣不大，但在我抛出了市里的各项优惠政策后，又为他规划了美好的前景，他动心了，哈哈……"木锦年哈哈大笑，笑声中是旗开得胜的喜悦，"最后我和他初步达成了意向，我负责拿到地皮和优惠政策，他负责投资，而且他现在手中就有两亿的流动资金可以随时调动……"

植物园初期投资，估计一亿元就差不多了，因为地皮的价格便宜到了近乎白给，后期的投资大概还有一两个亿，不过到时植物园应该已经收费了，可以用门票收入来缓解资金压力。当然，在高大上的风华伦面前，身为风华集团的太子，一两个亿的资金真的不在话下。

“恭喜锦年兄，终于成功地迈出了第一步。”关得为木锦年感到高兴。

“说到底，创意是你的，政策是你争取的，关老弟，我得郑重其事地谢谢你。”木锦年站了起来，朝关得鞠了一躬，“我决定从我的股份中拿出一部分来送给你，你一定要收下，不收，就是看不起我。”

木锦年一上来就把退路给堵死了，关得一想，算了，再推辞就是矫情了，他呵呵一笑：“却之不恭，受之有愧，谢谢锦年兄的第二次厚礼。”

木锦年才想起第一次赠送玉器行之举，现在看来，毕爷说得也对，布施出去的东西，会加倍返回到自己身上。他当时还有几分不舍和不信，虽然出发点不是为了布施，但到了今天还是有了回报，植物园项目比当初的玉器行可是翻了几十倍不止！

“好，这么说，植物园项目随时可以提上日程了？”关得也是心中大喜，植物园项目往小里说，可以帮助月国梁渡过难关，往大里说，可以改善单城的空气质量，为单城百姓营造一个放松身心、呼吸新鲜空气的场所，也是莫大的好事。

“随时可以上马，只要地皮和优惠政策出台。”木锦年笑眯眯地看着关得，“我的工作暂时告一段落了，关老弟，接下来该你出马了。”

关得点头，笑道：“这事儿好办，明天我就和月市长、卢书记见个面，当面向他们汇报请示一下。不出意外，一周之后，地皮和优惠政策就可以出台。”

“好，太好了。”木锦年高兴地一拍桌子，激动地站了起来，“我还有一个好消息要告诉你——关老弟，说一句不怕你生气的话，你在丛台峰的一摔，还真是否极泰来，摔出了一个全新的局面。”

其实当时在树上倒挂的时候，关得也不是没有想到祸福相依的道理，也想到了否极泰来、苦尽甘来，或是塞翁失马焉知非福等逆境转好的可能。

人生就如起伏的波涛和转动的车轮，有时在波峰，有时在谷底，有时在轮子的上方，有时在轮子的下方，不会永远一帆风顺，也不会永远逆风。

一个人飞到最高的时候，就是开始滑落的时候，同理，跌到最低的时候，也是开始上升的时候。

“什么好消息，说来听听。”关得看开了世事，才不会为木锦年的话生气，而且他也确实认为，他的一摔，似乎还真是一个影响深远的转折点，不过，转折才刚刚开始。

“我和风华伦见面的时候，结交了一个新朋友郭为钱，他的名字很有意思，直截了当地就叫为钱，还真是名如其人，他是一个彻头彻尾的生意人。”别看木锦年也是生意人，他却一直不承认他是彻头彻尾的生意人，他更愿意称自己为商人，是实业救国的胸怀广阔的大商人，“郭为钱有求于风华伦，所以他在吃饭的时候一直讨好风华伦。说话间，无意中说到了部小鱼，郭为钱就打开了话匣子，说了许多有关部小鱼的轶事……”

部小鱼，原名部三姗，后来改艺名为部小鱼，据说她改名也是得自大师指点。不过也别说，改名前的部三姗无人得知，改名后的部小鱼名动一时。

成名后的部小鱼，屡次传出绯闻。按说一个省台的节目主持人，虽是名人，但也不是什么重量级名人，比起当红的演艺界明星，还是差了太多，她的绯闻又有谁会关注呢？不过也怪了，部小鱼确实不算是太出名的名人，但和她传出绯闻的男主角，却个个大名鼎鼎，要么是影视圈内的著名明星，要么是富甲一方的巨富，要么是高官子弟，等等，反正没有一人是平头百姓。

据说，和部小鱼传出绯闻的演艺界明星有号称国内第一丑角的边宁，还有号称国内第一喜剧演员的步征，也有省电视台的副台长安世民。当然，以上绯闻的男主角都不是郭为钱讲述的花边新闻的重点，重点是，在部小鱼所有的绯闻风波中，有一个人从头到尾始终贯穿其中。从一开始一直到现在，不管部小鱼身边换了几个男人，他一直默默地守候在部小鱼身后，是部小鱼一个回身就可以用得上的永远的备胎——沈伟强。

沈伟强被郭为钱形容为史上最痴情男人，他是郃小鱼最早传出绯闻的男主角，后来，他的位置陆续被无数人替代，他却始终痴痴地守候在郃小鱼身边，不离不弃，上演了一出比任何电视剧还要感人的狗血深情剧。

现在，郃小鱼的绯闻渐少，绯闻一少，证明郃小鱼的人气下降了。她身边如走马灯一样的男人都离她而去，只有一个孤独的身影片刻不离地守候在她身边，随时等她回心转意，他正是沈市长的公子沈伟强。

当然，如果仅仅是郃小鱼的艳史和沈伟强的痴情史，木锦年才不会有多大兴趣，他一向对喜欢炒作自己绯闻的男人女人没什么好感。

让木锦年眼前一亮的是，郭为钱在扯了半天郃小鱼的绯闻轶事后，话题水到渠成地一转，就转到了沈伟强身上。至此木锦年才佩服郭为钱绕弯的本事，绕了半天才落到正题上。不过也别说，他绕来绕去，到最后才拿沈伟强说事，显得很从容，不会让人认为他是在故意黑沈伟强，虽然实际上，他确实是故意在黑。

沈伟强和郃小鱼关系暧昧的事实，木锦年也早有耳闻，不过在听了郭为钱的讲述后，他才知道，和郭为钱的八卦精神相比，他还是差了太多。

郭为钱透露的不仅仅是轶事，而且还是大部分人都了解不到的事实。实际上，郃小鱼和沈伟强不仅仅是绯闻中的暧昧关系，而且是真正的恋爱关系，二人还有从小一起长大又同学十几年的青梅竹马的情谊。

从小学到初中、高中，再到大学，郃小鱼和沈伟强一直是同学，二人十几年来从未分开，从青梅竹马到日久生情，爱情在二人的心中生根发芽，不过是如花开花落一样平常。只是长大之后，年少时的爱情经不起风吹雨打，沈伟强的痴情留不住郃小鱼善变的心，终于，郃小鱼还是在名利场中迷失了自己。

尽管沈伟强贵为市长公子，但在郃小鱼心中，他一直是当年流着鼻涕长不大的青葱少年形象。所以说，青梅竹马的爱情最终修成正果的少，就是因为太熟悉了，缺少新奇感和敬畏感，让男人找不到自尊，让女人找不到美丽，自尊和美丽都是距离才能产生的美好。

郃小鱼一次又一次抛弃沈伟强，但沈伟强却一直沉迷在少年的初恋之中不能自拔，一次又一次在守在郃小鱼身边，甘愿充当郃小鱼的备胎和她的跳板，对，就是跳板。

借刀杀人

郃小鱼一直想调到京城，却一直没有机会。她当初傍上一个又一个所谓的男友，谈了一场又一场所谓的恋爱，最终还是没有完成她调离省台调往京城的梦想。气愤之下，她对所有的男人失望了，认为天下的男人都是一个德行，都是贪图她的美貌，对她没有真情，当然，除了一人之外——沈伟强。

没错，郃小鱼将最后的希望全部寄托在了沈伟强身上，最近她和所有男人断绝了来往，只和沈伟强一人打得火热，俨然回心转意要一心一意只爱沈伟强一个人了。转了一大圈又回到了起点，似乎一切没变，其实一切都变了，变的不仅仅是人心，还有新旧。就如一辆新车经无数人之手后再回到原来的主人手中，车还是原来的车，但驾驶的感觉绝对变了。

郃小鱼在和沈伟强好了三天半之后，就对沈伟强下了最后通牒，两个选择，要么娶她，要么帮她调往京城。如果沈伟强不答应，她不但会曝光她和他的事情，让她和他的艳照漫天飞，还要曝光沈新和谢飞飞的丑事……

"谢飞飞？"关得算是听明白了，说白了，郃小鱼和沈伟强的艳史也好艳照也好，杀伤力并不大，毕竟二人一个未嫁一个未娶，再者沈伟强又不是政界中人，他的生活作风问题，只会影响他的人品。郭为钱绕了半天，最后的落脚点不是宣扬沈伟强的痴情和郃小鱼的无耻，他提供的最有价值的信息是沈新和谢飞飞，这是一枚重磅炸弹，甚至可以炸出单城官场的一片晴天。

不过谢飞飞何许人也，关得却没有听说过。

"呵呵，说出来也许关老弟不会相信，沈伟强好歹还找一个电视台女主持人，多少也算有几分品味了，而堂堂的沈新沈大人，却找了一个人老珠黄的中年妇女，哈哈哈哈。当我知道谢飞飞是谁后，笑了半天。”木锦年现在还笑得合不拢嘴，“谢飞飞谁都不是，就是一个再普通不过的小学老师，四十五岁以上，而且还长得一脸沧桑满面风霜，怎一个惨字了得。”

关得也多少猜了出来，郭为钱此人，恐怕是风华伦专门请来故意向木锦年放风沈氏父子风流轶闻的好事者。风华伦被沈伟强刁难过几次，他好歹也是一方人物，会忍气吞声才怪。借郭为钱之口传沈氏父子的流言，再入了木锦年之耳，风华伦相信木锦年只要抓住了机会，肯定不会错过。

风华伦也非一般人，他的借刀杀人之计，也玩得高明。他肯定知道单城现在正在上演一出如火如荼的较量，他的添油加醋，会让单城的大火，越烧越旺。

关得含蓄地笑了：“人各有志，同样，人各有口味，要充分理解每一个人对美好事物的不同鉴赏标准和欣赏手法。”

“哎呀，真不愧是名牌大学的高才生，骂人不带半个脏字。关兄弟，你可真行，这话一说，连我都顿时觉得沈新的形象瞬间上升到了哲学的高度。”花流年在一旁安静了半天，现在说到了谢飞飞，她终于插嘴了，“说实话，谢飞飞是谁，长得什么样，是我打听出来的，可不是锦年一个人的功劳哟。”

“是，是，我一时兴奋，说多了。”木锦年朝花流年点了点头，很绅士地请花流年出场，“下面有请花流年花小姐说说她查到谢飞飞第一手资料的传奇经历。”

“哼，这还差不多，这件大功，你一半我一半，不能让你一人据为己有。”花流年朝木锦年翻了一个白眼，又朝关得飞了一个媚眼，“关兄弟，当时木锦年从郭为钱口中只知道沈新的相好叫谢飞飞，还知道谢飞飞是外国语小学的老师，但到底是哪一个外国语小学，她又住在哪里，长什么样子，一概不知。幸亏毕爷及时派我出马，从单城赶到石门接应木锦年，然后我神将出马，一个顶俩，很快就把谢飞飞查了一个底儿朝天。”

原来背后还有这么一出，关得当然猜不到当时毕问天让花流年及时替换木锦年，是担心沈伟强在背后再对木锦年下手。不过事实证明，毕问天的担心是多余的，沈伟强没有精力也没有心思对付木锦年，主要也是木锦年在背后针对他的所作所为，他还不得而知。如果让他知道了，他是不是对木锦年下手，就不好说了。

“石门有好几家外国语小学，这年头，似乎一加上外国两个字就立马高贵了一样，屁，还不是崇洋媚外的心思作祟？哎呀，不好意思，扯远了，见笑，见笑。”花流年掩嘴一笑，莞尔之间，居然还有几分羞涩之意，“我查了半天才查到，原来谢飞飞所在的外国语小学，是一家特别破烂特别没名的末流小学改名换姓了，摇身一变成了外国语小学后，学费一下上涨了十几倍。妈的，外国的月亮就是圆，随便改个名字就能捞钱，都什么事？”

关得含蓄地笑笑，木锦年则微有不耐之色，他抬手看了看表，并未说话，但很明显是暗示花流年，时间有限，别瞎扯。

花流年不满地瞪了木锦年一眼，不过还是说回了正事 ：“好吧，不说了，不说了，越说越生气，越生气越显老，女人要爱惜自己。话说我查到了谢飞飞的学校之后，利用我的天生丽质和保安套了近乎，再利用我的如花容貌，到了学校的档案室，成功地调到了谢飞飞的资料。在看到谢飞飞照片的瞬间，哎呀妈呀，我差点没有当场笑得岔气，听上去谢飞飞是很洋气很年轻的一个名字，结果一看照片，原来是一个大妈。

“后来等放学了，我见到了谢飞飞谢老师本人，我又差点笑喷，敢情谢老师的照片是五年前的照片，她本人可比照片厚重多了。厚重的意思你明白吗？就是纵向厚横向重的意思。如果你见到谢老师本人，你估计比我的表情还夸张。你也知道，我这人一向人好，不喜欢损人，但见到谢老师那一刻，我忍不住有了骂人的冲动，暗骂了一句，都什么世道，沈新好歹也算是有头有脸的人物，怎么就找了一个又老又丑又干又瘦的老干姜？”

关得暗笑，花流年还自夸她不会损人，她损起人来，还真是刁钻刻薄。

花流年继续眉飞色舞地说道 ：“我又施展跟踪大法，一路跟踪谢老师到了她的家里，然后我假装认错了人敲错了门，敲开了谢老师的家门。谢老师热情好客，听说我是远道而来的异乡人，又累又渴，还认错了人，她就为我倒了一杯热水，请我到家里坐了坐。一坐之下我才知道，谢老师是一个人住，也许是她太孤独了，当然，又或许是我太面善了，她就没有防备，和我聊起天来。说来说去，就说到了她的身世，然后，就说出了一段传奇……”

花流年也不简单，直接上门了不说，还套出了谢飞飞的话，看来，花流年在待人接物之上，也有天分。关得微微一笑，示意花流年继续说下去。

“其实，倒也不是沈新多重口味，而是他和谢飞飞是初恋情人，不过后来为了事业，沈新不得不娶了刘欣。主要也是谢飞飞太痴情，为了沈新终身未嫁，沈新就一直没有和她断了联系，二人在一起的时间，算算也有二十多年了……”

怪不得沈伟强对郃小鱼一往情深，原来痴情也会遗传，他有一个和初恋情人保持了几十年暧昧关系的老爸，那么他一直对郃小鱼念念不忘，也就完全可以理解了。有时想想也真是有意思，果然是不是一家人不进一家门，有其父必有其子，确实是至理名言。

又一想，关得心中闪过一个强烈的念头，郃小鱼对沈伟强的负面影响极其有限，但谢飞飞对沈新的直接影响，却是致命一击。她的存在，不仅仅是沈新生活作风的问题，而是事实上的重婚罪，等于是说，沈新直接触犯了法律！

木锦年显然和关得想到一块儿了，他瞪大眼睛问花流年：“谢飞飞有孩子没有？我是说，她和沈新有孩子没有？”

“还真让你问着了，有，肯定有呀。一个女人，没有婚姻的保证，至少也要有一个孩子守在身边，才能度过漫长而孤独的岁月。”花流年忽然神色黯淡了几分，“说实话，我还真有几分同情谢飞飞，她和沈新是真爱呀。沈新也算不错了，虽然迫不得已娶了刘欣，但几十年来如一日，对谢飞飞不离不弃，在男人中，也算是极品了。我看过谢飞飞年轻时的照片，很漂亮，和现在的惨不忍睹判若两人。男人可以不嫌弃妻子到老了变丑的，却很少有不嫌弃情人变丑的……”

顺天改命的内涵

花流年又在感慨之中扯远了，木锦年忙打断她的话："行了，行了，人生感慨以后再说，先说说谢飞飞和沈新的孩子叫什么名字，现在在哪里？"

"叫谢悲欢，对，你没听错，就是人生悲欢的悲欢，这个名字，很有沧桑和凄凉的味道。是个女孩，今年二十二岁，刚大学毕业，在一家中学当老师。"花流年又从对谢飞飞的同情中恢复过来，笑得很得意，"怎么样，关兄弟，我的消息是不是很及时很值钱？你得怎么感谢我？"

关得没接花流年邀功的话，很巧妙地转移了话题："对于这个内幕，毕爷是什么看法？"

二人来之前，沈氏父子的风流史，肯定已经告诉了毕问天。虽然两家已经联手，但既然发现沈氏父子不为人知的秘密的是木锦年和花流年，是毕问天一系之功，理应由毕问天优先处理。

"毕爷已经让元元对刘欣出手了，他说，既然沈伟强对关兄弟你下了狠手，那么沈氏父子的秘密，就交由你接手好了。"花流年眨了眨眼睛，不无挑衅之意，"关兄弟，你打算怎么办呢？如果还需要我出马的话，我肯定不会推辞。"

舍得古玩行的转让，让花流年自认捡了一个天大的便宜，由此，她对关得心存感激。况且现在两家联手，不管从哪个方面来说，她出手帮关得，都在情理之中。

关得却摆了摆手："先谢谢花姐，这事儿我还没有想好，就先放一放，等想好后，如果需要花姐，一定不会客气。"

"行吧，我信你的话。记住了，千万别轻饶沈伟强，这小子太招人恨了，我恨不得阉了他，让他当太监。"

一句话吓了关得一跳，花流年也太狠了，怎么会想出这么下作的阴招？

木锦年不解关得为什么放着现成的资源不用："关老弟，你难道不想收拾沈氏父子了？”

“想，当然想。”关得笑道，“来而不往非礼也，我又不是圣人，怎么会任由沈伟强差点害死我而不还手？不过现在时机不到，而且如果我们直接从背后推动事件的发酵，也有违天地平衡之理。我的想法是，找到一个巧妙的支点，轻轻一推，然后引发一系列的连锁反应，最终形成一股巨大的旋涡，最后将沈氏父子都卷入其中。要达到这样的效果，让外人都认为沈氏父子是咎由自取，而不是有人在背后黑他们。”

木锦年倒吸了一口凉气，关得之心，比他想象中还要深不可测。直接推动沈氏父子的风流史，让沈氏父子一头栽倒，那是人人都会用的阴招。如关得所说，借力打力，在外围的一个支点轻轻推动，最终形成风暴将沈氏父子卷入其中，就是只有高人或者说到了运师境界才会使用的高招。

因为就算找到了最关键的支点，但如何撬动支点，而由此引发连锁反应，并且最终波及沈氏父子，不但需要高超的眼力和纵观全局的眼光，还需要精心的推算。

以他目前的境界，他不但跟不上关得的思路，也完全想象不到关得的计划是如何巧妙。

不知道也没办法，木锦年又不好直接开口问个明白，只好说道：“好，既然毕爷说是交给了关老弟，就一切由关老弟安排了，这件事情，我和流年就放手不管了。”

关得点头，微微一笑：“中午了，一起吃个饭？”

“不了。”木锦年起身告辞，“我还要再去考察一下三姓村的地皮，然后和风华伦再商量一下下一步的规划，今天就先这样了。”

花流年也同时告辞而去，走到楼外，她还不忘冲关得飞了一个媚眼：“关兄弟，舍得古玩行，谢谢你了，以后有用得着我的地方，尽管开口，我一定不会让你失望。”

关得笑了笑，没说什么，挥手和二人告别。

二人一走，关得也没再回一碗香，而是直接返回了方外居。

最近何爷安定了许多，似乎安心过起了隐居生活，既不过问碧悠的事情，也不插手关得和沈氏父子的较量，仿佛和毕问天联手的只是关得，没他什么事儿一样。

关得回到方外居的时候，何爷正坐在树下悠然地喝茶，见关得回来，他淡淡地说道："有些事情，可以从正面推动，而有些事情，要顺其自然。有时候，顺其自然虽然见效慢，但一是考验一个人的耐心，二是事缓则圆，和天道相合。"

"是，何爷，我记下了。"关得知道何爷是怕他急躁，一急躁，做事就有可能失之考虑周全。他坐在何爷的对面，将和木锦年、花流年见面的事情说了一遍。

何爷听了，微微眯了眼睛，半天才说："毕问天将这件事情交给你，明是谦让，其实还是包藏了祸心。不正当男女关系最损阴德，如果你从正面推动，让事情闹得满城风雨，表面上你得了便宜，实际上杀敌一千自伤八百。所谓道人善，即是善，人知之，愈思勉。扬人恶，即是恶，疾之甚，祸且作……沈氏父子因此身败名裂，你也会因为扬人恶而大损福分。关得，你做得对，找一个支点推动，不正面介入此事，让事件自己发酵，才是最高明的惩恶扬善的手法。从心性上讲，你现在已经初步迈入运师之门了。"

关得一时大喜，何爷最近很少再和他谈论相师的境界问题，今天特意提出这点，应该是他经过放生、布施以及收服曾登科等人，再加上经历过一次生死考验之后，心性提升了不少，总算摸到了运师的门槛。

"不过……"何爷又意味深长地说道，"心性到了，实力不到，也是不行。你现在顶多是相师中门，距离相师高门还有一段距离。如何更快地提升实力，我想，你应该已经从培养慈悲心和平等心上，有所领悟了。回去再好好琢磨一下人生十三条定律，然后继续行善积德，你的实力很快就会提升上去。"

关得听明白了什么："何爷，实力的提升，是不是就是福分的积累？一点点行善积德，一步步培养慈悲心和平等心，这……应该就是所谓的顺天改命吧？"

何爷欣慰地点头："不错，你理解得很对，没有偏差。"

关得又想起了李东从："接触久了，我觉得李东从的为人也不错，不知道当初何爷为他逆天改命，会有多么严重的后遗症？"

何爷微一思忖，说道："李东从的逆天改命，其实并没有为他强行扭转多少命运，只不过是将他晚年的福分提前了而已。如果他现在顺天改命，开始积德行善的话，还来得及，还可以为晚年积累福分，不至于到了晚年凄凉。"

关得明白了何爷的话，说到底，李东从以后的命运，还是掌握在他自己手中。如果他权力大了，贪心重了，那么对不起，在迅速消耗福分的同时，他也会有一个无比凄凉的晚年。但如果他有了执政为民的公心，出发点是为了百姓造福，那么他也不是不可能继续一路高升，并且晚景美好。

"碧悠又去石门了，何爷，您要是阻止她，她应该会听您的。"对于碧悠，关得还是放心不下。

"算了，我观察碧悠很久了，最近她面相变动频繁，说明她心思很杂很乱，以前我教她的东西，她现在全忘了，一个人心乱了，就很难再劝回来了。随她去吧，人生总要经历波折才会成熟，也许，碧天集团就是她命中该有的一次劫难。"何爷挥了挥手，不愿意再提碧悠的事情，关得看了出来，何爷眼中有一抹浓重的失望之色。

下午，关得先和秋曲通了一个电话。

"关得，你可算来电话了，我还以为你都忘了我呢。"秋曲的身边很吵，应该是在工地上，"于天凯还算能干，派上用场了，不过人手还是不够。你和清影得先过来一个人才行，说吧，谁先过来？"

"清影吧，她明天就应该可以过去。"关得很真诚地说了一句，"秋曲，你辛苦了。"

"哟，难得您老关心我一句，我受宠若惊。"秋曲夸张地笑了几声，"说吧，礼下于人必有所求，有什么事情要我去做？"

又被秋曲猜到了，关得无奈地一笑："有一件小事需要你出手。"

"什么小事？小事还用得着我？"

"事情虽然不大，但还非得你出马不可。你借省电视台散播一个消息，说是苏墨虞即将调往京城。消息传得越真越好，再着重强调，这一次央视只招一个人，错过个机会，说不定就再也没有机会了……”关得开始布局了，他已经找到推动沈氏父子事件的最佳支点了。

“什么意思嘛，为什么要我去散播苏墨虞的消息，你有什么企图？或者说，你对苏墨虞有什么企图？不对，你怎么知道苏墨虞，还不对，你怎么这么关心苏墨虞？”秋曲火力全开，向关得倾泻她的不满和猜疑，“还不对，你怎么知道苏墨虞想调往京城？”

06 不为良相，则为良商

怪事，咄咄怪事，以他现在对周围环境敏锐的察觉能力，一般人近身到他的周围三米之内，他就能有所感觉。而现在，一个年约六旬的老者不动如山地坐在他对面一米开外的椅子上，他不但丝毫没有察觉，而且连对方什么时候走近什么时候坐下都全然不知。

独一无二的闲杂人等

关得当然知道苏墨虞了，苏墨虞也是省电视台的当红主持人之一，和秋曲、郜小鱼并列为省台三枝花，现在秋曲退出了省台，省台就只有两朵花争艳了。至于苏墨虞也想调往京城并且加紧了私下活动的消息，是他从杨长在处打听到的内幕。

从石门回来后，关得和杨长在联系不断，作为以拳会友的忘年交，他对杨长在的印象很好，一直没当杨长在是电视台的台长，只当他是一个志同道合的长辈。所以，在聊天时，无意中听到苏墨虞有可能要调往京城的消息后，他迅速从中发现了一个可以巧妙推动沈氏父子问题的契机。

契机，还需要借助秋曲的力量。

关得不想向秋曲解释得明明白白，有些真相不知道比知道要好，他嘿嘿一笑："我一直喜欢苏墨虞主持的节目，虽然不太喜欢她拿腔拿调的普通话，不过比较欣赏她亲民的主持风格。至于为什么要散播她即将调往京城的消息，是为了提醒郃小鱼加紧活动，否则她就没有机会了。郃小鱼一活动，安世民就慌张了，安世民一慌张，就顾不上卡家属院项目的脖子了……”

省电视台家属院项目虽然给了滨盛，但安世民身为主管基建的副台长，他又是一个不安分的喜欢时刻显示他存在的人，权力欲极重。赵立军的施工队伍才进场，他就开始对各项工作指手画脚说三道四，完全以外行指挥内行的瞎指挥来阻挡建设的进程。作为家属院项目的绊脚石，他非常有必要被一脚踢开。

秋曲一听，顿时茅塞顿开，连连叫好：“知我者，关得也。我正被安世民烦得没办法，刚才还在琢磨要不要收拾收拾安世民，才这么一想，你的高招就到了，行，就照你说的办。郃小鱼一跳脚，老狐狸非得跺脚不可。哎，我说关得，我们怎么就这么心有灵犀一点通呢？”

“咳咳……”关得见事情推动得很顺利，就过滤了秋曲的最后一句话，交代说道：“不出意外的话，清影这几天就去石门。单城这边滏阳区旧城改造项目也快提上日程了，我暂时留在单城，等这边的工程步入正轨后，再去石门。”

“行吧，就这么着了，拜拜了您啦。”秋曲倒也干脆，说挂就挂断了电话。

秋曲的电话刚断，关得正要拿起电话打给月国梁和卢杰俊——他要去一趟市委，和二人见一面，就三姓村的地皮和优惠政策一事，落实一下——电话就又响了，一看是月清影来电。

“关得，转让舍得古玩行的四百二十万，你全交到我手里，是什么意思？”月清影一上来就有意见，而且意见大了，舍得古玩行虽然是她出资，却是她和关得合伙，关得也有股份在内。本来能卖三百万她就满意了，却卖出了四百八十万的高价，这就让她十分惊讶崔民强的办事能力。

至于崔民强听从关得的指示，给员工发奖金以及捐款一事，她完全没有意见，但崔民强却将剩下的四百二十万全部给她，顿时让她火起，认为关得小瞧了她的为人，她是在金钱上面斤斤计较的人吗？

关得一听就知道月清影为什么发火，他呵呵一笑："之前你已经给我将近一百来万，让我还债了，现在的钱，理应全部归你所有。"

"你……"月清影差点没有被关得气哭，"你和我还分得这么清楚？你真当我和你合作，是为了从你身上赚钱，是为了让你为我赚钱？关得，原来在你眼中，我是一个爱财如命的女人！"

女人是不是总是无法做到感情和事业泾渭分明？关得无语了，只好连忙说道："其实，给你的四百二十万里面，有一百五十万是我的钱，交给你，是想让你替我做一件重要的事情。"

"什么事情？"月清影信以为真，立马气消了一半。

"你不是要去石门帮秋曲？去了石门之后，研究一下碧天集团，然后吃进一部分碧天集团的股票……"如果说让秋曲散播消息，是为了沈氏父子布局，那么吃进碧天集团的股票，则是为了碧悠布局。

"碧天集团？好吧，我知道了……四百二十万，全部吃进？"

"全吃，对碧天集团几十亿的市值来说，四百二十万是毛毛雨，也不会引起任何人的注意。"

"可是，为什么要吃进碧天集团的股票？你有什么企图？"

"没有，就是投资。"关得呵呵一笑，并不过多解释，转移了话题，"月伯伯在市委没有，我有事情要和他谈谈。"

"在呢，刚才正好和他通了一个电话，说让你直接到市委找他，我正想转告你，没想到你反倒先提了，还真是心有灵犀一点通……"月清影又有几分开心了，虽然不是开怀地笑，心中却是甘之若饴。

"好，你什么时候去石门？如果没有什么事情的话，我建议你现在就去。"单城现在是是非之地，波折不断，而且在可以预见的将来，还会不断上演你死我活的较量。月清影既不如秋曲有八面玲珑的人脉，又不如碧悠经历过命运悲欢有一定的自保能力，她最弱不禁风，很容易成为靶子。

"好，我听你的安排，现在就去。"月清影有自知之明，知道关得是为了她好，而且她也决定暂时远离单城，以便让月国梁和关得可以更好地大展手脚。

“我就不送你了，你自己保重。”关得挂断月清影的电话，还是先和孟庆文通了一个电话，得知月国梁正在市委，也有时间见他，就立刻动身前往市委。

走到半路上，他又和卢杰俊的秘书刘占国通了气，说是他要见一见卢书记。平常一个副市长想见市委书记，也得提前两三天约好时间，关得无权无职，直接提出要和市委书记见面，他也算是单城当之无愧的唯一一个牛气冲天的闲杂人等了。

若是别人，刘占国才不会理会，直接就敷衍过去了，但关得不是别人，是卢书记最为倚重的人，他不敢怠慢，忙向卢杰俊请示。在得到卢杰俊的认可后，他立刻向关得回了电话：“半个小时后，卢书记有时间。”

不过尽管不敢怠慢，对关得也恭敬有加，刘占国还是无法理解关得凭什么以一个闲杂人等的身份可以成为卢书记的座上宾？关得到底有什么过人之处？

关得的过人之处别说刘占国不甚清楚，许多人也是不得而知。但不管别人是不是清楚，关得就是关得，他的独一无二无人可以替代。

见卢杰俊也有时间，关得心中大定，事情比他设想中顺利，希望可以抢先一步，不让沈新有时间反击。

到了市委，他的车被门卫拦下了。关得开的是碧悠的车，是普通牌照，门卫自然不会放行。

门卫叫王二小，是蒋耿的远房亲戚。蒋耿身为市政府秘书长，是市府的大管家，在市委高官林立之中，他不显山不露水，而且他为人刻意低调，许多人几乎不知道他的存在。蒋耿的大名比起市委秘书长节茂，可谓有天壤之别。但王二小却天生一副仗势欺人的狗脾气，虽然只是一个小小的门卫，但看大门的也分三六九等，他看的是市委市政府的大门，门前来来往往的都是高官权贵。俗话说宰相门前七品官，他虽然不是在宰相门前看家护院，也算是在知府门前当差了，必须要高人一等。

看守市委大门久了，王二小也练出了一副好眼力，一眼就可以从对方开的车穿的衣服和言谈举止看出对方是有权还是有钱。眼前的关得，年轻也就算了，开的车虽然是奥迪，却是普通牌照，而且他穿着十分普通，眉宇之间一团平和之气，既没有官员常见的居高临下的傲然之色，又没有有钱人的狂妄之气。很明显，关得是一个无权无势无钱的三无人员。

说不定奥迪车是借来的，又或者是，他压根就是一个司机。

昨晚打牌输了一百多块，王二小心里正憋了一团邪火，见关得既非高官又非富商，却开了一辆好车，心中既羡慕又忌妒，不免就带了情绪。他让关得将车停在门口，领着关得来登记。

关得低头登记的时候，他站在关得身后，斜着眼睛，一脸不屑的神情俯视关得。等关得写好了之后，他拿起来看了几眼，故意挑刺："这几个字写得不清楚，重写。"

关得也是好脾气，主要也是他不想和一个门卫计较什么，容易降低身份，重写就重写，反正就是几笔的事情，就低头重写了。

写好之后，王二小又挑毛病了："你什么单位的？"

关得笑笑："没有单位。"

"无业游民？闲杂人等？"王二小瞪大了眼睛，"无业游民也想来市委，你以为市委是什么闲杂人等都可以来的地方？赶紧走，无业游民不让进。"

桥梁

关得还是没有生气："我有没有工作单位，不影响我来市委办事。同志，麻烦你通融一下，我确实有紧急的事情。"

"通融？"王二小蔑视的眼神打量了关得一眼，"开什么玩笑，万一你是破坏分子，来市委有什么不良企图，我通融了你，不是做了一件祸国殃民的大坏事吗？我警告你，赶紧走，再不走的话，我让保安轰你出去。"

好嘛，狗眼看人低也就算了，还想对他动粗，关得虽然在何爷的教诲下努力克制自己的情绪，轻易不再发火，但遇到如眼前的王二小一样蛮不讲理的主儿，他也不能任人摆布不是？

"如果耽误了我的大事，你负得起责任吗？"关得冷笑了，"我要见的人是卢书记。"

"哈哈……"关得不说还好，一提卢杰俊，王二小顿时大笑，笑得前仰后合，"就你？就凭你这副德行还想见卢书记？你以为卢书记是什么阿猫阿狗都能见到的？赶紧滚蛋，晚一步，打断你的狗腿！"

居然都骂人了，关得也怒了，他正要向前一步，忽然身后有人拍他的肩膀，回身一看，正是节茂。

节茂的身边，还站有一人，和节茂相貌堂堂长得人高马大完全相反的是，节茂身边的人，又黑又瘦，比节茂矮了半头有余。不但如此，他脸色还不太好，不是健康的黑，而是隐有一团黑气，一双眼睛虽然大，却大而无神。他额头狭小，鼻子塌陷，下巴短促，也就是说，三停都不好，主他一生命数中等偏下。

也不知何故，节茂中等偏上的面相并没有吸引关得的目光，反倒是他身边黑瘦男人的面相，让关得不由自主多看了几眼。更让关得吃惊的是，他总觉得黑瘦男人的面相之中，似乎隐藏着某种让他看不清的格局。也就是说，以黑瘦男人的面相推算，他不是什么好命，但现在他和节茂站在一起，错后半个身子的距离，根据官场规矩推断，他不是节茂的跟班，而是只差一步就和节茂平起平坐的官员。

关得又一次对他的相面之术产生了怀疑，难道是他哪里看错了，或者说，还是他的眼界不够，看不透眼前之人的格局？否则以眼前之人的面相，他不应该站在节茂旁边，而是应该站在菜市场卖菜或是在工地上卖苦力才对。

关得的思绪被节茂打断了，节茂冲关得点头说道："怎么是你，关得？"然后不等关得有所表示，他转身对王二小说道，"注意你的工作方法，你代表的是市委市政府的形象。以后记住了，关得来市委，一律放行。"

王二小如果不认识节茂是何许人也，他就可以立刻卷铺盖卷回家了，他下意识看了节茂身后的蒋耿一眼，低头认错："是，我记下了，节秘书长。"

节茂摇了摇头，不再理会王二小，转身对蒋耿说道："行政科这帮人，也不考察一下下面的人，素质太差了。还好，这是关得，不会乱告状，要是换了别人，在卢书记和月市长面前告一状，别说王二小别想干了，就是行政科也会受到处罚。”

节茂一边说，一边痛心疾首地摇头，好像他真不知道王二小是蒋耿的远房亲戚一样。

行政科主管市委大院的绿化、门卫等工作，是王二小的顶头上司。

说话间，节茂又向关得介绍黑瘦男人：“来，关得，介绍一下，这位是市政府秘书长蒋耿。老蒋，这位就是卢书记和月市长经常提到的关得。”

关得吃了一惊，原来黑瘦男人就是蒋耿，怪不得他刚才怎么看怎么觉得蒋耿的面相奇怪，原来他就是杜清泫在单城的暗线。难道说，蒋耿有现在的位置，是杜清泫替他改命的结果？

估计是了，关得心中多少亮堂了几分，而且从蒋耿脸色之中的一团黑气可以得出结论，他走的是逆天改命的路子。

“蒋秘书长好。”关得并不知道节茂刚才批评王二小，其实是在借机打蒋耿的脸。他又不知道王二小是蒋耿的远房亲戚，更不知道节茂和蒋耿的矛盾，所以无意中充当了一次节茂和蒋耿过招的桥梁。

“关得呀，早就听说过你的大名了，不错，很不错。”蒋耿和关得握了握手。虽然他脸上挂着淡淡的笑意，心中却是莫名乱跳，想起刚才关得审视的目光，难道说关得从他的面相上看出了什么？

随后，蒋耿以有事为由转身离去，节茂亲自陪关得上楼。

望着关得远去的背影，王二小目瞪口呆，半天没有缓过神来。原来他就是大名鼎鼎的关得，原来他就是卢书记和月市长最欣赏的关得，原来他就是掉下悬崖也摔不死的福大命大造化大的关得，刚才他怎么就没有认出来呢？

这么一想，王二小又拿起登记簿一看，没错，关得登记的名字明明就是关得，刚才他怎么就没有看清呢？听说关得会神奇的功能，难道刚才他被关得迷惑了眼睛？这么一想，王二小吓得心惊肉跳，想赶紧回门卫室拿镜子照一照，不料走得急了一些，没留神脚下的减速带，就被绊了一下，顿时收势不住，一下摔倒在地。

摔倒也就算了，还无巧不巧门牙正好磕在门卫室的台阶上，一阵剧痛传来，定睛一看，王二小差点没哭爹喊娘，竟然一下磕掉了他两颗门牙！

真邪门了，难道这就是刚才冲关得凶的报应？王二小吓得已经说不出话了。

王二小身上发生了什么，关得才不知道，他也懒得去管。他和节茂一起上楼，还说了几句对节茂感谢的话，毕竟在搜救他的时候，节茂也在现场。

节茂客气几句，眼见到了月国梁的办公室，节茂和关得告别："关得，听说你和木锦年联合开发三姓村的地皮了？"

关得对节茂和木锦年关系不错的传闻也略有耳闻，说道："是有这个意向。"

"好，好事，我支持你。"节茂呵呵一笑，拍了拍关得的肩膀，转身走了。

节茂的话是什么意思？他又是怎么个支持法？关得摇头笑了笑，懒得再去多想，敲响了月国梁办公室的门。

门开了，开门的是孟庆文。

"关得，月市长正在等你。"孟庆文冲关得点头致意，将关得迎了进去。

房间内，月国梁正坐在椅子上审阅文件，见关得进来，他点头示意，放下手中的文件："坐，关得，好点没有？"

"早好了，谢谢月市长关心。"关得坐下，孟庆文倒上茶水，就退了出去。

"有什么进展没有？"月国梁和关得说话，不用讲究起承转合，也不用特意点明是哪件事情，他和关得的关系，已经熟悉到了默契的地步。

关得自然知道月国梁关心的是三姓村地皮的开发事宜，他来面见月国梁，也正是为了此事而来："开发商……找到了。"

"真的？"月国梁惊喜得一下站了起来，连日来他一直为此事忧心忡忡，担心又是一次雷声大雨点小的闹剧。如果关得最终找不到开发商，他在市政府提议的优惠政策，就又成了别人的笑话，说不定最终还会被沈新利用，成为再次攻击他的口实。

“当然是真的，这事儿可不敢开玩笑。”关得气定神闲地笑了，“开发商是风华集团，由风华集团的太子风华伦直接负责，不过，有一个先决条件……”

“什么条件？”月国梁一听是实力雄厚的风华集团，更是喜出望外，忙不迭说道，“不管什么条件，都先答应他，大不了以后再慢慢谈嘛。”

月伯伯也有失态的时候，关得暗暗一笑，说道：“也不是什么苛刻的条件，就是地皮要给木锦年，由木锦年出面和风华伦联合开发。”

“为什么是木锦年？”月国梁一想，就想通了木锦年借鸡生蛋的手法，很是不解，“地皮我完全可以给你，由你出面和风华伦谈，平白给了木锦年，岂不是将利益拱手让人了？”

关得摇了摇头：“有两方面原因，一是风华伦一直和木锦年接触，他信任木锦年；二是这件事情从一开始我就想通过木锦年来操作，就没打过三姓村地皮的主意。所以，事情既然有了眉目，先期是谁的，就是谁的。”当然，更深层次的原因关得不便多说，很多时候，一个人的气运很是奇妙，同样的一件事情，别人可以做成，自己去做，也许就会失败。所以人不能贪心，不该赚的钱，不要去想，更不要去抢，否则会是捡了芝麻丢了西瓜的得不偿失的结果。

月国梁若有所思地说道：“说得也对，木锦年就木锦年吧，既然你信任他，我也没什么好说的了，我相信你的眼光。这样，你让他这两天来我这里一趟，走一下形式，将地皮的使用权转交给他。”

心路，人生之路

“好。”关得在月国梁面前，不用客套，他又暗中打量了月国梁一眼，见月国梁气色不错，运势下落之势有所减缓，心中暗喜，一系列的反击手段，总算收到效果了。

月国梁也正想问关得同样的问题："关得，现在没有外人，你告诉我，我最近的运势……是不是回升了？"

"应该说是衰减的速度减慢了不少，但还没有止跌回升。不过月伯伯不用担心，衰减的速度减慢，就是回升反弹的标志，中间需要一个过程，不是说马上就可以反弹回升……"关得安慰月国梁，是想让月国梁放宽心，不要将过多的精力放到担心运势衰减上面。

月国梁哈哈一笑："患得患失，反倒让你见笑了。对了，清影说她去石门了，短期内不回单城了，我觉得这个安排挺好，单城现在正值多事之秋。"

又说了几句闲话，关得提出了告辞："月伯伯，我还要去见一见卢书记，向他汇报一下情况。"

"去吧，这个三姓村开发项目，敲定了开发商后，会由卢书记亲自挂帅，以显示市委市政府的重视程度。"月国梁拍了拍关得的肩膀，"一定要等开发商到位了，再让卢书记挂帅，否则万一开发商的投资黄了，卢书记被闪了一下，可就成笑话了，会让他的威望大减……你明白我的意思吧？"

关得对这些接触久了，自然也能看得清楚，他点头说道："放心吧，月伯伯，我有分寸。"

"呵呵，我就是看重了你有分寸，所以许多事情才敢放手让你去做。"说话间，月国梁亲自送关得出门。

月国梁和关得关系不错，在单城市委是人所共知的事实，但亲眼看到堂堂的常务副市长亲自送一个没有一官半职的毛头小伙子出门的人，还是忍不住大为惊讶。

不过等众人看到关得从月国梁办公室出来，一转身上楼而去，又被卢杰俊的秘书刘占国迎进了卢杰俊的办公室，这一下众人就不仅仅是惊讶了，而是无比震惊外加羡慕忌妒恨了。

放眼整个单城，无官无职的闲杂人等之中，可以随意进出常务副市长和市委书记办公室者，除了关得之外，再无一人有此等超然的待遇！

进了卢杰俊的办公室，和月国梁坐着没动不同的是，卢杰俊亲自站起来迎接关得，热情地和关得握手："不错，不错，又生龙活虎了。老人们都说，大难不死，必有后福，关得，我看你以后肯定前景广阔。想想也是吓人，从那么高的地方摔下来，居然毫发无伤，奇迹，只能说是奇迹。"

"谢谢卢书记的关心，要不是卢书记带武警去救我，我现在已经没命了。说起来，卢书记也算是我的救命恩人。"关得的感谢发自真心。

"这话就说得不对了，我要批评你。"卢杰俊假装板起脸色，"别说是你，就是任何一个人掉了下去，我都会带武警去救人，不要忘了我的身份，我是单城市委书记，是单城百姓的父母官。父母官是什么意思？就是视单城百姓如自己的孩子一样，自己的孩子出事了，当父母的能不担心，能不尽全力去救助？"

关得微微一笑："我最欣赏范仲淹的一句话，不为良相必为良医，不管是良相还是良医，都是以拯救天下苍生为己任。卢书记气宇轩昂，人中龙凤，又有一颗为国为民的父母官之心，也许有一天，真会成为一代良相。"

"哈哈……"卢杰俊开怀大笑，尽管他也明白关得话中的劝诫之意，不过还是为关得的一腔热诚而感动，"好一个不为良相必为良医，关得，我恐怕满足不了你的期望，肯定成不了良相了。不过倒是你，不从政真是可惜了，如果你从政，成为良相也不是没有可能。"

以卢杰俊的年龄，想成为宰相，就算机遇到了，怕是时间也不够了。省级以上领导干部的调整，会有年龄限制。

不知为何，卢杰俊的话让关得瞬间想起了夏想。他对自己能否成为一名良相，没有丝毫想法，因为他实在对从政没有激情，却忽然觉得如果夏想走上仕途，或许还真可以如卢杰俊对他的期望一样，可以成就一番大事。

"我的道路已经定型了，怕是走不了仕途。不过等什么时候卢书记调回石门，我倒可以介绍一个人给卢书记认识，也许在他身上，卢书记可以发现许多闪光点。"关得有意为卢杰俊和夏想牵线搭桥，也许可以成就一番佳话也未可知。

"好呀。"卢杰俊知道关得有识人之明，不过也未多想，反正他回石门的话，现任秘书刘占国也带不走，到了石门还需要重新挑选一个秘书。当然，这都是后话了，他现在关心的是眼前的事情："听说三姓村地皮的开发，是你在牵线？"

"是，我正要向卢书记汇报一下事情的进展。"关得向卢杰俊详细地汇报了事情的来龙去脉以及进展程度，补充强调说道，"不出意外，一周之内，就可以敲定投资事宜。"

"好，太好了。"卢杰俊大为高兴，三姓村地皮一直是市里的一块心病，没想到，居然被关得悄无声息地解决了，真是天大的惊喜，他对关得更加喜爱了几分，"关得呀，我发现自从我认识你以后，全是好事。"

"行好心才会得好事，卢书记遇到的全是好事，表面上看，是我的功劳，其实如果深究的话，还是在于卢书记的出发点是一颗为国为民的无私之心。心底无私，天地才宽。"

"说得好呀，有道理，大有道理。心胸狭窄的人，路会越走越窄，要不怎么会有心路的说法呢？心路心路，人心就是人生之路，你心不宽，人生之路怎么可能会宽？"卢杰俊悟性不错，立刻就领会了关得话里的深意。

接下来，二人又谈了几句滨盛下一步的发展，在得知滨盛以后的主要发展方向会放到石门时，卢杰俊表示赞成。随后又说到了滏阳区旧城改造项目的进展，滨盛接手的项目是一处占地面积一百亩的住宅小区，关得的初步意向是建造一个中低档小区，名字已经想好了，就叫惠民小区。

"衣食住行，住是大事，是老百姓一辈子的依赖，所以作为商人，如果说建国以前是实业救国，现在则是经济兴邦。一个真正的心系百姓胸怀国家的商人，赚钱只是人生目标的一部分，以实业为百姓做实事做好事，才是一生矢志不移的终极目标。"关得说出了他心中的理想，也是借此告诉卢杰俊，他虽然无意于政界，但人在商界，一样可以为国为民做出应有的贡献，"希望有一天，我可以成为像赵乘风老先生一样的实业家。"

"我也很佩服赵乘风先生。"卢杰俊点了点头，再看关得时，眼中多了欣赏和敬佩之意，关得年纪轻轻，就有一颗忧国忧民之心，实属难得，他真是一棵好苗子，可惜了，不从政真是可惜了。这么一想，卢杰俊又无奈地摇了摇头，笑道：“希望有一天你可以长成一棵参天大树，不但枝叶繁茂，利及天下，还可以福泽苍生。”

又聊了几句闲话后，关得提出了告辞，卢杰俊事务繁忙，也没挽留，起身要送关得，走到门口他才又想起了什么：“浮浮……”

关得知道卢杰俊一直放心不下走失的女儿卢浮萍，只是他现在对卢浮萍的下落全无头绪，只好说道：“我一直记在心上，请卢书记放心，现在是机缘不到，机缘到来的时候，一定可以父女重逢。”

走到楼下，关得回头望了一眼并不太高的市委大楼，整体呈灰色的小楼在下午的阳光下，呈现庄严肃穆的色彩。他摇了摇头，也许他真的不适合从政，和官场上明来暗往的较量相比，他更喜欢商场上短兵相接的过招。

到停车场取车的时候，正好一辆汽车从他身边驶过。车一停稳，车上下来一人，年约三十岁左右，方脸，浓眉，大眼，相貌倒是不错，不过就是格局小了一些。他弯腰为后座的领导开车门的姿势，很是低下，虽说身为下属理应为领导服务，但最根本的人格不能丢，不能因为巴结领导而失去做人的底线。

只一个点头哈腰的动作，就让关得看轻了他的为人，尽管关得并不知道他是沈新的秘书，堂堂的市委第二秘杨洋。

总有意外不期而来

沈新下了车，抬头一看，正看到准备开车门的关得，他念头一动，开口说道：“你是关得吧？”

关得也认出了沈新，开玩笑，每天的单城新闻除了卢杰俊之外，沈新露面最多，关得不认识才怪。他并不想和沈新有所交集，不过沈新主动叫出了他的名字，他就不能不回应了。

“是我，沈市长。”关得恭敬之中又不卑不亢，并无太多热情。

“关得，沈市长和你说话，你端正态度。”杨洋看不惯关得没有点头哈腰的样子，在他看来，不管谁在领导面前，都得低声下气三分，“注意你的态度，注意你说话的口气，注意……”

“哎，杨洋，不要乱说话。”沈新挥手制止了杨洋，他缓步来到关得面前，微微一笑，“关得，听说你和伟强在生意上有点儿冲突？年轻人嘛，都年轻气盛一些，不要放在心上，事情过去就过去了，做人要向前看，对吧？我听伟强说，他以后的主要业务会转向石门和京城，单城的生意，他会逐步放手了。”

什么意思？关得心想，难道说沈新是在替沈伟强传话，要和他握手言和？没有摔死他，怕他报复，现在想以退为进来迷惑他？他暗暗一笑，说道：“沈市长多虑了，生意上的冲突很正常，都是对事不对人。我和伟强交际不多，甚至谈不上熟悉，过去的事情，早就过去了，您不说，我都忘了。”

说话间，关得还暗中打量了沈新几眼，不由心中大吃一惊，沈新的运势还在继续上扬之中，丝毫没有减弱的趋势。在发生了这么多事情之后，在月国梁的运势有止跌迹象的情形之下，沈新的运势依然涨势不断，杜清泫真有这么厉害，一出手就完全可以力压何爷和毕问天两大高人的联手？

对于沈新的面相，关得也研究过，但在电视上远观和近距离见到本人毕竟不同。现在虽然近在咫尺，却还是不便一直盯着沈新的面相不放，只匆匆扫了一眼，心中就有了一个大概。

从面相上看，沈新的命数还算不错，应该不会止步于市长，只是让关得看不清楚的是，沈新的格局之中，平添了几分变数，变数是好是坏，以他目前的眼力，无法分辨。这就证明，沈新的背后站着的高人，远非他的境界所能与之相比。

同时关得也清楚一点，沈新的命数改动了。

命数可改，是人人盼望的好事，但世间的事情往往祸福相依，你以为失去的，可能正在到来的路上，你以为拥有的，可能正在失去的途中。

“好，好，你这么说，说明你心胸宽广，这样，我就放心了。”沈新见关得的态度不冷不热，他也就没有兴趣再和关得多说了，转身就走，“关得，你记住一点，要想成大事，就不能对过去的事情耿耿于怀，一个人越纠结过去，越没有未来。”

关得几乎要大笑了，沈新暗示的意味强烈，这说明沈新担心他对沈伟强进行报复，也说明沈新对他的实力有所忌惮了，他冲沈新的背影说道：“谢谢沈市长的教诲，我的原则是，把别人拉下来时，你一定也在下面，所以，我从来不拉别人下马。”

沈新的身形明显顿了一顿，不过他还是没有回头，大步走了。

出了市委的大门，关得注意到刚才的门卫王二小不见了，心里还纳闷王二小去了哪里。他当然不知道，王二小住院了，摔掉了两颗门牙不说，嘴唇还摔裂了一个大口子，血流不止，只能去缝合。从此以后，王二小畏关得如虎，一听到关得的名字就吓得浑身发抖。不过，这些都和善良的关得无关了。

开车一路返回一碗香的途中，才过了一个路口，突然，从路两边冲过来两个叫花子，不要命一样挡在了关得的面前！

随着私家车的兴起，乞丐也与时俱进，学会在了在路口红灯时向等红灯的汽车乞讨，在危险中争分夺秒，以只争朝夕的精神向生存挑战。

关得以前也见过在红灯时向他弯腰鞠躬乞讨的乞丐，他还就此事征求过何爷的意见。因为他知道有部分乞丐是职业乞丐，甚至有些乞丐身上背的孩子是拐骗来的，是他们借以博取同情心的道具，该不该给他们钱呢？

何爷的回答是，你不知道哪一个乞丐是真的只为了讨一口饭吃，哪一个乞丐是骗子，该给的钱，还是要给。你的善心和平等心以及布施，和乞丐的真假无关，只和你一颗心是不是慈悲和平等有关。也就是说，不要去想对方是不是真的乞丐，只需要你用一颗平等的慈悲心去随缘布施即可。

关得领悟了何爷的教诲，富人拿出一百万布施，和穷人拿出一块钱布施，如果发心相同，那么福分相同。再如果一百万只是富人的十分之一的财富，而一块钱是穷人的全部财产，那么穷人的布施功德则大过富人。

所以，并不是说人穷就无法以布施之心培植善根了，只要心到了，哪怕只有一块钱的布施，也可以收获千倍万倍的回报。舍一得万报的天地法则，真实不虚。

经过一段时间的行善积德，关得习惯成自然，只要见到乞丐，必定会布施，多少不一定，看钱包中零钱的多少，反正肯定不会让和他相遇的乞丐空手而归。所谓随遇而安随缘而行，遇到了就是有缘。布施就如将种子种到田地之中，只要种下，必有收获，不种，肯定没有收获。

久而久之，关得的布施之心，从刻意到随意，从随意到无意，成了他生活中必不可少的一部分。如果遇到乞丐他没有布施，他反倒浑身难受，好像做错了什么一样。

他也明白何爷的苦心，要的是培养他的习以为常。一个人习惯了行善积德，那么天长日久，他一直行走在善良的大道上，那么身边遇到的人，也全会是善良的好人。相反，一个人习惯了贪婪吝啬，那么长此以往，他就会一直行走在自私的小路上，他身边遇到的人，也会是自私自利之人。

关得一脚刹停了汽车，见车前有两个乞丐，一个瘦小如柴，十二三岁，头发如乱草，另一个又高又壮，十五六岁，头如光瓢，寸草不生。二人都是衣衫褴褛，在深秋的秋风中，冻得瑟瑟发抖。

若是以前，关得说不定会勃然大怒，而且还会下车冲二人怒吼一声："找死呀！想死去撞火车！"但现在，他心中涌动的是同情，是怜悯。十五六岁正是上学的年纪，正是在父母的庇护下幸福成长的少年时光，而眼前的乞丐却流浪街头风餐露宿，就如秋天的一片落叶，不知道什么时候就会被风吹雨打消失在天地之间。同样是爹生娘养的孩子，人和人的人生际遇，真是天渊之别。

下了车，关得拿出钱包，翻出一张五十元的大钞，想了想，又觉得不够，又拿出两张五十元，一共一百五十元，递给了小乞丐："拿去，给自己买一身衣服，天冷了，别冻着了。"

小乞丐却不接关得的钱，而是盯着关得的脸足足有一分钟之久，忽然露出了欣喜的神色，"扑通"一声跪下了："大善人，求求你救救小刀吧，他快要死了……"

大乞丐也紧跟着跪下了："大善人，我们要饭的都知道你是单城第一大善人，小刀病了，只有你救他，他才有可能活命。求求你了！"

单城第一大善人？谁为他起了这么一个外号？又一想，他在单城行善的时间也不长，怎么就让乞丐都认识他了？关得微微感慨，估计是现在行善之人太少了。

“小刀是谁？他怎么了？”关得心中大生同情，却又不知道到底出了什么事情。

亲力亲为

“小刀是我们的一个小伙伴，他才十二岁，他得病了，也不知道是什么病，一直发高烧说胡话，我们都没钱送他去医院，他快要死了……”小乞丐眼睛通红，泪水不停，“大善人，求求你救救他好不好？求你了！”

关得伸手扶起两个乞丐：“起来，你们带我过去看看。你们叫什么名字？”

“我叫二小。”小乞丐怯生生地说道。

“我叫大个。”大乞丐搓着双手，低头看脚尖，不敢直视关得。

“来，二小，大个，上车。”关得伸手拉开车门，让二人上车，“带我去看看小刀，快点。”

“可是，可是我们身上很脏，会弄脏了你的车……”二人迟疑着不敢迈开脚步。

“不要紧，车再好，也只是一辆车，是工具，在人面前，车永远没有人高贵。上车！”关得以命令的口吻命令二人，他看出了二人本性中善良的一面。

二人上了车，东看看西看看，十分新鲜好奇。关得不顾周围众人异样的眼光，也不理会众人的指指点点，随即发动了汽车：“告诉我怎么走。”

若是以前，关得才不会为了两个乞丐浪费时间，他还有许多事情要做，正是忙得不可开交之时。就在刚才，他还有过片刻的犹豫，心想要不要安排曾伟贤或是曾登科几人之一去帮助小刀，他用不着亲自出马。毕竟，他还要和李东从见面，商量一下惠民小区的开工事宜，还打算和木锦年再碰个头，落实一下三姓村植物园的投资事宜，等等，事情一大堆。

同时，还要时刻提防杜清泫下一步的反扑，据说杜清泫要亲自来单城了，那么毫无疑问，他肯定不甘第一战擒获元元失利的事实，肯定还会有第二次出手。还有，杜清泫说不定什么时候也会向他出手，何爷也说过，让他近期最好待在方外居。

不过，在稍微犹豫之后，关得蓦然下定了决心，有些事情既然让他遇上了，就是他的事情，为什么要让别人代劳？只有亲力亲为，才最能培养自己的慈悲心和平等心。

在二小和大个的指挥下，关得一路向北行驶，出了市区，过了北二环，来到了一处荒地。荒地之上，存放着数十个直径一米粗细的水泥管，也不知是哪一年哪一次工程遗留下来的建材，堆积在一起，成了流浪儿童和乞丐们的乐园。

每一个水泥管中，差不多都住了一个乞丐——有乞丐，也有流浪儿童。关得大概数了一数，足有二三十人之多。

水泥管的周围，是半人多高的荒草，再远处，是一片树林。秋风一吹，风过树林的呼啸声以及荒草哗哗的响声，衬托得水泥管之家无比凄凉。

关得一阵心酸，想起他小时候因为有继母的照顾，不至于和他们一样成为流浪儿童。又想到碧悠被父母遗弃，也不知在她的童年中，有没有这样的经历，如果有，她对父母刻骨的恨也就可以理解了。

关得一到，呼啦从水泥管中涌出了十几名流浪儿童——儿童天性未泯，还有好奇和想象之心，而几名上了年纪的乞丐，只是懒洋洋地看了关得一眼，就又翻身睡觉了。十几名流浪儿童将关得和二小、大个团团围住。

“我叫关得，你们叫我关哥哥就行了。”关得见十几名流浪儿童，虽然衣服破烂，脸也脏得不成样子，但每一双大眼睛之中，都写满了对美好的向往和未来的憧憬。他们童真还在，善良未泯，还没有被生活的苦难磨炼成玩世不恭和铁石心肠。

“关哥哥！”

“关哥哥！”

流浪儿童争先恐后地围在关得身边，似乎关得就是他们最亲的亲人一样。在众人的簇拥下，在二小和大个的带领下，关得在一处脏得不成样子的水泥管里面，看到了奄奄一息的小刀。

十二岁的小刀由于营养不良，身材矮小，乍一看，犹如七八岁的儿童。他瘦得皮包骨头，虽然穿了衣服，却依然可以看出浑身上下没有一片好地方，一片片的血渍结成了痂，让人不忍卒视。

小刀侧卧在水泥管内，在秋风中如一片摇摇欲坠的树叶，他的胸前有一摊已经凝结的血块。身下的干草上，除了血迹斑斑之外，还有大团的呕吐物，风一吹，味道臭不可闻，令人作呕。

身子蜷缩成一团的小刀，犹如将尽的油灯，只有一丝生机了，随时有可能熄灭生命的火焰。他才十二岁，十二岁正是在父母膝下承欢之时，而他却流浪人间，犹如无根的浮萍，随时都会被生活的波浪打入水底。

“病多久了？”关得伸手一摸小刀的额头，烫得吓人。

“好多天了。”二小别看比大个小，却比大个能说会道，而且胆子也大一些，“一开始我们都帮他弄吃的，还买了点儿药，后来他病得越来越厉害，吃什么吐什么，实在没有办法了。大个想起有一次他要饭的时候，你一下给了他十块钱。还有，我们这里好几个人，你都给过钱，而且只要遇上就会给，我们就认为你是单城第一大善人，只有你才能救小刀。这几天我们就一直想找到你，找了好多天，今天好不容易才找到了……”

“咳咳……”小刀又猛烈地咳嗽起来，整个身子都蜷了起来，瘦小的双手紧紧抓住一把干草，手上青筋暴起，“我，我，我是不是快要死了？”

沙哑的声音十分微弱，就如蚊子叫声一般，关得蓦然一阵心痛，来不及让救护车来接小刀了，他俯身抱起小刀，吩咐二小：“二小，打开车门，我这就带小刀去医院。”

二小麻利地打开后车门，关得将体重只有三十余斤的小刀放到后座上，让二小和大个上车：“你们也上车，和我一起去医院，快。”

“嗯。”二小和大个对视一眼，同时大喜，见关得二话不说就要帮小刀治病，他们长出了一口气，这一次拦下关得的汽车，虽然危险了点，但总算赌对了。想起以前他们拦过许多有钱人的车，没有一人帮他们，最好的一次是扔下了五十块钱，大部分时候，都要被骂一顿，甚至还要被踢几脚。

关得原路返回，走到半路上，他见车后的小刀咳嗽声一声接一声，还在车上吐了一摊血，他心急如焚，当即拨通了黄素琴的电话："素琴，我这里有一个病人需要急救，你帮忙托一下关系，开辟一条生命通道。"

"什么病人呀？什么病呀？对你有多重要呀？"黄素琴就是打破砂锅问到底的性格，非想问个清楚不可。

关得现在可没有这份耐心，吼道："你帮不帮忙？不帮忙的话我直接找院长了！病人对我来说很重要！"

黄素琴被关得的喊声吓了一大跳，顿时老实了："凶什么凶？帮忙，当然帮忙了。你的忙不帮，我还帮谁的忙……"

关得不等她说完，直接挂断了电话，随即又打给了曾伟贤："伟贤，你去一趟北二环的垃圾场，对，就是北二环立交桥过了之后再向北一公里左右，有几十个水泥管的地方，那里有几十名流浪儿童，你先想个办法安置一下他们。我的初步想法是，以后向市里申请地皮，建一个孤儿院，专门收留流浪儿童。好，先这么着，我马上就到医院了，有一个流浪儿童病重，需要紧急救治。"

"关哥哥，我们不想去孤儿院……"二小听到关得的电话内容，向他说道，"孤儿院里面的人，总打人，我们有好几个人都是从孤儿院跑出来的。"

关得心情沉重，回身对二小和颜悦色地说道："二小不要怕，关哥哥如果建孤儿院，肯定不会出现打人骂人的事情，他们会当你们是亲人一样对待。如果谁敢打骂你们，我第一个不饶他们！"

"真的吗，关哥哥？"二小一脸惊喜。

"我不相信。"和二小活泼爱说不同，大个一直板着脸，即使在关得忙前忙后救助小刀时，他也无动于衷，甚至有时还在一旁冷冷地看着关得的一举一动，似乎认定关得只是在演戏一样。

大个年纪比二小大不了几岁，却似乎比二小见多了世态炎凉一样，他冷冷一笑："有钱人都是坏人，不坏，就赚不到钱。孤儿院的人，也都坏了心肠，他们嫌我们脏嫌我们闹嫌我们不懂事，对我们除了打骂之外，就是拿我们取笑，羞辱我们。”

关得从后视镜见大个脸上一脸仇恨，心中无奈，也是，社会中的一些现实确实让人痛心，不得不说，不管是政界还是商界，都欠缺了应有的社会责任感！

穷则独善其身，达则兼济天下

有一个故事很有深意，说是在天堂和地狱，其实是一样的待遇，都有精美的食物供应，只不过地狱中的人天天饿着肚子，怨声载道，而天堂中的人，却吃得津津有味，互相赞美。为什么呢？因为不管是地狱还是天堂，都是人人拿着一个长柄的勺子，地狱里的人都只想自己，因为长柄太长，吃不到食物，而天堂中的人，却用长柄勺子互相喂食。

一念天堂，一念地狱，许多人认为天堂和地狱根本不存在，是迷信的产物，却不知道，天堂和地狱并不远，就在身边，就在当下，就在一念之中。一心我为人人，当下就是天堂；只想人人为我，此刻就是地狱。

想远了，关得收回思路，又想起了“不为良相，必为良医”的千古名言，良相治国，良医治人，古代的仁人君子，出发点都是为了黎民百姓。他是没有机会当良相了，连良医也没有可能了，那么就当一个良商好了，古代商人没有地位，现在大不相同了，商人一样可以实业兴邦，可以济世救人。

穷则独善其身，达则兼济天下，在遇到二小、大个以及小刀之后，此话在关得心中生根发芽，成为了他人生的座右铭。

眼见快到医院，关得也没有再向大个解释什么，红口白牙，再说得天花乱坠，也不如做一件实事更有感动人心的力量。说一千道一万，不如做一件，永远是真理。他会用实际行动让大个，以及成千上万的大个知道，这个世界，总有人会去做一些真正的实事好事。

黄素琴虽然嘴碎了点儿，办事情还算靠谱，关得赶到的时候，她已经安排好了一切。关得一停车，就有人接应小刀，迅速将小刀推进了急诊室。

“他是谁呀？”黄素琴见关得送来的病人是一个从未见过的孩子，不由猜测之心又起，“不会你的私生子吧？关得，你可真行，你才二十四吧？孩子都这么大了？你发育够早的。”

关得差点没被黄素琴气笑：“少胡闹，他是流浪儿童……不管需要多少医疗费，都由我承担，一定要治好他。”

“流浪儿童？关得，你是真善还是伪善？我怎么都不敢认你了，你平常做点好事也就算了，怎么连流浪儿童也帮了？全国那么多流浪儿童，你帮得完吗？”黄素琴认识关得时间不短了，可是她却觉得越来越看不透关得了。和以前在医院时当护工时的从容淡定不一样了，现在的关得，在从容淡定之外，似乎还多了一些坚定。

是认准目标就不会回头的坚定。

“当然帮不完，但只要让我遇上了，在我能力之内，能帮多少是多少。”关得回头看了看二小和大个，将二人推到黄素琴面前，“顺便也帮他们检查一下身体，看有没有什么传染病或是别的病。”

“好吧。”黄素琴想起了关得当初对她和黄素素的无偿帮助，心想也许关得就是一个乐善好施之人。随他吧，不管怎样，做好事当好人，总好过做坏事当坏人，崔民强跟着关得，以后也不会学坏。

关得坐在医院的走廊中，等小刀的诊断结果出来，坐了一会儿，曾伟贤的电话打了进来。

“得哥，流浪儿童一共二十个人，其中有五个人不愿意接受救助，有十五个愿意跟我走。我的初步打算是，滏阳区旧城改造项目的惠民小区工程，现在地皮已经批下来了，可以先在地皮上修建临时建筑，让流浪儿童住进去。等开工之后，工人们入住之前，他们的落脚处应该就有眉目了。”曾伟贤本来一开始还对关得突发奇想去救助流浪儿童不解，等他到了现场后，见这么多无家可归的流浪儿童，顿时激发了他的善心，现在他恨不得马上修建一座孤儿院让他们安家。

“好，就先这么办。”关得挂断了电话，忽然脑中又闪过一个强烈的念头。月国梁现在虽然运势衰减的速度减缓，但沈新运势上涨的速度还是不减，照此下去，月国梁想和沈新抗衡，怕是一时半会儿难以取胜，怎样才能尽快提升月国梁的运势呢？总是被动招架，也不是长久之策。

流浪儿童的事件，蓦然让关得发现了一个全新的契机，他想通了其中的环节之后，心情一时大好，果然是种瓜得瓜种豆得豆，做好事是种下善因，必得善果，办坏事是种下恶因，必结恶果。他帮助小刀之举，表面上看是耽误了他的正事，其实在暗中又为他打开了另一扇大门。

关得拿起电话，急忙打给了月国梁。

“月伯伯，方便说话吗？”虽然此时医院的走廊中左右无人，关得还是有意压低了声音。

“方便，有什么话，尽管说吧。”

“是这样的，月伯伯，刚才我救助了一名流浪儿童，在市北发现了一处流浪儿童的家园，大概有二十名流浪儿童和十几个流浪汉，我想出资五百万元，为市里捐助一座孤儿院。这件事情，我希望由月伯伯亲自主抓……”关得说出了他的想法，不过，并没有告诉月国梁他这么做的深意。

“嗯。”月国梁沉吟片刻，说道，“这倒是一件好事，不过收容、救助一向是民政局的事情，而且我又不分管民政局……”

“这件事情很重要，我希望月伯伯想想办法，一定要亲自主抓。”行善积德的事情，必须要有当仁不让的积极性，况且这件事情如果成了，对月国梁运势的提升，会有立竿见影的效果，是一个绝好的绝地反击的机会，不能错过。

月国梁知道关得做事情一向极有分寸，从不乱来，也不会做无的放矢的事情，他思忖片刻说道：“好吧，我会办妥这件事情，你捐款五百万，只负责地上建筑部分就行了，地皮问题，我来解决。”

这样最好不过，月国梁有这份心，运势的提升会更加明显，关得很是高兴：“好的，月伯伯，我等您的好消息。”

放下电话，关得一抬头，顿时吓了一跳，他明明记得刚才前后左右都空无一人，怎么一转眼的工夫，不知什么时候对面坐了一人。

怪事，咄咄怪事，以他现在对周围环境敏锐的察觉能力，一般人近身到他的周围三米之内，他就能有所感觉。而现在，一个年约六旬的老者不动如山地坐在他对面一米开外的椅子上，他不但丝毫没有察觉，而且连对方什么时候走近什么时候坐下都全然不知。

再一想，也没有听到丝毫的脚步声，怪事，真是天大的怪事！关得心中蓦然一惊，以审视的目光再次看向了对面的老者。

老者穿一身极其普通的衣服，乍一看，就和大街上随处可见的老年人一样，灰衣灰裤，犹如秋天灰暗的色彩一般，毫不起眼。他花白头发，瘦长脸，眼睛细小而微微眯着，眼小无神，耳小无轮，最显著的特征是他的鼻子，是最为难看的朝天鼻。

相貌暂且不管，如果从面相上看，老者额头贫瘠下巴短小，而中间部分也是挤成了一团，正是上中下三停都十分普通的面相。以关得的眼力来看，老者应该是早年落魄中年贫穷晚年凄凉，一生饥寒交迫，别说大富大贵了，能解决温饱并且生活安定就谢天谢地了。

不过……不知为什么，关得总觉得他的相术哪里出了问题，虽然眼前的老者明明是贫穷落魄之相，但老者的脸上却是云淡风轻的从容，是一个人经历过人生无数辉煌并且遍赏人生顶峰的风光之后的淡定，怎么会？怎么可能？

考验

难道说，眼前的老者和何爷故事里的樵夫恰好相反，樵夫是面相大贵，却贱在了骨子里，而眼前的老者是面相大贱，却骨骼贵不可言？

关得不相信他的眼睛，一时好奇心大起，决定要再深入审视一番老者的格局。不料他刚刚凝神要观察老者的格局之时，老者突然冲他微微一笑，一脸和颜悦色的表情：“小伙子，有一件事情我想请你帮个忙，不知道你肯不肯帮我？”

关得刚刚平静的心神被老者一句话打乱，无法再静心观察老者的格局了，只好说道："老人家，您有事情，尽管说。"

"我来医院看病，钱不够了，不知道你能不能借我一点儿？"老者伸出一把手，五根手指晃动，"不用太多，五千元就够了。"

五千元？五千元相当于大部分人大半年的收入，甚至是一年的收入，老者狮子大张口一要就是五千元，而且还说不多，让关得险些没有气笑。

虽然关得在何爷的影响下，一直积德行善，并且愿意出资五百万捐助一座孤儿院，但那都是出于他的自愿，他还是第一次被人当面索要五千元，一时心中颇有不满。

也确实，如果乐意，拿出五百万做善事，也不在乎，如果被人强要，五千元也不愿意给。主要还是在于发心，就和谈恋爱是一样的道理，喜欢一个女孩，愿意为她付出一切，不喜欢一个女孩，对方再主动，他也没有感觉。

关得愣了片刻，摇头笑了："五千元还不多？老人家，你不觉得我们初次见面，你一开口就要五千块，太唐突了吗？"

"是有点儿唐突，不过我也是没有办法，要不也不会向你开口。"老者别说低声下气地跪下求关得了，连语气都没有半分恳求的意思，仿佛他向关得伸手要钱是天经地义的事情，而关得不给，就是关得的不对，"你不是一直自诩为单城第一大善人吗？大善人的含义就是，不管是不是认识，不管什么时间什么地点，不管对方是低声下气还是理直气壮，只要有难，就要无私地帮助……你能做到吗？"

好嘛，伸手向他要钱，反倒有理了。关得刚才忙碌了半天，又因为流浪儿童的事情而扰乱了心绪，现在正没好气，被老者一气，他的火气就上来了："谁说我自封为单城第一大善人了？我是做了几件微不足道的好事，但我做好事有一个前提，就是我认为该救助的人我才救助。而且我的原则一向是救急不救穷，急人所急救人所难，而不是拿钱让一些懒惰、蠢笨、一无是处的应该贫穷的穷人去大吃大喝。贫穷不要怨天尤人，要先认识到自己的笨自己的蠢，然后才能提高自身价值，才能摆脱贫穷。一个只想救济只想伸手向别人讨要帮助的穷人，注定一辈子永远是穷人！"

“呵呵，大道理讲得头头是道，就是说，你不打算给我五千元了？”老者不为关得的话所动，他依然执着地向前伸出右手，“说一千道一万，不如做一件。我最后问你一句，借不借我五千元？”

还有这么气势向别人伸手要钱的人？关得一时气急，冷笑了：“我又不欠你钱，凭什么给你五千元？不给！”

“不给就不给，你可别后悔。”老者说完，站了起来，冲关得微微一笑，“小伙子，你失去了一次积功累德的宝贵机会，我想以后你会因为这件事情而后悔很长时间，呵呵，走了。”

后悔？开玩笑，关得愤愤不平地想，他怎么会后悔？他为什么要后悔？如果他纵容老者的无理取闹，以后所有的穷人都等着天下掉馅儿饼，不掉的话，就怨天尤人满腹牢骚，那样的话，就不是救人，是害人。

望着老者消失在楼道拐弯处的身影，关得忽然想到了一个刚刚被他疏忽的问题，老者又不认识他，怎么也说他是单城第一大善人。难道说，老者是有备而来，并不是和他偶遇？再想到刚才老者悄无声息地出现，不知何时坐在了他的对面，他蓦然打了个寒战，不好，上当了！

关得确实是上当了。

楼下，老者坐上了一辆不起眼的大众车，车内，奢华的内饰和宽敞的空间，明显可以看出并非原装，除了壳子是大众汽车的之外，底盘、发动机以及内饰全部经过专业改装，光是改装费用就可以买好几辆奥迪了。

当然，如果有人欺负它只是一辆普通的大众，想要超它或是挑衅它的话，会瞬间被它秒杀，隐藏在普通的外表之下的是强大的十二缸五百马力的发动机。

低调、奢华并且隐藏着巨大的潜力，是杜清泫最喜欢的风格。

“杜爷！”

“杜爷！”

老者一上车，车内的一男一女同时向老者问好示意。

如果让关得知道刚才和他对面而坐的老者，赫然就是让何子天和毕问天也闻之色变的杜清泫，他确实会如杜清泫所说的一样，后悔刚才没有拿出五千元，而且会后悔很长时间。

“开车！”杜清泫冲司机下达了命令，又冲坐在副驾驶座的年轻人说道，“余帅，关得虽然命格奇特，不过他到底年轻，没有通过我的考验。”

车内一共四人，除了司机和杜清泫之外，还有一男一女。二人都是二十出头的年纪，男的叫余帅，女的叫方木，是杜清泫的关门弟子。

余帅长得十分白净，若是古代，绝对是白面书生的形象，五官端正，眼大有神耳大有轮，额头饱满而下巴丰满。不管是从长相还是从面相的角度来看，他都可以当之无愧地被称为上等之姿。

方木是典型的北方美女的脸型，是比瓜子脸更耐看的鹅蛋脸，眉毛细长，杏眼如水如雾，一双耳朵白润如玉，耳垂饱满而丰润，翘挺的鼻子和弧度完美的嘴唇，再加上半圆的下巴，让她整个人呈现一种如梦如幻的古典之美。

从美女的角度而言，方木之美，大气而从容，如春天的轻风，如盛夏的草原，如静美的秋叶，如冬天的腊梅，让人一望之下，心生向往，心旷神怡。而从面相上来说，她的面相虽不如元元的先天大成之相完美，也不如秋曲的无底相不可限量，但她却比元元更有女人风情，比秋曲更优雅更从容。

“杜爷……”余帅从前面转过身来，微露不解之色，“让流浪儿童牵绊关得的精力，是一把双刃剑，既可能让关得心性考验不过关，又可能让他因为救助流浪儿童而提升运势……您有没有考虑过，万一关得因为这件事情既历练了心性又提升了运势，岂不是等于我们为他作了嫁衣裳？”

“呵呵，你的想法不无道理，不过你想得还是太粗浅了一些。”杜清泫自信地一笑，“不管关得在这件事情上是成功还是失败，对我们来说，都有收获。”

“怎么说？”余帅一时好奇，征询的目光看向了老神在在的杜清泫。

杜清泫并不急着回答余帅，而是让司机将车开向了南二环，然后他又转头看向了方木：“方木，你替余帅解答一下他心中的疑问。”

“好的，杜爷。”方木一口标准的普通话，清脆而轻灵，就如一只百灵鸟的婉转歌喉，“一向被孔子尊崇的子产说过一句话：天道远，人道迩，非所及也……是说天道和人道互不相干，天是天，人是人，和庄子的天人合一思想正好相反。其实如果以我的理解，我还是赞同天人合一的思想。人生在天地之间，必然要受到天地法则的制约，而如果一个人不顺应天道而行，必然会遭受天谴。在顺应天道之上，关得做得很好，我很敬佩他。”

余帅呵呵一笑：“长他人志气灭自己威风？”

方木不满地白了余帅一眼：“这叫实事求是，一个不尊重事实的人，早晚会被事实打败。关得的优点，我们要学习，关得的缺点，我们要避免，这样才能知己知彼百战不殆。”

“方木说得对，关得在顺天而行之上，确实达到了不争而善胜的境界，就连毕问天在某些方面也不如他，他是深得何子天的真传呀……”杜清泫对方木的爱护之心，溢于言表，“不过，任何事情都有两面性，过于顺应天道，反而会束手束脚，被自己的见识局限。以关得目前的水平，何子天让他培养慈悲心平等心，等于是拔苗助长。关得善心是有，但说到慈悲心和平等心，他还需要磨炼很长时间，才能达到无缘大慈、同体大悲的高度。”

“在他达到这样的高度之前，相信杜爷已经拿下他了，是不是？”方木淡淡地一笑，神色间有三分傲然七分自得。她一向自诩聪颖过人，虽然她也敬佩关得的行事风格，但实际上，她并不认为她不如关得。

大智慧

“余帅，你应该也可以猜到，杜爷设局让关得救助流浪儿童，是一步险棋。如果关得顺利通过测试的话，他不但运势可以得以迅速提升，甚至境界也可以有所突破。但如果他测试失败，何子天让关得以布施和放生来培养慈悲心和平等心的努力，就会因此而功亏一篑。”

余帅不是不明白杜清泫的布局，而是没想通不管关得成功还是失败，杜清泫都会有所收获的深意。他又问：“关得没有通过考验，失败了，自然不用说，是杜爷的妙计安了天下。但如果关得成功地通过了考验，怎么说我们同样也有收获？”

“再高明的计谋也会有失败和成功两种可能，没有百分之百成功的计谋。第一种可能是，杜爷的计划失败了，也就是关得成功了，关得顺利提升了运势，积累了福分。但由于他救助流浪儿童之举是在杜爷的一手推动下才得以实现，他的运势和福分，同时会间接提升杜爷的运势和福分。第二种可能是，杜爷的计划成功了，也就是关得失败了，那么关得会因此而运势大降并且福分削减，杜爷则不战而屈人之兵，在和何子天、毕问天的对抗中，只管坐收渔利就可以了。所以不管是哪一种结果，杜爷都没有输。明白了吗，余帅？”在领会杜清泫的意图上，方木比余帅深入并且及时多了。

余帅总算明白了，点头赞道：“杜爷这一手真是高明，不管胜负，都立于不败之地，厉害，真厉害。”

杜清泫脸上微有自得之色，浅浅一笑：“虽说是没有百分之百成功的计谋，但却有可以立于不败之地的计划。只要在出手之前深思熟虑，设想好成功和失败两种后果都是怎样的局面，同时放正心态——成功了，是得之我幸；失败了，是失之我命——而且不要下过大的赌注，不下过大的赌注，就不会大输大赢。永远记住一点，不要期望一次较量就大获全胜，也不要指望一次交手就决定胜负，每次多给自己留一分余地，也给对手留一次机会，这样，才有可能一直立于不败之地。即使不赢，也要保持不败，不败，总比输好。”

“是，杜爷的教诲，我记下了。”余帅诚恳地点头，又问，“杜爷，刚才您和关得见了一面，效果如何？您认为关得能通过流浪儿童事件的考验吗？”

“呵呵，说到刚才的见面，有意思，实在是有意思。”杜清泫哈哈一笑，一脸喜色，“如果说以前我还认为关得通过考验的可能性是一半对一半，但刚才和他见了一面之后，我才发现，原来我还是高看了关得。关得再是命格奇特，再是万无其一的天纵奇才，毕竟还是太年轻，年轻，就缺少不动如山的心性。刚才我测试他，让他给我五千块，结果怎么着？他动怒了。”

“动怒，就证明关得还没有磨炼出真正的平等心，真正的平等心是不分流浪儿童还是杜爷，也不分是主动救助还是被别人索求帮助……”方木面露喜色，“恭喜杜爷，流浪儿童的设局，关得必败无疑。”

“关得一败，何子天一系的运势就会大降，那么接下来就可以集中力量对付毕问天了。杜爷，您打算什么时候对毕问天第二次出手？”余帅想起第一次向毕问天出手时的失利，又问，“第一次出手，明明算无遗策，不应该出现偏差，怎么就突然杀出一个局外人破了杜爷的局。杜爷，你说，那个局外人真的是无意中破局还是刻意的安排？”

“对毕问天的第二次出手，不急，等毕问天向沈新出手之后，我们以逸待劳将计就计就行了。既然第一次主动出手没有达到预期效果，第二次就不要再主动出手了，及时调整策略，才是立于不败之地的根本。”对于第一次出手的失利，杜清泫也是百思不得其解，明明他精心推算了半天，完全绕过了毕问天的安排，并且连何子天的因素也考虑在内，但最终还是功亏一篑，其中到底是什么不可抗力因素，他到今天也没有完全想通，“局外人的破局，应该不是刻意的安排。放眼整个单城，有能力刻意破坏我的设局的只有毕问天和何子天，连关得也差了太多火候。但当时毕问天和何子天都没有出手，那么就可以肯定的是，局外人，确实是一个彻头彻尾的局外人，他也许只是偶然路过，也许是临时起意路过……”

方木很不理解：“杜爷，您不是说过，所有的偶然都是必然吗？那么这个局外人就算是偶然路过，却必然破了我们的局，难道是说，真应了‘人算不如天算’这句话？”

“是呀，不承认人算不如天算的人，要么不可一世，要么还没有见识过天道好还的威力。”杜清泫对第一次出手的失利，并不是耿耿于怀，而是坦然面对。他一生经历的失败和成功太多了，多到已经让他深刻地认识到，失败和成功是密不可分的两个面，缺一不可，没有永远成功的人，也没有永远失败的人。

“不过不管那个局外人是谁，方木、余帅，你们一定要查出他的名字，他破坏了我的至关重要的一局，你们不要轻饶了他。”

“是，杜爷。”方木和余帅见杜清泫眉头微锁，深知杜清泫脾气的二人知道他动了杀心。也是，第一局本以为是十拿九稳，却被一块意外飞来的板砖打乱了整体部署，害得杜爷亲自从京城来到单城。想想上次事关十亿元项目的较量，杜爷都能稳坐京城，安居在四合院内，遥控指挥而最终大获全胜，而这一次的失利，让久未迈出京城一步的杜爷迫不及待地来到单城，可见这一块板砖的威力有多么巨大，也多么让杜爷耿耿于怀。

“杜爷，您上次说，关得命中有一难，而且恐怕很难过关，可是为什么关得从那么高的悬崖上摔下去，却毫发无伤？”方木对关得的好奇之心越来越深，尽管她还没有见过关得一面，但关得已经如同一个最熟悉的陌生人一样，在她心中生根发芽了。

“关得大难不死的事情，我在京城也一直很不解，后来来到了单城，了解到他的所作所为之后，才恍然大悟，他没有死，还是得感谢何子天。如果他遇到的人是毕问天，那么他就死定了。”杜清泫轻轻一摸头上还算茂密的头发，心思又沉静了下来，“关得是个很聪明的年轻人，当然，光有聪明还不够，聪明的人多了，早死的也多了。黄泉路上无老少，孤坟多是少年人。在生死面前，不分高贵和贫贱，也不分老少。一个人，如果不但聪明而且还能拿掉不该有的贪心，才是人间真正的大智慧之人。小聪明成不了大智慧，大智慧，才是一个人行走人间安身立命之本。”

别看杜清泫行事风格谦逊低调，其实他自视过高，从来不将别人放在眼里。不过放眼国内的运师，他最佩服的人有两个，一个是何子天，另一个则是毕问天。

何子天不走隐形掌门人之路，甘心隐居在市井之间，以放下的心态得人生的自在，一般人做不到。滚滚红尘，名利、权势，诱惑人心的东西太多，有几人可以看破？不管何子天是真的看破还是故作清高，他几十年的清贫生活，就连杜清泫也自叹不如，也自认做不到。

对毕问天的佩服，是因为毕问天的圆滑、世故与运师之路结合得天衣无缝。虽然毕问天论实力和境界都远不如他，但毕问天游刃有余地周旋在政商两界之间，这些年来，也积攒了不少人脉和关系。最主要的是，论固守清贫和寂寞，毕问天不如何子天，论红尘炼心广积实力，毕问天又不如他，但若论处事圆滑行事肆无忌惮，他和何子天都又不如毕问天。

让杜清泫一直想不明白的是，身为运师，一向顺天道而行，就连他，通常情况下不会也不敢逆天而行，事事小心，唯恐违背天地法则而被法则惩罚。毕问天却不，他行事乖张，随心所欲，甚至还经常逆天而行，虽然导致了劫数提前，却还能混得风生水起，比何子天强太多了，不由杜清泫不连连称奇。

身为运师，因为深知天地法则的严酷和无情，所以行事一向谨小慎微，不敢有丝毫出格之举。

人间的人情和法律，有可以求情从轻发落的可能，法则没有，法则就如浩浩茫茫的天空，视天下苍生为刍狗。生灵涂炭时，法则沉默而无言，只是冷漠旁观；歌舞升平时，法则还是不发一言，冷眼看世间。

正是因此，杜清泫才对毕问天随心所欲的行事风格十分佩服，一心想弄明白毕问天是如何从容地规避了法则的反弹之力，从而行走世间没有障碍。

该死者必死

法则除了严酷和无情之外，还有一个最大的特点是完美无缺，没有丝毫漏洞，正所谓天网恢恢，疏而不漏，世间法律的空子可以钻，法则不可以。显然，毕问天不是在钻法则的空子，而是在借法则的力量为所欲为。

如果真能找到一种方法，可以借助法则的力量为我所用，可以出手灭掉对手而不被法则惩罚，可以随意提升自己的运势而不用担心天地平衡之理的反制，那么就真正到达了随心所欲的命师境界。

问题是，毕问天还远远没有达到命师之境，为什么他就敢为所欲为，难道他就不担心被法则惩罚之时，会连性命也丢掉？杜清泫对毕问天佩服之余，也一心想找到毕问天深藏不露的秘密。

还有一点让杜清泫也想不通的是，何子天几十年来，一直隐居在市井之间，清心寡欲，既不插手政商两界的事情，又不积攒财富，为什么他在运师的中门一直没有突破？按说以他对命师之道的孜孜以求和几十年的一心投入，他没有杂事琐事分心，应该是国内最先到达命师之境的第一人才对，但现在何子天一直停留在运师中门的境界之上，十几年没有前进一步，是何道理？

是何子天太谨小慎微了，还是他有意隐瞒了境界？

杜清泫严重怀疑是后者，因为关得在丛台峰逃过一难，归根结底，还是得益于何子天为关得未雨绸缪的长远布局。从最开始时关得为李东从的母亲放生，到后来关得在何子天的授意下，在医院照顾病人，在养老院照顾孤寡老人，以及再后来的定期放生、随时随地布施，都让关得积累了很多福分。

替别人放生，七分福分之中，别人获一，六分福分放生者自得。所以，不管关得的出发点是什么，他只要放生，就为自己积累了无量的功德。上天有好生之德，而且天道最公平，也最善于主持公道，放生者，天道还之以寿命，杀生者，天道夺其寿命。

正是因为关得的放生功德太大，他就算命中该死，也会逢凶化吉遇难成祥。

“可是，就算关得放生功德很大，一般天道好还也不会还得这么快，是不是关得还做了什么事情让他才得以逃过一难？”听了杜清泫的解释之后，方木还是有不解之处。世间人都知道“善有善报恶有恶报，不是不报时辰未到”的说法，通常情况下，善恶报应不会立竿见影，所以说才有好人不长命，祸害遗千年的怪现象。当然，好人最终还会有好报，而祸害到头来祸害的还是自己。

“你算是问对了，关得大难不死，一是何子天教导有方，早早布局为他改命，二是他自己具有当断则断不被眼前小利迷了双眼的智慧……”杜清泫为人虽然自傲，却有一个十分难得的优点，就是欣赏别人的长处，并且愿意学习以弥补自己的不足。从某种意义上来讲，一个不断扬长避短的人，不但是一个可以立于不败之地的人，而且还是一个非常可怕的对手。

可怕之处就在于，他总是不断地修正自己的缺点。一个让别人找不到缺点的人，就是一个几乎不可能被打败的人。

“关得才多大，他能有什么智慧？”余帅对未曾谋面的关得有一丝说不清道不明的忌妒心理，杜清泫对关得大加赞赏而方木对关得无比欣赏，让他颇感失落。

“有志不在年高，关得最智慧的地方在于他及时转让了舍得古玩行，转让出去之后，又大手笔捐款四十万。”方木替关得辩解，当然，她的出发点也不是抬高关得，而是就事论事，“如果说放生功德让关得得以大难不死的话，那么及时转让舍得古玩行并且捐款，是他从悬崖上摔下去毫发无伤的保证。”

“舍得古玩行？”余帅对关得的资料也看了一些，虽说不是了如指掌，也做到了心中有数，一下想了起来，“也是怪了，眼见舍得古玩行要赚大钱了，关得怎么舍得这个时候转让？换了是我，也很难做到眼睛不眨就卖给花流年。在这件事情上，我也佩服关得的勇气。”

“光有勇气还不行，还得有智慧，智慧，才是根本。”杜清泫见他的一对关门弟子不管是面相还是潜质，都比何子天的关门弟子关得、碧悠强了不少，更比毕问天的关门弟子木锦年和花流年强了太多，不由心中大慰，“你们再说说，史珍香意外被汽车撞死，是什么原因？”

“肯定不是关得背后推动，也不会是何子天和毕问天的布局，不管是关得还是何子天、毕问天，都没有算出来关得在丛台峰有一难，那么就不可能知道关得之难会落在史珍香身上。”余帅很喜欢讨论的氛围，每一次讨论，他都受益匪浅，可以从中学到许多安身立命的知识，“再根据善有善报恶有恶报的定律，史珍香突然被车撞死，是现世报。”

“难道不是意外？”方木很少笑，说话的时候，一直一脸严肃，和月清影的清冷不一样，她的严肃是一板一眼的严谨，是没有规则不成方圆的刻板。她一只手支在车窗上，托住下巴：“杜爷，世界上的事情，难道说不管是多偶然的巧合，也是必然要发生的定数，就没有一次例外？”

“太阳从东方升起在西边落下，几千年几万年了，有一次例外吗？”杜清泫若有所思地望向窗外，见汽车已经驶入了南二环和西二环的交叉处，三姓村的荒地已经映入眼帘，他叫停了车，“史珍香的死，如果说是意外，那是自欺欺人，不信你们可以查查那个司机，他最近肯定没做什么好事。但如果说史珍香是因为推了关得而得了现世报，也不准确。据我推测，多半是史珍香以前也做过许多不好的事情，积攒在了一起，到了快要报应的时候。如果这时候她有智慧，改邪归正，行善积德，也许还有的救。她却偏偏要去推关得，结果关得没事，她却玩死了自己。”

“是呀，被车撞死算是九种横死之一，横死之人，都是自作自受。”方木随杜清泫下了车，见来到了一片荒地，她不解地问道，“这是哪里？”

淹死、烧死、吃错药吃死以及饿死、撑死，加上被车撞死，都属于横死。

“这是关得的一个局。”杜清泫一脚踩在了三姓村的土地之上，微微闭了眼睛，深深地吸了一口秋天的凉气，感受了一下三姓村地皮所在之处的天地清风。过了片刻，他才蓦然睁开眼睛，目光看向深入土地百米之外的一座孤坟，迈步就走，“这座坟是中心点。”

“关得的局？关得的什么局？”方木面露疑惑之意，不过她脚下不停，紧跟在杜清泫身后，朝孤坟走去。

“方木，对于单城的局势，你还需要更深入地了解才行，连关得的局都不知道？也不知道你研究了关得这么多天，是不是只研究他长得帅不帅有没有女朋友了？”余帅打趣方木。

方木白了余帅一眼，“哼”了一声：“说实话，关得是没你长得帅，你的帅已经到了惊动韩国总统的地步，不过你放心，你的帅不是我的菜，我不喜欢花美男。”方木平静的脸色就如秋日明净而辽远的天空，既让人心旷神怡，又让人觉得高不可攀，“男人就得有男人的样子，男人如果长得和女人一样，世界不就乱套了？”

“得了，我不和你讨论帅不帅的问题，每次一说到这个，你都会有一大堆形而上的理论……我就是想告诉你，三姓村地皮，是关得为了提升月国梁的运势而布的一个局，是为了平息外界对月国梁贪污的质疑。同时，他还借三姓村地皮施恩于木锦年，偿还了木锦年向他赠送玉器行时他亏欠的福分。而且，此举还让木锦年对他心生感激，也让他间接和风华伦有了进一步接触的可能……你说，关得的布局，是不是既着眼于眼前，又立足于长远，考虑得非常周全？”余帅毫无保留地向方木说出了他对关得布局三姓村地皮深意的分析，如果关得听到他刚才的一番论断，肯定会大吃一惊。

吃惊是因为余帅的话，完全就是关得布局三姓村地皮时的全盘考虑。关得如果知道杜清泫有一对比木锦年、花流年厉害无数倍的关门弟子的话，他肯定也会去用心研究余帅和方木的资料。

“听你这么一说，我忽然又有了一个新的想法……”方木是一个非常理智的人，一向就事论事，不会纠缠某一个问题不放，她现在的心思已经完全跳到了三姓村地皮之上，“除了杜爷侧面出手让关得误入流浪儿童一局之外，杜爷还可以正面出手，破坏三姓村地皮的风水，让三姓村成为关得的滑铁卢。”

大恶似善

“呵呵，方木，你的想法不太光明正大呀，什么叫破坏三姓村地皮的风水？记住一点，因地不真，果招纡曲，一定要有一个光明正大的出发点。”杜清泫站在了孤坟的前面，先是打量了孤坟片刻，又绕着孤坟转了一圈，见孤坟上刻的是戴简简之墓，他回头对余帅说道，“你去一趟三姓村，告诉戴简简的家人，说是孤坟葬在荒地，先人不得超生，后人没有好运，然后你说你愿意出钱资助他们迁坟。”

“好。”余帅一口应下，冲方木嘿嘿一笑，“方木，一比才知道，人和人的差距确实巨大。你看杜爷，出发点全是为了别人着想，哪里像你，非说什么破坏三姓村地皮的风水。你就不会替戴简简的家人考虑，让他们自愿迁坟，然后坟一迁，所带来的破坏三姓村地皮风水的后果，就是他们的过失，和我们无关了。"

方木被余帅嘲笑，也不生气，很认真地说道："是，还是杜爷高明，考虑得比我长远多了。我需要向杜爷学习的地方还有很多，怎样才能做到大恶似善，确实是一门高深的学问。"

"说什么呢你？会不会说话？"余帅被气笑了，"哪里有形容自己是大恶似善的？这叫大忠似奸。杜爷不管做什么事情，出发点都是堂堂正正的，就如帮助关得跳进流浪儿童的局一样，也是为了帮助关得积功累德提升运势。当然，如果他自己心性不过关，最终事情办砸了，就和杜爷的善良无关了。迁坟的事情也一样，杜爷也是一心为戴简简的后人着想……"

"好，好，你说得对，你比我高尚，行了吧？"方木的为人方正有余而圆润不足，虽然她跟了杜清泫多年，却还是接受不了杜清泫说一套做一套的手法。她认为，哪怕是拐弯抹角地为别人布下陷阱，哪怕第一步真是以帮助别人为出发点，但在明明知道第二步第三步会有严重后遗症的前提之下，还要去做这件事情，这不是真善，是伪善。

"这不是高尚不高尚的问题，这是谁考虑得更长远谁更高明的问题。"余帅一边走，一边敲打方木，"方木，不要让你的所谓原则害了自己，你要明白一个问题，你所处的阵营决定了你的价值取向。原则问题，有时在价值取向面前，必须让步。"

方木不说话了，默默地点了点头。风吹乱她的长发，挡住了她的眼睛。她一拢头发，在秋日的阳光下，挺拔而健美的身姿犹如一棵笔直的白杨树，散发着纯朴的天然之美。

余帅去三姓村了，方木和杜清泫回到车上，汽车发动之后，方木又想起了一个问题："杜爷，毕问天会怎么对沈新出手？"

"暂时不好推测毕问天的出手，不过不用管，毕问天肯定会向沈新出手，而且还是暗中出手……"杜清泫吩咐司机开车，直接回宾馆，"毕问天一向喜欢暗中行事，所以，他的手法只有在造成了既成事实之后，才好反击……"

话说到一半，方木的手机响了。方木一看来电，立刻向杜清泫小声说道："是沈伟强。"

"呵呵，多半是毕问天出手了……"杜清泫笑道，"你问问沈伟强出了什么事情。"

"嗯。"方木接听了电话，声音淡漠而不冷不热，"沈伟强，有事吗？"

有事，当然有事了，沈伟强心急火燎，气喘吁吁地说道："方木，今天我妈不知道怎么回事，回家后突然忘东忘西不说，还动不动就发火，一发就是特别大的火，要么摔东西，要么骂人，不管是我还是我爸，都被她吵得心烦意乱……"

方木还以为出了什么大事，原来是这么一件微不足道的小事，她轻描淡写地说道："女人更年期的时候都这样，你和你爸平常多让着她一点儿就行了，过去这个阶段，就好了。"

"更年期呀？"沈伟强想了一想，觉得哪里不对，却又没有想通，只好又说，"更年期倒也没什么，就是也不知道她什么时候能好，要不天天吵闹，让人心烦意乱，很影响工作和生活……对了，杜爷什么时候来单城，我爸和我都想面见他老人家，当面向他老人家请教一些问题。"

方木看向了杜清泫，杜清泫微微摇头，方木心领神会，说道："杜爷近期没有来单城的想法，看时机吧。现在沈市长上升的势头还不错，你们按部就班地走下去就行。万一出现了不可预料的事件，杜爷肯定会亲自来单城一趟。"

"好吧。"沈伟强放下了电话，心中的不解还是没有消除，他在房间中转了几圈，想了一想，自言自语地说道，"不对呀，我怎么总感觉我妈好像是被人暗算了，她是一个脾气温和的人，很少乱发脾气……更年期，难道真是更年期的原因？"

沈伟强一直没有想通，也可以理解，他毕竟是男人，心不够细，也忘了早在他二十岁的时候，刘欣就已经更年期了。一个女人一生之中，只有一次更年期。

沈伟强没有想通，方木也忽略了这个细节，虽然她也是女人，却和一般的女人过分注意细节不一样，她总是喜欢站在全局的高度考虑问题，不想当一个明察秋毫之末而不见舆薪的小女人。但有时高度过高，也会失之偏颇，只见大海而不见细流。

但许多时候，决定成败的却只是一个微不足道的细节。

杜清泫一开始听到刘欣突然反常，脑中灵光一闪，联想到了毕问天的出手，正要深入推算时，又听方木提到了更年期的问题，他哑然失笑，摇头不再去多想刘欣反常的背后是不是毕问天的阴谋。因为从家庭来破坏一个人的运势，是最快捷最行之有效的手法。从刘欣下手，让刘欣反常，从而影响到沈新和沈伟强的运势的做法，很符合毕问天的为人。

如果杜清泫深入去想刘欣反常背后的真相，他很快就能察觉到毕问天出手的落脚点在哪里，也就可以很容易破解毕问天的反运法。没错，毕问天让元元将一张折纸放到刘欣身上，正是要用反运法让刘欣喜怒无常来破坏沈新的家庭和谐，从而达到削弱沈新运势的目的。只可惜，智者千虑，必有一失，杜清泫被方木的思路引向了错误的方向，错失了及时出手化解毕问天手法的最佳时机！

由此可见，再高明再聪明的人，也容易被身边人的思维影响判断力。

“杜爷，为什么不告诉沈氏父子您来单城的事实？为什么要瞒着他们？直接当面指点他们，不是可以更好地直接插手单城的局势吗？”方木有一个疑问一直在心中挥之不去。

“方木，你一直想锻炼自己的眼力，想站在全局的高度看待问题，单城的局势，你真的看清楚了吗？”杜清泫微微一笑，“我没有公开露面，也不见沈氏父子，其实是在提防一个人……”

“谁？单城还有让杜爷忌惮的人吗？”方木话一出口，又意识到她疏漏了一个重要的人物，笑了，“哦，原来是在提防何子天。”

“对，就是何子天。”杜清泫点了点头，目光深邃，“我总是觉得何子天这么多年来一直停滞在运师的中门境界，没有前进一步，很不正常。他心性很淡，没有杂事和琐事缠身，应该在命师之道上进展飞快才对……所以我一直怀疑，他隐瞒了境界。还有一点，他和毕问天联手，和毕问天亲自出手不同的是，他摆出一副置身事外的态度，只放手让关得一人冲锋在前。方木，你说，何子天这么做，是他真的不关心胜负，还是在等待什么时机？”

“哦，我明白了。”方木恍然大悟，“何子天是想当螳螂捕蝉黄雀在后的黄雀，他按兵不动，想等杜爷和毕问天较量的时候，只要有一丝破绽出现，他就突然出手，然后一举定胜负……不知道我说得对不对？”

“对，太对了。”杜清泫很为方木的领悟能力高兴，命师之道，从相师到运师再到命师，是一条艰辛无比的道路，其中，悟性至关重要，有没有悟性，决定了一个人能在命师之道上能不能走远，“所以，我来单城才暗中行事，一是不让何子天察觉到我的到来，就算他知道了，也摸不清我的行踪，二是有些事情还是做到暗处比较好。”

“明白了。”方木心领神会地笑了，“杜爷，我也想私下和关得见一面，不是您和他见面的那种，而是躲在暗处远观他，想亲眼见见他到底是一个什么样的人……”

一念之间

“还是不要了，收起你的好奇心，好奇，是一个人判断力的大敌。”杜清泫否决了方木的想法，“你现在要学的东西还有很多，没有出师之前，不要到处乱跑。”

“是，杜爷。”方木既不如元元一样灵活多变，又不会撒娇，她一本正经的样子让她娇美的脸庞平添了几分严肃的力量，“杜爷，我忽然有一个不好的预感，沈氏父子恐怕扶不起来，就算为沈新逆天改命，强行提升了运势，以沈伟强的胡作非为，早晚他会将沈新拖下悬崖。史珍香虽然死了，但后遗症还在，我总觉得史珍香事件的后续发展，会让沈伟强摔一个粉身碎骨。”

“谁说要扶沈氏父子了？”杜清泫意味深长地笑了，“我要做的事情有两件，一是帮助关得走向正道，让关得跟随在我的身边，让他实现人生最大的价值。二是劝说元元离开毕问天，毕问天走的是邪道，不会有好下场，出于对元元的爱护，我希望她迷途知返。”

又来了，方木无奈了翻了翻白眼，她对杜清泫几乎事事言听计从，唯有一点，她很不喜欢杜清泫的自我标榜。有些事情，明明是争名夺利的俗事，他非要费尽心机寻找到一个伟大光荣正确的理由来掩饰。不过她听明白了杜清泫的言外之意，沈氏父子，不过是杜清泫为了得到关得和元元的垫脚石而已，只要关得和元元到手了，沈氏父子的死活就不在杜清泫的考虑之内了。

尽管对沈氏父子既没什么好感，更不认识，不过方木还是为沈氏父子感到悲哀。好歹沈新也是堂堂的一市之长，却不走正道，又养了一个不成器的儿子，才让杜清泫有机可乘，将他牢牢地掌控在了手心之内。如果沈新一身正气，没有私心杂念，杜清泫也无机可乘。说到底，每一个人的命运都是自己自愿的选择，是好是坏，别怨天尤人，要怪，只能怪自己没有把握好。

好吧，既然杜清泫自我标榜了一辈子，不让他自我抬高，他也不会同意不会顺心，方木索性转移了话题：“杜爷，上次您说过要为我讲一讲人生的十三条定律，现在正好有时间……”

杜清泫呵呵一笑：“方木，你背着余帅偷学，可不太好呀。不过算了，余帅没有你悟性高，他现在还不到知道十三条定律的层次，我先讲给你听也无妨……”

“人生的十三条定律，分别是一，因果定律；二，吸引定律；三，深信定律；四，放松定律；五，当下定律；六，八十比二十定律；七，应得定律；八，间接定律；九，布施定律；十，不图报定律；十一，爱自己定律；十二，宽恕定律；十三，负责定律。”杜清泫中间没有停顿，一口气说了出来。

方木听完，若有所思地想了想：“爱自己定律、宽恕定律和负责定律，怎么解释？”

杜清泫奇道：“前面的十条，你知道含义了？”

“猜也能猜个大概，就是最后三条，怎么也想不明白，请杜爷解疑释惑。”

“好吧，先说第十一条爱自己定律。”杜清泫的性格是随遇而安的淡然，方木说什么，他通常不会反驳，一脸春风般的微笑，“一切为他人着想的想法和助人为乐的行为，还有一切成功和荣耀，都缘于一个最基本的出发点——爱自己。一个连自己都不喜欢都不爱的人，怎么可能去爱别人爱世界呢？爱自己不等于自私自利，而是让你在珍爱自己的一切包括福分、身体、名誉的前提下，去爱别人去爱世界，去为别人和世界做出应有的贡献。”

“嗯，这个定律我明白了。孟子说，君子不立于危墙之下，一个人，只有先爱自己，才能安身立命去爱天下人。有这样一个故事说，苏东坡任凤翔府判官，章惇任商州令时，两人同游仙游潭。有一处是悬崖峭壁，上面只有一根独木桥相通，独木桥下是万丈深渊。章惇提出让苏东坡过桥，在绝壁上留下墨迹，苏东坡不敢。章惇却神色平静，用绳子把自己系在树上，探身过桥，在陡峭的石壁上写了几句话。苏轼不禁抚着他的背长叹说，能自拼命者能杀人也……章惇哈哈大笑。

“苏东坡看出了章惇的为人，不珍惜自己生命的人，也不会珍惜别人的生命。果然，就是这位章惇，后来当了宰相，大权在握，整治政敌毫不手软，杀人不眨眼，甚至提出掘开司马光的坟墓，暴骨鞭尸的狠招。因与苏东坡政见不合，章惇大下狠手，把苏东坡贬到偏远的惠州。在惠州，苏东坡以苦为乐，在诗中写道：为报诗人春睡足，道人轻打五更钟……诗传到京城，章惇嫌苏东坡在逆境中也能这么逍遥，就再贬他到更远的儋州（今属海南）。在宋朝，放逐海南岛只比满门抄斩罪减一等，可见章惇之狠。后来，章惇被《宋史》列入《奸臣传》。”方木说起历史轶事，如数家珍，她说完之后，微微点头，“杜爷，不知道我的理解，对不对？”

“哈哈……”杜清泫开怀一笑，“对，很好，方木，我最喜欢的就是你举一反三的悟性，你理解得很对，珍惜自己生命的人，才会珍惜别人的生命。好，现在说第十二条定律，宽恕定律。宽恕是一种力量，是一个人获得新生的必经之路。仇恨和悔恨的种子可以长成一棵阻碍进步和成功的参天大树，而宽恕就是锋利的斧头，有了宽恕之心，就可以将仇恨和悔恨的大树砍断，从此天高地阔，人生无限。

“记住，你要宽恕的对象有三种人，而第一个需要宽恕和原谅的对象，就是你的父母。不管你的父母对你曾经做过或正在做什么不好的事，都必须完全、彻底地原谅他们。因为他们毕竟是生你养你的父母，带你来到这个世间，就是最大的恩赐。第二个需要宽恕的对象，是所有以任何方式伤害过或正在伤害你的人。你不用和他们成为好朋友，也不用让他们知道你的宽恕，你只需要简单地、完全地毫无保留地宽恕他们。毕竟他们对你的伤害，历练了你的人生，成就了你的隐忍。第三个需要宽恕的对象，是你自己。不管你过去做过什么不好的事情，请先真诚地忏悔并且保证不会再犯，然后，请宽恕自己。内疚、悔恨只是沉重的精神枷锁，不会让你有所作为，对你的进步没有任何帮助。所以宽恕自己并且放下心理包袱，勇敢向前，才是一个人应有的正确的人生观。”

“从前种种，譬如昨日死；以后种种，譬如今日生。”方木点头，连连赞叹，“宽恕其实就是放下的意思，放下才能得自在。”

“最后一条定律，负责定律。负责定律，顾名思义，就是一个人必须要为自己的所作所为负责。不管是你无意中一个小小的动作，或是一句无心的话，但无意中的小小动作却影响了别人，无心的话也伤害了别人。不要以为你是无意之举，就不用负责，天地法则严酷而无情，不因你的无意而饶过你，也不因你的无知而放过你。所以，知道负责定律，就是让你时刻提醒自己，你要对自己所做的一切言行、境遇和生活负全部责任。一个时刻铭记自己责任的人，才能时刻检点自己的一言一行，才能谨小慎微、如临深渊、如履薄冰，才能永远立于不败之地。”讲完了之后，杜清泫意味深长地看了方木一眼，“方木，在知道了负责定律之后，你还会觉得我不管做什么事情都要寻求一个正大光明的出发点是虚伪和多此一举吗？”

啊？方木心中一惊脸上一红，原来她对杜清泫自我标榜的不满，杜清泫一直心知肚明，她还以为她隐藏得很深，杜清泫一无所知呢，一时木讷

说道 :“杜爷，我，我……”

“不要自责，也不要多想，我没有怪罪你的意思，我只是想提醒你，有时候为自己寻求一个光明正大的理由，既是培养自己的善心，又可以让自己的内心平和安详。当然了，话又说回来，善心并不一定全是公心，善心之中，也有私心。”杜清泫呵呵一笑，“方木，好好提高，努力进步，你以后的道路还长，和别人的较量还很多，有时候胜负不在于实力的悬殊或是时机的好坏，而有可能只在于一念之间。”

杜清泫说的很多，他与何子天、毕问天的较量，在最后分出胜负的关键一战中，就是一念决定了谁能笑到最后。

“还有一件事情我不太明白，杜爷，既然元元是先天大成之相，有了她就可以帮助您渡过劫难，为什么还非要让关得也跟随您？”本来方木想说为什么要抢元元还要连关得也抢过来，但受杜清泫刚才一番话的影响，她也用委婉而光明正大的说法了。

07　好心未必会办好事

父母的下落，一直是关得心中的痛，也是他的心结。虽然他不如碧悠一样对父母耿耿于怀，恨大于牵挂，但身为人子，还是想见到父母，更想当面问问父母，当年为何离他而去？继母到底是不是他们离去的罪魁祸首？

险情

"老子说，天得一以清，地得一以宁，神得一以灵，谷得一以盈，万物得一以生，侯王得一以为天下正……"杜清泫目光深沉地望向窗外，见天空中积聚越来越多的乌云，心情忽然莫名沉重了几分，"运师得一而得天命，这个'一'就是关得。"

再进一步解释的话，道生一，一生二，二生三，三生万物，如果关得知道他在杜清泫眼中如此重要，接近于道，不知道他是该庆幸他的无可替代，还是该无奈他被高抬？还好，现在他还不知道杜清泫在背后的所作所为，尽管他已经知道杜清泫人在单城，但杜清泫在单城哪里，又暗中在做什么，他一无所知。

关得也没有时间去猜测杜清泫来单城的真正目的，最近几天，他一直很忙，忙得不可开交。碧悠又去了石门，而且又是一去杳无音讯，他只好暂时肩负起了管理一碗香的重任。如果他再不照管一碗香，看碧悠的意思，是想让一碗香自生自灭了。

对于碧悠再去石门，关得也懒得再多说什么了，碧悠心意已决，谁的话也听不进去，他又何必多此一举？就让时间证明一切的对与错是与非吧。

除了照管一碗香之外，关得还要照看两个半大孩子——二小和大个。二小还好，有眼色，听话，会说话。大个就不同了，他性格孤僻而多疑，要么对关得的话哼哼哈哈地敷衍，要么索性左耳进右耳出，关得拿他一点儿办法也没有。

但关得又不能赶他走，大个和二小在一起五年了，二人结下了兄弟一般的情谊，二小要留下，大个也要跟着，好在方外居的房子够住，何爷也不嫌烦，关得就留下了二小和大个。

至于出资五百万捐建孤儿院一事，正在有条不紊地进行之中，月国梁已经亲自主抓了此事，并且申请了地皮，前期手续基本上已经办妥，关得的资金到位就可以兴建了。关得的资金倒是没有问题，但是他请了一个专业的设计师设计孤儿院，力求尽善尽美，想一步到位，建成之后，各项生活设施齐全，当然，如果能再配一个小学就更好了。

饭要一口一口吃，路要一步一步走，关得也不急，反正流浪儿童暂时有地方安置——滏阳区的旧城改造项目的第一个安居工程惠民小区，正式破土动工了。为工人修建的临建里面，特意辟出了一块地方，临时充当了流浪儿童的家园。

至于石门的省电视台家属院项目，比惠民小区早一天破土动工，等于是说，滨盛成立以来的两大工程，几乎同一时间开工，当是可喜可贺的大事。关得没有参加省电视家属院项目的开工仪式，不过他接到了月清影的电话，听到月清影在现场兴奋而开心的声音时，他也可以想象得到当时热火朝天的情景。

也是，开工建设一处占地几十亩的家属院项目，在一片废墟上立起一栋栋高楼大厦，确实很有成就感。人生在世，就应该建功立业，就应该有所作为。

还好，关得参加了滏阳区惠民小区的开工仪式。

惠民小区全权交由于天凯负责，关得还是躲在幕后，并不抛头露面。一是他听从何爷的指示，防止被杜清泫察觉到他的行踪；二是他既然要走隐形掌门人之路，从现在开始适应垂帘听政的状态，就很有必要。

不过在开工仪式上，在于天凯的坚持下以及李东从的竭力邀请下，关得还是出面了。主要是李东从打的如意算盘是，关得一出面，就可以请到月国梁剪彩了。果然，一开始月国梁不想出席剪彩仪式，后来听说关得也会到场，他就勉为其难地答应了。

开工剪彩仪式，举办得十分成功。关得躲在人群中，见台上的月国梁、李东从满面春风，见于天凯也人五人六地穿上了西装，站在台上风光八面。再看鼓乐喧天，热闹非凡，现场还有许多百姓对惠民小区建成之后的前景十分期待，都盼望着早日住上新房，让他微微感慨——不管是为官还是经商，只有做一些能够让百姓得到实惠的实事，才是正道。人生在世，总要留下一些值得纪念并且有存在价值的东西，才不白活一场。

省电视台家属院项目和惠民小区项目同时开工，意味着经历了沈伟强数次打压和围剿的滨盛房地产，终于突出重围，打响了扬帆起航的第一枪！

滨盛房地产，总算站稳了脚跟，迈出了坚实的第一步。以省电视台一个亿的工程预算以及惠民小区五千多万的造价，两个工程下来，滨盛的利润不会低于五千万。按照股份比例，现在的关得，不显山不露水，却已经是不折不扣的千万富翁了。

参加完开工仪式后，关得在回方外居的路上，见天气转阴，有下雨的迹象，一时心急，虽然方外居有何爷在，但他不放心二小和大个。几天相处下来，二人成了他的牵挂，他怕下雨天气变凉，会让二小和大个感冒。小二和大个虽然习惯了流离失所，但二人到底还是孩子，又不会照顾自己……

主要也是关得有一个悲伤的童年，他现在视二小和大个如兄弟一般。小刀经过抢救，已经脱离了生命危险，正在逐渐恢复中，他大为欣慰的同时，更坚定了要建一座单城最好的孤儿院的决心。如果他的善举能够挽救更多的流浪儿童，可以让更多如二小和大个一样的孤儿过上吃得饱穿得暖的生活，他也就知足了。

走到半路，果然下雨了。有何爷在，二小和大个在方外居也不会淋雨，而且二小和大个的到来，也让方外居平添了许多生机，何爷也愿意和二人聊天。不过关得还是放心不下，加快了车速。他担心大个不听话，大个顶撞他没什么，如果顶撞了何爷，惹了何爷生气，就是他的不是了。

以后要好好和大个沟通一下，最好可以让大个对社会的成见和根深蒂固的自闭心理化解，关得才这么一想……电话忽然响了。

关得一时走神，从口袋中掏电话的时候，手机就掉到了座位下面。电话还是固执地响个不停，不知何故，他突然心烦意乱起来，伸手到座位下去拿电话。眼见就要将电话抓到手中时，他低头朝下面看了一眼，看清了电话正好卡在脚垫的缝隙之中。

其时关得的车速并不快，在低头看手机时，前面并没有车，而且雨也刚下，并不大。不料似乎就是一眨眼的工夫，等他抓住手机抬头再看向车前的时候，顿时吓得差点惊叫出声！

车前十米开外，不知何时突然出现了一辆卡车，卡车不但在龟速前进，而且刹车灯还亮了，证明卡车正在减速。在国内卡车从来不装后防撞梁的前提之下，小车追尾卡车只有死路一条。

最关键的是，此时雨突然大了起来，前方白茫茫一片，让关得失去了距离感，十米的距离，以四十公里的时速，也就是一两秒钟的反应时间。

还好，卡车没有完全静止，否则关得再有通天之能，也躲不过去。紧急之下，他先是一脚踩死了刹车，眼见距离如黑洞一般的卡车尾部越来越近，如不避让，肯定避免不了一头撞上的命运。虽然他开的是奥迪，但奥迪又不是以安全著称，追求安全到了极致的沃尔沃，追尾卡车的话，恐怕也没有生还的可能。

见刹车之后，前面卡车的尾灯还在迅速逼近，关得知道必须冒险了，他顾不上看一眼左边的后视镜，当机立断，向左边猛然一打方向，汽车距离卡车尾部顶多还有几公分的距离，堪堪擦了过去，总算躲过了一难。

实际上在遇到前车突然刹车的时候，紧急刹车是最合理的处理方法，向左向右打方向，都容易引发旁边车道汽车的碰撞。但今天关得实在是没有办法了，只有冒险一试了。

车刹停了，还好，不幸中的万幸，后面没车。卡车也许是意识到了刚才的危险，也许是自知理亏，突然一加油门逃之夭夭了。

跑就跑吧，反正关得也没打算找卡车算账，刚才的险情，他也有责任，不能完全怪卡车。

惊魂未定，片刻后，关得恢复了平静，大雨已经倾盆，街上车辆极少。他将车停在路边，刚才才想到大个，电话就响了，然后他突然就心烦意乱，难道说，刚才的险情，和大个以及电话有关？

世界上所有的事情都有内在的关联，没有孤立的事件。关得见大雨之中，天地仿佛连在一起，只见白茫茫一片，分不清哪里是天地应有的界限，心中忽然闪过一个强烈的念头——大个和刚才打电话的人，会是他的人生难关不成？

大个暂时不想了，关得实在想不出来大个会怎么给他带来困扰，他拿过电话，翻看一看，来电的人赫然是碧悠！

无名火

如果说碧悠是他的人生难关，也说得过去，关得没再多想，当即回拨了电话。

“碧悠，什么事情？”雨越下越大，打得车顶咚咚直响，印象中，很少有这么大的秋雨，一场秋雨一场寒，虽然人在车内，但天地之间的寒气袭来，关得感受到了冬天的逼近。

“关得……”碧悠哽咽的声音传来，伴随着天地之间的冷气，瞬间弥漫了关得的全身，“你能不能现在来石门一趟，我需要你的帮助……”

“出什么事情了？碧悠，你别哭，慢慢说。”关得心中一紧，他虽然不支持碧悠想要控股碧天集团的决定，但还是放心不下碧悠的安危，毕竟，他和碧悠同是天涯沦落人，“是不是吃亏了？”

“你别问了好不好？我现在就需要你陪在我身边，关得，求求你了。”碧悠的哭声淹没在狂风暴雨之中，让人意识到和天地之威相比，个人的悲欢太渺小了。

关得最不喜欢的就是碧悠吞吞吐吐的性格，有什么话不明说，非要绕来绕去。他本来因为大个的问题正心烦意乱，再加上刚才碧悠的电话险些让他撞车，他心中微有狂躁之意，不耐烦地说道："碧悠，有什么事情，你就明说，别让别人猜来猜去，我现在事情很多，如果你没有什么正事的话，我没时间专门去石门陪你，而且我还是以前的态度不变——不赞成你控股碧天集团！”

碧悠沉默了片刻，挂断了电话。

关得反倒被气笑了，碧悠到底是想让他怎样？她做的本来就是火中取栗的事情，如果没有事先想过输得一无所有的后果，只想到大获全胜的美好，那么碧悠就太可悲了，白跟了何爷这么多年。

算了，不管她了，随她去，何况他也多次劝过她，不要弄险，她就是不听……关得收回心思，重新发动了汽车，回到了方外居。

大雨中的方外居，一片喧嚣，除了风声雨声之外，还有大个的吵闹声。关得皱了皱眉，推开院门，抬头一看，见大个和二小没有打伞，站在大雨之中的树下，正在刨一棵何爷最喜欢的桃树。

何爷站在屋檐之下，脸色平静，既不上前制止二人，也没有任何表示，仿佛大小和二小要挖的是别人的树一样。

“你们在干什么？”关得见状大怒，向前一步，一把夺过大个手中的铁锹扔到一边，吼道，“大个，你想怎么样？”

大个和二小被关得的怒火吓呆了，二人浑身上下被淋得精湿，几乎不成样子了，尤其是大个，不但头发乱成一团杂草，而且双眼通红，似乎疯了一样。

二小第一次见关得发怒，他吓得浑身发抖，也不知是被冻得发抖还是由于惊吓，反正他呆了一会儿之后，忽然“哇”的一声放声大哭："关哥哥，你别生气了好不好？都怪我，都是我不好。大个也不知道犯了什么病，非说院子里的桃树难看，看了让人心烦，他就非想挖掉。我来劝他，劝不住，想拦住他，没他力气大……”

原来二小是在想制止大个疯狂的举动，关得的气稍微消了几分，他用力一推大个：“大个，你到底怎么回事儿？好好的树，你为什么非要刨掉？再说，这树不是你的树，你没有权力刨掉它。”

“我就知道你是假慈悲，没当我们一回事儿。在你眼里，我们就是你用来满足同情心虚荣心的工具，你从来没有平等地对待我们！”大个不服气地冲关得怒吼，“一棵树就让你露出了真面目，关得，你真可悲，你虚伪，你让我看不起！”

关得在雨中，被雨淋得浑身湿透，衣服贴在身上，十分难受，又被大个指着鼻子说他虚伪，他的怒火终于被全面点燃了：“好，好，你说我虚伪，我就让你知道什么是坦诚——大个，我现在非常讨厌你，请你马上离开！”

“走就走，谁稀罕住你这里。”大个转身就走，一拉二小，“二小，跟我走，这地方不是咱们的家，咱们就是四海为家的命。”

二小迟疑着不肯迈开脚步，可怜巴巴的眼神望向了关得，关得正在气头上，冲二小吼道：“你要跟他走，就别再回来了。”

盛怒之下的一句话，让二小心中最后的一丝希望破灭了，关得不再是他眼中和蔼可亲的关哥哥，而是一个盛气凌人的陌生人，尽管百般不舍千般不愿，二小还是和大个一起走了。

迈出方外居大门那一刻，二小回头望了一眼，见关得还站立在风雨中，一动不动，他心中默默地说道：“再见了关哥哥，这些天给你添麻烦了，也许以后再也见不到你了，但我会一直记得你，你是我遇到的最好的一个大哥哥。”

狂风暴雨也没有让关得心中的狂躁之意平息，他站在风雨中，足有十几分钟一动不动，心中在不停地问自己，为什么？为什么做点好事也这么难？为什么大个这么不服管教？自己到底哪里做错了？

直到何爷实在看不过去了，开口说道："关得，不要淋雨了，回房间来，我有话对你说。"关得才如梦方醒，意识到他还站在雨中，浑身上下和游泳没有区别了。

回到房间，换了一身干净衣服，关得来到了何爷面前。见何爷气定神闲，一手花生米，一手茶水，正悠然自得地坐在房间的正中，大开房门，品茶赏雨，他的心境才又平静了许多。关得心中暗道惭愧，和何爷相比，他不管是境界还是心性，还是差了太多。

"何爷，我……我也不知道怎么回事儿，突然就发火了。"关得诚恳地认错，"现在想想，虽然大个过分了一些，但他毕竟还是一个孩子，我不应该对他太求全责备了。"

何爷却并不宽慰关得，而是问到了其他："你有没有想过一个问题，你和二小、大个偶遇的背后，说不定有人为推动的因素？"

"什么意思？"关得一愣，一下没有想通其中的环节。

"也就是说，有人故意让二小和大个去找你，引导你进入二小和大个这些流浪儿童的世界。"何爷端坐不动，目光平和地望向外面的风雨。

平房的好处就是可以大开房门，直接亲近自然。风雨虽大，却飞不进房间，都被高高的屋檐挡在了门外，坐在房间的正中，感受外面的天地之威和清凉之风，确实十分惬意。只是现在的关得却心思躁动，无法静下心来。

"谁会这么好心帮助我去行善积德呢？"关得理解不了何爷的推测。

"好心是好心，可惜的是……"何爷呵呵一笑，笑容中，是久经世事的智慧，"有时好心未必会办好事。"

关得蓦然灵光一闪，对呀，如果真如何爷所说，是有人故意引导二小、大个和他认识，让他深陷救助流浪儿童的事件之中，而且从大个对他的成见也可以得出结论。很明显，他救助流浪儿童之举，至少到目前为止，还没有收到预期效果，相反，他还被大个气着了。

"你刚才冲大个发火，是无明火，表面上看，你是被大个牵了鼻子，实际上，你是被幕后推手牵了鼻子。照此下去的话，你的孤儿院就算落成了，你的功德也会大打折扣，因为你的心思不纯了，你被大个引发的无明火烧毁了你的功德林，火烧功德林！无明火，是一个人成就大事的道路上最大的敌人。无明火不但会让一个人失去判断力，也可能会让一个人做出不可挽回的错事。如果当时大个不走，非要挖树不可，你在盛怒之下，会不会动手打他？”

关得默然无语，何爷说对了，当时他真有想打人的冲动。

“如果你打了他，也不算什么，但再多想一想的话，当时大个手中有铁锹，他流浪多年，养成了孤僻和不信任任何人的性格，又缺少克制力，万一冲动之下，他拿起铁锹打你一下，再万一他下手不知轻重……关得，你想过最严重的后果是什么没有？”何爷微微叹息一声，“如果你经常看新闻就会发现，许多凶杀案，其实都是临时起意的犯罪，街头斗殴，一言不合拔刀相向，甚至是多看了对方几眼就引发打架，最终出了人命的事件，太多了……当然，幕后推手也许并不是想让大个和你非要弄个你死我活的下场，他只需要让大个成为你在救助流浪儿童事件上的绊脚石就足够了。”

关得明白了，如果大个的存在一直让他烦躁不安，让他经常发火并且失去理智和判断力的话，那么不用外人出手，他自己就会运势大减并且连连出错。和高人过招，他别说可以出错了，就是连一丝懈怠和放松都不行。只要他稍微露出一丝破绽，就会让对方有机可乘。而他如果在救助流浪儿童事件上出师不利的话，不但会降低他的运势和福分，而且还会进一步连累月国梁的运势。

果然是非常高明的一箭双雕之计！

实则虚之

何爷的提醒，让关得恍然大悟，忽然又想起了在医院遇到的古怪老者，于是他向何爷说出了他的疑问。何爷听了，先是想了一想，然后若有所思地笑了：“你遇到的人，正是杜清泫。”

“什么？杜清泫？”关得可是吓了一跳，一下站了起来，“杜清泫……

也太让人防不胜防了吧？他向我要五千元，应该是故意测试我了？可惜的是，我没有过关。”

“有两件事情你需要注意……”何子天仰望依然阴云密布的天空，雨还很大，没有要停的迹象，他心中的担忧越来越重，“一是要认真处理好救助流浪儿童的问题，处理好和大个的关系，二是最近要小心行事，提防意外情况的发生。杜清泫不同于毕问天，毕问天的出手虽然多是阴招，却比杜清泫隐藏在光明正大下的明招更好提防。杜清泫的手法，通俗地讲，是糖衣炮弹，让人防不胜防。高雅一点讲，是瞒天过海的高明，他在不损害自身福分的前提下，明是为你着想，实则是想让你深陷深渊之中。”

关得重重地点头：“我记下了，何爷。”

“你还年轻，现在让你正面面对杜清泫，也是难为你了。不过你经历了跌落悬崖的生死劫难之后，应该在相术和运势上，都会有一个明显的上扬阶段……”何爷深知杜清泫的厉害，所以他一再提醒关得，要小心再小心行事，否则一着不慎就有可能满盘皆输，而且还没有翻盘的可能。

关得自己还觉得奇怪：“是呀，我也觉得福祸相依，既然大难不死，那么肯定应该事后有福，谁知道我现在感觉不但没有在相术上有什么进展，就连运势上，似乎也比前一段时间低迷了许多。”

“不要急，也许时机还不到，也许是杜清泫设计的流浪儿童的局，困住了你。”何爷站了起来，走到门外，站在屋檐下，“不过不要怕，雨再大，总有天晴的时候。杜清泫再高明，也有失算的时候。他防得了问天的阴招，防得了你正面的出手，却防不了我以逸待劳的虚招。”

“何爷，您的意思是……”关得知道何爷看似逍遥自在，其实在暗中一直关注杜清泫的一举一动。由何爷坐镇，杜清泫在布局之时，肯定会有所顾忌，不敢使出全力，而且还会保留一部分精力，以用来对付何爷随时可能的出招。

“虚招，就是虚则实之实则虚之的招数，说没有也没有，说有也有。呵呵，就和空气一样，平常你察觉不到空气的存在，但空气一旦发作，就是可以摧毁一切的狂风。”何爷背起双手，仰头看天，“雨快要了停了，关得，你什么时候去石门一趟？”

“去石门？”关得不解何爷何出此言。

“我是担心碧悠。”何爷叹气一声，“碧悠怕是有难了。”

“我明天一早就动身。”关得对碧悠的关心不同于对月清影和秋曲，他一直当碧悠是亲人。

“记住，以劝导为主，别太强迫碧悠了，她的心结，只能自己解开。”何爷又摇了摇头，然后坐到摇椅之上，闭目养神了。

下午，关得左右无事，想去找找二小和大个，不料他刚发动汽车，手机却响了。一看来电，是曾伟贤，就随手接听了电话。

“得哥，曾登科想和你谈谈。”曾伟贤的声音微有急切之意，“应该是调查史珍香幕后黑手的事情，有眉目了。”

好事，好事，关得当即说道：“好，让他马上到一碗香。”

放下电话，关得顾不上再去找二小和大个，直奔一碗香而去。到了一碗香，刚打开贵宾间，还没有来得及泡上茶，电话就又响了。

是秋曲来电。

“关得，你那里下雨没有？石门下雨了，好大的雨，我记得秋天很少下这么大的雨。一场秋雨一场寒，十场秋雨穿到棉，你自己多注意身体，别感冒了。”秋曲先是絮絮叨叨说了一气生活上的事情，然后话题一转，“对了，你让我散播苏墨虞要调往央视的传闻，我已经胜利完成了任务，现在省台几乎人人皆知，苏墨虞有望成为省台即将调往央视的唯一一名女主持……消息是散播出去了，但到现在还风平浪静，没有任何成效，你说，在这件事情上，你是不是包藏祸心了？”

天地良心，他是一等一的好人，关得嘿嘿一笑：“说实话，还真没有。如果非要说有那么一点点私心的话，我是希望部小鱼听到传闻后，会无比迫切地要和苏墨虞一争高下，要抢在苏墨虞前面调往央视。部小鱼一调走，省台就天下太平了，多好。”

“你真有这么好心？切，我才不信。算了，不和你讨论这个无聊的话题了，我就想问你一件事情，你什么时候来石门？省电视台家属院项目是拿到了，但也不能满足于现状，要继续大步前进不是？还有就是，你不过来，我和清影两个女孩子，总觉得太孤单了，是不是？不管是公司还是家里，总得有一个男人当家做主才让人放心，是不是？”

关得对秋曲的话也没多想，说道：“最晚明天就可能过去了，主要也是单城这边事情还有很多，一时脱不开身。对了，你有时间的话，帮我调查一下碧天集团和吴氏集团的实力和背景。”

“你不说我还忘了，你为什么让清影吃进碧天集团的股票？你是不是在和碧悠联手打碧天集团的主意？你和清影吃进了碧天集团的股票，为什么不叫我？还有，听说你要出资五百万捐助一所孤儿院，这样的好人好事，你怎么也不通知我一声？自私！这样吧，我出一百万，和你一起捐助好了。不过我有言在先，我从来都是做好事不留名的好人，我出一百万，挂在你的名下就行了。”秋曲一口气说完，也不等关得再说什么，就挂断了电话。

关得摇头笑了笑，真拿秋曲没办法，不过秋曲跟在他的身后也捐助一百万的举动，还是让他对秋曲又高看了一眼。能舍者能得，秋曲为人，随心所欲随缘而行，果然是无底相之人，见识和心性都高人一等。

世界上许多有钱的人，看似赚钱很容易，其实背后都有先舍后得的因果。天地法则亘古长存，永不改变，布施者得回报，一直是世界财富分配的唯一准则。

关得刚这么一想，曾登科等人就赶到了。

曾登科不是一个人前来，而是五个人全部出动。根据最近对五个人的观察和考验，五个人一心倒向，而且能力都还不错，关得基本上确定要收下几人了。

下雨的缘故，几人清一色没有打伞，都穿了雨衣。深黑色的老式雨衣，在下午阴沉的天气中，在阴冷的秋雨中，如果五个人一字排开，一言不发地行走在偏僻的小巷之中，还真有一丝诡异的味道。

见五人恭恭敬敬地站在自己面前，都微微弯了腰，关得笑了笑说道：“都坐吧，别拘谨。”

曾登科看了关得一眼，讨好地一笑：“就不坐了，直接说事就行了。

关大师，经过我和小伙伴们明察暗访，再由我出面去和史珍香的丈夫郭恒大做了大量的心理工作，最终取得了郭恒大的信任。当然，在沟通过程中，游子旭、庞神算和文武艺、石中玉也付出了辛勤的劳动，他们的主要任务是负责和郭恒大的儿子郭足球沟通，成功地让郭足球相信了他们是好人，并且成功地从郭足球的嘴中套出了一个真相……”

关得见曾登科也有意思，几个老伙伴说成小伙伴也就算了，还不大功独揽，不忘提携一下几个同伴，这种分享精神也是难能可贵的成大事必备的素质之一，他点头说道：“不错，不错，你们几个人都可堪大用，比《天龙八部》中的四大恶人善良多了。”

“呵呵……”

“哈哈……”

关得一句话，顿时让几人喜笑颜开，房间中过于拘束的气氛也随之轻松了许多，见效果达到，他用手一指椅子：“别站着了，就我一人坐着，你们都站着，好像虐待你们似的。还有，在我面前，你们不要叫我大师，叫我关得就行了，或者叫关总。”

“关总！”几人可不敢直呼关得其名，不过关得的话又不得不听，就改口叫关总了。叫了关总之后，几人分别落座了。

曾登科几人到底行走江湖多年，见多识广，很有和各色人等打交道的经验，知道从哪里下手最快捷最行之有效，关得对几人的调查手法很是赞同。从郭恒大入手是最佳切入点，但郭恒大在史珍香意外死亡之后，肯定警惕心重，不易突破，那么以郭足球为突破口就是最好的选择了。

不出他所料的话，以郭足球作为突破口，肯定起到了破冰的作用。

海纳百川，方成其大

果然和关得猜想的一样，坐下之后，曾登科见关得没有大师的架子，为人随和，胆子也大了起来，喝了一口水说道：“本来我一开始开导郭恒大，说史珍香虽然死于意外，但她的背后还有故事，如果他能告诉我史珍香为什么要推关总掉下悬崖，我不但保证让他收到史珍香应得的报酬，而且还保证他的安全。不料也不知道郭恒大是受到了别人的威胁，还是他总是怀疑史珍香不是死于意外，而是死于杀人灭口，总之，他一口否认史珍香是受人指使去害关总……后来没有办法，就只能从郭足球身上下手了。先是游子旭出马，结果游子旭不喜欢足球，没能和郭足球打成一片。然后是石中玉，石中玉也不行，年纪太大了点，和郭足球有严重的代沟。最后还是文武艺出马，他到底读书多，知道郭足球喜欢哪个足球队哪个球员，很快他就成了郭足球的好朋友……”

后面的事情就简单了。说是简单，其实中间肯定也经过了许多小心翼翼的试探过程，一点一点推进，快不得慢不得，中间的度很不好把握。关得对几人的表现十分满意——从郭足球口中了解到史珍香确实收了别人订金，订金藏在了墙缝里。然后曾登科再次出马，对郭恒大晓之以理动之以情，告诉郭恒大，现在和他合作是最明智的选择，否则史珍香的幕后主使什么时候凶性大发，说不定连郭恒大和郭足球的命都难保……

最后郭恒大终于被说动了，从墙缝中拿出了史珍香收到的订金——五万元，以及一个小型录音机。郭恒大说，他也不知道史珍香的幕后主使是谁，因为史珍香和对方一直是单线联系，而且从来不让他插手，什么事情都不告诉他。不过史珍香也留了一手，和幕后主使见面时，她偷偷录了音。

“录音机在这里……”曾登科拿出一台袖珍录音机，三洋牌的，很新，显然是新买不久。

这台录音机市场价格在三四百元左右，对于史珍香的家庭来说，是一笔不小的开支，是奢侈品。如果不是为了有备无患，相信史珍香一辈子也不会去买这样一个家电。

关得也没再多问什么，直接按下了录音机的按键，先是沙沙的声音，听不清，随后是一个女人说话的声音，不用说，肯定是史珍香了。

“一口价，二十万，你要同意我就干，不同意，一拍两散。”

“二十万？你也太敢狮子大张口了，有个人要十万我都没有答应他。

看在你是一个女人的份儿上，一口价，十五万。”

是一个男人低沉的声音，尽管他刻意掩饰，但语气中的嚣张和狂妄还是出卖了他，让关得一下就听了出来他是谁——沈伟强！

果然是沈伟强！关得心中强压怒火，猜测是一回事儿，在铁证如山真正指向沈伟强时，又是另外一回事儿。他心中一阵冷笑，在沈伟强和史珍香的讨价还价中，他的生命原来只值十几二十万。

不过有时想想也真是可悲，一个人或许身价千万甚至亿万，但在别人眼中，或许只值一二十万。所以说，适当地放低身段，让自己谦下而平和，是一个成功人士必备的心态。

财属水，水性流低。所以自高自大者，往往无财，就算侥幸继承了遗产，也早晚会挥霍一空。毕竟，财富如大海，海纳百川，方成其大，高山之上，从来不存水。

对话在继续。

“二十万,一分也不能少，要是你不同意，我转身就走。我不信你还能找到别人，别吹牛了，十五万帮你杀人，这是丧尽天良的事情，十五万怎么够？没有二十万保证下半生的幸福，谁也不会冒这么大的风险去赚卖命钱。”史珍香的声音和她的长相一样，极其普通，就是一个再平常不过的北方中老年妇女的声调，有着浓重的单城口音。

沈伟强似乎被史珍香拿住了，他沉默了片刻才问：“你凭什么值二十万？”

“凭什么？”史珍香冷笑连连，她冷笑的声音从录音机中传来，依然可以清晰地听出轻蔑之意，“就凭我长相普通，谁也认不出来。就凭我对丛台峰的地势特别熟悉，知道在哪里推人下去，最能摔死人。就凭我下山的速度快，可以很快逃跑……就凭我是你唯一的最佳人选，所以只要你二十万不多。”

“好吧……”一向精明过人处处算计别人的沈伟强，在史珍香面前，没有占据半点上风，反而被史珍香完全牵了鼻子，“如果关得不去丛台峰，你怎么办？”

"不去就等着，只有丛台峰是最好的下手地点，别的地方都太扎眼，容易被当成刑事案件，我可不想天天被警察查来查去。你放心，单城人都喜欢去丛台峰，尤其是年轻人，关得身边好几个女人，他肯定会去。国庆期间又是丛台峰最好看的时候，错过了这个机会，也许你还得等一年。"

"行吧，就这么定了，我出钱，你办事，先付五万订金，事成之后，十五万一分不少给你。另外，我不认识你，你也不认识我，我们也从来没有见过面……知道我的意思吧？"

"知道……"

录音就此中断了，关得轻轻地拿起录音机，心想沈伟强恐怕做梦也不会想到，他还有证据落在史珍香手中。或许在他眼中，史珍香只是一个穷苦的社会底层的中老年妇女，没什么见识，就知道要钱。他哪里知道，很多时候，大人物也会被不起眼的人打败，高傲的富二代，说不定最容易栽倒在平民百姓手中。

录音机很轻，轻若无物，又很重，重逾千斤，他看了曾登科一眼："这件事情，还有谁知道？"

"就我们五个人，没别人，对，还有郭恒大和郭足球，郭恒大说他没听过录音机里面的内容，我估计他在说假话。郭足球肯定不知道，他还是一个孩子……"曾登科以为关得要对郭恒大下手，忙为郭恒大和郭足球开脱。

"这样，录音带复制几份，你先保存起来。另外，安排郭恒大父子搬家，如果他们在外地有亲戚，最好离开单城，防止事发后有人丧心病狂对他们下手……"关得想了一想，"复制好的录音带，给我一份。"

"明白，关总。"曾登科长出一口气，他还真担心关得要对郭家父子下手，那样的话，他就成罪人了，没想到，关得如此宽宏大量，对史珍香的家人没有一丝怨恨之心，这就让他更坚定了跟随关得的决心，"录音带已经复制好了。"

一边说，他一边从身上又拿出一盒录音带，交给了关得。

关得点了点头，心想曾登科别看以前是一个江湖骗子，办事情倒是细心周到，是一个可用之人，就说："老曾，你们五个人现在去惠民小区项目部，找于天凯，让他为你们安排工作。如果以后干得好了，惠民小区建成后，每人以成本价买一套房子不成问题。"

曾登科喜出望外，连连说道："谢谢关总。"

游子旭四人也是喜形于色，跟了关得，不但以后可以学到真本事，还有钱赚有好房子住，人生前景真是光明大好呀。

庞神算大着胆子问道："关总，我们跟着您，不是只为了赚钱养家，是想学点真本事……"

关得哈哈一笑："你们几个放心，等机会成熟了，我会传授你们一些真本事，前提是，你们从现在开始，必须踏踏实实干事，老老实实做人。"

曾登科几人一走，关得见窗外雨差不多停了，就给月国梁打了一个电话，说想和月国梁见上一面。月国梁让关得晚上到家里做客，正好苏姝娥有一段时间没见关得了，挺想关得的，想和他说说话。

关得虽然头疼苏姝娥明显对他和月清影有撮合之意，但还是不好拒绝，就答应了。

晚上，关得让李映秀负责照顾何爷，他一个人开车前往月家。以前去过月家几次，现在轻车熟路，没有月清影的带领，他也顺利地敲开了月家的房门。

开门的正是苏姝娥。

"关得来了，快进来。"苏姝娥一脸喜欢，热情地迎接关得进门，让关得换鞋，"那双新买的拖鞋，对，绿色的那双，专门为你买的，以后是你的专用拖鞋。"

关得无奈地接受了苏姝娥的热情似火，他也听出了她的暗示，是当他家里人了。

月国梁正在沙发上看报纸，见关得进来，放下报纸，用手一指沙发："来，坐。"

关得坐下，眼光从苏姝娥的脸上一扫而过，刻意停留了几秒钟，将苏姝娥的面相尽收眼底。

上次坠崖在树上倒挂的时候，关得忽有所悟，以为会有境界的突破，不料获救之后，直到今天，他也没有一丝要突破的迹象，就让他微有郁闷。不过尽管如此，以他目前的境界，要看清苏妹娥的面相，还不在话下。

欺人如欺天

以前虽然见过苏妹娥，但由于先入为主的原因，关得一厢情愿地认定苏妹娥就是一个普通的家庭妇女。好吧，是常务副市长的夫人也改变不了她是家庭妇女的事实，所以他一直忽略了苏妹娥面相之中的与众不同之处，现在刻意审视，顿时吃了一惊。

苏妹娥的面相乍一看十分普通，虽然隐约可见年轻时的风姿——母亲的基因不好，通常生不出漂亮的女儿，但她既不如月清影出尘和清冷，也缺少碧悠小家碧玉的贤淑，相貌中等，面相中等，实在看不出来有什么出类拔萃之处。

但实话实说，大富大贵之人，面相之上肯定有常人所不能相及之处，苏妹娥生得富贵嫁得高贵，正是一个女人一生幸福的极致。有多少光彩照人的女明星和她相比，既不如她出身大富之家的华贵，又不如她嫁给高官的幸运，所以苏妹娥面相初看之下普通，但仔细观察，却可以看出她普通的面相之中，隐含了一股平和、从容并且高贵的气质。

也就是说，苏妹娥的贵命，不是贵在面相之上，而是贵在气质之上，或者说，贵在骨子里。关得至此心有所悟，贵在表面之人，虽然风光，却容易被人看穿，失之于肤浅。贵在骨子里之人，虽然平实，却如大海一般深不可测，不过有时也会失之于隐晦。倒不是说哪一种好哪一种坏，好与坏不在表面，而在心性。苏妹娥先天大富后天大贵，对世间之事也会淡然许多，她的幸福才是人生最厚实最真实的幸福。

“关得，清影一走，家里冷清了许多，你以后有空的时候，记得常来家里坐坐……”苏妹娥热情地招待关得，为关得端上了果盘，“人老了，也没什么物质上的追求了，只希望儿女们好，只喜欢热闹，你要是不来，阿姨就会认为你不喜欢阿姨做的饭。”

关得呵呵一笑：“来，只要有时间，一定来。”他不愿意告诉苏姝娥他也快要去石门了，以后来月家的机会肯定不会太多，有时适当地顺着老人的话向下说，也是年轻一辈应有的礼节。

月国梁却和苏姝娥不同，他对关得的期望全是以工作为重心。虽说他也希望关得和女儿有更好的进展，但感情上的事情强求不来，该水到渠成的时候，也许就成了，成不了，勉强去撮合，有时会收到恰得其反的效果。

“关得，到书房说话。”月国梁懒得再多说闲话，直接切入了正题。

关得跟随月国梁到了书房，见月国梁的书房布局微有变动，多了一副对联。上联：欺人如欺天，毋自欺也。下联：负民即负国，何忍负之。他不由微微点头赞许，为官者如有欺人如欺天、负民如负国的境界，则是国之大幸民之大幸。

“先说说你这边最近的进展。”月国梁知道关得找他，必定有要事。

“基本上一切进展顺利，石门的省电视台家属院项目如期开工，在清影和秋曲的领导下，滨盛石门分公司发展势头不错。下一步我们打算将滨盛总部搬到石门……单城的滏阳区旧城改造项目，由滨盛承建的惠民小区，不出意外，明年夏天可以完工。另外，三姓村的植物园项目，前期工作已经就绪，就等市里的地皮批复了。最后就是孤儿院项目了，孤儿院项目由我和秋曲共同出资六百万，希望市里提供地皮等优惠政策……”关得一口气说完了工程上的事情，至于他暗中进行的一些动作，就避而不谈了。

“嗯……”月国梁点了点头，对关得大难不死之后迅速调整了状态，并且还有条不紊地开展了工作，表示赞赏，“滨盛搬到石门，我赞成。植物园项目的地皮审批手续，已经走完了程序，马上就可以批复了，你回头让木锦年直接到办公室找我。至于孤儿院项目，地点不好选，而且还有一个难题是……”

月国梁揉了揉额头，坐到了座位上：“沈新不同意由民间出资捐助孤儿院的行为，他的意见是，单城虽然不是经济发达城市，但依靠市政府的财力，完全可以自己兴建孤儿院。如果本该由市政府承担的义务，却用民间资金来资助，一是显得市政府工作不到位，二是会让外界误解市政府财政出现了问题……”

听了这话，关得的第一个念头不是对沈新的故意刁难行为嗤之以鼻，而是蓦然闪过一个啼笑皆非的想法。杜清泫果然比毕问天高明，引导他介入流浪儿童救助的事件之中，不但为他制造了一个大个的麻烦，让大个的出现扰乱了他的心绪，还让沈新出面阻挠孤儿院的建设，好一手一箭双雕之计。

如果他知难而退，放弃孤儿院项目，放弃二小和大个，等于是他自食其言，没有过关。如果他迎难而上，那么他又会深陷孤儿院事件的对抗和较量之中，一着不慎，会进一步衰减运势。

怎么办？是知难而退还是迎难而上？

微一思忖，关得笑了："既然沈市长身为一市之长，有负民即负国，何忍负之的觉悟，他的意思是要专门拨款上马一座孤儿院了？"

"呵呵……"月国梁听出了关得话中的反讽之意，笑了，"你算是说对了，沈市长说了，资金问题由市里自己解决，不需要民间资金。不过他又说了，由于市里近期要上马好几个重大项目，孤儿院项目，可以先等一等。"

说来说去，用的还是既要脸皮又消极拖延的手法，一方面阻挠关得的好事，另一方面，又冠冕堂皇地以各种理由放到一边，延期再议。一延期，说不定一年两年就过去了。

问题是，二小和大个他们，还能等得了一两年吗？

"秋曲倒是一个热心肠的人，她也主动捐款一百万？好事，这是好事呀。"月国梁微微感慨，感慨之余，心中对月清影没有及时跟上关得的脚步而大感遗憾。女儿什么都好，就是性子太淡了，她只喜欢水到渠成的感情，缺少竞争意识和奋发向上的精神。秋曲的出现，让她原本有希望和关得在一起的可能性，越来越小了。不过，他还是不想放弃最后一丝希望，毕竟，关得是一个非常难得的优秀的年轻人，"清影怎么没有跟进捐款？她估计是最近太忙了，忘了，这样，我替她做主了，她也认捐一百一十万。"

一百一十万，正好比秋曲多了十万，暗含压秋曲一头的意思，关得岂能不明白月国梁的暗示，只不过他和月清影也好秋曲也罢，似乎都太关注事业了，对感情上的事情，越来越淡了。当然，谁也不知道未来会怎样，他也未必就一定要在月清影和秋曲之中选择。

想起父母的失踪以及不幸的童年，如果说关得对家庭生活没有一丝阴影那是自欺欺人，再加上和下江黄素素的初恋无疾而终，他现在对待爱情的态度，慎之又慎。

不过话又说回来，月国梁替月清影认捐，是好事，既为月清影增加了福分，又让月国梁提升了运势……运势，对，月国梁最近运势如何呢？关得想到此节，又暗中打量了月国梁几眼。

咦，怎么这么奇怪，月国梁的运势下跌的速度虽然减缓了不少，却还是没有止跌回升。不应该呀，虽然现在沈氏父子依然一个大权在握一个逍遥法外，但月国梁最近不管是主持三姓村地皮的开发，还是积极推动孤儿院的建设，都是天大的好事，应该能极大地提升他的运势才对……难道说，哪里出现了差错不成？

又一想，好吧，孤儿院的建设还没有真正落到实处，暂时还不能算成是月国梁的福分。但就算孤儿院对月国梁的运势提升有限，三姓村地皮闲置多年，现在提上了日程，即将破土动工，一旦开发，不但可以变废为宝，还可以带动周围许多产业的升级以及增加无数就业机会。月国梁作为主持这个项目的主要领导，必然会因此受益匪浅，哪怕不是运势飞涨，也应该止跌回升才对……

公门里面好修行

只是月国梁的运势不是缓慢上行的趋势，就让关得不得不怀疑莫非是三姓村地皮的开发出了什么不为人知的纰漏？

公门里面好修行，是说人在官场，如果出发点真是为百姓谋福为国家发展，那么他手中的权力可以变成无边的福分降临到自己身上。比如白居易任杭州刺史时，曾在旧日钱塘门外的石涵桥附近修筑了一条白公堤，苏轼任杭州知州时，疏浚西湖，利用浚挖的淤泥构筑而成的苏堤，都是不朽的千古功绩。

关得当然不会知道，杜清泫出手破坏了三姓村地皮之上的一处风水之眼，用一次再普通不过的迁坟之举，就达到了不战而屈人之兵的效果，阻止了月国梁运势的止跌回升。不过如果让关得知道了幕后的真相，他说不定会再次怒火中烧。原因在于别看杜清泫做事不如毕问天阴险直接，但杜清泫的出手，往往一剑封喉，让人十分难受。

忽然又想到了市里的局势，关得就想知道沈新的现状，问道："月伯伯，沈市长现在是低调还是高调？"

"呵呵，怎么说呢，沈市长最近工作上高调了不少，不过在他故意高调的背后，明显可以看出他的情绪不是很高，听说，刘欣最近在闹更年期，天天无理取闹，让沈市长焦头烂额。清官难断家务事，沈市长的家务事，外人不便过问，但家和万事兴，家里闹腾，难免会影响到工作。也许正是家里一团糟，沈市长才在工作上有意高调。"

"更年期？"关得想了想，乐了，"不对吧，根据沈伟强的年龄推算，刘欣早过了更年期，怎么可能现在才更年期？"

"也是呀，清影妈妈的更年期，我记得是好多年前的事情了……"关得一提醒，月国梁才想起哪里不对劲，"就是，难道是传言不对，沈市长是被别的事情分心了？"

关得心中蓦然闪过一个念头，刘欣应该不是更年期，而是被人在背后做了手脚，会是谁呢？从家庭入手，以阴招衰减沈新的运势，既非是他的手法，又不是何爷的行事风格，那么不用想，肯定是毕问天了。

不得不说，这一手够刁钻够狠，既可以影响沈新的运势，又可以连累到沈伟强，一举两得。不过目前看来，刘欣的闹腾对沈新的影响还是十分有限，应该还不到风暴期。相信以毕问天的手笔，不会只是让刘欣闹上一闹为止，后续，应该还有热闹可看。

当然，沈市长早晚还会被别的事情分心，石门的蝴蝶翅膀，在秋曲的一手推动下，已经开始扇动了。至于什么时候变成一场风暴席卷到单城的官场，以关得推测，应该就在一周之内了。

也就是说，沈市长的好日子，快要到头了，沈市长的运势，此时也应该到了顶峰了。

“卢书记的区县干部调整，已经提上了日程，不出意外，一周之内就会开始着手进行……”月国梁继续向关得说着市里的局势，“最近赵海洋的立场有所改变，开始积极支持卢书记的干部调整，也对我的工作多了几分支持力度，我现在的工作，比以前好开展了许多。还有节茂，也比以前更活跃了，大体来说，现在市里的气氛比以前安定团结了许多……”

不错，关得明白了一个事实，虽然表面上看月国梁的运势还没有明显止跌回升，但月国梁在市里的处境不再和以前一样被动，而是开始顺风顺水了，这说明月国梁的气运正在逐渐好转。那么他有必要再继续推动一把，为月国梁运势的提升，注入一剂强心剂。

将身上的录音带悄悄拿了出来，放在了月国梁的书桌上，关得淡淡一笑说道：“遇到一点儿难题，不知道该怎么处理，还是请月伯伯来定夺吧。”

月国梁也不多问是什么，默然地拿出一台录音机，放进了录音带，按下了播放键……几分钟后，他的眉头紧锁，眼中流露出既欣喜又担忧的神色。

“这件事情……你先不要管，兹事体大，稍有不慎，会出大事。”月国梁将录音带收了起来，他见过沈伟强多次，自然听得出来是沈伟强的声音，“而且现在时机也不对，等机会合适的时候，再点燃这枚炸弹。这事儿，还有谁知道？”

“没别人了。”关得说了谎，主要是他不想向月国梁过多解释曾登科几人，以月国梁的为人，肯定不相信曾登科他们可以保守秘密。

“好。”月国梁站了起来，转移了话题，“该吃饭了。”

饭后，关得在苏姝娥的热情中，狼狈地逃离了月家，心想以后如果没有月清影作陪，说什么也不自己来了。他刚驶出家属院的大门，还没有来得及拐到主路上，手机就及时响了。

半个小时后，关得坐在了勿忘我茶馆的一个雅间之中，对面是木锦年和花流年，身边还有元元，没错，除了木锦年和花流年之外，还多了一个元元。

元元依然是懵懂无知天真无邪的表情，不过却穿了一身黑色的风衣，衬托得她的童颜洁白如玉，反倒更多了魅惑人心之意。关得才发现，他一直当元元是小女孩，其实想想，以元元二十多岁的年纪，她早已是成年人了。

在接到木锦年电话，说是请他喝茶时，关得本不想赴约，他打算明天一早去石门，今晚不想多事，想早点休息。不过在听说木锦年有要事相商并且元元也在时，他又改变了主意。

关得想听听毕问天在背后还有什么手段，毕竟，两家联合对付杜清泫，互通一下有无，才有利于联合作战。

木锦年亲自动手为几人倒茶，一边倒一边说："关老弟，听说三姓村的地皮手续已经下来了？太感谢你了，你就是我的福星。"

关得呵呵一笑，摆手说道："福星什么的，就太见外了，一家人不说两家话，锦年兄，月市长让我通知你，明天你就可以去他的办公室办理地皮批复手续了。"

"哈哈，太好了，太好了。"木锦年喜出望外，他还以为还要再等几天才会下来手续，而且说不定月国梁还会有意刁难他，让他意思一下才会给他，没想到是直接去办公室办理，他高兴地一拍桌子，"太晚了，要不我非要开瓶酒庆祝一下才过瘾。"

"关哥哥晚上肯定不喝酒，他是注重养生的人，你晚上请他喝酒，是在害他。"元元插了一句，目光流转，以仰望的眼光看向了关得。

大多数男人都喜欢被美女打量，更喜欢被美女欣赏或仰望，关得也不能免俗。不过元元虽是美女，却不是一般的美女，所以关得没让内心的自豪感膨胀，反而更加提醒自己，不要被元元的假象蒙蔽了双眼，要时刻保持清醒和理智。

"说得是，说得是。"木锦年嘿嘿一笑，朝元元使了个眼色，"元元，你不是也有事要和关得说，女士优先，你先说。”

“好吧，我先说就我先说。关哥哥，毕爷让我转告你，不出意外，沈新的运势在近期会因家庭问题的影响而有所下降，现在正是对沈新穷追猛打的最佳时机。”

这么说，刘欣意外的更年期，真是毕问天的手笔了？关得微微一笑，点了点头：“家庭问题的困扰，恐怕对沈新的运势带不来实质性的影响，前天我刚见了沈新一面，沈新的运势还在上涨之中……”

元元俏皮地一笑：“太深奥的问题我不懂，反正毕爷说了，家庭问题会严重地影响到沈新的运势，现在才刚刚开始。”

意思是说，刘欣的闹腾，才刚刚开始？关得明白了，一想也是，以毕问天的老谋深算，他怎么可能只让刘欣更年期，肯定还有更厉害的后招。问题是，就怕杜清泫察觉之后，会出手破坏毕问天的局。

元元似乎猜到了关得的担忧，甜甜地一笑：“毕爷约了杜清泫面谈，他会提出和解的条件，以迷惑杜清泫，让杜清泫暂时顾不上理会沈新的后院起火。”

毕问天到底是毕问天，关得这下放心了，也不再关心毕问天和杜清泫的会谈能不能成行，或成行之后，到底有没有收获。毕问天和杜清泫的暗中过招，以他的层次和境界，关心也没用，他扭头问木锦年和花流年：“锦年兄和花姐找我，又有什么好事？”

诱导

“好事，当然是好事了。”花流年最近人逢喜事精神爽，容光焕发，整个人似乎年轻了七八岁一样。卢杰俊调整干部在即，她接手的舍得古玩行现在生意火爆得不得了，照此下去，怕是在冬天之前差不多就能赚回收购价格，所以她一见关得就喜笑颜开：“关兄弟，不瞒你说，我现在都有向你献身的冲动了。”

关得顿时吓了一跳，忙说：“可不敢，花姐花容月貌，人间仙子，可不能委身于世间任何一个男人。”

“哧……你的意思是说我得单身一辈子了？你许我的如花美眷似水流年呢？”花流年风情万种地白了关得一眼，“关兄弟，你刚才的话伤了我的自尊，言外之意好像是我配不上你一样，你们男人中哪里真有将送上门的美女拒之门外的柳下惠？”

关得咳嗽几声，不好意思地说道：“锦年兄在，元元也在，花姐，还是不开这种玩笑了。”

元元嘻嘻一笑，神情坦然：“关哥哥说得没错，其实女人单身挺好，何必非要嫁一个男人？一个人生活，自由自在无拘无束，不用被家庭生活牵绊，不随波逐流，不流俗，就和一股轻风一般，飘荡在天地之间，随心所欲。嫁了人就不好了，要相夫教子，要洗衣做饭，很快就会被生活磨成一个失去快乐和自由的家庭妇女。”

“先不讨论女人是不是嫁人的问题了，先说正事。”木锦年见跑题了，忙将话题引到了正题上，“流年，是你说还是我说？”

“还是我说吧，你笨嘴拙舌，说也说不清楚。”花流年抿了一小口茶，又摇晃了几下身子，用搔首弄姿形容是对她的贬低，但用落落大方形容又是对她的高抬，不过她从来不在乎别人的想法，咯咯一笑说道，“有两件事情，第一件事情是赵苏波和善济集团合作开发滏阳区旧城改造项目的一个商圈，名字叫善济商圈，基本上定了，苏波负责拿地，善济出资，和锦年与风华集团的合作模式一样。第二件事情是，毕爷说，你的父母似乎有了异动，应该不在京城了……”

“真的？”关得这一惊可是非同小可，一下站了起来，“毕爷是推算出来的，还有别有渠道？”

“应该是另有渠道，是吧元元？”花流年不是很肯定地说道，将难题踢到了元元脚下，她只负责传话，并不知道真正的内情。毕竟，她虽是毕问天的关门弟子，论亲近程度，远不如元元更得毕问天信任。

“嗯。”元元小鸡啄米一样点了点头，“毕爷在京城的渠道传来的消息，似乎是你的父母察觉到有人在调查他们，连夜离开了京城，不知道去了哪里。”

关得又慢慢地坐回了座位，现在单城的局势将开未开，不过显然在近期会有一次大范围的波动，只需要耐心等待就行了。石门方面，滨盛刚刚步入正轨，也不用过多操心，现在他最投入的事情就是和杜清泫的较量，而和杜清泫较量的支点，除了他和元元之外，他父母的下落也一直让他萦绕于心。乍一听父母有了消息，却又是不知所踪的结果，他在惊喜之余，不免微有失望。

父母的下落，一直是关得心中的痛，也是他的心结。虽然他不如碧悠一样对父母耿耿于怀，恨大于牵挂，但身为人子，还是想见到父母，更想当面问问父母，当年为何离他而去？继母到底是不是他们离去的罪魁祸首？

“不用担心，关哥哥，以我看，你的父母有自保之力，他们当年离开你，现在避而不见，肯定有不得已的苦衷。人生有许多事情，在外人看来很平常，但对当事人来说，却是无比艰难的决定。我相信，等你们全家重逢的一天，你肯定会原谅他们当年的不辞而别。”元元劝慰关得，她一只手放在关得的肩膀上，一只手抚摸关得的后背，似乎她是一个心理专家一样。

关得尽管知道元元善于心理战，不过也得承认，她的一番话合情合理，微微一笑：“我明天一早去石门，但愿爸妈从京城出来去了石门，这样，也许就能在石门意外重逢了。”

“关哥哥明天要去石门呀？带我一起去好不好？我一个人在单城闷都闷死了。”元元开始施展她的心理战术，抓住关得的胳膊，以撒娇的口气哀求关得。

“关老弟要去石门？”木锦年微微一怔，随即说道，“好，尽管去吧，单城这边的事情，有我和流年照应就行了，再说还有毕爷和何爷坐镇，不会出现差错。”

“如果不是现在古玩行的生意正好，我都想去石门寻找商机了。关兄弟，你和锦年都转行做房地产了，就我还在原地打转，照这样下去，和你们的差距越来越大呀。其实不瞒你说，我和贾氏集团的贾宸默关系不错，贾氏集团也想插手滏阳区旧城改造……”花流年一脸遗憾地摇了摇头，眼中又流露出一丝异样的光彩，“算了，我还是先赚容易到手的钱吧，玩房地产，难度太高了，一般人玩不了。贾宸默还是钻石王老五，有时我在想，虽然他丑了点矮了点长相实在猥琐了点，但太有钱了，女人一白遮百丑，男人一富遮千丑，如果再过一段时间，我实在找不到合适的男人，勉为其难便宜了他也行。”

贾宸默？要和碧悠订婚的贾氏集团的接班人？关得心中一跳，世界真小，花流年居然认识贾宸默。如果得以利用花流年的魅力，让她出面和贾宸默周旋，说不定也可以从侧面帮助碧悠——他还是不忍心眼睁睁看着碧悠跳进火坑。

“花姐，你刚才说到贾宸默的时候，红鸾星动了。”元元及时插嘴了，她有意引导花流年，“这似乎说明了一个问题……”

“什么问题？”花流年眉毛一挑，眉飞色舞地笑了，“元元，你是不是想告诉我，贾宸默就是我的真命天子？”

“我可不敢确定，不过通常情况下，红鸾星一动，就表明喜事将近了。恭喜你呀，花姐姐。”元元故意半真半假地一说，最后却特意恭喜花流年，一步步将花流年引进了她有意设置的陷阱之中。

因为有过上一次元元说花流年时来运转的先例，元元话音刚落，花流年就接手了关得的舍得古玩行，不由花流年不对元元的话深信不疑。其实花流年倒不是对贾宸默的长相不满意，而是她信心不足，自认配不上高高在上的贾宸默，这下好了，元元的诱导顿时让她信心大增。

“行吧，反正单城的事情也不急，明天一早，我就和关兄弟一起去石门。碰碰运气也好，寻找商机也行，该主动的时候就得主动，对不对？”花流年瞬间有了决定，笑逐颜开，“关兄弟，我陪你一起去石门，你不会不欢迎吧？”

关得下意识看了元元一眼，心想元元有意撮合花流年和贾宸默，是她知道了碧悠和贾宸默即将订婚的消息，还是她猜到了他的心思？这个元元，果然厉害，很有心机和手腕。

“欢迎，正好长途寂寞，有美同行，岂非乐事？”关得哈哈一笑，他很乐见花流年的搅局之举。

“我也要去，关哥哥，你不能有偏有向。”刚才元元冲关得倚小卖小，关得无动于衷，她现在再次故伎重演，又摇动关得的胳膊，“关哥哥，你要是不答应我，我就哭给你看。”

关得心中一动，恐怕元元此举不是一时心血来潮，而是得到了毕问天的授意。好吧，既然元元要接近他，就给她一个机会又何妨，他微微一笑：“不是我不答应你，我是怕毕爷不同意。”

“毕爷一定会同意的，谢谢你，关哥哥。”元元立刻喜笑颜开，“明天一早，我到一碗香等你，不见不散。”

“就这么定了，我一早也到一碗香等你。”花流年被元元挑动了情绪，迫不及待要前往石门拿下贾宸默。

“关老弟，祝你一路顺风，一切顺利。”木锦年见事情已经谈妥，心中愉快，对于花流年和元元的决定，他才懒得去管。

“对了，锦年兄，三姓村地皮开发的时候，你要多加小心，别节外生枝才好。”关得总觉得三姓村地皮的开发可能哪里出现了纰漏，却一时想不通哪个环节会出问题，只好先提醒木锦年一下，希望木锦年稍加留意。

“我会的。”木锦年点头应下，他也知道现在杜清泫人在单城，以杜清泫的境界，不管明里暗里的出手，都会有令人防不胜防的手段。不过虽然嘴上答应了，心里却并没有太认真。不是他不拿关得的话当一回事儿，而是以他的境界，实在想象不出杜清泫到底会用什么手法来插手三姓村地皮开发。以他的推断，和杜清泫过招较量是毕爷的事情，他还远远不够资格。

身在方外，未必心在方外

其实木锦年想错了，如杜清泫一般的高人，虽然高深莫测，但越是高深之人，出手越是简单，正所谓大道至简。如果让他知道三姓村地皮的症结点就是一处孤坟的话，他不用请示毕问天，自己出手就能破了杜清泫的局。只可惜，有时想得过多反而会错失良机。

关得告别几人，回到方外居，何爷还没有睡下，正在院中打太极拳。

“关得，你明天去石门，记住一件事情，有机会的话多到公园转一转，放生以及日常生活的善事不要断，说不定你会遇到你的亲生父母。”何爷收拳之后，冲关得说的第一句话，就让关得大吃一惊。

“什么？”关得想起元元转告的毕问天的话，没想到何爷也有了他父母的消息，“他们离开京城，去石门了？”

“初步推算是这样，但未必一定正确。不过我总是感觉，你的父母应该是在石门。”何爷若有所思地望了望夜空，“根据你的命格和你父母的命数推算，你们重逢的地点就在石门。”

关得按捺不住心中的激动：“何爷，如果我真在石门找到了他们，他们会不会认我？”

“呵呵……”何爷笑了，见关得关心则乱，劝慰他说道，“你比我更了解你的父母，他们会怎么做，你应该比我清楚。”

关得一想也是，何爷虽是运师，却不是无所不知的神仙，他嘿嘿一笑：“算了，不去想了，他们认我，我就尽孝道，他们不认我，我也没有办法。对了，何爷，您隐居闹市几十年，大隐隐于市，而毕问天一直被琐事和生意上的事情缠身，为什么您在运师的境界上，和他一样？您现在应该比毕问天高上一等才对！”

何爷见关得总算问到了一个关键的问题点，淡淡一笑：“我是一直隐居在闹市之中，没有被身外的功名利禄缠身，所以这里才起名叫方外居，是方外之人居住的意思。不过，身在方外，未必就心在方外。如果这些年我一直人静心静的话，别说运师高门了，说不定早就突破命师境界了。”

关得听出了何爷的言外之意，心中一惊：“这么说，何爷您也有什么看不开的事情和放不下的过去？”

“我又不是神仙，当然有看不开的事情和放不下的过去。”何爷微微叹息一声，“杜清泫和毕问天，都有家庭，我到现在还是孤身一人，你说，正常吗？”

孤身一人的老人有很多，社会发展了几千年，孤寡老人和流浪儿童一直存在，从来就没有从根本上解决过问题。不过何爷当然不能和一般的孤寡老人相提并论，以他的本事和能力，再以他相貌堂堂和一米八以上的身高，想成家的话，不是难事。

关得不知道该怎么回答何爷，虽然他和何爷关系密切，亲如家人，但他还是不想问及何爷的过去，怕触及何爷的伤心之处，他想了想说道："古来圣贤皆寂寞……何爷孤身一人，也许是不想被婚姻和家庭牵绊了。"

"不说了，不说了。"何爷微微摇了摇头，"以后也许等机会合适了，你会知道一些真相。"

关得默默点了点头，不再多问一句。

次日一早，天气晴好，关得驱车来到一碗香，才早上七点多的光景，没想到花流年和元元已经到来了。

二人同乘一车而来。

几人在一碗香吃过早饭，然后上路。花流年故意没开车，将车扔在了一碗香，非要坐关得的车，说是同坐一车，路上好说话。关得强调他肯定不会和花流年同时返回单城，这一次去石门，不一定什么时候才能回来。

花流年不以为然，说她到时肯定可以想到办法，或许有人会主动送她回单城也不一定。

"就是，照我说，花姐一出马，贾宸默必然拜倒在裙下，到时花姐要回单城，贾宸默肯定要大献殷勤，主动充当护花使者。"元元掩着嘴，一脸俏笑。

算了，关得不再多说，开车一路向东，直奔高速路而去。

秋天的原野，一半是成熟景象，气象万千，一半是衰败景象，收割了庄稼之后的土地，在死寂中等待下一个轮回。成熟和衰败的对比是如此强烈，让人不得不对无常心生敬畏。无常是一种无迹可寻并且人人逃脱不了的破坏力，在时间面前，管你是帝王将相还是乞丐孤寡，终究会被无常力无情地摧毁。

许多人害怕无常，其实从本质上讲，无常力就是时间。时间可以改变一切，无常力可以毁灭一切。在沧海桑田的变化之中，有多少人为了追求美好和幸福而孜孜以求。生命，正是因为孜孜以求的奋斗才美好。

高速公路的两侧，没有什么树木，才建成没几年的高速，绿化还没有形成气候，只有一些多年生的木本花草点缀在路上，在秋风吹动之下，摇曳生姿，为单调的行程平添了许多色彩。远处，是广袤的华北平原腹地，极目四望，有农民在田间劳作，就如一幅盛大的山水画中的点缀。

其实，关得的行程并不单调，毕竟车上坐着两大美女。花流年坐在副驾驶上，元元坐在了后座。一上高速，花流年就滔滔不绝说个不停了。

“关兄弟，相面这种东西，真有这么神奇？为什么可以知道一个人即将面临的好运和厄运？以前我一直觉得相面是封建迷信，现在真正接触到了才知道，原来还真有一定的道理。”花流年不但说个不停，还吃个不停。她带了瓜子，一边说，一边嗑瓜子，还将瓜子皮扔得到处都是。

关得拿她没办法，也懒得说她，正要回答她的问题时，元元却抢答了：“花姐姐，相面术本来就不是封建迷信，在古代是识人之术，在现在，是命理学，或者说是管理学。在唐朝的时候，一个人考中了进士，已经很不容易了，因为唐朝时的进士录取率非常低，一年才三十几人。但就是这三十几人想要当官，还要再过四关，哪四关？身言书判。身关就是要先看一个人是不是体貌丰伟，通俗点讲，就是看是不是五官端正。如果长得歪瓜裂枣、尖嘴猴腮，那么对不起，再有才学也当不上官。在唐朝，有考中进士之后二十多年还得不到官职的人。”

“哎哟喂，元元可真有学问。”花流年牙疼一样笑，笑得很牵强很不以为然，“那不叫选拔人才，那叫以貌取人。”

“古代的官员都是代替皇上管理百姓，如果长相很丑的话，有损皇上形象。其实现在也一样，从面相学的角度来说，相由心生，长得丑的话，是心里丑恶的东西太多了，所以要是我说了算，我一定不会让丑八怪当官。”元元“哼”了一声，义愤填膺的样子，好像她真的忧国忧民一样，“丑八怪当官，上电视的话，既影响食欲，又有损国家形象。以貌取人没什么不对，真正的高人，向来都是以貌取人，一般的人，也往往都喜欢以貌取人，要不电视剧中的男男女女，为什么都是帅哥和美女，而没有丑八怪呢？要不为什么男人都喜欢美女，美女都喜欢帅哥呢？”

“打住，打住，元元，我是想知道相面是怎么看出一个人命运的深奥问题，不是要和你讨论以貌取人的问题。”花流年对元元的跑题有点不满，“不过你说得也对，男人喜欢美女，女人喜欢帅哥，人人喜欢花朵而不喜欢狗尾巴草，就说明美的事物具有天然的优势。但话又说回来，长得帅长得漂亮就一定是好人吗？不是说相由心生，一个心中没有美好的人也长不好看，对吧？但又并不是所有好看的人都心中有美好，这不是自相矛盾吗？”

这个问题问得好，正好关得最近也一直在思索相由心生的真正含义，他笑了一笑说道：“相由心生，境由心转，话说来简单，道理其实很深奥，而且很不容易做到。虽然从面相学上来讲，心底纯朴之人，面相也会纯朴，心底丑恶之人，面相也会丑恶。日常生活中的经验，也会验证这一个论点的正确性，比如满脸横肉的人，肯定不是什么善人，慈眉善目的人，也不会是恶人。不过如果具体到俊男靓女身上，似乎又另当别论了……”

关得一开口，花流年和元元都不说话了，侧耳倾听，尤其是花流年，一只手靠在车窗，托着下巴，出神地盯着关得，似乎关得是她无比仰慕的偶像一样。

“一个人长得帅或者漂亮，从长相上来说，是好事，但从面相学上来说，帅和漂亮未必就是好面相。红颜薄命，历史上有名的美女，几人有好命？所以，面相学不以长相为判断标准。而且根据历史记载，古往今来的大官大文豪，没有几人是帅哥。历史上最出名的帅哥是潘安，但潘安为人轻躁，趋炎附势，最终被诛灭三族而死。”

欲速则不达

关得继续侃侃而谈：“面相学之所以称为一门学问，是因为面相学超越了一般人对相貌的理解，帅和漂亮，和命运的好坏无关。有多少漂亮的女孩子，从小被人夸来夸去，结果不好好学习，长大后当一个电梯小姐、前台或是领班，最终也没什么好命。”

“那为什么有些人生来长得好看，有些人生来就长得丑呢？”花流年明白了几分，但还有不明白的部分。

“生来好看和生来难看，就涉及更深的轮回学的知识了，我不懂，所以不会乱说，再说，估计说了你也不会相信，哈哈。”关得哈哈一笑，“不过相由心生，境随心转，却是实实在在的道理。人的外貌会因为自身的素质修养而发生改变，例如看起来很有母性的女孩子，一般都是善良有爱心的女孩子，而寡言少语的，大多心思缜密、很理智。境由心转，是说不以物喜，不以己悲，说大点，是心境不受外界影响，说小点，就是不要为了区区小事而耿耿于怀，也不要为了无法避免的事情而自寻烦恼。”

“我明白了，我明白了。”花流年嘻嘻地笑了，她一拢头发，眼波流转，飞了关得一眼，“像我，面带桃花，说明我是喜欢勾引男人的女人。但如果再上升到境随心转的高度，我既然和关兄弟无缘，就不要为了勾引不到关兄弟而烦恼了，换一个男人去勾引，岂不更好？否则非要在你这一棵树上吊死，就是自寻烦恼了，对不对？”

关得哭笑不得，花流年理解得倒是很对，只不过拿他打趣，让他很是无语。

还好，元元及时圆场了：“关哥哥，既然沈新有了事实上的重婚罪，为什么现在还捂着盖子不揭开呢？盖子一揭开，沈新的运势不就急剧下降了吗？”

“如果真这么容易，事情就简单多了。”关得笑了，毕问天费尽心机，也不过是从刘欣下手，借刘欣来搅乱沈新的心绪，间接影响沈新的运势。世界上的事情向来如此，欲速则不达，况且沈新作为一市之长，想要动他，没那么容易，“用一句最俗的话来说就是，善有善报恶有恶报，不是不报，时辰未到。总之，善恶到头终有报。”

“哦，知道了。”元元见关得并不明说他的计策，不免微有失望，不过她很快调整了情绪，又甜甜地笑了，“关哥哥，我希望和杜清泫的较量过去之后，我们还能和现在这样，如一家人一般亲近。”

短期看，毕问天是合作伙伴，长远看，毕问天和杜清泫一样，都是对手。道不同不相为谋，理念之争还不同于商业上的竞争，商业上的竞争是此一时彼一时，时过境迁之后，还有握手言和的可能，但理念不和的双方，基本上很难达成共识。

“但愿吧。”关得淡淡地说道，他也知道元元和他同去石门，目的并不单纯，所以他对元元的态度，一直不冷不热。

走到半路，关得的手机突然响了。

是于天凯来电。

“得哥，不好了，二小和大个带领一帮流浪儿童，从工地上搬走了，也不知道去了哪里……”于天凯的语气有几分焦急，“要我说，市里既不批准我们捐助，又不收留二小他们，二小他们又不理解我们，我们两头不落好，这叫什么事儿？我看，算了，不管了，爱谁谁。”

于天凯现在负责惠民小区工程，为了临时安置流浪儿童，在工地上专门设置了一个流浪儿童区，由于天凯安排专人负责流浪儿童的住宿和安全。谁知今天一早，他比平常稍微晚了几分钟到工地，一到工地就发现流浪儿童走得一干二净，他顿时急了。

“不能不管，事情既然接手了，就要一管到底，不管做什么事情都不能半途而废……”关得心想杜清泫果然比毕问天棘手多了，杜清泫为他出的难题，让他左右为难，放手，又不甘心，也不符合他的为人原则，继续向前，沈新又卡住不批，等于是现在悬在了半空中，上不去下不来，很难受，“这样，你和曾登科几个人商量一下，看曾登科有没有什么办法。”

“曾登科能有什么办法？”于天凯十分不解，为什么得哥这么信任那几个老骗子。

“去问问不就知道了。”关得知道于天凯对曾登科几人没什么好印象，嘿嘿一笑，佯怒，“不要小瞧任何一个人，也许让你最看不起的人，关键时刻，却能做出让你震惊的事情来。”

“理儿是这么个理儿，但我不认为二小和大个能做出什么让我震惊的事情来。尤其是大个，哼，人小鬼大，仇视社会，敌视别人，又一肚子坏水，一个流浪儿童，还狂得跟二百五似的，我觉得他这辈子也就这样了。”于天凯被大个顶撞过几次，对大个印象极差。

“危重病人临死时还可以再抢救一下，大个还小，为什么就不能再给他一个机会？天凯，有一个人十二岁开始学抽烟，说话带脏字，欺负弟弟，调侃修女，所有学科的成绩都不及格。大学毕业后经商，屡战屡败，直到四十岁之前，他还一事无成，所有人都认为他这一辈子肯定会无所事事到老了。但他在妻子的帮助下，先是戒了酒，然后走向了仕途，在担任了六年州长之后，他成功地当选了总统。虽然他是历史上最有争议的一届总统，但他的成功推翻了所有人为他所下的结论。”关得一边开车，一边还兴致勃勃地为于天凯讲了一个故事，必须让于天凯跟上他的脚步，否则如果一直不同步的话，会埋下隐患。

“得哥，你说的是谁呀？经历这么富有传奇色彩。”于天凯听得入了迷。

“就是即将上台的美国总统小布什。”关得呵呵一笑，挂断了电话。

于天凯收起电话，半信半疑地去找曾登科商量如何安置二小和大个等人的事情，虽然听了关得的故事，但他对曾登科等人的印象实在太差，对几人能解决二小和大个等流浪儿童的麻烦事也不抱什么希望。不料曾登科听了于天凯的话之后，只想了片刻，就说他有一个办法，保证可以顺利而迅速地解决流浪儿童问题。

于天凯不相信，以为曾登科当惯了骗子，说话没把门的，张口就是大话，不料等他听到曾登科的主意，顿时瞪大了眼睛，激动地一拍桌子，一把抱住了曾登科的肩膀，没大没小地说道：“哎呀，老曾，你可真是一个人才，这么好的主意，你咋不早说呢？”

曾登科在关得面前放不开，在于天凯面前却很是洒脱：“赵总，你不开口吩咐，我哪里敢乱说话，是不是？我虽然没什么文化，也没见过什么大场面，但到底活了一大把年纪了，见的事儿经的事儿多，基本上不管什么疑难杂事，都能拐弯抹角地想出解决办法来。”

见曾登科这么上路，于天凯大喜，才知道以前还真是小瞧了曾登科，也就更佩服关得的识人之明了，他哈哈一笑："得了，老曾，你以后就是我的狗头军师了。走，这就落实流浪儿童的问题去。"

"走。"曾登科久经江湖，知道他就算再得关得重用，也只有和于天凯处好关系，才有可能有更好的进步空间，当下决定，要好好表现一番，力争在最短的时间内，把流浪儿童的安置问题解决得不留任何后遗症。

关得还不知道，他无意中收下的曾登科几人，不但帮他查明了史珍香幕后真凶的棘手问题，还帮他顺利解决了流浪儿童的安置问题，让杜清泫想利用流浪儿童事件影响关得运势的所谓高招，付诸东流。而且杜清泫怎么也没有想到，他自以为高明到了天衣无缝的高招，不是被关得所破，也不是被何子天、毕问天两大高人所破，而是被一个名不见经传的街头摆摊算命的江湖骗子所破，如果他知道了真相，说不定会气得跳脚。

只不过气也没用，他的两次出手，一次捉拿元元，一次设计关得，都是被关得身边的人随手破解。他精心算计了半天，自认算无遗策，却没想到，费尽心机设计的局，都被轻描淡写地破解。相信等他知道了真相之后，会发出和毕问天一样的仰天长叹——人算不如天算。

当然，话又说回来，杜清泫为三姓村地皮埋下的伏笔，直到现在还没有人知道，更无人破解。

关得也只是抱着试一试的态度让于天凯去找曾登科，他不是对曾登科信心不足，而是不认为流浪儿童的安置问题会很快得到解决。他挂断和于天凯的通话后，也就没再多想，一路疾驶，很快就到了石门。

08　琢磨人和琢磨事

估计斯文禽兽也没有想到花流年出手这么快下手这么狠，他一愣神的工夫，花流年纤纤素指上的指甲就已经划到了脸上。他本能地向后一仰，想要躲开，不料花流年也是下了狠心，使出全力，还向前猛然一扑，结果他没有完全躲开，被花流年的两根指甲划在了脸上。

斯文禽兽

下了高速——这一次秋曲没有上演让红衣墨镜宝马女来接的大戏——关得自己认得路，沿着裕华路一路向西，直朝省电视台的方向开去。省电视台家属院项目并不在省电视台，而是在石影公园附近，不过秋曲非要让关得先到省电视台和她会面，也不知道她是什么意思。他懒得多问，也知道秋曲这么安排，肯定有事。

眼见快到省电视台时，关得左转之后，刚顺正车头，一辆汽车突然从后面杀出，狠狠地别了关得一下。

关得开车时间也不短了，车技早已熟练，但对方出现得太过突然，而且明显有故意别他之嫌，别他之后，还点了刹车。关得情急之下，也一脚刹车踩死，不过由于和前车距离过近，只听“砰”的一声，还是追尾了。

还好，追尾没有发生在路中间，否则非得引起堵车不可。

“这车是故意的吧？”花流年看出了前车的意图，气呼呼地说道，“追尾了算后车全责，不行，得找他们说理去，不能便宜他们。谁的车都敢别，真当老娘是吃干饭的？”

说话间，花流年推门下去了。

关得紧随其后，也下了车。元元却端坐在车后不动，也不知是吓到了，还是漠不关心，她一脸平静的表情，若有所思了一会儿，自言自语地说了一句：“好像有麻烦了……”

确实是有麻烦了。

花流年在前，关得在后，在花流年走到前车的近前之时，关得才下车，距离花流年还有三四米远的距离。眼见花流年到了前车一米之内，从前车的驾驶位上忽然下来一人，二话不说，扬手打了花流年一个耳光。

由于事发突然，花流年没有提防，一下被打个正着。关得离得远，也来不及出手，一声清脆的响声过后，花流年如花娇嫩的脸上，顿时红了一片。

虽然花流年为人轻浮，但现在她和关得也算是合作伙伴，况且和关得一路同行，作为男人，关得义不容辞有义务要保护花流年。追尾是后车的过错不假，但却是前车故意挑衅在先。再说出了交通事故，有交警处理和保险公司买单，犯不着动手打人。

关得顿时怒了。

打花流年的人是一个二十五六岁的小伙子，寸头，头发极短，接近光头，戴一副黑框眼镜，长得文质彬彬，乍一看，眼镜衬托得他很有文化气息，光头却又让他显得十分凶悍。尤其是他的一双眼睛，三角眼，凶光毕露，用一个最恰当的词形容就是——斯文禽兽。

不等关得近前，花流年先不干了。花流年是不肯吃亏的主儿，突然挨了一个耳光，她才不管是在单城还是在石门，瞬间发作了。

“敢打老娘！老娘和你拼了！”花流年别看平常风情万种，撒泼的时候，也是吓人得很，她不管不顾向前一步，伸出右手，将锋利无比的指甲划向斯文禽兽的脸，“人渣！杂种！狗东西！打女人的男人都不是好男人。”

估计斯文禽兽也没有想到花流年出手这么快下手这么狠，他一愣神的工夫，花流年纤纤素指上的指甲就已经划到了脸上。他本能地向后一仰，想要躲开，不料花流年也是下了狠心，使出全力，还向前猛然一扑，结果他没有完全躲开，被花流年的两根指甲划在了脸上。

疼，钻心的疼。疼痛之后，是鲜血涌出的感觉。

花流年的指甲经过精心修剪，个个锋利无比，只一划，就让斯文禽兽的脸上多了两道血痕。这还不算，她前冲的力道过大，收势不住，一头又撞在了斯文禽兽的怀中，直将斯文禽兽撞出了两米多远，身子一晃，差点摔倒在地。

这一下斯文禽兽怒了，禽兽到底是禽兽，盛怒之下，才不管花流年是男人还是女人，抬腿一脚，就朝花流年的肚子踢去。这一脚要是踢实了，花流年非得被当场踢晕不可。

幸好，关得及时赶到了。

关得近身上前，满腔怒火，他虽然在何爷的调教下，已经尽量控制情绪，但他毕竟是年轻人，而且遇到这样二话不说就动手打人的禽兽，唯有还之以武力才能让对方臣服。他肩膀轻轻一撞，将不知道躲闪的花流年撞到了一边，然后伸出右手一捞，就将斯文禽兽的脚踝抓在手中。

作为一个正常人，关得没有恋脚癖，他抓住斯文禽兽的脚踝既不是为了欣赏，也不是为了把玩，而是为了借力打力——顺着斯文禽兽踢出的角度用力一拉，借斯文禽兽自己使出的力气，引导斯文禽兽一脚踢了一个空。

有过下楼一脚踩空经历的人都知道，当你算准台阶的时候，脚上用的力道正好，结果踩空了，踩到了下一个台阶，身子会一下失去平衡，轻，差点摔倒，重，摔倒并且崴脚。

斯文禽兽一脚踢出，用了全力，他算准了花流年躲不开，会被他一脚命中，却哪里想到，凭空杀出了一个关得，更让他想不到的是，关得还是一个罕见的太极拳高手。太极拳的精髓在于借力打力，就是一个普通的太极拳爱好者，一拉之下，也能让他一头栽倒，何况是关得？

关得一拉之下，斯文禽兽被自己踢出的力道带动，又被关得的牵引之力刻意引导，两股力道结合之下，斯文禽兽哪里还站得住，身子猛然朝前一扑，“扑通”一声摔倒在地。

如果是一头栽倒在地还好，可惜的是，他一只脚踢出，另一只脚站立，摔倒的时候，双腿叉开呈一字马的姿势。如果是关得，一字马就一字马，也没什么，关得打太极拳久了，身体柔软，劈腿没有问题。但问题是斯文禽兽不是关得，他又没练过一字马，被关得一拉，强行劈腿，感觉整个人如同中间被人劈开一样剧痛。

“啊”的一声惨叫过后，斯文禽兽双眼一翻，随即蜷缩了身子，双手捂裆倒在了地上，完全失去了战斗力。

花流年看傻了眼，不是吧，关得只是轻描淡写地一拉，斯文禽兽就由刚才的不可一世变成了一摊烂泥，关得也太神奇太厉害了，简直就是天兵下凡。

前车是一辆丰田皇冠，贴了很深的膜，看不清里面坐了几人。斯文禽兽一倒地，从后座上立马又下来两个人，二人膀阔腰圆、人高马大，双臂之上，肱二头肌高高隆起，一看就知道是孔武有力的主儿。

二人下车之后，来到关得面前，抱肩而立，对关得怒目而视。

关得纳闷，怎么着，不动手却对他吹胡子瞪眼，难道是要用眼神杀死他？才这么一想，副驾驶的门打开了，从上面下来一人，此人长得面白如玉，嘴唇红润，眉清目秀，如果只看眉眼不看头发和衣服，第一眼看去，都会认为他是一个女人，而且还是一个美女。

依相术而言，南人北相者贵，北人南相者，厚重而机灵，是说如果南方人长有北方人一样的相貌，是贵不可言之相。而北方人长有南方人一样的相貌，则在厚重之中，又有南方人的机灵多变。总之，不管是南人北相还是北人南相，都是好相。

但男生女相就比较复杂了，虽说相术有言，男生女相主富贵，女生男相多劳累，但就关得个人的见解，男生女相并非大富大贵之相。中国历史上几位有名的美男子，包括在路上和花流年讨论的潘安在内，加上宋玉、兰陵王、卫玠一共四人，被称为古代四大美男。四人的共同特征是才貌双全，并且文学、音乐修养极高，但四人之中，潘安被灭族，兰陵王被赐死，宋玉最长寿，却出身寒微，在仕途上颇不得志，至于卫阶，年仅二十七岁就病死了。等于是说，四人无一善终。

原来是在等正主出现，关得不慌不忙地站稳了身形，见花美男穿了一身紧身小西服，走路的时候，不像男人一样大步流星，反倒是轻巧的小碎步。如果他再扭捏几下，手中再拿一个手绢捂住鼻子的话，就是不折不扣的伪娘了。

“你是哪根葱哪瓣蒜，为什么要打张扬？”花美男不但长得很女人，说话的声音也细声细气，如果他去演花旦，绝对行。

原来刚才的斯文禽兽叫张扬？人莫狂，一狂就张扬，一张扬就不认爹娘。连爹娘都不认了，可见张狂到了何等地步。张扬的人，就该打，关得冷冷一笑：“有三种人就该打，一是张扬的人，二是无法无天的人，三是流氓到家的人。”

花美男也不知是太有涵养，还是就是不紧不慢的柔弱性格，他也不生气，上下打量关得几眼：“你谁呀你，说大话也不眨眼睛，说得好像你多有正义感多替天行道一样。你知道张扬是谁吗？他是宝马张的儿子。你又知道我是谁吗？我姓牛……”

太极宗师

“牛什么牛？如果说姓牛就牛，那姓龙的岂不是真的呼风唤雨了？你姓牛，是不是叫牛粪呀？”花流年才不管宝马张和花美男是谁，惹了她，她就要还回来，“瞧他那寒酸样，还叫张扬，叫张牙舞爪还差不多。还有你，牛粪，一个大男人长得跟女人一样，你是不是心理和生理都有问题？要是放古代，就你这副德行，直接送宫里当太监了，说不定连阉割的程序都省了。”

好嘛，关得终于见识了花流年的泼辣和口无遮拦，她骂人骂得真狠，所谓骂人不揭短打人不打脸，她是又揭短又打脸，成心不给人留活路。

牛姓花美男倒也有气量，并不生气，相反，却呵呵一笑：“我长什么样子是天生的，你不喜欢，有人喜欢就行了。就像你，虽然有几分姿色，不过轻浮而浅薄，显然不是什么好女人。对了，我不叫牛粪，我叫牛天子。”

“噗……”花流年笑喷了，浑然不觉危险在前，“牛天子，好名字，真是好名字。有句话说山中无老虎，猴子称大王，你倒好，直接到牛中当皇上了。你说勤劳能干的老黄牛哪里招你惹你了，你放着好好的公公不当，非跑牛群里当什么天子，难道牛天子就比猴大王威风了？唉，你这人，没救了，白披了一张人皮，从姓名到为人，都是畜生。”

“撞了车打了人，一点儿也不赔礼道歉，还骂人，素质，素质呀。”牛天子悲天悯人地摇了摇头，退后一步，手一挥，似乎很不情愿地说道，“算了，本来我不想动粗，不过有些人不好好教育教育，会在流氓的道路上越走越远。大坚，二强，轻轻教训他们一下就行，别下手太狠了，记住，也别打脸，还有，也别打女人……”

牛天子太啰唆了……

关得在牛天子还没有说完话的时候，就抢先一步出手了。他是看出来了，不管是张扬一言不发就打人，还是牛天子自我标榜自我吹嘘，总而言之一句话，今天不打就过不了关。既然一定要拳脚上见真章，对方又是以多欺少，他又何必拘泥于礼让三分？先下手为强后下手遭殃才是真理。

对方两个壮汉，一个大坚，一个二强，名如其人，肯定拳脚功夫十分坚强了，凭硬拼和力气，关得绝非其中一人的对手，何况是二人。他脚步一错，猛然一脚，朝大坚的肚子踢去。

大坚和二强长得很像，都是一样又粗又壮的身材，小脑袋粗脖子，胳膊和大腿都如水泥柱子一样结实。所谓外练筋骨皮，内练一口气，是说外刚内柔，通常情况下，很少有人练到外刚内柔的境界，要么只有外刚，要么只有内柔。大坚和二强显然只是外刚，而关得，则只是内柔。

外刚和内柔哪个更强，不能一概而论。外刚练到一定程度，可以一拳打碎水泥块，无坚不摧，威猛无比。而内柔练到一定境界，则可以达到出神入化的借力打力的效果，就如水一样，水无常形，利万物而不争，但水的力量一旦积蓄到一定程度，也有排山倒海的威力。

关得一脚踢出，大坚不躲不闪，只是轻蔑地一笑，扬手一拳打向了关得的胸口——腿比胳膊长，而且腿比胳膊力气大。大坚却压根没将关得这一脚放在眼里，摆出了硬碰硬的架势，他要的就是宁肯挨关得一脚，也要还关得一拳。等于是，大坚要和关得碰拼第一招。

以大坚推算，关得的小身板，一脚也没多少力道，但他的一拳之力可以开山裂石。如果说关得一脚踢中，只是让他一阵疼痛，那么他一拳打实，关得非得当场吐血昏迷不可。所以，本着速战速决一招定胜负的想法，大坚不怕挨关得一脚，也要一拳将关得当场打飞。

不料眼见关得这一脚就要踢中大坚之时，关得也不知是招式用老还是不想和大坚硬拼了，突然右脚一收，在距离大坚肚皮还有半米远的距离时，他原地转身，身子朝旁边一侧，堪堪躲过了大坚的一拳。随后关得站稳身形，双腿叉开，脚下用力，将双腿之力提升到腰上，再微微转动腰身，将腰间之力提升到双肩，然后双肩一沉，将双肩之力全部灌注到了右拳之上！

“呼……”关得深深地呼出一口浊气，将全身之力凝聚在右拳的拳尖之上，一拳打出，正中大坚的肚子。

由于事发突然，关得和大坚的第一个回合，其实不过一两秒钟的时间，一旁的二强还没有来得及向前迈开一步前来帮忙，关得一系列的动作已经完成，拳头已然落到了大坚的肚皮之上。

二强虽然和大坚一样，一直走的是外刚的路线，但他对内柔的拳法，也一向有所研究，他见关得一气呵成汇聚全身之力凝聚在拳尖之上，手法娴熟，姿态优雅，如行云流水，挥洒自如之间，如羚羊挂角不着痕迹。如果仔细观察的话，隐约可见关得周身的气流迅速旋转，被关得的一举一动带动，而关得的拳头如巨浪的潮头，将排山倒海一般的力量，全部引导在了大坚的肚子之上。

二强顿时惊呼失声：“太极宗师！”

关得可不是什么太极宗师，他只是一个太极拳爱好者而已。

二强的惊呼也让牛天子为之一愣，他不敢相信地看了关得一眼，自言自语道："他才多大，怎么可能达到太极宗师的境界？"不过他也知道二强的眼光，二强浸淫武术之道多年，是一个不折不扣的武痴。而且他生性纯朴而诚实，从来不说大话假话。

关得当然没有达到太极宗师的境界，他的出手之所以被二强误认为是太极宗师之境，也是近年来在太极拳上有所作为的高人太少了。现在大部分人将太极拳当成了强身健体的体操，个别人将太极拳当成了赚钱的工具，很少有人注重太极拳的实战性。甚至后来石门有一个自称绝世高人的女太极拳大师，只用手轻轻一点徒弟，徒弟就如吃了含笑半步颠一样，上蹿下跳然后倒地，此等耍猴一般的演戏，不但让女太极拳师一时成为笑柄，也让太极拳被世人误解为骗技。

关得一拳击中大坚，大坚先是一愣，不明白关得身法怎么这么快，变脚为拳也就算了，还躲过了他的致命一击，反手一击又击向他。不过愣过之后，他又哈哈一笑，关得的拳头在他眼中，小得跟馒头一样，虽然一拳正中他的肚子，感觉和挠痒痒没多大区别，别说打得他疼痛难忍了，他感觉就和一个七八岁的小孩在他的肚子上轻轻拍了一下一样，完全就是闹着玩嘛。

这么一想，大坚并没有将二强的惊呼放在眼里，在他看来，二强多半是被关得的花架子唬住了，他身为当事人，最清楚关得有几斤几两了。当下他大笑一声，就要飞起一脚，将关得当场踢飞，好让关得知道他的厉害。

不料才要抬脚之时，忽然感觉一股大力从肚子上传来，力道之大，为他生平罕见，他收势不住，身子往后便倒。

不好，大坚此时才稍微清醒几分，原来关得还真是太极拳高手，拳上有暗劲，而且后劲还绵绵不断……这么一想，他下盘一沉，想强行站稳身子，以免摔倒。他不知道，他又犯了一个致命错误——如果他顺着关得的拳劲一连后退几十步的话，说不定还可以化解关得拳劲中的暗劲和后劲，但他非要硬撑。他万万没有料到，关得刚才的一击，别看只是一拳之力，却是调动了全身之力，如此多的力道糅合在一起，岂是硬扛可以抵御？

意外事件的背后

大坚才一用力，只觉更大的力道如排山倒海一般涌来，他再也站立不住——何止站立不住，身子如同被人朝后用力一拉一样，弯成了虾米的形状。他双脚连连倒退，一连退了十几步也没有收住身形，最终“扑通”一声摔倒在地，摔了一个仰面朝天。

这还不算，摔倒之后，大坚感觉五脏六腑上下翻滚，如同错位一样，疼，倒不算多疼，却让人头晕目眩，一点力气也使不上了。他此时才知道关得的厉害，也清楚关得一拳使出，其实暗中还是留了情面，否则他现在非得昏迷不可。

牛天子也没想到一个照面之下，大坚就被打得如此狼狈，他伪装的涵养和气量消失不见，气急败坏地冲二强喊道：“二强，打他，收拾他，灭了他！”

二强却并不上前，而是老老实实地说道：“老板，对不起，我不是他的对手，除非我师父出面，否则，我和大坚联手也不好打败他。他很厉害，也很聪明，先放倒了大坚，现在和我一对一，我没有半点胜算。所以，不用打了。”

“你……”牛天子也知道平常二强一根筋，但没想到会一根筋到这种程度，他气得脸都青了，正要逼着二强冲上去，打不过也要打一通，总要讨回面子才行，突然，手机响了。

牛天子一看来电，顿时改变了主意，冲二强一挥手：“走了，不和他们一般见识，我大人有大量，算了，饶他们一次。君子动口不动手，是吧？对了，你们记住了，今天的事情，先记在账上，你们打了张扬，等于是得罪了宝马张。你们又打了大坚，等于惹了我牛天子。你们以后想在石门混，哼哼，等着吃瘪吧……”

关得呵呵一笑，淡然而立：“牛天子，今天的事情本是你们故意挑衅在先，说实话，你的背后是不是有人指使？便道上停的宝马，车内是不是有人在看戏？”

从一下车关得就注意到不远处的便道上停着一辆宝马，宝马从事发到现在，一直停在原地不动，明显是在观察他们，不用想，宝马车内的人，应该认识他和花流年一行。而且根据刚才的情形推断，牛天子他们就是故意别车然后再故意打人，要的就是制造麻烦和冲突。

至于宝马车内坐着谁，想要利用冲突达到什么目的，关得就不得而知了。

牛天子眼中闪过一丝慌乱，随即恢复了平静，冲关得一翘兰花指：“什么宝马车？什么看戏？你脑子短路了吧？走着瞧。”说完，他一挥手，几人迅速上车而去，一溜烟开走了。

关得猜对了，在牛天子的皇冠开走之后，宝马车也没再停留，悄然开走了。

“关得的太极拳法，这么娴熟了？”宝马车内，一个女孩微皱眉头，目光之中微有担忧之色，“怪不得这些年何子天在运师的境界上进展不大，原来功夫都用到太极拳上了。”

“会打有什么用？还是不如杜爷的算计高明。”余帅看了一眼忧心忡忡的方木，不以为然地笑道，“方木，你精心设计了一出好戏，就是为了欣赏关得的英姿？你别是喜欢上他了吧？”

没错，宝马车内有两个人，一人是余帅，另一人是方木，正是杜清泫的两大弟子。

“你懂什么？”方木对余帅的话嗤之以鼻，不以为然地笑了笑，“关得这么优秀，喜欢上他又怎样？你忌妒也没用。我精心设计了这一出好戏，可不仅仅是为了欣赏关得的英姿，而是为了了解关得的太极拳到底练到了什么程度，知己知彼才能百战不殆。”

“我觉得太极拳没什么大用……”余帅连连摇头，“我才不会忌妒，我对你又没有感觉，你爱喜欢谁是你的自由，和我没有半点关系。”

“余帅，你显然还没有明白一个道理……”方木深刻地摇了摇头。

“什么道理？”余帅翻了翻白眼，从鼻孔中哼了一声。

“方便有多门，归元无二路，天下道理一通百通，太极拳练到炉火纯青之时，对于关得不管是相师还是运师境界的提升，都有极大的帮助。你呀，还是太目光短浅了，对关得的偏见蒙蔽了你的双眼，再这样下去，你永远也赶不上关得，只能仰望他。”方木对余帅不遗余力地敲打。

“你太高看关得了，也太小瞧我了。”余帅嘿嘿一阵得意地笑道，“杜爷比关得提前一步来到石门，你又比他提前一步布局，让他一举得罪了牛天子和张扬两个人，他在石门的路，将会无比艰难。你说，他如果有真本事，怎么会处处被动？单城的麻烦，他还没有解决，一来石门就先树敌，等于是说，他将会腹背受敌。我看他很快就焦头烂额了，到时何子天和毕问天都帮不了他，他只能主动向杜爷求情，请杜爷出手，他才能走出困局，才能提升运势……”

方木没接余帅的话，主要是她不想和他做无谓的争论，直觉告诉她，关得应该不会这么容易就一败涂地，她更关心的是关得的父母：“杜爷说关得的父母可能来了石门，所以我们才紧急从单城撤退来到石门。我一直想不明白，关得的父母到底有什么奇特之处，值得杜爷这么兴师动众？”

“不过，这就不是我们应该操心的问题了……”方木自问自答，幽幽地望向了窗外，见窗外的石门秋意已深，道路两旁的树木落叶纷纷，忽然心中闪过一个不安的念头，“单城的事情还没有解决，关得突然来了石门，难道说，他也是为他父母的事情而来？他怎么就能放心地放手单城的事情呢？难道单城的较量，他已经胜算在握了？”

说话时，电话忽然响了，方木一看来电，忙接听了电话。

“蒋秘书长，有什么指示？”

打来的电话正是单城市政府秘书长蒋耿。

蒋耿呵呵一笑：“哪里，在方木姑娘面前，可不敢说什么指示，我是有一个消息要向杜爷汇报一下。”

方木作为杜清泫的关门弟子——正式对外的身份是杜清泫的行政秘书，几乎杜清泫和外界的所有联系，都要经她之手。

“杜爷不在身边，有什么事情，就对我说吧。”方木对蒋耿的印象还不错，认为蒋耿为人沉稳有度，是一个可造之材。

“已经查到了当时在木鱼巷破坏杜爷计划的人是崔民强！”

“崔民强？关得的兄弟，怎么可能？”方木心中的震惊无以复加，难道是关得算到了杜爷的出手，故意让崔民强出面搅局？如果是的话，关得也太神通广大了，境界已经远超了何子天和毕问天。又一想，应该没有可能，应该是巧合，“是巧合还是人为安排？”

“应该是巧合，录像显示，崔民强走到木鱼巷的时候，神态自然，不慌不忙，明显是偶然路过。”蒋耿是从国安部门一处隐蔽的摄像头拍摄的录像中，发现了崔民强在某一个时间段走进了木鱼巷，几分钟后又走出了木鱼巷。木鱼巷里面到底发生了什么，就不得而知了。但根据时间段推测，出手飞板砖的人，正是崔民强无疑。

“知道了，我会转告杜爷，请杜爷定夺。”方木听到是巧合，才长出了一口气。

“好，随时听候杜爷的指示。我提个建议，如果杜爷想对崔民强出手，最好由我来安排，我可以从正面以崔民强涉嫌经济诈骗的名义，让他深陷官司之中……”蒋耿急于想在杜清泫面前表现自己，因为他隐隐觉得，单城一战过后，不管是胜是负，杜清泫都要放弃沈新了，也就是说，沈新早晚是弃子的命运。

沈新失势的话，轻，在单城原地不动，继续担任市长，届满后退居二线。重，直接就地免职，身败名裂。不管是哪一种结果，他都要及时和沈新划清界限，才有上升的机会和可能。

“这事儿等我转告了杜爷之后，听杜爷的安排吧。”方木自然不知道蒋耿的小九九，不过对蒋耿的积极主动十分赞赏，“杜爷一直对蒋秘书长印象不错。”

“谢谢杜爷，谢谢方木姑娘。”深知杜清泫手腕通天的蒋耿无比清楚一个事实，如果杜清泫想提携他，只需一句话，他就会从政府秘书长的角色一跃成为副市长！

“杜爷会怎么对付崔民强呢？崔民强可是杜爷第一战失利的罪魁祸首，

不好好收拾他一番，难解心头之恨。”余帅恨恨地说道，他没见过崔民强，却莫名对崔民强没有一丝好感，“丫的，他是关得的头号狗腿子。”

方木却没接余帅的话，想起了什么，忽然笑了：“其实别看你叫余帅，而且也长得还算有几分帅气，不过却还是比不上牛天子……”

“我宁肯你去喜欢关得，也不希望你看上牛天子。方木，建议你下次去一趟泰国，欣赏一下人妖的风姿，然后你再见到牛天子时，可以想象一下，也许牛天子徒有男人之名，却无男人之实……”余帅嘿嘿一阵奸笑。

意外背后

“真恶心。”方木白了余帅一眼，“你们男人脑子里乱七八糟都想些什么呀？真龌龊。”

“真龌龊。”花流年望着皇冠和宝马先后绝尘而去的尾灯，跺脚骂道，“人妖、太监、混账王八蛋……不能想，一想我就反胃，一想我就恶心。你说一个男人长成女人样，会不会连某方面的功能也会疲软？”

关得实在受不了花流年对牛天子的恶毒攻击，他呵呵一笑：“人都走了，骂也没用，不如省些力气去办自己的正事。走了，上车。”

上车后，元元还坐在车内，似乎动也未动一下，花流年的气还没消，上来就对元元开火了：“元元，你可真是公主，外面都人头打出狗脑子了，你还稳坐钓鱼台，别说下车助威了，看都不多看一眼。行，真行，服了。”

“花姐姐，刚才宝马车里坐的是谁，你知道吗？”元元对花流年的攻击毫不为意，仿佛花流年说的是别人一样，她只管自说自话，“我严重怀疑宝马车里坐的是杜清泫。”

“杜清泫？”关得吃了一惊，对于元元没有下车，他和花流年的看法不一样，觉得元元做得很对，不下车不但可以更好地保护自己，还可以避免让他分心。同时，他对元元敏锐地发现了宝马车的异常大感惊讶，心想元元果然不简单，是一个心细如发的女孩。

“什么宝马车？哪里有宝马车，分明是一辆皇冠。”花流年完全没有注意到便道上停着的宝马车才是今天意外事件的主角，她还以为元元连皇冠和宝马都分不清。

“嗯，即使车内坐的人不是杜清泫，也会是杜清泫的干将。”元元再次无视了花流年的存在，她一拢头发，微微一想，“据我所知，杜清泫在石门的势力比在单城的势力大多了，石门的百厦集团和信誉集团，都和杜清泫关系不错，也有许多业务上的往来。而且，杜清泫还是两家集团的大股东。”

“百厦集团和信誉集团？”关得一边开车一边思索，作为省内第一家房地产公司，百厦集团现在是省内首屈一指的大型房地产集团公司，业务遍及全国，在以房地产产业为龙头的同时，百厦集团还涉足酒店业和旅游业。

而信誉集团是由经销汽车起家，早在几年前，信誉集团就以极具战略的眼光，率先在石门投入巨额独家代理了德系三大豪华品牌汽车的经营权，以宝马为主，兼营奥迪和奔驰，很快就辐射了全省，在省内投资了十几家连锁店。

信誉集团由经销售汽车起家之后，开始涉足煤炭产业。在煤炭产业上大赚了一笔之后，又进军了房地产产业，借石门城中村改造的东风，拿下了兴旺村的一块地皮，兴建了一个中高档小区——全棉时代。目前全棉时代正在竣工期，距离交房还有两个月时间。如果 切顺利的话，信誉集团进军房地产产业的第一炮，算是打响了。

“对呀，关哥哥应该也听说过百厦集团和信誉集团……”元元一副百事通的模样，头头是道地说到了两家集团的历史，“百厦集团的创始人是牛天，信誉集团的创始人是张之强。由于牛天的百厦集团在石门所向披靡，牛气冲天，所以他被人称为牛冲天。而张之强虽然是靠经销德系三大豪华品牌起家，但由于他本人对宝马情有独钟，声称非宝马不开非宝马不坐，外界就送了他一个外号——宝马张。”

这么说，牛天子是牛天的儿子？名字还真是起得贴切，牛天的儿子可不就是牛天子吗？那么也不用想，张扬肯定是宝马张的儿子了。

“敢情刚才打我的浑蛋是宝马张的儿子？我就不明白了，不就是一辆破车吗，为什么开上了就感觉高人一等了？是不是他家宝马车的车座上都有针管，人坐上后，自动注射鸡血？”花流年对张扬愤愤不平，虽然张扬被关得收拾得够呛，但她现在非常后悔当时张扬倒在地上时，为什么没有上前朝张扬的脸上踹一脚。

关得乐了，花流年真损，连自动注射鸡血都能想出来，服了她了。他见已经到了省电视台，向右一拐说道：“看来，杜清泫还是快了我们一步，在我们还没有来到石门之前，就已经为我们在石门设置好了障碍。”

一抬头，见秋曲已经等候在了省电视台的门口，正朝他招手，关得笑了笑，不再继续杜清泫的话题，停了车，让秋曲上车。

秋曲没想到车上除了关得之外，还有两位美女，她坐在了后座，先后冲花流年和元元打了招呼，就让关得直接将车开进了省电视台。

门卫想拦住关得，秋曲打开窗户冲门卫笑了一笑，门卫立马敬了一个礼，回敬了秋曲一个谦恭的笑容：“秋姐好。”

“秋姐姐人缘真好。”元元看出了门卫对秋曲的微笑并非出于敬畏，而是出于喜爱。

“人缘好才能走四方，不要小瞧任何一个人，哪怕对方只是一个门卫，也要给予他应有的尊重，当他是一个平等对话的朋友，那么你会发现，原来整个世界都友好了。”秋曲嘻嘻一笑，又开始数落关得，“我还一直担心你一个人路上开车会不会困，会不会飙车，会不会开斗气车，等等，没想到，你车上带了两个大美女。唉，害我白担心了，你真是没良心。”

带两个大美女和没良心怎么可以关联在一起？关得理解不了秋曲的思维，不过他很清楚秋曲的为人，秋曲只是随口一说，才不会真的往心里去。如果是月清影见到花流年和元元在车上，会不高兴，但不会直接表现出来，因为她冷淡惯了。如果是碧悠，很会生气，而且会当面质问他为什么要和花流年、元元一路同行。

“关得还没有结婚，别说车上有两个美女了，就是有四个美女，也是他的自由，只要他有足够的魅力，美女多多益善。秋曲，关得以后是谁碗里的菜，可还不一定哟。”花流年对秋曲的话表示了强烈的不满，还白了秋曲一眼。

“是这样的，秋姐姐，我是想来石门转一转，玩一玩，你也知道，我一个人太闷了，正好关哥哥要来石门，我就跟着他来了。花姐姐是来相亲，三个人一起，路上也好有个照应，关哥哥也不容易犯困，你说呢？”元元甜甜地笑，细细地解释。

秋曲大大咧咧地挥了挥手：“Whatever！关得不是我的菜，你们谁爱就随便爱。不对，花大姐要去相亲，相谁？”

“哪里是去相亲啦，别听元元编排我。”花流年忽然就扭捏了，脸上甚至飞了一片红晕，“我其实也是来石门散散心，顺便见见贾宸默……”

“噗……”幸亏秋曲没有喝水，否则非得喷关得一身不可，她露出了一脸古怪的笑容，咳嗽几声，“贾宸默？不错，不错，好男人，好眼光。”

“你也觉得贾宸默不错？”花流年没有听出来秋曲话中的反讽之意，她一时惊喜，“元元和秋曲先后都说贾宸默不错，看来，我还真来对了。”

“唔，唔，来对了，来对了……”秋曲强忍着笑，假装一本正经，顾左右而言他，指挥关得停车。

“这样，关得，你跟我上楼一趟，花大姐、元元，你们可以到处转转，欣赏一下省电视台的美景。不过记住一点，别闯演播室，演播室都有武警站岗。”

扔下花流年和元元，秋曲不由分说拉了关得上楼，关得被秋曲的小手抓住，感觉到她手心的温热和柔软，不解其意：“你带我去做什么？”

“到了你就知道了，现在闭嘴。”秋曲冲关得做了个鬼脸，不管关得是不是愿意，反正她一路牵着关得，就如牵一个小朋友一样，带关得上了十八楼。

电梯一到站，秋曲忙松开了关得的手，解释说道：“刚才拉你的手，只是一个单纯的举动，你千万别多想。”

拜托，关得无语了，他和秋曲在一起，很少会想起秋曲的性别。虽然秋天的秋曲依然花枝招展，而且穿了一件十分性感的长裙，上身的紧身毛衣衬托得腰身如玉，胸前一串五颜六色的挂珠更显山峰突起，实话实说，其实秋曲是一个很有女人味的姑娘。或许是由于她太能说了，又或许是她一次又一次刻意强调关得不是她的菜，关得一直就当她是一个假小子，是一个中性朋友。

秋曲其实也就是随口说说而已，才不等关得说些什么，伸手推开了一间办公室的门，又一伸手，将关得拉了进去。

“谁的办公室？”关得见办公室里面空荡荡的没有什么东西，只有窗台上和桌子上放了几盆花和一堆毛绒玩具，没有任何办公用品，他十分不解。

道具

“我的。”秋曲神秘地一笑，双手一推关得，将他按在沙发上，“准确地说，是前办公室。”

秋曲从省电视台辞职之后，就不算是省台的人了，她再来她以前的办公室做什么？关得被她弄迷糊了：“你又要耍什么花招？”

“不耍花招，只演戏。”秋曲眨眨眼睛，笑得很开心很得意，等一会儿要是有人来，你什么都不要问，也什么都不要解释，只管配合我演戏就行了，听到没有？”

“可是……”关得想问个清楚，不想被秋曲捉弄了。

“没什么可是，现在能帮我的人，只有你了……嘘，来了，从现在起，你就是木偶就是道具了，千万别露馅儿。如果演砸了，关得，我让你下半生都生活在水深火热之中。”秋曲连哄带骗，一边说，一边弄乱了自己的头发，然后还弄皱了裙子，随后，又将手伸到了关得的头上。

关得想躲，却被秋曲按住，无奈之下，他只好任由秋曲将他的头发弄得一团糟，然后又任她摆布，把他的衣服弄成皱巴巴的一团，到底是想闹哪样？虽然他也知道秋曲有时爱胡闹，不过也清楚秋曲在胡闹之中，其实从不胡来。

“咚咚……”有人敲门。

“来了。”秋曲热情洋溢的声音响起，奇怪的是，她脸上不知何时多了一片红晕，竟然颇有雨润红枝娇的娇媚，还媚眼如丝地飞了关得一眼，然后起身去开门。

关得被秋曲的媚眼吓了一跳，禁不住打了一个寒战。

门一开，门口站着一个西装革履、风度翩翩的男人。男人三十岁左右的年纪，英俊、洒脱、气度非凡，当前一站，当真是极为少见的人中龙凤。比起牛天子花美男的阴柔，眼前男人的俊美和丰朗，才是一个男人应有的帅气。

“秋曲，你真的不再考虑一下我们的关系了？”男人一见秋曲，目光中流露出不甘和不舍的神色，他向前一步，双手就要落到秋曲的肩膀之上，“我真的非常喜欢你，愿意一辈子对你好，一辈子待你如初恋，你给我一次机会好不好？”

秋曲轻巧地一错身，闪开了男人的双手，她轻描淡写地笑了笑：“不好意思叶公子，我们真的不合适，再说我也有男朋友了，请你自重。而且，你来得还不是时候，刚才我们……”

“你……有男朋友了？”叶公子一脸惊愕，才注意到秋曲头发杂乱衣服皱巴脸上飞红。他目光又一扫，见沙发上的关得同样也是头发乱了衣服皱了，而且关得坐在沙发上的姿势还不太雅观，侧躺在沙发上，给人以无限想象的空间。身为成熟男人，谁还猜不出来一男一女在办公室里面发生了什么？

叶公子的脸色顿时黯淡无光，无比沮丧，不过他还是保持了应有的风度，冲关得微一点头：“祝贺你，能赢得秋曲的芳心，你很幸运，我很羡慕你。没请教尊姓大名？”

“关得。”关得至此才明白他又被秋曲当了挡箭牌，他心中窝火，却又不好表露出来，只好故作轻松地一笑，“其实你也不必羡慕我，有时候你离山很远，会一厢情愿地认为山上的风景很美。等你到了山脚下之后才会发现，原来想象和现实还是有不小的差距。”

这一句话暗示的意味强烈，而且明显有对秋曲的贬低之意，意思是说，秋曲远看美则美矣，离近了，就不怎么样了。

秋曲狠狠地冲关得瞪了瞪眼睛，对关得对她的攻击深感震惊和愤慨，又表达了强烈的不满。

“关得……好名字。”叶公子倒也大度，主动伸手和关得握手，“我叫叶微尘，很高兴认识你。”

“叶微尘，微尘，很有禅意的名字。”关得见叶微尘彬彬有礼，比起牛天子和张扬之流，不知好了几许，心想果然是物以类聚人以群分，以秋曲的性格，喜欢她追求她的人，想必也是有素质和情操的人，“莫非伯父伯母信佛？”

世界微尘里，人生大梦中，是一句禅语，关得虽然理解不了其中的深意，却是牢牢记住了这句话。所以他一听叶微尘的名字，就大感好奇。

“咦，厉害，你是第一个一见面就猜中我父母信佛的陌生人，就凭这一点，关得，我得交你这个朋友。”叶微尘对关得的兴趣更浓了，居然不走了，想和关得继续聊下去，“这么说，你对佛教也有研究了？”

关得当然对佛教没有深入的研究，不过跟何爷久了，而且何爷所讲的许多道理，比如慈悲心、平等心以及人生十三条定律，都暗含佛意，久而久之，他也开始了解一些佛经了。虽然了解不深，也算是初步入门了。

“研究谈不上，现阶段只是很感兴趣，正准备精读。”关得不是谦虚，而是实话实说。

不过听在叶微尘耳中，关得的话就是低调谦虚了，他呵呵一笑：“关先生举止得体，温文尔雅，又知识渊博，秋曲跟了你，也算她有眼光。好吧，喜欢一个人，就是要让她幸福，既然秋曲选择了你，我也只能祝福你们了。”

“哎哎哎，叶公子，我和关得幸福不幸福，不是你应该操心的问题，你话太多了，赶紧走人才是正经，别影响我和关得的好事，OK？”和一些假洋鬼子总是喜欢夹杂一两句英文惹人反感不同，秋曲时不时冒出一个英文单词，不但没有让她显得做作，反而为她平添了可爱和洒脱之意。她很是不满地瞪了叶微尘一眼，又白了关得一眼，似乎对关得和叶微尘的一见如故很是不以为然。

叶微尘微露尴尬之色，咳嗽一下，转身就要离开，才一迈步，又被秋曲叫住了。秋曲将桌上的毛绒玩具一股脑儿放进一个手提袋中，不由分说塞到了叶微尘手里，说道：“你的东西你拿走，省得留下便宜了别人。我都不在这里办公了，也不知道以后谁会占用我的办公室，你肯定不愿意你精心挑选的东西被一个陌生人占有吧？”

“不要的话，就扔了吧，我拿走干什么？”叶微尘无奈地一摊双手，不接秋曲的手提袋。

“不行！”秋曲直接将手提袋扔到了叶微尘的怀中，然后又将他推到了门外，“砰”的一声关上了房门，才一屁股坐到了沙发上，痛苦地摇了摇头，“天啊，世界终于清净了。”

“喂喂，你坐的地方不对。”关得不干了，秋曲刚才看也不看就坐了下来，正好坐在他的大腿上。虽说秋曲不重，但她毕竟是一个妙龄姑娘，感受到秋曲身体的热气和香气，他又不是坐怀不乱的柳下惠，所以只能请秋曲离座了。

秋曲回头白了关得一眼，语气颇有几分不屑：“一个大男人，比女人还害羞，真没出息。”

关得无语了，谁说男人就应该随便被女人非礼挑逗而不能反抗了？如果他坐在一个姑娘的大腿上，那叫耍流氓，但如果一个漂亮的姑娘坐在他的大腿上，就叫风情万种了，世界，还真是不公平。

“刚才的叶微尘是谁，你知道吗？你为什么要和他套近乎？”秋曲离开了关得的大腿，靠在了桌子边沿上，还好，她没有不顾形象地坐上去。

“不知道，再说我也没有故意和他套近乎，只不过出于礼貌，客气了几句而已。怎么了，你好像很害怕叶微尘一样，难道说，你们两个以前有过往事？”关得嘿嘿一笑，眼神乱闪，故意调笑秋曲。

“有过你个大头鬼往事。”秋曲唉声叹气地摇了摇头，“叶微尘叶大公子，不管是长相、出身、学历还是为人，样样都好，可以说几乎就是一个完美的男人，可是他有一个致命的缺点让我非常不喜欢，你知道是什么吗？你肯定不知道，就是他太婆婆妈妈了，不像一个男人，倒像一个中老年妇女！

“每次他送我毛绒玩具，或是打来电话和声细语地要请我看电影、吃饭或是散步时，天啊，我的眼前总是浮现我亲妈的形象！你说一个大男人，说话温柔得像个女人，而且还一点儿主见也没有，问我喜欢吃什么喜欢看什么喜欢玩什么……拜托，男人如果没有主见不能替女人做主拿主意，还要男人有什么用？我有一个成天唠叨的亲妈就够了，不想再找一个成天唠叨的男妈。所以，不管他有多好，我都坚决地回绝了他。一想到如果以后从我妈的火坑跳到一个男妈的火坑，我连死的心都有了。”

说得也是，男人就得有男人样，该强势的时候就得强势。当然，不是说不尊重女人意见的强势，而是在日常生活的小事上，得拿得起放得下。

星辰大海

“而且叶微尘还非常不果断，我都告诉他我和他不合适了，他还非以为我是在考验他，一连两年不间断送我毛绒玩具和鲜花。鲜花都被我转手送人了，毛绒玩具送了苏墨虞一部分，送了郃小鱼一部分，还有很多送不出去，今天总算还给了他，一了百了。关得，拿你当挡箭牌，其实是我觉得你和我都这么熟了，配合演戏的话，不容易出错，你可别多想，别认为我对你真的有意思了。还有，虽然我刚才故意制造了我们亲热的假象，你也不许意淫，听到没有？”秋曲双手叉腰站在关得面前，居高临下地俯视关得，“我们不在一个次元，不是同一类生物，所以，不可能产生爱情的化学反应，你明白了没有？”

“真是啰唆，你直接说你现在以后永远不可能爱上我不就得了。”关得见秋曲越说越烦琐，索性他替她说个明白，“你放心，我的志向是星辰大海，肯定不会为你这朵路边的小花停留片刻。”

“行，你说的，你记住了，不许反悔，反悔就是小狗！”秋曲咯咯一笑，似乎对关得的回答很满意，又想起了什么，眼睛眨了眨，“对了，你真的不知道叶微尘是何许人也？”

“真不知道，我又不是石门人。”

“好吧，看来你还真不是故意和叶微尘套近乎，难道说，你们真的一见如故？”秋曲歪着头打量关得，又问，“你有没有为他相面？有没有看出来他的大富大贵之相？”

“没有。”刚才事发仓促，关得哪里顾得上为叶微尘相面，再者他平常很少为陌生人相面，既无意义又耗费精力。不过从叶微尘举止得体以及谈吐来看，他肯定不是贫下中农。再说了，贫下中农即使喜欢秋曲，估计也不敢付诸行动。

“服了你了，白顶了一个大师的高帽，居然连叶微尘是叶达成的儿子都没有看出来，你到底是不是大师，到底有没有真本事？”秋曲连连摇头，好像关得没有看出叶微尘的身份是多么重大的失误一样。

拜托，相面术又不是识人术，不会从一个人的面相上看出他的爸爸妈妈是谁，如果能看出来，关得只管当亲子鉴定大师，就可以大发其财了。

关得却没有向秋曲解释一番，因为叶达成的名字让他震惊当场！

叶达成是谁？叶达成是燕省最赫赫有名的企业家，比赵乘风和风正茂的影响力还要惊人。不仅仅是叶达成名下的叶氏集团的市值，比赵乘风的善济集团和风正茂的风华集团累加在一起还要多，而且还在于叶达成是燕省弃官从商并且建立了庞大商业帝国的第一人。

如果说赵乘风和风正茂的影响力仅限于商界，或者说即使在政界有一定的影响，也是微乎其微的话，那么叶达成的影响力就贯穿了政商两界，并且不管是在政界还是商界，他都拥有举足轻重的地位！

打一个不恰当的比喻，叶达成在燕省的影响力，甚至比赵乘风和风正茂联手都还要强几分。

早年叶达成曾任国家级报社驻燕省记者站站长，后来叶达成受到一位领导的赏识，从媒体人的身份摇身一变，成为了石门下辖一县的县长。再后来，叶达民官运亨通，从县长到县委书记，再到石门的副市长，一时风头无两，许多人认为他一定是一颗冉冉升起的政治新星。

谁也没有想到的是，在副市长的宝座上，眼见叶达成不出几年就有望扶正，成为石门史上最年轻的市长时，叶达成突然辞职下海，弃官从商了！此事在燕省曾经引起了极大的轰动，在九十年代初期，下海虽然不再是新鲜事物，但官员弃官下海，对于石门这个内陆城市来说，却是破天荒的第一次。况且以叶达成当时的年龄和级别来看，在强调干部年轻化的大趋势下，谁都看得出来叶达成必定前景无量。

但偏偏在政界前途无量的叶达成弃官从商了，许多人在难以理解之余，不得不猜测叶达成的辞职是不是有什么难言之隐。当然，也有人认为，叶达成是聪明人，他从政多年积累下了无数人脉，现在弃官从商，完全可以利用现有的人脉为他的生意铺路。

只是叶达成再一次做出一个让所有人都无法理解的举动——他远离石门，南下广州，独自一人，背井离乡，在广州人生地不熟之地，开始了他的创业之路。

难道叶达成疯了？放着好好的官儿不当，非要辞职下海。辞职下海也就算了，放着石门现成的大好资源不用，非要跑到南方去发展。谁不知道叶达成一直没有离开过燕省，他在广州举目无亲，更不用说有关系网了？他这么做，到底是被人所迫，还是想证明自己的能力，背水一战？

不管众人如何猜疑，叶达成从来不解释什么，也不辩解，他在广州埋头苦干，整整三年的时间，他没有回过一趟家，也远离了公众的视线，甘于寂寞并且默默承受了人生的巨大反差。从耀眼夺目的副市长沦落为一个一无所有的社会底层创业者，他付出了多少常人难以理解和体会的艰辛，就无人知道了。

三年后，叶达成带着从广州创业赚取的第一桶金又回到了石门。第一桶金说多不多说少不少，一百万。他以这一百万作为起始资金，重新在石门创业。又三年后，叶达成的个人资产破亿。再三年后，叶氏集团成立，市值达到五十亿。

到今天，叶氏集团已是石门第一燕省第三的大型集团公司，市值高达近四百亿。叶氏集团已的业务范围很广，涉及房地产、建材、酒店、旅游以及文化产业，不但在石门是首屈一指的民营集团，放眼全省乃至全国，也是赫赫有名。和叶氏集团合作的企业，不但有众多大型国企，就连众多世界五百强的外企，也和叶氏集团有密切的来往。

原来叶微尘居然是叶达成的儿子，关得没有听过叶微尘的名字，但叶达成是谁，他如果不知道的话，就不配担任滨盛房地产公司的总经理了。

“叶达成也是我的人生偶像之一……”关得没理会秋曲对他的嘲讽，他淡淡一笑，“赵乘风是骨子里有浓重的实业兴邦济世救人的儒家思想的儒商，而叶达成则是一个敢置之死地而后生的枭雄。如果说赵乘风是以柔克刚的性格，那么叶达成则是向死求生的为人。许多人都没有勇气丢掉手中拥有的一切，所以，许多人都做不到叶达成的非常之举，只有完全地扔掉过去，才能脱胎换骨。叶达成能有今天，绝非偶然，他有超过常人一百倍的勇气。”

“怎么样，我不简单吧？连叶达成的儿子叶微尘都喜欢我，证明我确实是人见人爱花见花开，对不对？”秋曲一脸自恋，嘻嘻一笑。

“没错，车见车爆胎，马桶见了马桶盖自然打开。”关得笑秋曲的臭美，然后站了起来，“好了，作为道具，我的历史使命完成了，可以走了吧？”

“先别急，还有事情。”秋曲偷偷摸摸地来到门前，开门一看，确认外面没人，才又小声地问道，“你确定叶达成信佛？”

“不确定，我又不认识叶达成……不过现在成功人士大多信佛，怎么了，你有什么想法？”

“没有，就是随便一问，我以为你连别人父母是不是信佛都可以看出来。”秋曲吐了吐舌头，顽皮地一笑，“你让我放出苏墨虞即将调往央视的传闻之后，第二天部小鱼就请假了，而且请的还是病假。老实交代，关得，你让我放风，是不是项庄舞剑意在沛公？当然，沛公并不是指安世民，而是指部小鱼和沈伟强？”

秋曲多少猜到了一点什么，有心不对她说实话，关得又不知道该怎么瞒下去，想了一想才说：“部小鱼请假了，安世民有什么动静没有？”

“有，当然有了。安世民去京城了，如果我没有猜错的话，他是替部小鱼活动去了。当年我、苏墨虞和部小鱼并称为省台三枝花，我和墨虞还好，关系不错，小鱼就不行了，她一直觉得我和墨虞不够资格和她并列，她应该是省台一枝花。现在好了，我跳出省台了，她眼中的唯一对手就是墨虞，听说墨虞要调往央视了，她能不急吗？她一急，除了会折腾安世民和沈伟强之外，她还能有别的什么本事？”秋曲不但将局势看得清清楚楚，对部小鱼的为人也分析得头头是道。

“照你说，安世民去京城活动，能不能帮部小鱼达成心愿？”如果安世民真有本事帮部小鱼调到央视，那么他利用部小鱼作为支点推动沈氏父子咎由自取的妙计就失效了。

“安世民没那个本事，央视要是那么好进，我当年也早进了。”秋曲嗤之以鼻，“这事儿，非得沈新出面才有可能有那么一点点可能，但沈新身为市长，怎么可能轻易为部小鱼出面去跑关系？有失身份呀。”

总部

“除非部小鱼真的嫁给了沈伟强。”关得发现他有必要再深入了解一下事件背后的各种可能，而且他还发现，秋曲比他想象中还要聪明。

“沈伟强才不会娶部小鱼，别看沈伟强似乎一直对部小鱼一往情深……知道为什么吗？”秋曲朝关得挤了挤眼睛，得意地一笑，“沈伟强也就当部小鱼是他的一种精神寄托，精神寄托懂不懂？就是柏拉图式的恋爱，你爱我我爱你可以，但要结婚，就万万不可以了。所以，部小鱼为了和苏墨虞一争高下，也是为了完成她的央视梦，她只有紧紧抓住沈氏父子，让沈新替她出面疏通关系，她才有可能成功。但问题是，沈新会为她出面吗？答案显然是否定的。”

“所以，部小鱼眼见调往央视没有可能时，她就会抓狂，她一抓狂，有人就有麻烦了。”关得忽然发现，他怎么和秋曲越来越默契了，二人刚才的一番对话，完全就是心有灵犀一点通嘛。

“其实，现在部小鱼已经抓狂了……”秋曲的眼睛笑得眯成了一道缝，她嘿嘿一笑，“关得，你让我说你什么好呢？你到底是好人还是坏人？说你是好人吧，你确实不坏。说你是坏人吧，你有时又确实坏得流油。”

关得大呼冤枉：“天地良心，我哪里坏了？秋曲，你不要血口喷人，你不要污人清白……我要告你诽谤！”

“哧……”秋曲一脸讥笑，“在别人面前装大尾巴狼，没问题，别人看不穿你，在我面前还装？得了吧你，你不就是想利用部小鱼的闹腾然后让沈伟强和沈新焦头烂额吗？好吧，告诉你一个好消息，沈伟强也来石门了，比你早半天到，今天一早他陪部小鱼去京城了。就在刚才我也得到了消息，安世民从京城回来了，无功而返，所以说，现在部小鱼只有一条路可走了。根据我对她的了解，她现在请假去忙调往央视的事情，是背水一战，如果事情没办成，黄了，她连回省电视台的脸面都没有了……等等，有情况。”

话说一半，秋曲忽然听到了什么，来到门前支着耳朵一听，又拉开门，悄然出去，过了片刻又悄悄回来，哈哈一笑：“和我猜得一样，哈哈哈哈，现在台里上下都在传，部小鱼放出风声说，如果这一次她调不到央视，她就辞职不干了。这女人，脑子短路了，做事情不为自己留一条后路，非要自己把自己的路堵死，真是自作孽不可活。”

不错，关得心里高兴，表面上却不和秋曲一样幸灾乐祸，部小鱼孤注一掷不留退路的做法，符合他对她性格的分析。事情现在已经发酵了，不出意外的话，让沈氏父子运势走低并且最终一败涂地的多米诺骨牌的第一张，已经由部小鱼推倒了。

不过还好，秋曲对他的想法只猜对了一部分，不是全部，关得心中暗暗舒了一口气。既然事情已经开始朝他预定的轨道发展，他接下来就可以安心在石门继续发展壮大滨盛了，单城的局势，应该不用多久就可以破局了。

只是让关得隐隐担心的是，说不定杜清泫真的也来了石门。毕问天让元元跟随他前来石门，估计也是推算出了他父母有可能来了石门，而何爷也认为他的父母估计会来石门，再加上杜清泫也有百分之八十的可能来了石门，那么是不是可以说明一点，三大高人一致认定的事情，会不会百分之百是事实了？

就是说，他的父母现在真的人在石门？

随秋曲下楼，到了车上，关得脑子里还在想父母的事情，直到上车之后，秋曲坐在了副驾驶座上，一拍他的肩膀，对他说道："去滨盛石门总部！"他才如梦方醒。

滨盛石门总部位于合作路，就是上次秋曲选定的办事处的位置，现在虽然由办事处升格成了总部，但由于滨盛刚成立不久的缘故，员工还不是很多，租下的一层约有三十间办公室的办公区内，多数房间还在闲置。

上次挑选地点时，还是枝繁叶茂绿树成荫的夏天，现在再来，却已经是落叶纷纷、秋风萧瑟的深秋了。不过季节的变迁改变不了周围宁静而生活气息浓郁的环境，站在三楼的总经理办公室内向外面观看，只见四周小区林立，并没有繁华的商场和热闹的商业街，只有一些科研和行政机关，关得对环境很是满意。

对环境是满意了，对他的办公室装修得过于简洁的风格，关得却不是十分满意。说是简洁风格，但简洁到了只刷白墙的地步，也太是对付了，好歹他也是滨盛的总经理不是？

花流年没有跟来，她直接去贾氏集团找贾宸默去了。元元也不知道是出于什么考虑，居然主动提出要陪花流年一起。花流年正心里没底，有元元做伴，自然乐意，一口应下。关得也没说什么，他也知道元元此来石门，目的并不单纯，就随她去了。

崔民强没在总部，在工地上负责施工事宜，关得在总部就只见到了秋曲和月清影。

"是不是觉得太亏待你了？"月清影看出了关得眼中的不满，淡淡地一笑，"你应该到我的办公室看看，你就心理平衡了。"

"呵呵……"关得摆了摆手，笑道，"我不是要和你比，从做生意的角度考虑，至少也要讲究一下门面才对，否则如果和人洽谈生意，对方一见我们的办公地点这么寒酸，会小瞧了我们的实力。"

"你以为你想到的，我和秋曲就没有想到吗？"穿了一件土黄色风衣的月清影，虽然整个人被黯淡的衣服色彩衬托得有几分失色，但天生丽质的容貌却依然散发逼人的艳丽。或许是离开了单城的缘故，她现在不但打扮得更干练了一些，还比以前爱笑了，“我和秋曲商量，虽然现在滨盛还很弱小，但既然有心立足石门大干一场，就得先建好根据地，所以我们决定，要在石门建一座属于滨盛自己的大厦，名字都想好了，叫盛世天骄……”

好嘛，月清影和秋曲两个姑娘家，比他一个大男人野心还大，才来石门几天，就想拥有自己的大厦了？不过也别说，想法很不错，而且盛世天骄的名字也起得好，关得点头说道：“这么说，你们一个董事长一个副总，直接在总经理缺席的前提下，召开了董事会并且一致表决通过了决议？”

“没错！”秋曲伸手一拍关得的肩膀，哈哈一笑，“很不幸，你这个总经理被架空了。”

关得不理秋曲的调侃，问到了正事：“地点选在哪里？地皮和土建费用一共多少，有没有预算？”

环顾自己的办公室，除了墙壁简单地刷白之外，地砖都没换，老旧的窗户被风一吹，还吱吱直响，头顶上是摇摇欲坠的吊扇和老式的白炽灯。可以说，如果墙壁没有刷白的话，一进来，还疑心是九十年代的国有企业的办公室。

实际上，他们租的办公楼，以前还真是一家国有建筑公司的办公楼。

“办公楼选址初步定在望洋路和观海街的交叉口，正好有一家破产的五交化公司的办公大楼盖了一半烂尾了，楼已经封顶，我们接手后，直接内外装修之后就可以投入使用。我和清影大概估算了一下，接手烂尾楼大概需要一千万，内外装修需要五百万，购买办公家具等需要三百万，一共是一千八百万。”秋曲拿过计算器按了一气，“别看是烂尾楼，但各项手续齐全，前期的批地和各项审批手续就全免了，直接接手就行，怎么样？”

“想法倒是不错……可是，钱从哪里来？”关得很佩服秋曲的办事能力，如果是申请地皮再新建一座办公大楼的话，不但要费时费力，而且还是一场旷日持久的战争，甚至一两年都不见成果，直接接手一栋烂尾楼就容易多了。不过问题是，现在滨盛同时开盘两个楼盘，哪里还有多余的资金？别说多余资金了，现在滨盛光贷款就贷了一个多亿。

“钱的问题好解决，你先别管钱了，你就说你同意不同意吧？”秋曲神秘地笑了笑，等关得的回话。

“同意，当然同意了，只要你能找来资金，我还有什么理由不同意吗？”关得也笑了，秋曲肯定又有什么鬼主意了。

“既然你同意了，好，就这么说定了。等我安排一下，明天或者后天，你、我还有清影，我们一起参加一个聚会。聚会之后，如果一切顺利，盛世天骄办公大楼就八字有了一撇。如果玩砸了，对不起了关总，你就继续坐你的冷板凳办公吧。”说话间，秋曲一推关得。

关得没防住，一屁股坐在了椅子上。椅子发出了不甘而痛苦的呻吟声，似乎是在严重抗议关得的体重。年久失修的椅子虽然四条腿齐全，不过坐在上面总觉得少了一条腿一样不稳。

密集爆发期

摇头笑了笑，关得心想，得，他又被秋曲算计了，聚会上，肯定有秋曲安排的一出好戏。不对，他脑中蓦然闪过一个念头，望洋路和观海街的交叉口，不正是百厦集团的百厦大厦的所在地吗？这么说，如果事情成了，他和牛天子就要成抬头不见低头见的邻居了？

难道还真是冤家路窄不成？

中午，关得和秋曲、月清影一起吃了午饭。下午，在秋曲的强烈要求下，他又和滕有丽见了一面。

和滕有丽见面的主要目的，不用秋曲解释，关得也清楚，秋曲是想他凭借大师的身份让滕有丽讲实话，什么实话？当然是有关安世民的实话了。

关大师一出手，果然非同凡响，一见关得，滕有丽就喜笑颜开，拉着关得问东问西问个不停，问了许多让关得啼笑皆非的问题。比如她怎样才能完全留住安世民的心，怎样才能青春永驻，怎样时刻知道安世民到底在想些什么和做些什么。

对于滕有丽所问的中老年妇女普遍关心的共性问题，关大师本着诲人不倦的善良的出发点，稍微指点了一二。对于部分实在是无聊之极的问题，关大师也本着治病救人的原则，对滕有丽进行了开导。

当然，最后关大师也老神在在地从滕有丽口中得知了安世民的京城之行，不但一无所获，而且还碰了一鼻子灰。灰头土脸地回来之后，安世民迁怒于郜小鱼，放出了狠话，以后郜小鱼的事情，他不再过问！

好事，安世民不再过问郜小鱼的事情，郜小鱼就只能完全依靠沈伟强了，如此，沈伟强的日子就难过了。

和滕有丽的面谈结束之后，已经是华灯初上，秋曲又提议去她家吃饭，被关得坚决拒绝了，关得的理由很充分："算了，不麻烦你爸你妈了，我们三个人随便找一家饭店吃点东西，多省事，如果去你家做客，你妈还得忙活半天，累着她老人家怎么办？"

站在车流如织的街头，关得一行三人格外引人注目。倒不是关得的玉树临风吸引了众多美女的目光，说实话，关得也确实是一个帅气的小伙，只不过他的帅气沉稳而含蓄，不是第一眼帅哥，是有品位有层次的女人才能欣赏的男人味，关得的帅，是俊美丰朗。

吸引众人目光的，是秋曲和月清影两大美女的相映成趣。

秋曲就如一朵艳丽无比的大丽花，在灯光迷离的街头，散发逼人的娇美。而月清影就如一朵孤芳自赏的兰花，遗世而独立，周身上下弥漫着清冷如月纯洁如玉的美丽。

有时候放慢人生匆匆的脚步，欣赏一下身边的风景，生活才会更有味道。

秋曲认真地想了想："去哪里吃呢？我得想一个有情调有品位又不流俗的地方……石门太没文化了，饭店也多半没有品味，要么三俗，要么伪装高雅……"

话没说完，秋曲的手机响了。

"哎呀，亲妈来电，怕是情况有变。"秋曲接听了电话，哼哼哈哈几句之后，挂断了电话，一脸无奈的表情，“亲妈下了死命令，如果我不带你和清影到家里吃饭，她会杀了我。主要是亲爸也发话了，他想见你，有事情要和你说。”

月清影只是淡淡地笑了笑，并不说话，看向了关得。关得见连秋游都开口了，他也只能恭敬不如从命了。

一行三人刚到秋家楼下，关得手机也响了，一看来电是花流年，关得笑了笑，示意秋曲和月清影噤声。

“花姐，有什么指示精神？”关得打了个哈哈。

“别，关兄弟，可别跟姐打官腔，姐最怕什么指示什么精神一类的非人类语言。”花流年夸张的笑声传来，毫不掩饰她的兴奋和开心，“我和元元见到贾宸默，你猜怎么着？本来贾宸默对我的态度不冷不热，结果在元元说了几句话之后，他突然对我兴趣大增。哈哈，关兄弟，祝福我吧，等我和贾宸默成了好事，肯定少不了你的好处。”

“呵呵，恭喜花姐旗开得胜。”花流年如果能摆平贾宸默，是莫大的好事，至少碧悠的麻烦会减少许多，关得乐见花流年对贾宸默的主动进攻，“元元呢？”

“元元说她要见一个老朋友，然后就不知去了哪里，不管她了，我晚上要和贾宸默共进晚餐。对了，差点儿忘了告诉你，我好像见到碧悠了，也没看清到底是不是她，反正人影一闪就不见了。应该是她，我眼神很好，一般错不了。”

挂断花流年的电话，关得翻到了碧悠的电话号码，却还是没有拨出。他刚收起手机，想要和秋曲一起上楼时，电话又响了。

是于天凯来电。

事情看来进入密集爆发期了，关得随即接听了于天凯的来电。

“得哥，好事，大好事，事情成了。”于天凯兴奋异常，“曾登科几个人还真有一套，一出面就解决了流浪儿童的安置问题，你肯定猜不到曾登科用的是什么办法？嘿嘿，告诉你吧，他找到了一家寺庙，和主持商量在寺庙的空地上建造一座孤儿院，资金不用寺庙担心，而且以后孤儿院流浪儿童的生活费用，也不用寺庙负责。你猜怎么着？主持说，出家人慈悲为怀，只要出资建造孤儿院，以后孤儿的生活费用，由寺庙想法解决。”

好主意！真是天大的好主意！

关得几乎要拍掌叫好了。不得不说，曾登科的主意非常好，切入点非常高明，出家人慈悲为怀，收养孤儿是僧人出家济世的本怀。除此之外，国家的宗教政策中，有向寺庙照顾和倾斜的内容，如果寺庙出面建造孤儿院，市里不会阻拦。不但不会阻拦，相反，还会给予力所能及的政策上的扶植。

实际上，各地不乏寺庙和孤儿院建在一起的例子，僧人除了学佛念佛之外，济世也是宗教情怀的一种。而且从长远看，将孤儿院建在寺庙之中，也有利于孤儿们今后的成长，不管是生活来源，还是身心健康，有济世为怀的僧人照顾，会让二小和大个们在衣食无忧之余，还会有一个健康向上的人生态度。

“好，很好，非常好。”关得大为开心，“我不在单城，这件事情，就照曾登科的办法去落实。让曾登科出面就行，你在背后做好你的本职工作，曾登科有什么需要，你再出现替他解决麻烦。”

“没问题，得哥，放心好了。”于天凯知道关得对他的器重，他现在几乎相当于滨盛单城分公司的总经理，滨盛在单城的全部业务，目前都由他一人负责，他不能出现任何差错，所以，他必须把全部精力放到惠民小区之上，“伟贤说，玉器行的生意还不错，他觉得现在转让的话，和古玩行一样，有点亏了。”

“机会合适的时候，还是转让出去吧。”关得主意已定，他要逐步将单城的生意要么转让出去要么转移到石门，今后，石门将是大展宏图之地，和石门大型集团公司林立相比，单城还是差距太大了。刚来石门，百厦集团、信誉集团以及叶氏集团，纷纷展现在关得眼前，让关得眼界大开，才知道到底是省会，海阔凭鱼跃，天高任鸟飞。

“知道了。”于天凯见关得决心已下，也就不再多说什么，“让伟贤尽快从玉器行脱身，也来滨盛帮忙，我一个人还真忙不过来。”

关得也正有此意，又交代了几句之后，挂断了电话，一抬头，见秋曲和月清影都一脸惊愕地看着他，他嘿嘿一笑，伸手摸了摸脸颊："怎么了？难道打一个电话的工夫，我又长高了几公分？"

"刚才我和清影在悄悄说你的坏话。"秋曲嘻嘻一笑，小声说道，"清影说，你打电话时投入的表情，很有男人味，我说什么男人味，明明是你在泛滥一肚子坏水。"

关得很无辜地笑了："天地良心，我从来不发坏，从来都是善良诚实小郎君。"

"行，你自己说的呀。"秋曲要的就是关得这一句话，她见关得上套了，嘿嘿一笑，"等一下见了我的亲爹，他问你什么，你可要如实回答，不要发坏不要说假话，要对得起自己善良诚实小郎君的名声。"

挠了挠脑袋，关得忽然发现，自从认识秋曲之后，秋曲似乎总是在算计他，他难道真的欠她的？

到了秋家，秋曲的妈妈郑雯婷开门，热情地迎接关得和月清影。其实不管是关得还是月清影，都不是第一次来秋家，郑雯婷的热情好客之中，还是当关得是初次登门一样。

不过相比之下，她对月清影的热情就淡了许多，基本上她的注意力全部落在了关得身上。

探路之举

由于时间还早，才六点多，秋游正坐在沙发上看报纸，没有全神贯注地在看《新闻联播》。不看《新闻联播》，用秋曲的话形容就是还活着，一见关得进来，他微微欠了欠身子，冲关得点头说道："关得来了。"

穿了一身居家服的秋游，此时神色平和气色淡然，如果不说，外人谁也不知道他会是赫赫有名的省委副秘书长兼省委办公厅主任。省委办公厅主任虽然看似不如省直各局局长有实权，实际上，作为主管省委各项事务的管家，省委上下，小到绿化、门卫以及车辆的调动，大到省委各个领导的活动安排和工作日程，都由秋游一手制定。

也就是说，下面省直各局局长也好，甚至是副省长也好，想见省委书记一面，也要先通过秋游查看一下省委书记的工作日程。

直接和省委一号二号人物接触的秋游，此时坐在沙发之上，平易近人，全无官威，就和一个普通人没有两样，让关得暗暗佩服。越是沉稳越是不动声色的人，才越可以成就大事。

关得想起月国梁的平实、卢杰俊的从容以及秋游的平易近人，再对比沈新表面淡定之下隐藏的傲然，心想其实相面学还真是一门高深的学问，从面相、举止和言谈之中判断一个人的素质和境界，基本上有五成以上的准确率。

“秋伯伯好。”关得向秋游问了好。

秋游示意关得坐在沙发上，随手将手中的报纸递给了关得：“看看这条新闻，说说你的想法。”

这么快考验就来了？关得接过报纸一看，是《燕省日报》，上面有一条醒目的新闻《燕省旅游业迈上了新的台阶》，他粗略地浏览了一番，很正式很没有感情色彩的新闻语言，基本上没有任何文学性，读起来干巴巴的，如同嚼蜡。不过有一个好处是不用过脑子，一目十行就可以很快扫完。

新闻陈述了一个事实，是说燕省的旅游产业经过资源整合和吸引投资，获得了长足的发展，燕省旅游资源丰富，相信不用多久，就可以成为旅游大省。新闻通篇全是引用官方数据，没有什么实质性的内容。

“看完了？说说你的想法。”秋游见关得看得很快，估计关得没有过心，他微微一笑，“随便说，大胆说，不要有什么顾忌，我又不分管旅游……”

关得呵呵一笑：“那我就畅所欲言了……燕省的旅游资源确实还算丰富，但燕省的旅游产业不但落后旅游大省太多，就是和周边的省市相比，还是有不小的差距，比如豫省和西省。豫省的旅游业和西省有相通之处，都是开发文化旅游资源，大打文化牌。比如豫省有古都有少林寺等等，西省有五台山有平遥大院等等，两省都是通过多种渠道，积极筹措资金，加大旅游资源开发和基础设施建设力度，才在原有的基础上，获得了飞跃式的发展。而燕省的旅游资源，虽然不如豫省和西省丰富，但也有得天独厚的条件。比如西靠太行山北据拒马河，又是古中山国的发源地，而直全县又是赵子龙的故乡，涿州有桃园三结义，加上环京津的区位优势，发展旅游业具有巨大的潜力和广阔的前景。但有前景不一定可以成真……”

“哦？怎么说？”秋游见关得说得很有见地，兴趣大增，“说下去。”

“燕省人太保守，思想僵化，进取精神不足，小富则安，开拓意识薄弱。如果不改变现状的话，十年后，燕省的旅游产业别说可以追上豫省和西省了，差距还会越来越大。”对于燕省人的性格，有一句话关得一直印象深刻，他也忘了是谁说的，反正带给了他莫大的触动，时刻铭记在心——燕省人不爱琢磨事，爱琢磨人。

不琢磨事，就很难办成大事，很难突破固有思维，超越自我。爱琢磨人，是人性劣根性的具体体现。琢磨人，就容易陷入人事斗争之中，就见不得别人好，就想将超过自己的人拉下来，不让别人跑得比自己快爬得比自己高。

将别人拉下来的人，一定是在别人下面。一个喜欢琢磨人不喜欢琢磨事的群体，只会窝里斗，只会互相拆台，而不是想着怎么把事情办好把事业做好。

“你说的有几分道理，燕省人保守而思路落后，喜欢琢磨人而不是喜欢琢磨事，这是客观上的最大不足。”秋游点头认可了关得的话，不过他却呵呵一笑，“不过不足也可以转化为优势，在别人都在琢磨人的时候，我们跳出别人的圈子，自己琢磨事，不就可以趁别人窝里斗的时候，先人一步成功了？”

关得总算听出了秋游的言外之意，秋游是有意让他投资旅游产业了？

怪不得秋曲事先提醒他要在秋游面前说真话，秋游肯定是一个喜欢听真话的领导，不像个别领导总喜欢大而空的假话。听真话的领导才能办真事实事，而喜欢听假话的领导，基本上都生活在被手下营造的假象之中。

“怕的就是我们跳出了琢磨人的圈子去琢磨事，有些人不乐意，还非要将我们拉回到琢磨人的圈子里……”关得先摆出了困难，也是，一方水土养一方人，一方人有一方人的性格和共性。燕省近年来发展迟缓，最重要的原因就是都喜欢琢磨别人，而不是想方设法发展经济开拓市场。还有一个原因是，只要有人想跳出圈子做一些实事，总会有人伸手拖后腿。

“这些问题你不用担心，你只管想想怎么做好旅游产业的文章就行。”秋游摆手笑了笑，“换句话就是，你负责琢磨事，有人如果琢磨你，我来负责琢磨他。”

“呵呵……”关得被秋游既含蓄又直接的表述逗乐了，笑道，“秋伯伯的意思是说，想让我和秋曲在投资房地产产业之余，再将目光投向旅游产业了？”

秋游见关得及时领悟了他的暗示，不由暗暗点头，关得这个小伙子，确实不错，悟性高，反应快，而且还有独到的见解，看问题也看得透彻，是一颗难得的好苗子。最主要的是，他有别人都不具备的识人之明，而用人识人，不管是在政界还是商界，都是成败的关键点。

人事人事，先用对了人，才能办成事。

“怎么样，有没有兴趣？”秋游只顾和关得对话了，却将月清影冷落到了一边，不过还好，月清影本来就是清冷的性子，别人和她说话，她也许还懒得回答。

秋曲见关得和老爸一上来就进入了正题，而且二人谈得还很有默契，不由心中暗喜，就假装淑女地切西瓜削水果，招待关得和月清影。郑雯婷则直接进了厨房，亲自下厨为关得准备晚饭。

“燕省是中华民族的重要发祥地之一，拥有三张文化名片：东方人类从这里走来，中华文明从这里走来，新中国从这里走来。早在两百万年前，古人类就在燕省阳原县泥河湾一带繁衍生息，东方人类由此繁荣。五千年前，中华民族的共同祖先黄帝、炎帝、蚩尤在这里从征战到融合，中华文明由此诞生。春秋战国时期，燕省地属燕国和赵国，故有‘燕赵’之称。而元、明、清三朝定都京城，燕省成为拱卫京城的畿辅重地。新中国成立前夕，中共中央在平山县西柏坡成功指挥了震惊中外的三大战役，召开了具有伟大历史意义的七届二中全会，新中国从此诞生。”关得并没有正面回答秋游的话，而是说到了就他所了解的燕省的旅游资源，“燕省又是中国唯一兼有海滨、平原、湖泊、丘陵、山地、高原和沙漠的省份。长城的起点就在秦皇岛的山海关，拥有世界文化遗产三处，历史文化名城十座，世界地质公园两处。还有，避暑山庄、白洋淀和野三坡闻名遐迩，独具魅力……”

秋游见关得对燕省的旅游资源如数家珍，娓娓道来，他心中暗喜。关得的表现出乎他的意料，至此，他算是对关得有了全新的认识。